KB044232

머니게임

MONEY GAME

배진수 만화

게임 3부작

3

일러두기 만화적 표현을 재미있게 살리기 위해 저자가 일부러 틀리게 사용한 맞춤법 및 띄어쓰기가 있습니다.

MONEY GAME 3

MONEY GAME
MONEY GAME

머니게임
MONEY GAME

#31

"또다시 사라지는 돈"

아니었다.

사라진 30억의 은닉 장소는
배송구가 아니었다.

주최 측은 게임 진행에 '절대'
관여하지 않는다는, 제 1원칙만
대입하면 바로 풀 수 있는
수수께끼였다.

이 방엔 없어……

저들은 배송구 안 이물에 전혀 관여하지 않는다.
기계적으로 주문된 물건을 넣거나
반송된 물건을 뺄 뿐.

내가 넣어놨던 면도기는,
그 무심한 기계적 입출 과정에서
탈락된 것뿐이다.

다른 물건에 밀려 떨어졌는지,
덜컹거리는 배송구 안에서 튕겨
떨어졌는지, 뭐가 어떻게 됐든

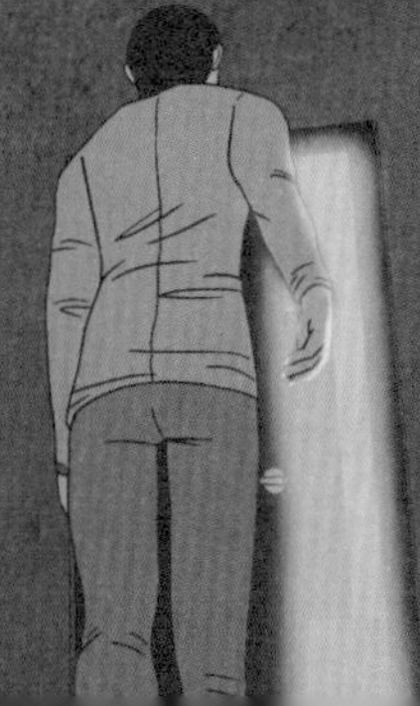

보존이 보장되지 않는 배송구는
적합한 은신처일 리 없고,
그렇다면 당연히.

어디야……
어디 숨겼냐고…

어디 숨겼냐고
이 XXX들아……
아직 있을 것이다. 이곳 어딘가에.
그렇게 생각하는 게 합리적……

8호 님!!!

혼자 뭐
하시는 거죠?
말씀 드렸잖아요.
단독행동 금지라고.

……
역겹다. 사이코패스 같은 X.
왜. 겁나? 내가 여기저기 들쑤시다
단서라도 하나 건져낼까 쫄리냐고.

압니다. 근데 나 혼자잖아요.
나 혼자 누구 죽일 수 있는 건 나밖에,
자살밖에 없는데, 뭐가 문제냐구요.

아뇨. 그래도 룰은
따르셔야죠. 8호 님도 합의하고
동의하신 거 아닌가요?

그래. 그렇게 나올 줄 알았다.
항상 써먹는 그 패턴.
룰이 어쩌고 합의가 어쩌고 신뢰가 어쩌고.

멍청한 2호. 7호의 위선과
가식에 철저히 회유된.

그럼 나올 때까지 찾아
봐야 하는 거 아닙니까?
그 돈이 어디로 증발할 리도
없고, 이 안 어딘가 있는 게
뻔한데. 왜 손 놓고 있어요?
그……
그건……
아 그래. 혹시
그쪽이 그런 건가?
네?!
그 X같은 약이라도 산 건가?
처먹을 땐 좋았는데 정산하려니까
배알 꼴려서. 몰래 짱박은 거?

뭐, 좀 있음 알 수
있겠지. 당신 방도
곧 뒤져줄……

그만 좀 하세요!

왜 그러시는지 이해는 합니다.
그래도 단독행동은 안 돼요.

1호 님을 그렇게 한……
범인이 누군지도 모르는데,
따로따로 움직이다간 또

좀 이상한데?
7호 님.
왜 그렇게
필사적으로
막으세요?
네?
내가 사라진 돈이나
살인범 단서라도 찾으면,
모두한테 좋은 거 아녜요?

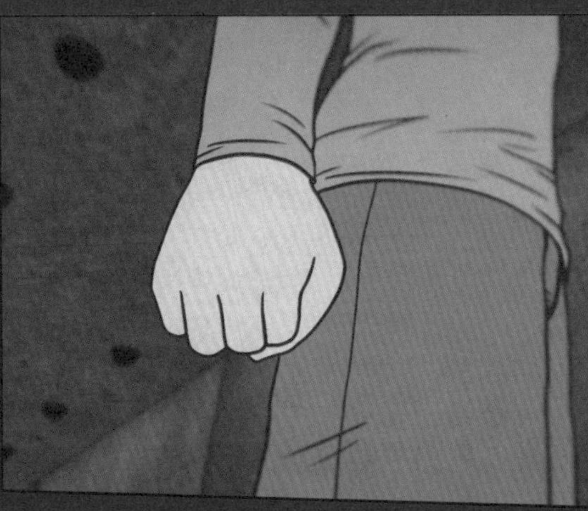
근데 왜 그렇게
필사적으로 막냐고.

아무리
생각해
봐도

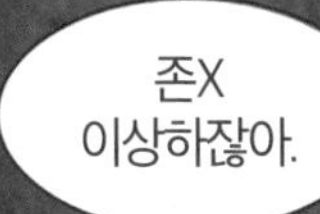
존X
이상하잖아.

안녕하세요.
오랜만에 뵙습니다.
이야 대단하십니다, 고객님. 어떻게 그렇게 감쪽같이 사라질 수가 있어요?
너무 흔적 없이 사라져서 사망자 신고라도 돼 있는지 찾아봤네.
그동안 원양어선이라도 탔어요? 우리 줄 돈 마련하시느라?

……아니라구요?
네 뭐, 괜찮습니다. 우리도 대충 예상은 하고 있었으니까.
그럼…… 오랜 도피 생활로 심신이 피로해지셨을 테니까.

우리. 같이. 건강검진 이라도 좀 받을까요?

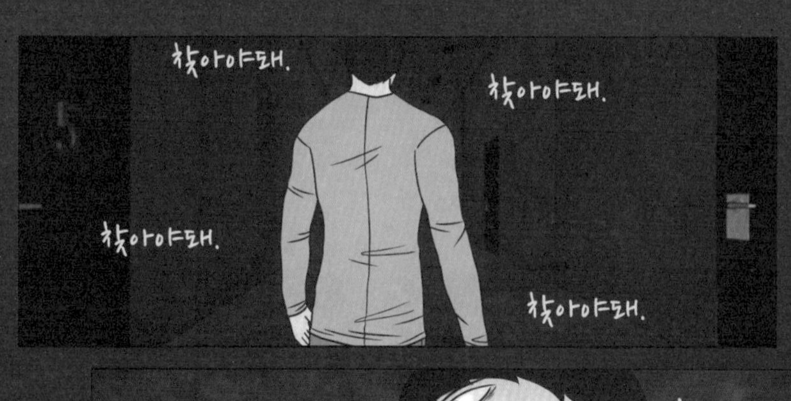
찾아야돼.
찾아야돼.
찾아야돼.
찾아야돼.

찾아야돼.
찾아야돼.
찾아야돼.
뒤진다.
이잡듯.
샅샅이.

1
놓치지 않는다.
봉투 하나하나
휴지조각 하나하나.

2
벽 틈도 문 틈도
꼼꼼하고 세세하게.
세세하고 집요하게.

3
돈? 오늘은
보러 안 가?
나 혼자 가?
머리카락을 헤집어본다.
신발 밑창을 까본다,
옷 속에 손을 넣어본다.
4
남은 음식물을 뒤져본다.
용변 봉투를 엎어본다.
쓴 휴지를 열어본다.
5
있다. 있을 것이다.
분명 누군가 어딘가 내 돈을 숨겼다.
분명 이 스튜디오 안 어딘가에 있다.
7
찾아야 된다.
찾아야 된다.
못 찾으면.
끝끝내 못 찾으면.

어딨어.
응? 왜 안 보여.
위험해진다.

어디에있냐고
어디있냐고
어디냐고.
어디야.
어디.
어?

ㅇ ㄷ ㄴ ㄱ ㅇ ㅇ ㅇ ㅇ

하루종일
온 스튜디오를
미친놈처럼 헤집고 다녔지만,
발견된 건 아무것도 없었다.

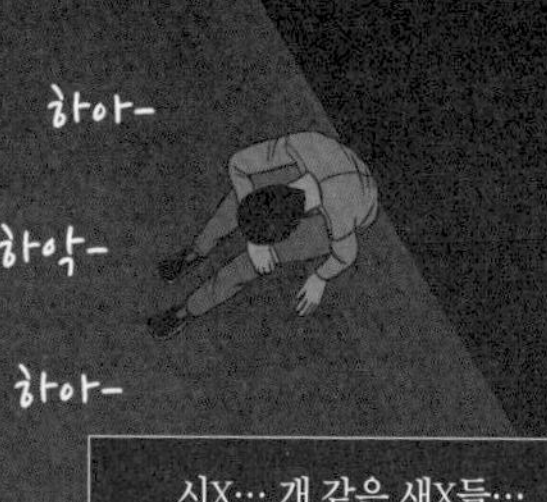
하아-
하악-
하아-
시X… 개 같은 새X들…
대체 어디다, 어떻게 숨긴거야?

시X……
시이이X……

오늘. 어떻게든 찾아냈어야 했다.
그랬어야만 했다. 왜냐하면.
눈깔 뒤집혀서
들쑤시길래 들키는 줄
알았네 ㅋ

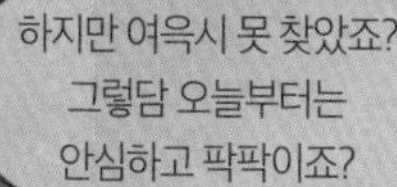
하지만 여윽시 못 찾았죠?
그렇담 오늘부터는
안심하고 팍팍이죠?

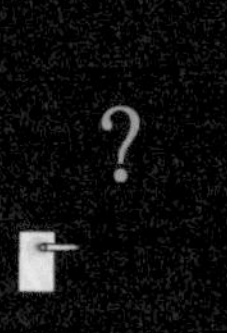
?
자기 은닉처에 대한 확신을 얻었을 것이다.
그렇다면 더이상, 아무 거칠 것 없이.

27,265,199,000

삑-

삐릭-

24,488,679,000

슬픈… 아니, 불길한 예감은
왜 틀리지를 않는가.

24,48 3,000

……알겠어?
이제
알겠냐고.

이거, 작정하고 돈
빼돌리고 있는 거라고.
혼자 살려고.
못 잡으면. 빼돌리는
새X 못 찾아내면.

돈이고 지X이고 간에
한푼도 안 남는다고!!!

가, 같이……

찾아볼게요.
우리도. 같이.

또다시 이잡듯
또다시 온 스튜디오를
또다시 또다시 또다시

1번방 2번방 3번방 4번방

5번방 6번방 7번방

다시

7번방 6번방 5번방
그리고

없어졌지?

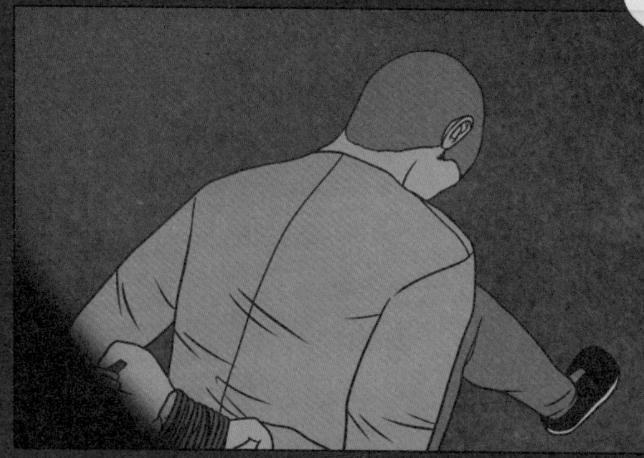

어쩌라고 시X. 비웃는 건가?
묶여있는 주제에.

그 돈, 어디 있는지
알 것 같은데.

네?

내가.
찾아줄 수 있어.

꿀꺽-
그리고 다시는 그런 짓 못하게 해줄 수도 있지.
그러니까.

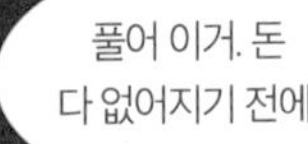
풀어 이거. 돈 다 없어지기 전에.

머니게임
MONEY GAME

#32

"다 벗으란 말이야!"

…알고 있다고?

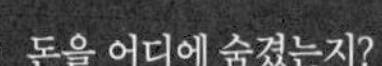
돈을 어디에 숨겼는지?

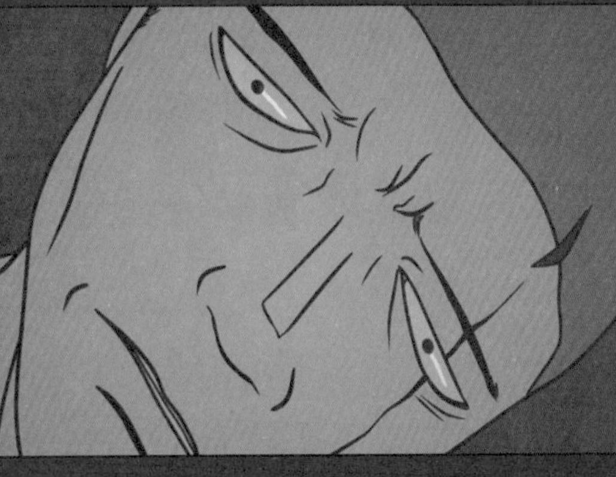

흣-

아니. 아니지. 그럴 리 없지.
쭉 갇혀있었던 주제에 어떻게.
초능력이라도 있냐?

그럼 말해봐요.
누가 숨겼는지.

……몰라 그건.

그래 뭐.
예상 답안이다.
일단 풀려나려고
구라치는 거였다.
ㅅㅂ 사람을 등신으로 아나……
누가 그랬는지 안다고는
안 했어. 어디 숨겼는지
안다 그랬지.
하아…그러니까,
알면 말을 하라구요.

알고 싶으면 이거
먼저 풀라고!

풀어주면 알려주겠다?

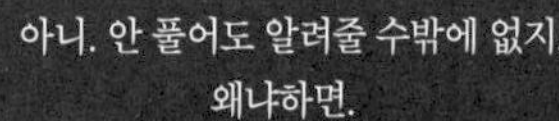

상황이 어떻게
돌아가는지 감이
안 잡히시는가 본데.

어떤 새X가 돈 빼돌리고
있다고. 혼자 처살겠다고.
그X끼 못 잡으면 당신이나
나나 100일 동안 X뺑이만 치다
빈손으로 돌아가는 거라고.
그러니까, 말해요.
어딘지. 싫으면 다같이
쪽박차든가.
알려줄 수밖에 없겠지.
이 페이스대로라면
남은 돈, 열흘도 못가 싹 빨릴 테니.

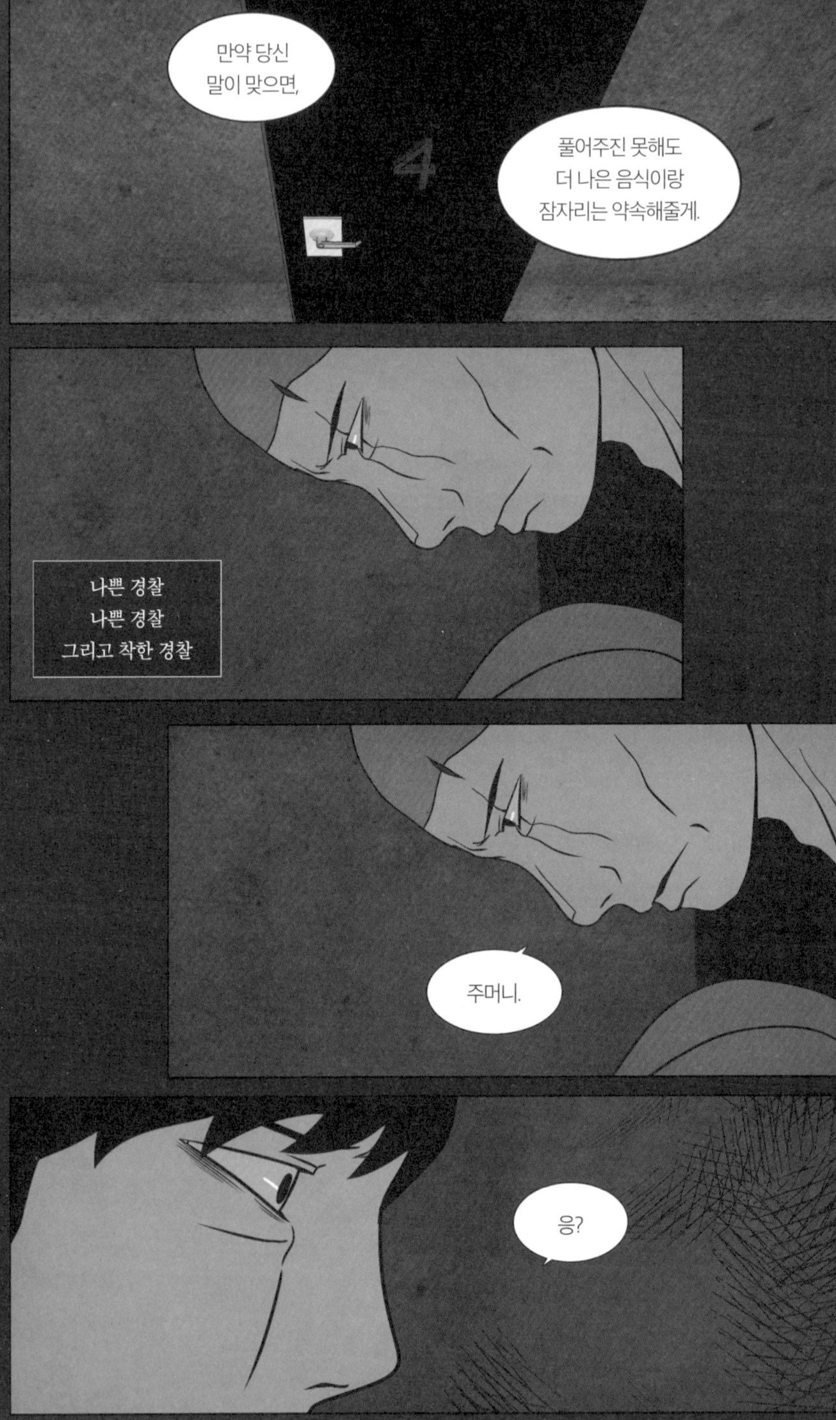
만약 당신
말이 맞으면,
풀어주진 못해도
더 나은 음식이랑
잠자리는 약속해줄게.
나쁜 경찰
나쁜 경찰
그리고 착한 경찰
주머니.
응?

빵에 가보면 알게 돼.
사람 몸에 있는 주머니엔.

빵

담배, 라이터, 지폐,
심지어 무기까지.
못 숨길 게 없지.

아 그래서 그때……

그 수색. 경험에서
우러나온 동굴탐사였나.

그러니까. 보석이나
금붙이같이 작은 거
숨기는 건 일도 아니지.

온 방을 이잡듯 샅샅이
뒤졌는데도, 발견된 건
아무것도 없었다.

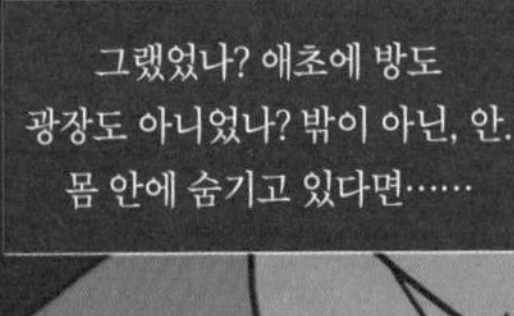

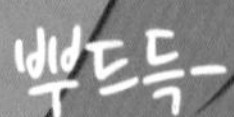

왜 간과하고 있었을까.
왜 생각하지 못했을까.

막연히, 수백만 원 상당의 물건이라면
꽤 부피가 나갈 거라 생각해,
거기까지 사고가 닿질 않았다.

하지만 이 정도 크기라면?
가능하다. 몇 개든 숨길 수 있고
마음대로 탈착 가능하며 기능상,
위생상 문제도 없다.

게임이 시작된 지 58일.
이 두 달 동안, 자부한다.
난 누구보다 돈을 아끼고
평화를 지키려 애썼다.

그렇게 위에서 쓴 물이 올라올 때까지 절제하고 아끼고 참은 결과가.

44,800,000,000

동신 ㅋ

24,488,679,000

왜. 어째서. 이 새X들은 적당히를 모르는 거지? 그냥 100일간 조용히 찌그러져 있다 남은 상금이나 들고 집에 갔으면 됐잖아. 왜? 어째서 이렇게 된 거지?

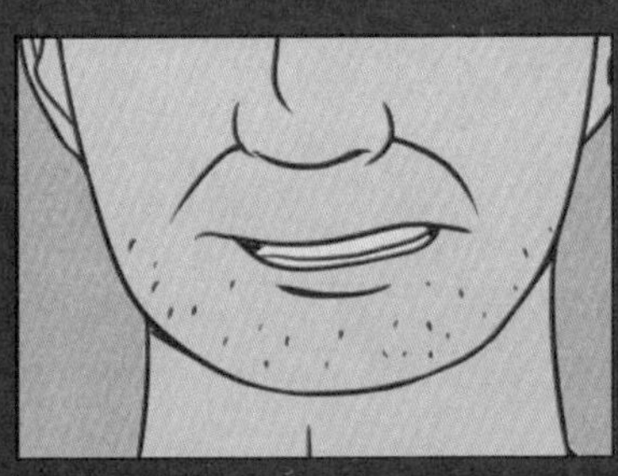

치킨과베개와희귀약과매트리스와향수와항생제와알콜과

뾰족한무언가

반드시 밝혀낸다. 잡아서. 대가를 치르게 해준다.

수십억 원을 수백만 원으로 연성해낸
그 X같이 멍청한 행동에, 책임을 물을 것이다.

필요하다면……
아니, 필요하겠지.

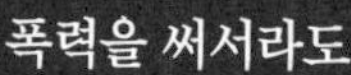

폭력을 써서라도.

뭐 좀 찾으신 거 있나요?

응. 그래. 찾진 못했지만 알아는 냈지.

네? 지금 무슨……

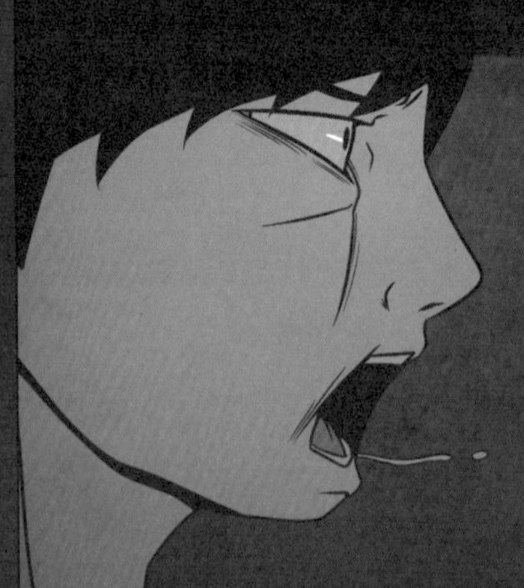

4호가 말해줘서 생각 났어. 잊고 있었거든.

그러니까. 좋게 말할 때 벗어요. 버티다 험한 꼴 보지 말고.

8호 님!

그 말, 진심이세요? 그게 해도 될 말이라고 생각하시냐구요.

그래. 막아라. 필사적으로. 조곤조곤조곤조곤 따지면서. 그럼 언제나처럼 물러설 줄 알았겠지만, 이젠 아냐

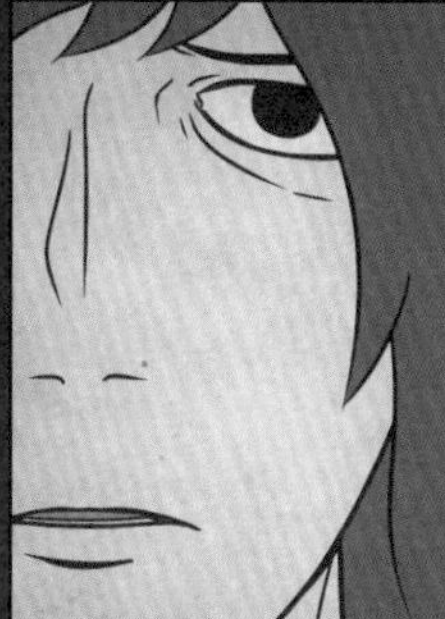

저, 저도……
그건 좀……
그건 좀?
몸을 보여주는건 좀?
싫으시다?
어차피.
님들. 남들 다 보는 데서
똥오줌 싸잖아. 저 새X들이 보는
건 괜찮은데 난 안 돼? 왜?
그게 무슨 논린데? 그깟
몸뚱아리가 내 돈 수십억
보다 더 중요하다고?
8호 님은 어째서 매번!
불확실한 정황만 듣고
사람을 의심하는 거죠?
같은 참가자끼리
그런짓 해선 안 된다는 건
당연한……

네가 제일 수상해
이 사이코패스야!!
당신 말 하나하나 행동
하나하나 다 수상하다고!
왜 그렇게 막아?
응? 내가 뭐라도 발견할까 봐?
숨긴 돈. 아니면,
1호 뒈진 거에 관한
단서라도?!!
지금 무슨 뜻……
무슨 근거로 그 말
꺼내신 거죠?
근거? 있지. 증거는 없지만
근거는 차고 넘치지.

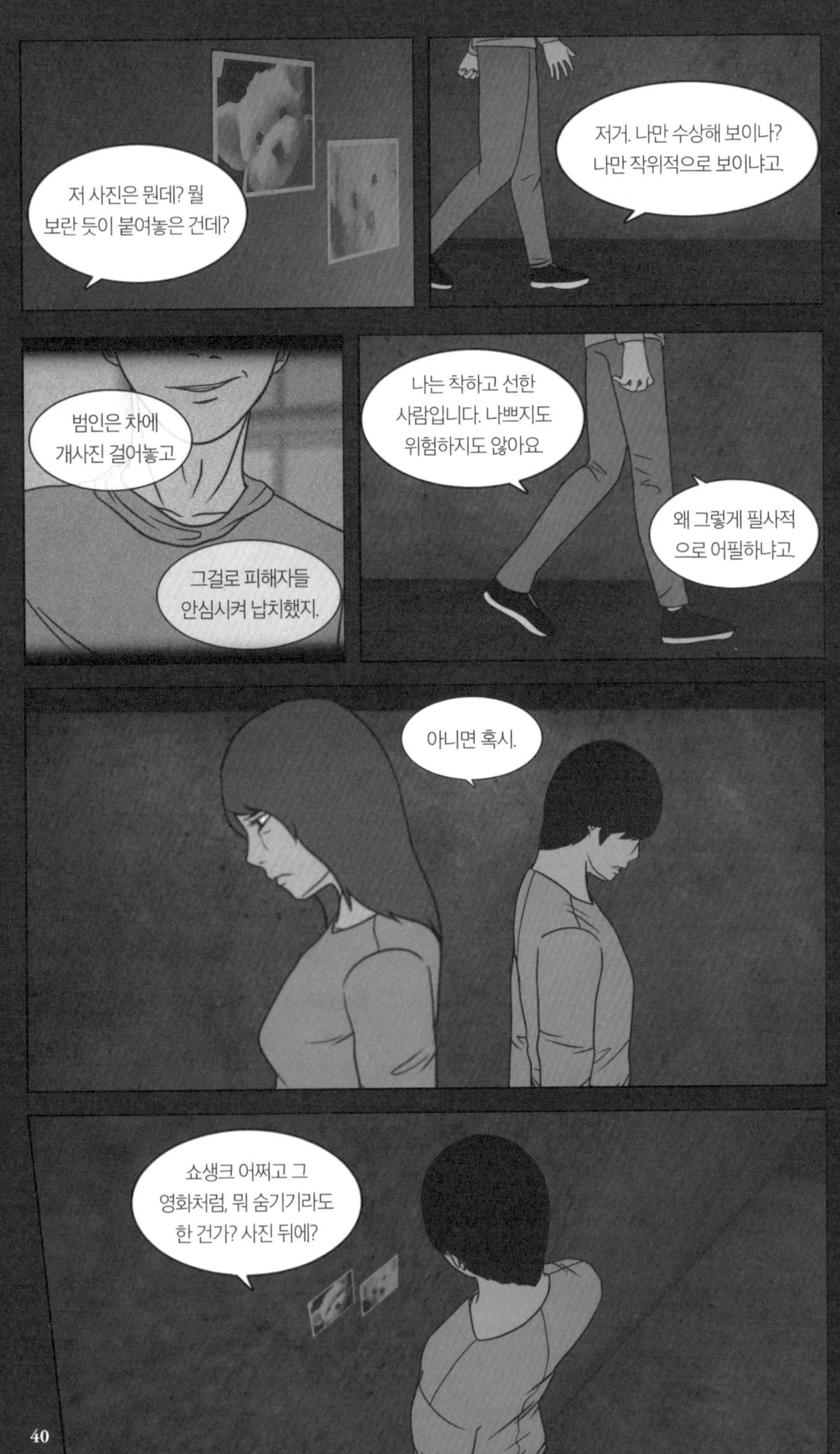
저 사진은 뭔데? 뭘
보란 듯이 붙여놓은 건데?
저거. 나만 수상해 보이나?
나만 작위적으로 보이냐고.
범인은 차에
개사진 걸어놓고
그걸로 피해자들
안심시켜 납치했지.
나는 착하고 선한
사람입니다. 나쁘지도
위험하지도 않아요.
왜 그렇게 필사적
으로 어필하냐고.
아니면 혹시.
쇼생크 어쩌고 그
영화처럼, 뭐 숨기기라도
한 건가? 사진 뒤에?

꽈아악-

더 수상하다고!!!

꽈 아 아 악-

오버하지 마.

어차피 아무 사진이나 사서 붙인 거잖아. 이깟 개 사진에 개 오버 떨지 말라고.

아무 개……

아무 개가 아니라……

제가 돌보던 강아지 사진입니다. 많이 아팠던.
자기 개? 뭔 미친 소리야. 개인 소지품은 첫날 다 반납했잖아.

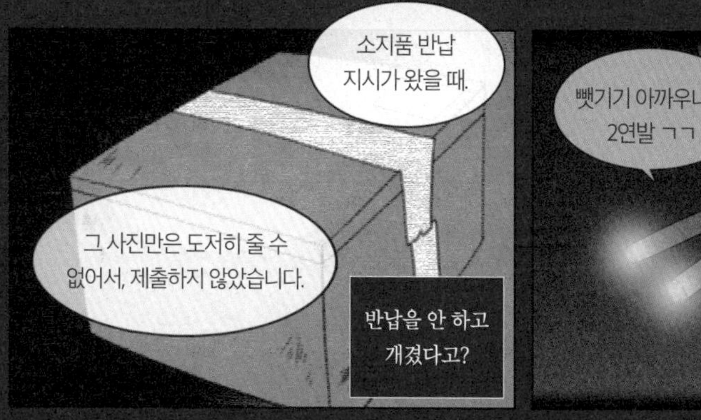

어떤 패널티가 있을지도 모르면서, 이 개새X 사진이 너무나도넘너무 소중해서.
반납을 안 했다고? 믿으라고 그 말을?

8호 님이 찢은 그
사진은, 세상에 하나
밖에 없는… 없던……
사진입니다.

마음대로 지어내고 되는 대로
지껄여대는지 아닌지. 어떻게 알아.
어떻게 증명하냐고.

그래서. 그게 어쨌는데.
그게 사라진 돈이나 죽은
1호랑 뭔 상관이냐고.

니 말
뭘로 증명할 거냐고!

……그렇게 생각하지
않으려 했는데. 그러지
않으려 노력했는데.
당신같은 사람을 보면
어쩔 수 없이 회의감이 들어요.
그래서 점점 지쳐가요.
그 애들은, 욕심이 없어요.
그저 돌봐주고 아껴주면
그걸로 만족해요.
설사 돈이 없어 굶어
죽는다 해도 주인과 함께라면
기꺼이 함께할 애들이에요.
네. 물론 돈은 중요하죠.
저 또한 돈이 필요해서
여기 있는 거구요.
하지만 인간이라면, 아니
인간이니까, 최소한의 인간성은
지켜야 하는 거 아닌가요?
그게 인간이 지녀야 할
당연한 자격 아닌가요?

"어쩌면

사람은"

개… 짐승보다 못한 존재일지도 모른다는.

……뭐?
개보다 못해?
이 XX이 끝까지 사람을 X으로 보고……

존X 토나오게……

부스럭-

오늘 까발려 버리겠어. 싹 다.
니X의 역겨운 위선.
다 폭로해 버리겠어.

시X 그만 좀 나불대고!

옷도.
가면도.
가증스런 껍데기도.

벗으라고!!!!!

모두 다.

머니게임
MONEY GAME

#33

"치명적인 실수"

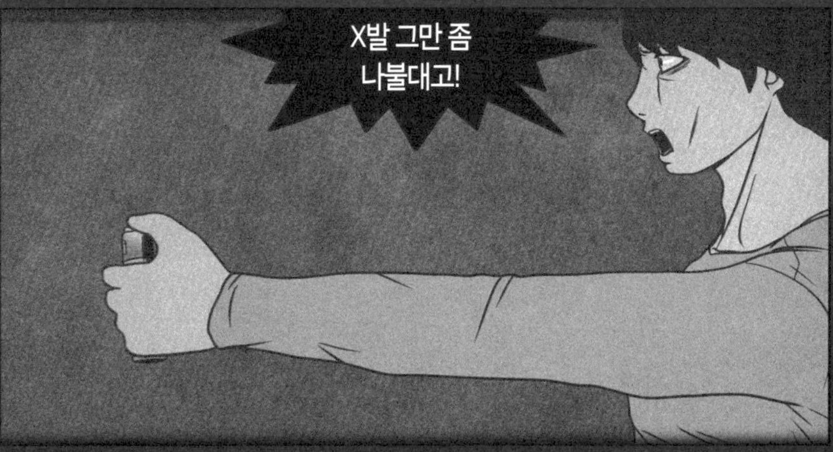
X발 그만 좀
나불대고!

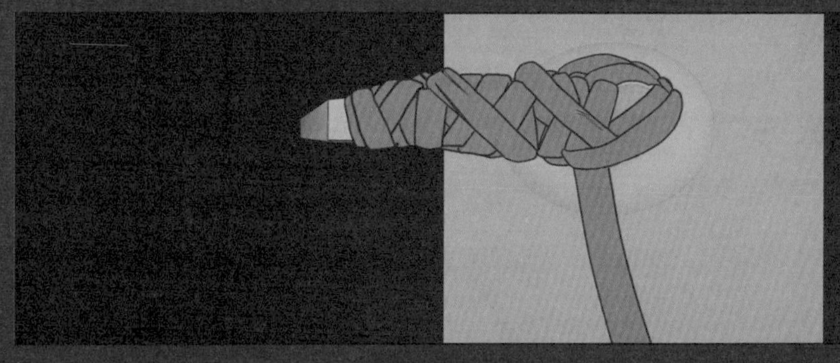

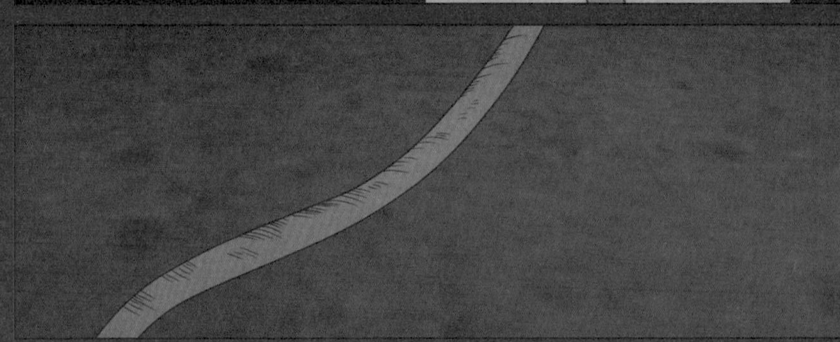

벗으라고!!

벗어으어엇!

실수했다.
치명적인.

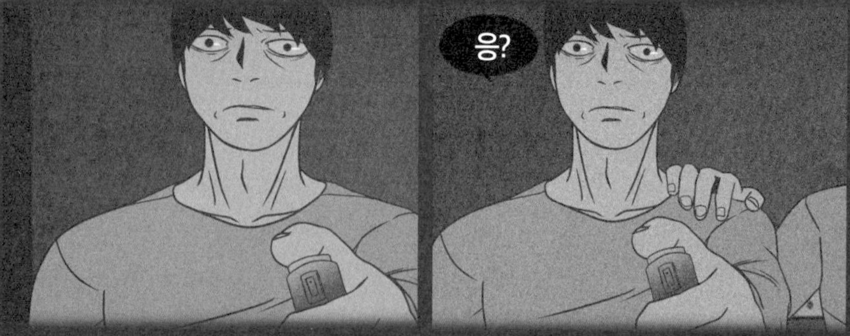

응?

손 안치

분노에 사로잡혀, 5호의 존재를 간과했었다. 아니 실은 무시했었다.

무시했으니까. 약하니까.
죽는다.
아마. 곧.

덜
덜
덜
덜
벌
덜
티를 내선 안 됐다.
확실한 증거를 잡을 때까진
주둥아리를 봉쇄하고
있었어야 했다.

벌
벌
벌
벌
덜
벌
덜
빡쳐서. 분노에 휩싸여.
광기에 사로잡혀.
그러지 못했다.
티를 내고 말았다.

니가 제일 수상해
이 사이코패스야!

네? 어떻게
그런……
어떻게……

알았지?
왜 모르지? 왜 모두모두
짠듯이 멍청한 거지?

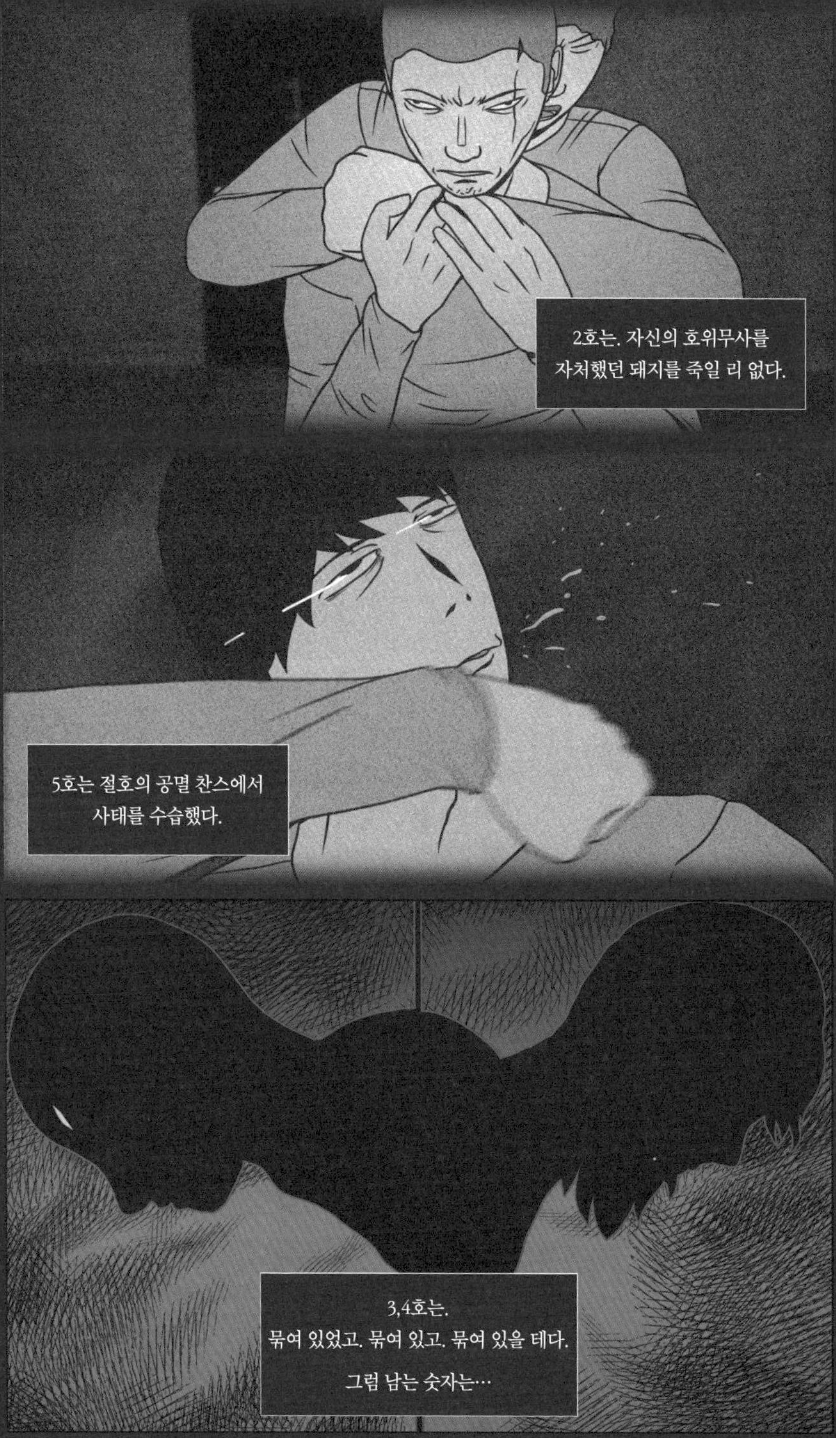

2호는. 자신의 호위무사를
자처했던 돼지를 죽일 리 없다.

5호는 절호의 공멸 찬스에서
사태를 수습했다.

3,4호는.
묶여 있었고. 묶여 있고. 묶여 있을 테다.

그럼 남는 숫자는…

이건 너무 간단한
산수잖아. 죽은 1, 6에
남은 2, 3, 4, 5를 빼면

7 외에는 없잖아.

하지만 그들의 눈과 귀와 주먹은
7호의 반지르르한 얼굴과 번지르르한
혓바닥에 홀려 되려 그녀를 보호하려 든다.

이제 오겠지.
빠르든 늦든.

이 방에. 친히
방문하시겠지.

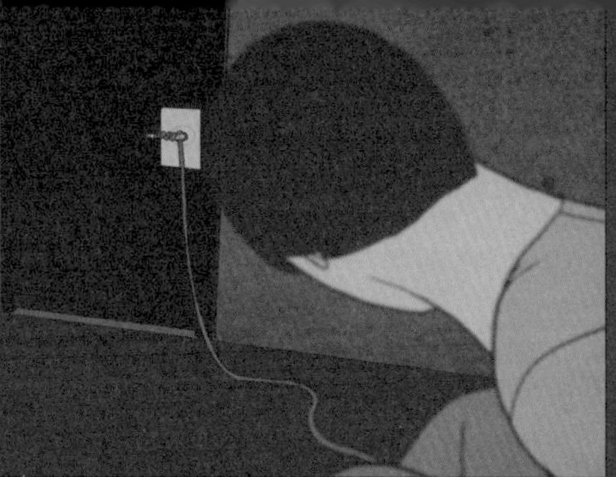

문

꽁꽁 묶여 불가항력인,
뭍에 나온 물고기보다도
무기력한 나를, 회치러 오겠지.

8호 님?

문

이제

곧

식사 가져왔습니다.

그리고 몇 시간 후. 예정된 방문.

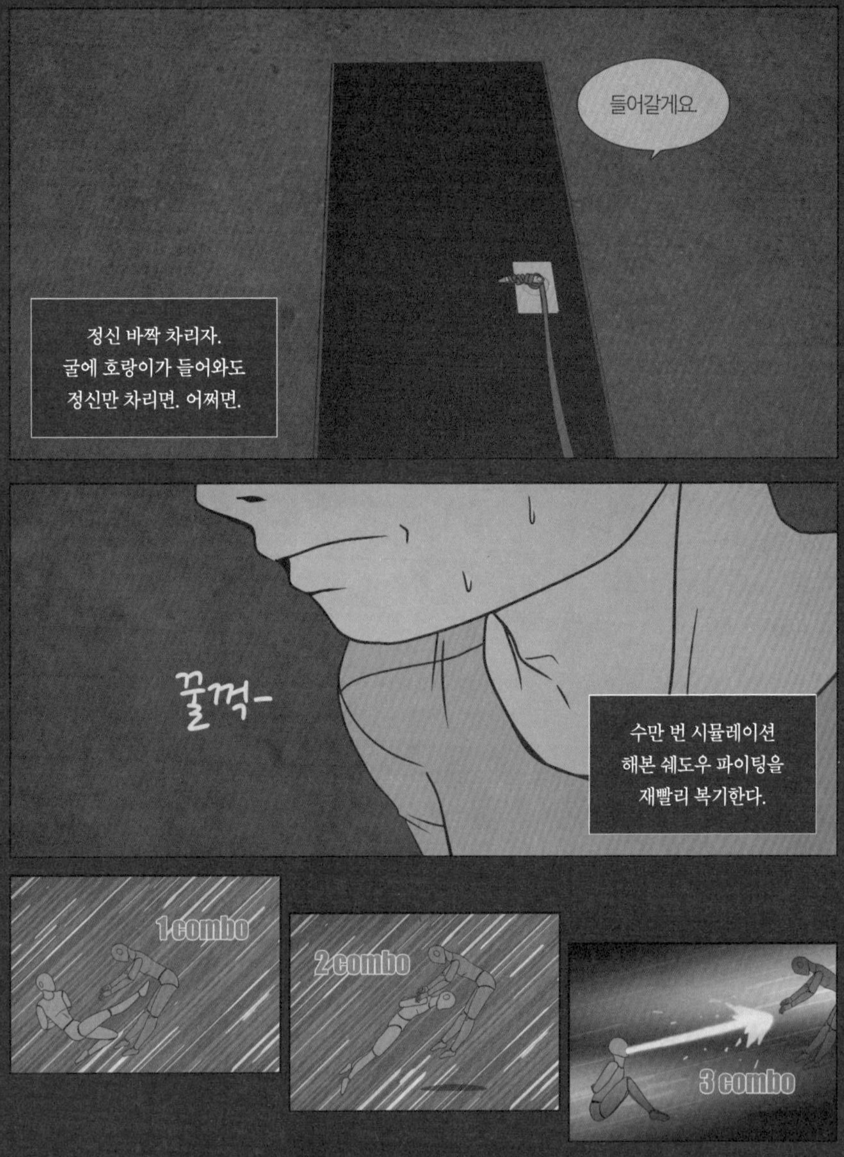

포기해선 안 된다. 저항하고 반항해 난장판을 유도한다.
물고뜯고치고박고 지X발광을 떨고 있으면, 소란을 들은 누군가 구하러 올지도 모른……

다행이다. 나머지 눈도 함께 왔다. 일단은 안심.
7호가 제안한 한몸 룰 덕에 7호에게 죽을 위기를 넘긴다.

그리고 뭐. 뭔데. 뭘 그윽한 눈빛으로
바라보고 있어. 먹잇감을 보는 맹수의
눈빛으로 감상하고 있냐고.

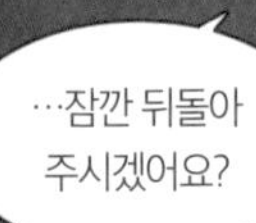

뭐야. 왜. 갑자기?
뒤로 돌라고? 어째서?

2, 5호가 뻔히 보고 있는데
대놓고 죽이겠단 건가?
아니면…… 설마.
어? 시X. 설마?

빨리해
해버려
한패였나? 저들도?
애초에 저 셋이 한 팀이었던 건가?

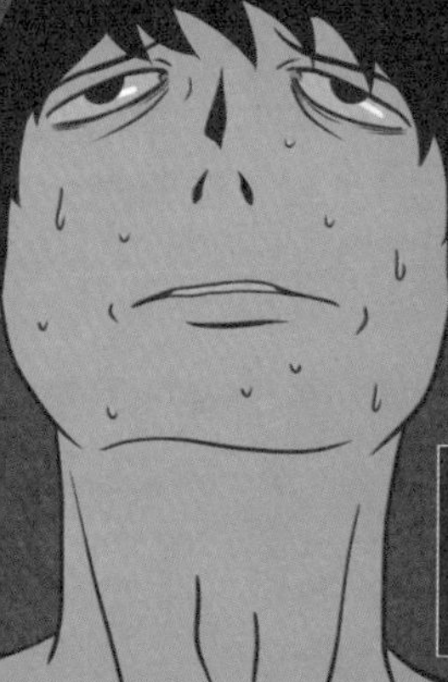
왜… 왜요?
갑자기 왜…
뒤를……
그렇다면. 끝. 3:1 이라면 가망 없음.
여기까지. 죽음. 사망. 부패.
시체. 매장. 모래이불. 끝이다.

닦아야 해요. 위생상.
이곳에선 전염병이
가장 위험하니까요.

에이, 설마.
아니, 진짜?

일어서서 뒤로
돌아주세요.

3, 4호 님도 그렇게
하셨습니다.

뭐야. 이 여자. 대체 뭐냐고.
혹시 그 핑계로 동굴탐사라도
하려는 건가?

그 후 이틀이 지났고.
놀랍게도.
난 아직 살아 있다.

그렇게 위기(?)를 넘겼다.
하지만 가면을 몰랐다면 나 또한
깜박 속았겠지. 세상에 저렇게
착한 사람이? 감동했겠지.

인정한다. 7호는 타고난 연기자다. 여학생과 멸치가 저 가식에 빠져 허우적거리는 게 이해가 갈 정도다

서걱-
서걱-
서걱-
서걱-

하지만 아니다. 난 아니다. 더이상 속지 않는다. 홀려 손 놓고 넋 놓고 있다 당하지는 않겠다.

서걱- 서걱- 서걱- 서걱-

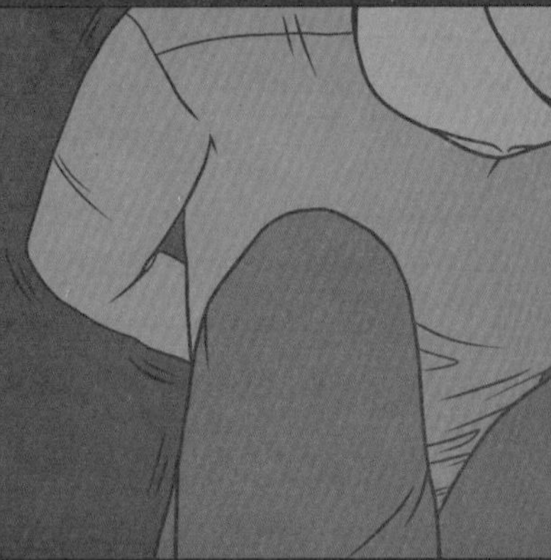

하늘도 나의 반격을 응원하고 있다. 박스 바닥 접힌 부분에 숨긴 캔뚜껑(+3 예리도)이 들키지 않은 덕에, 탈출의 기회를 잡았다.

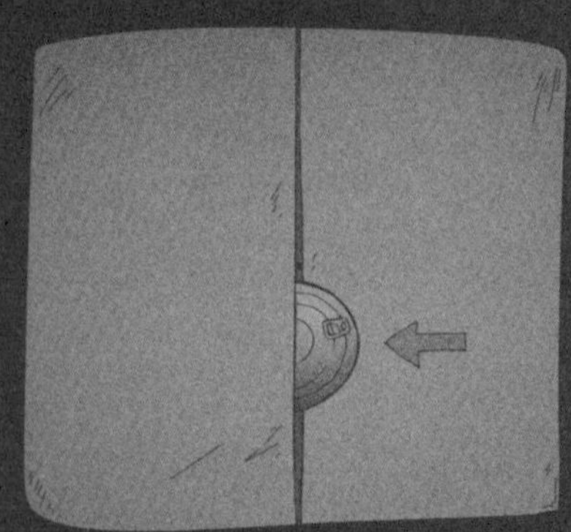

방심했겠지. 언제든 내킬 때 도축 가능한, 이미 포획된 사냥감이라 생각했겠지. 그 먹이가 밤마다 활로를 뚫고 있으리라곤 상상도 못하겠지.

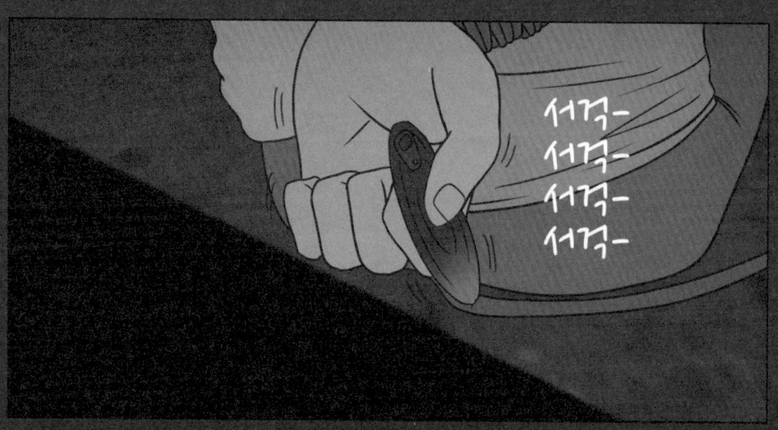

조금만…
이제 조금만 더……

서걱-
서걱-
서걱-

곧 아침이다. 그 전에 끊어내야 한다.
각 호실 문이 개방되면 튀어나가,
7호를 급습해야 한다.

거의…
거의 다…됐……

서걱-
서걱-
서걱-
서걱-

또다시 2호와 5호가 방해하려 든다면.
설득할 수 있다. 왜 7호가 살인범인지,
논리적으로 설득해낸다. 그건
자신 있다. 그러니 일단, 나가야 한다.

끄으으으으으-

찌이이이-

크으으으으으으으으으으-

찌이이이이이이익-

파앗

삐이익-
드라이버랑 휴대용 모기약 스프레이를 산다.
곧 아침. 제대로 된 무기를 조제할 시간은 없다.

하악-
하아-
하아.....
띠링-

다행히 아침이 되기 전 무사 구매.
시계가 없는 이곳에서 믿을 건 생체시계뿐.
…이지만 또다시 하늘이 도왔다.
다행히 내 머릿속 시계는
오차 없이 작동했다.
후욱-
후욱-

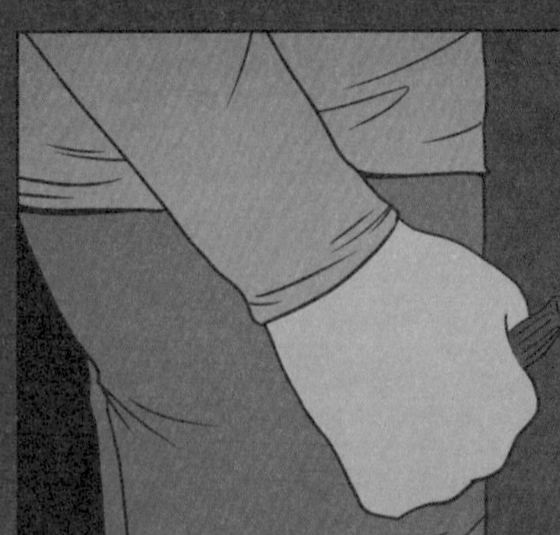
기다려라. 이제 곧. 진짜 곧.
벗겨낸다. 네 X의 그 뻔뻔한. 가증스런 가면.

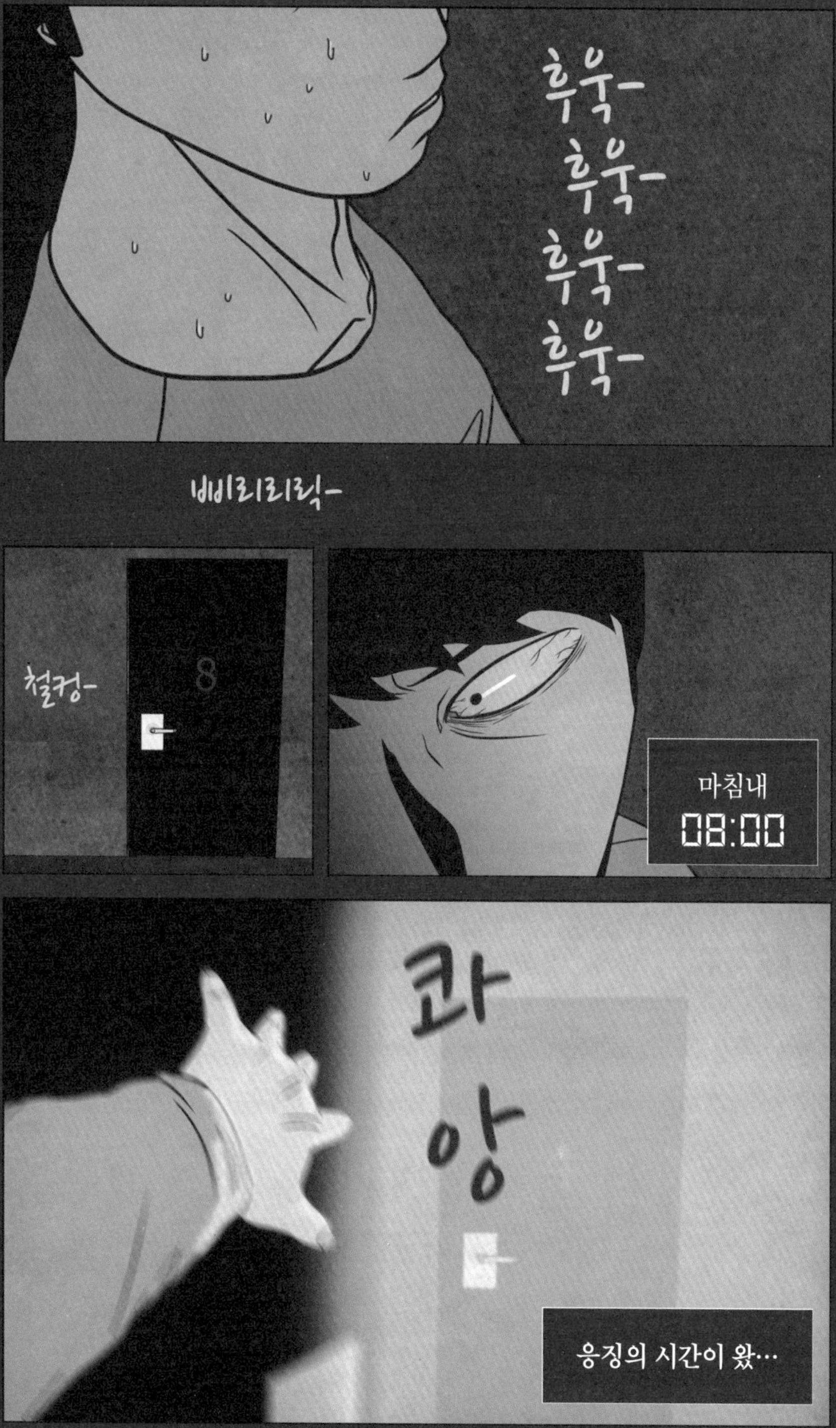

삐리리리릭-

철컹-

마침내
08:00

콰앙

응징의 시간이 왔…

응?

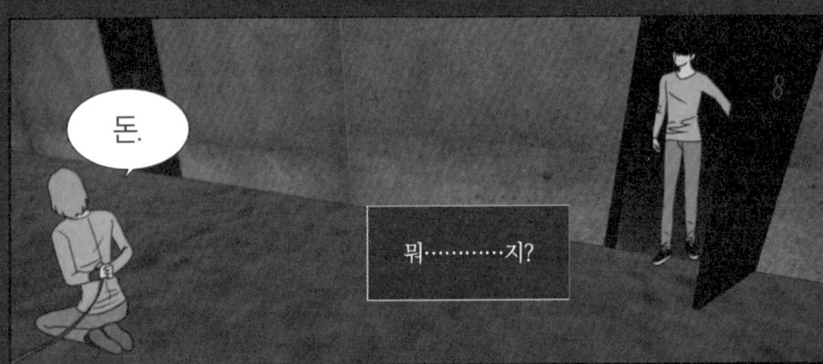
돈.
뭐…………지?

돈.
저 여자……
왜……

아니, 어떻게.
여기
있는 거지?

머니게임
MONEY GAME

#34

"돈이 사라진 이유"

비유하자면
욕실 욕조에 인어
편의점 카운터에 외계인
조기축구 골키퍼 천수관음

돈…
급의 미스매치. 미스캐스팅. 미스테리.

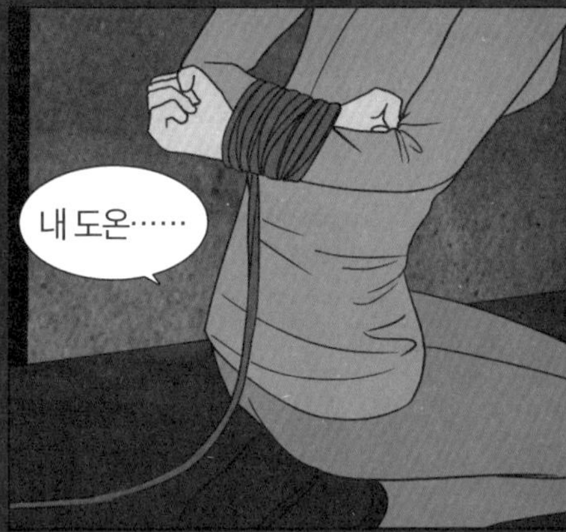
내 도온……

?????????????
?????????????
?????????????
있어선 안 될 장소에 있어선 안 될 인간을 보자,
머리에 렉이 걸린다. 언뜻 해석되지 않는다.
이 상황이.

21,943,469,000

한꺼번에 이해됐다.
모든 상황이. 그동안의 정황이.

RULE
프라이빗 룸이 잠기기 전 지정 룸에
들어가지 않을 경우 총 상금이
10% 차감됩니다.

31,527,809,000 원에서

21,943,469,000 원이 될 때 까지

끝자리가 9,000 고정이라 눈치채지 못하고 있었다. 10%차감 후 끝자리가 8,100원이 되었다면 좀 더 빨리 눈치챌 수도 있었지만. 아니었다. 멍청했다.

'시계가 없는 이곳에서 믿을 건 생체시계뿐'

시계가 없기에, 어림짐작으로 움직였다.
밖에 있다 문이 닫히면 낭패니 모두들
여유를 두고 방으로 돌아갔었다.

들어갑시다.
곧 밤이니까.

철컥-

그리고 철수와 폐쇄 사이의
그 넉넉한 여유시간은

철컥-
철컥철컥-

3호가 입으로 턱으로 혹은 머리로
문 손잡이를 열고 다시 복도로
나오기까지에도 또한 여유로운 시간.

돈……

끼이이이이익-

그리고 아침 역시

나가서 딱히
할 것도 없고…
천천히 나가야지……

3호가 맘껏 돈 감상을 한 후
방으로 돌아가기까지
매우 넉넉한 시간.

그렇게 사라졌던 거다. 그것도 모르고.
각종 개 멍청한 짓거릴 지치지도 않고
끝없이 끝없이 끝없이 끊임없이 해댔던 거다.

등X ㅋ
병X ㅋ
X신 ㅋ

부들부들부들부

그것도 모르고. 그것도 몰라서.
무려. 100억을 날린.

이……

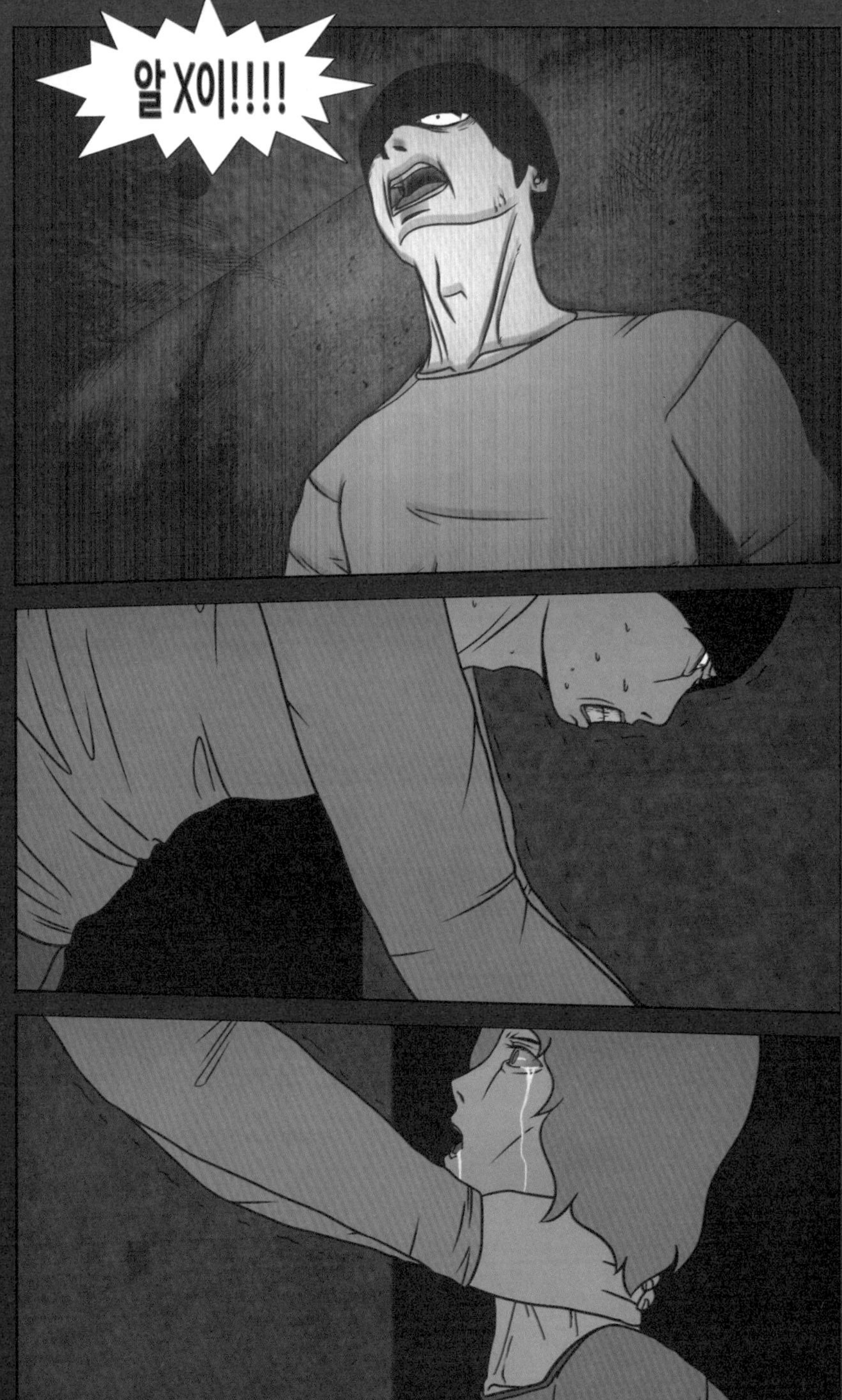
알 X이!!!!

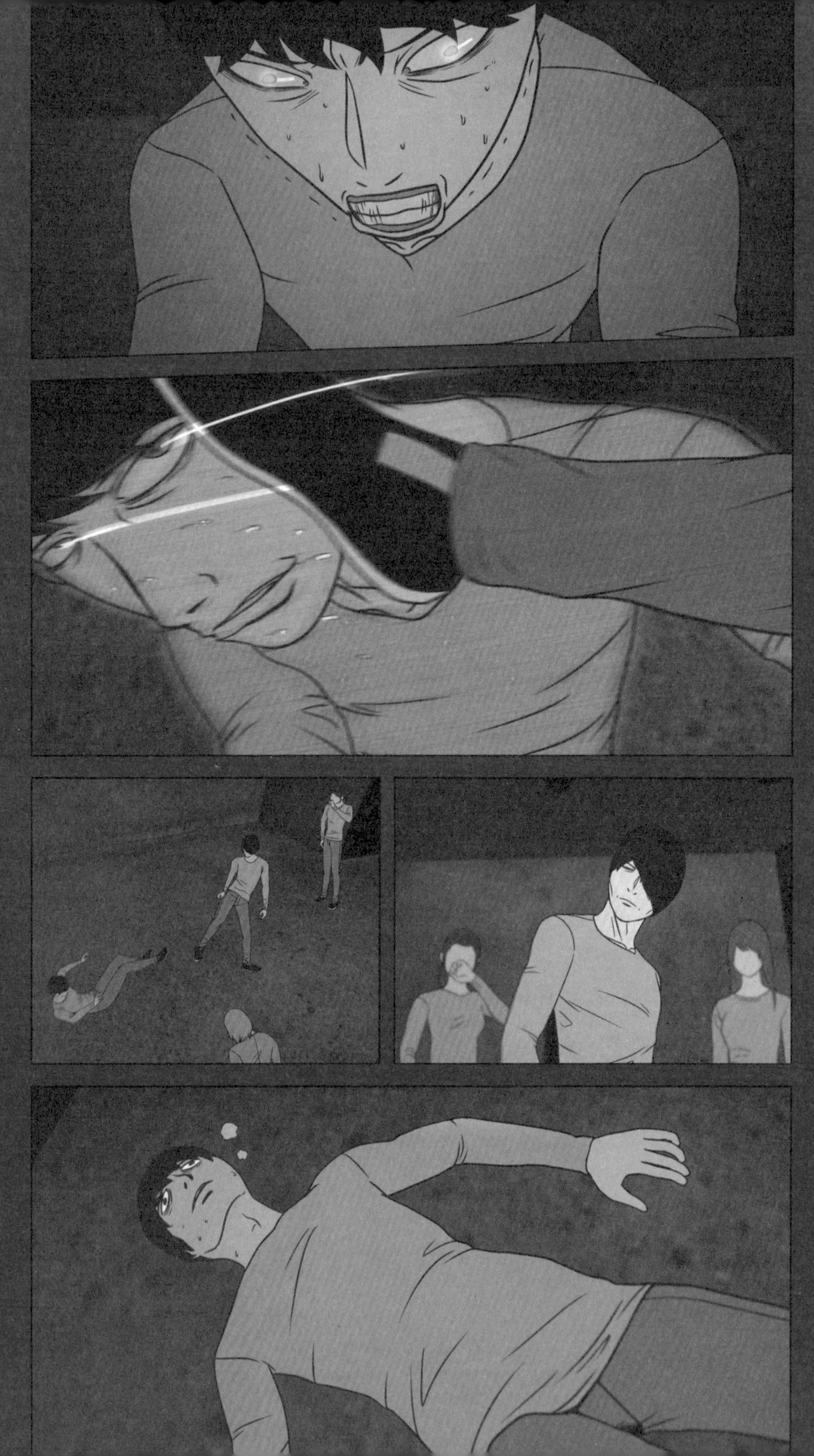

말려줘서 고맙다고 해야 할지 왜 말렸냐 따져야 할지 모르겠지만.

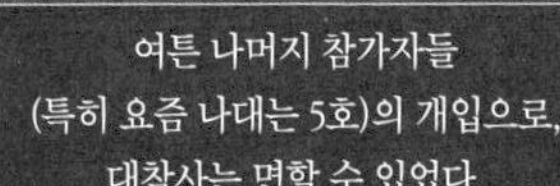

어떻게 나오신
거죠? 방에서.

묶은 거… 어떻게
푸셨는지 알려주셔야
할 것 같아요.

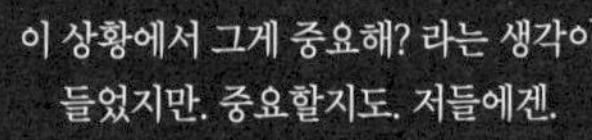
이 상황에서 그게 중요해? 라는 생각이
들었지만. 중요할지도. 저들에겐.

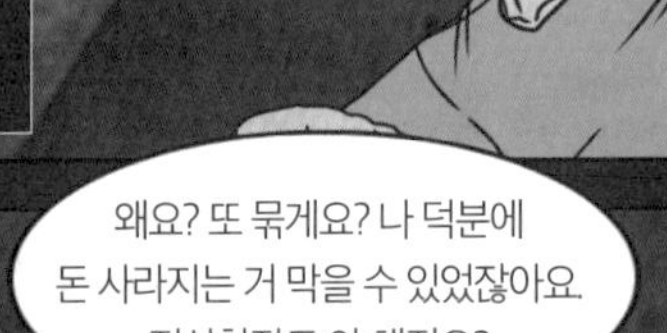

왜요? 또 묶게요? 나 덕분에
돈 사라지는 거 막을 수 있었잖아요.
정상참작도 안 해줘요?

……그 건은 감사하게
생각하고 있습니다.
그리고, 앞으로

갈잖게 선심 쓰는 척하네.
나 아니었음 잔액 빵원 될 때까지
어리버리 떨고 있었을 것들이.

불량품이었나 보죠.
아니면 썩었거나.
당기니까 끊어졌어요.

믿든 말든 상관도 없고
관심도 없다.

실은 제가

힘 좀 썼습니다.

…라고 사실을 나불댈
멍청이는 없을 테니.

그럼 나도 하나
물어볼게요.

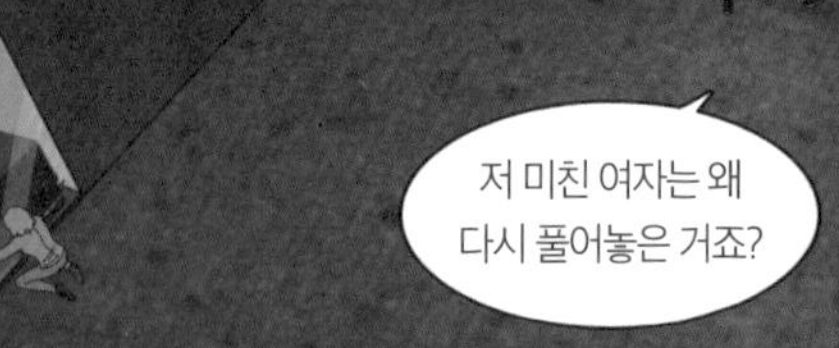
저 미친 여자는 왜
다시 풀어놓은 거죠?

10억으로집사고
10억으로차사고
10억으로빽사고
10억으로너사고

……그 사고는, 3호 님
잘못이 아니니까요.

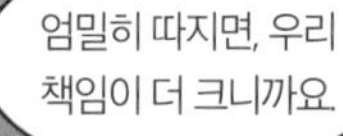
엄밀히 따지면, 우리
책임이 더 크니까요.

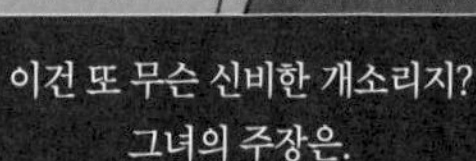
이건 또 무슨 신비한 개소리지?
그녀의 주장은.

3호가 문 밖으로 나온 건,
그저 돈이 보고 싶었기 때문이었다.

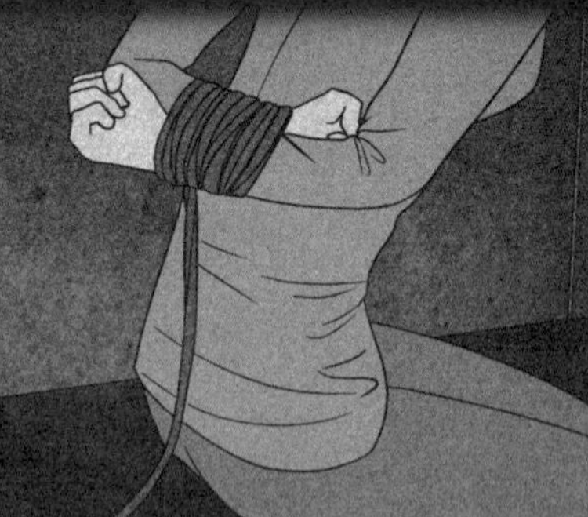

결론은. 사리분별을 할 인지력이 남아 있지 않은 3호에겐 잘못이 없다.
오히려 제대로 돌보지 못한 우리들의 잘못이 더 크다고 생각한다.

게다가 잘 들어보면, 내가 혼자 착각해서 스튜디오 뒤엎고 지X하는 통에 케어 못 받은 3호가 사고 친 거잖아 결국 너 때문이야 병X아. 라고 돌려까는 내용 같……

퀵모션으로 들어온 몸 쪽 꽉 찬 돌직구.
하지만 침착하자. 이 또한 대비한 내용.
파울 유도.

제가…… 돈 때문에
잠시 정신을 놨던 것
같습니다.

그래서 그만, 7호 님
본의를 의심했습니다.

돌이켜 보면, 선행을
하는 게 의심받을 이유는
아닌데 말입니다…

물론 이 또한.

믿든 말든 상관도 없고
관심도 없다.

아니! 여전히 니가
젤 수상해! 이 싸패야!

…라고 사실을 나불댈
멍청이는 없을 테니.

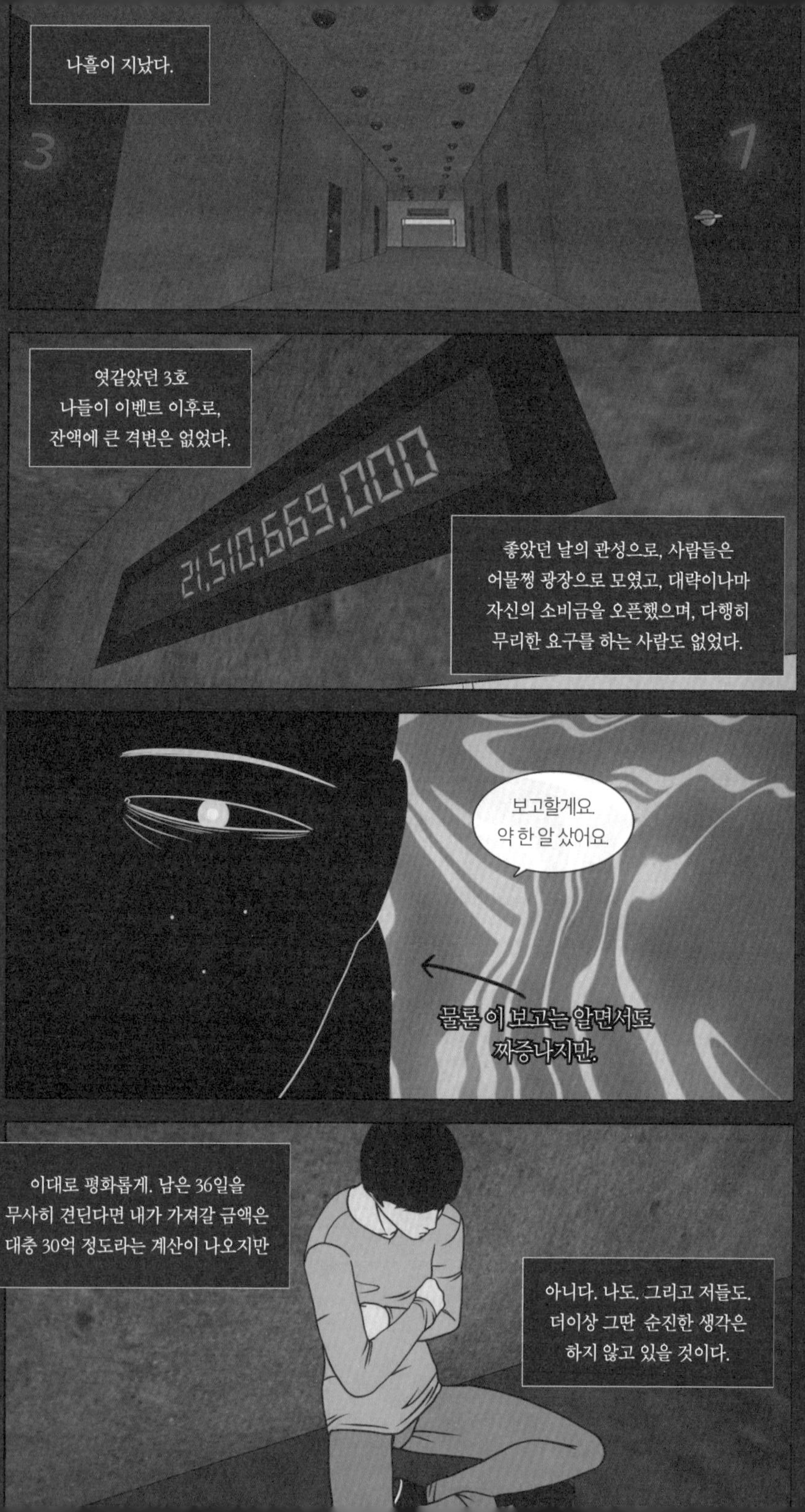

나흘이 지났다.

엿같았던 3호
나들이 이벤트 이후로,
잔액에 큰 격변은 없었다.

21,510,669,000

좋았던 날의 관성으로, 사람들은
어물쩡 광장으로 모였고, 대략이나마
자신의 소비금을 오픈했으며, 다행히
무리한 요구를 하는 사람도 없었다.

보고할게요.
약 한 알 샀어요.

물론 이 보고는 알면서도
짜증나지만.

이대로 평화롭게. 남은 36일을
무사히 견딘다면 내가 가져갈 금액은
대충 30억 정도라는 계산이 나오지만

아니다. 나도. 그리고 저들도.
더이상 그딴 순진한 생각은
하지 않고 있을 것이다.

돈핥핥이!

돼지의 멱을 딴 도살자를
잡아내지 못하는 이상.
상금을 독식하려는 그 누군가……
……를 축출하지 않는 이상.
결코. 진짜 평온은 오지 않을 것이다.

하긴, 급할 거 없겠지.
버티고 사리고 숨죽이다,

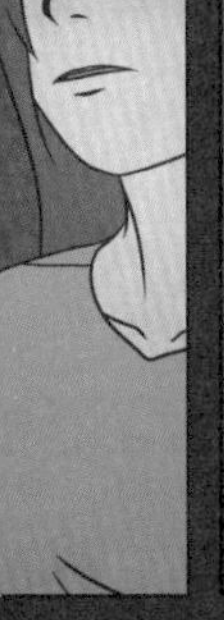
99일째 되는 날 모두의
모가지를 따더라도 남은
상금을 독식할 수 있으니.

오줌……

그날이 오기 전에
수단을 강구하고
대책을 마련해야 한다.

3호 님! 어디 가세요!
곧 밤인데!

그날이 오기 전에
범인을 잡아내고,
잔액을 지켜내……
3호 님! 그 방
아녜요! 3호 님!!!

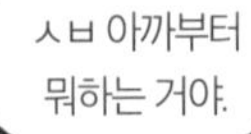
아 생각 좀 할라는데.
졸X게 시끄럽네.
ㅅㅂ 아까부터
뭐하는 거야.
저 멍청한 여자는.

불길한 사인은 유쾌한 날 머리에 떨어진 새똥처럼 언제나 갑자기.

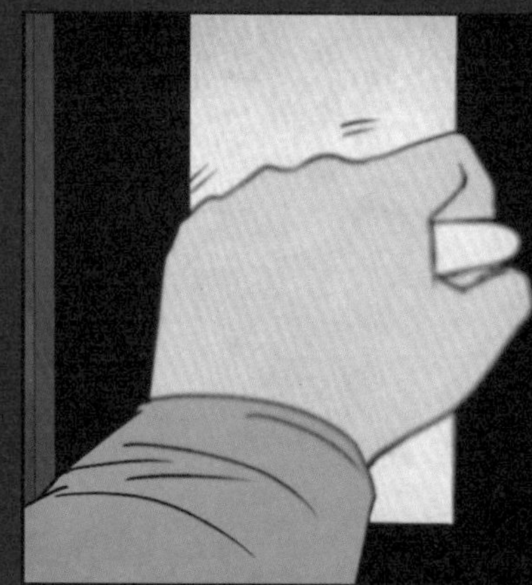

뭐야… 안에서
뭔 짓을 한 거야…
3호가 깡패 방에 들어간 이유는 알 수 없지만.
한 가지 확실히 알 수 있는 건. 밤이 될 때까지
이 문 못 따면 단체로 X 된다는 것.
버튼 눌러!!
버튼!!
문을 못 열면, 3호를 못 꺼내면,
4호가 풀려나면,
다시 시작된다 그 끔찍한 나날들이.
아니, 나날들이 시작되면 오히려 다행이다.
맞아죽어 나날들이 끝날지도 모른다.
미치겠네. 손잡이는
움직이는데 잡아당겨도
꼼짝도 안 해.
저, 저기 이 문…
잠긴 게 아니라,

시X. 그럼 어쩌지? 곧 밤인데? 내 정확한 생체시계가 그렇다고 하는데? 여기서 계속 문고리 잡고 씨름하다 00:00 덜컥 개인실 잠기기라도 하면.

21,510,669,000

− 집에 안들어간 나쁜아이 5명

= 10,755,339,000

그렇다고 다들 방으로 쪼르르 들어가버리면 일출과 동시에 피바람 확정. 이러지도 저러지도 못하는. 그야말로 진퇴양난.

열려… 좀…
열리라고……

그 전에 어떻게든 열어야 된다. 어떻게든 열고, 꺼내고, 닫고, 잠그고, 다시 묶고, 3호를 풀어준 7호를 원망하고…

좀!!!! 열려어어어어엇!!!!

빠각!

빠각?

……………

손잡이가.
부러졌다.

어……
어어………

이건. 이젠. 진짜.

어쩌죠?
이제?

X된 것 같다.

머니게임
MONEY GAME

#35

"대체 뭘 본 거지?"

돈을 포기하더라도 문을 부수고 들어가야 할지 각자 방으로 돌아가 무장을 갖춰야 할지.
어떻게 해야 할지, 어떻게 해야 좋을지 도무지 갈피가 안 잡히……

뭐지? 멸치? 내가 잘못 들은 건
아니겠지? 5호가 저런 대사를 치는
캐릭터였나? 나 상대로 손맛 좀
보더니 기세가 좀 등등해졌나?

내일 일은 제가 책임질 테니
일단 방으로 들어가세요.
문 잠기기 전에.

아, 네……
알겠…습니다.

그러니까 뭐냐고.
저 졸X 강해보이는 대사는.

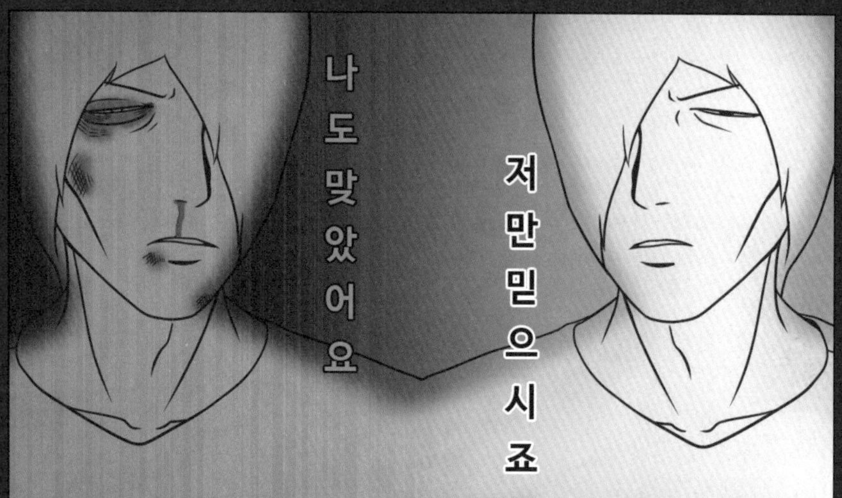

이 두 장면 사이의 갭이 아득히 넓어 도무지 연결도 이해도 가지 않는다.

우리에서 탈출한 맹수마냥 미쳐 날뛸 4호에. 대항할 무기를……

아니. 알고 있잖아. 여기서 살 수 있는 '진짜 무기'는 없다는 걸.

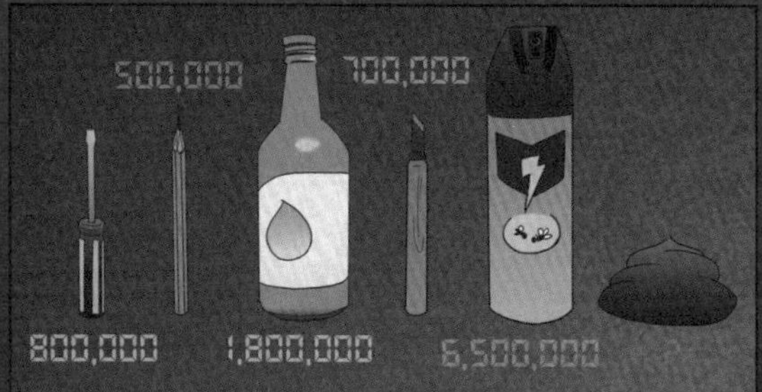

여기서 구매 허용된 것들이라고는
X만한 드라이버나, 연필이나,
깨진 병이나, 조각칼이나,
해충구제 스프레이 같은

'유사 무기' 뿐.

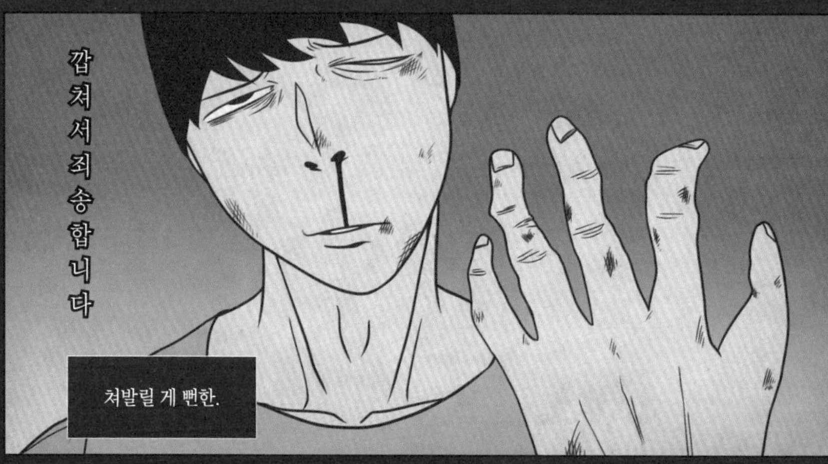

그렇다면
남은 방법은
하나뿐.

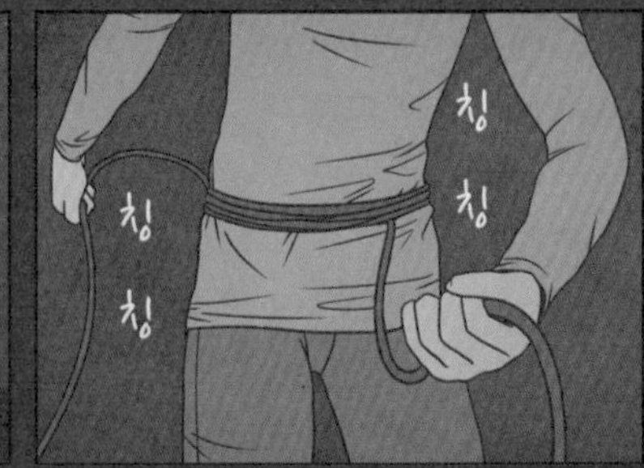

콰아아아악-

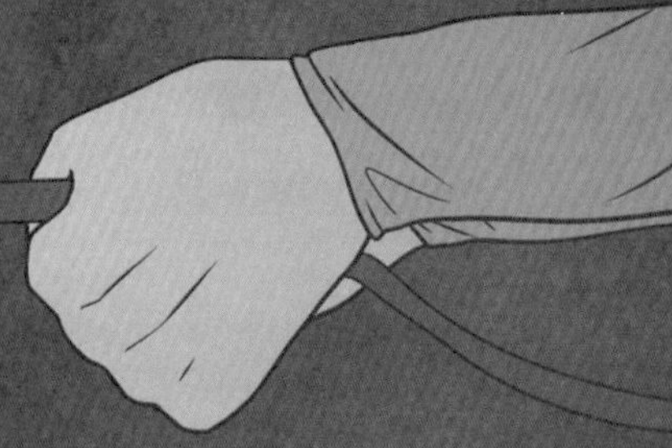

깡패에게 배운 입구봉쇄.

지들끼리 치고박고 개판나서
깡패 전력이 조금이라도 약해질 때까지.
운 좋게 어디 한 군데 찔리거나
부러지면 더 좋고. 여튼 그때까지.

버틴다!

이 악물고
버티는 거다!

야. 가져왔냐?

응? 안 가져왔어?
가져오랬잖아.
왜 안 가져왔냐?

탁-

우습냐?

우스워?
우습지?
내가 우스워. 응?

탁-
타악-

아, 아니…
아니…그게 아니……

아닌게 아닌데?
아닌데? 아닌데?
아닌데?

탁-
탁-
탁-
탁- 탁- 탁- 탁-

탁- 탁-
타악- 탁-

야.

ㅇㅇ. 졸X.

애새X들도
졸 멍청하다니까.
같이 덤비면 저거 하나
까는 거 일도 아닌데
왜 맨날 처맞고만 있지?

그럼 너가 먼저
해보지? 애들 우르루르
같이 덤벼주겠네.

아 그건 좀.
삐궐훟니까.

응?
뭐라고?

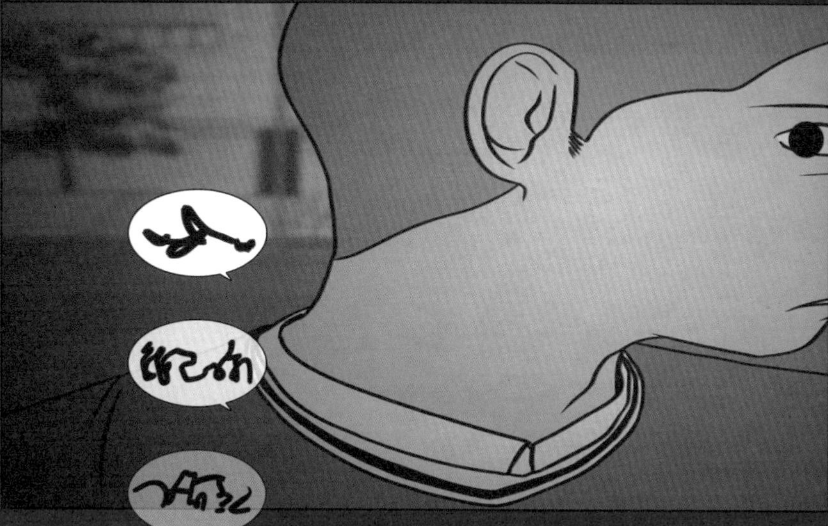

아 뭐라는거야……
좀 더 크……

겟!

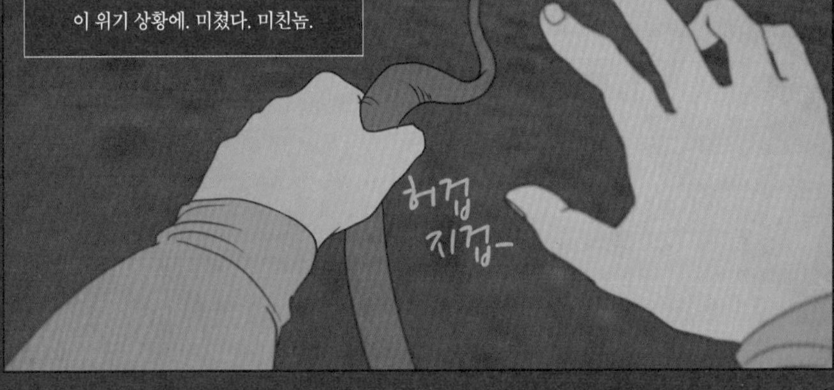
와. 미쳤다. 미쳤어. 깜빡 잠들어 버렸다.
이 위기 상황에. 미쳤다. 미친놈.
허겁
지겁-

흐이익-
아침? 아침이다. 광장에서
말 소리가 들려온다. 4호는? 나왔다.
광장에서 4호 목소리가 들려온다.

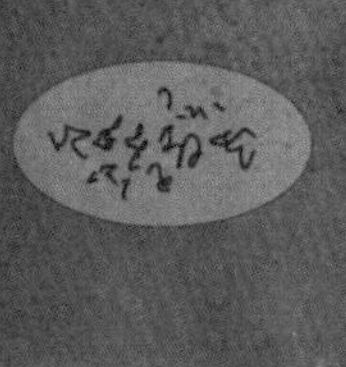

무슨 얘기들을 하고 있는 거지?
의외로 막 평화협상 같은 거라도? 제발.

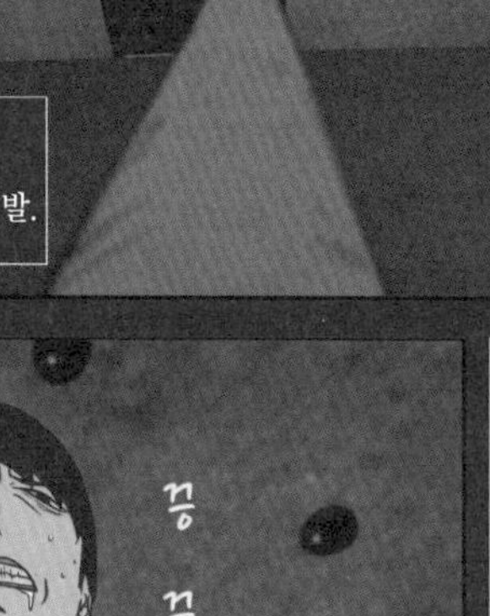

ㅅㅂ 하루종일 이러고
있을 수도 없는 노릇이고.

어쩌지? 몰래 나가볼까?
광장이라면 내 방에서
거리도 꽤 되니까

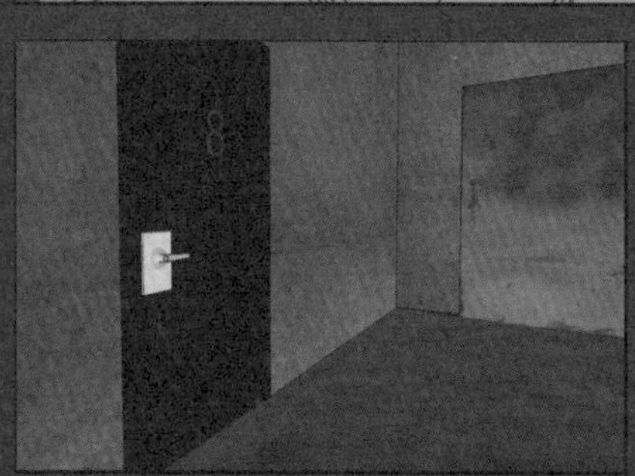

그래. 동태를 살피다
유사시엔 다시 방으로 잽싸게.

19,178,969,000

시X. 역시. 그럴 리 없지. 평화협정? 그 반대다.
저 분위긴 누가 봐도 폭력(이면 다행이고 살인) 예고.

다리 붓기가 빠진 걸로 봐서는
계속 앓고 있길 기대한 것도
공허한 기도. 게다가 저거……
이거
저거, 그거 아냐? 한방 제대로 들어가면
치열이 재정렬되고 후두부가 연두부가
되고 늑골이 발골된다는. 그… 뭐더라?
너클이라고 합니다.
knuckle
인파이팅에 자신 있으신
분들에게 추천합니다.
……
돼지새x는 어디 갔어?
계속 안 보이던데.

왜. 그 새X도 꼰대처럼
죽었어? 아님 돈 더 먹으려고
죽이기라도 한 거야?
하 이것 봐라. 진짜로
죽인 거라고?
역시 푸닥거리 일선에 있던 자다운
날카로운 상황 분석. 살아남기 빡센
세계에서 살아남은 자의 야생의 감.
이야 이 새X들.
무섭네.

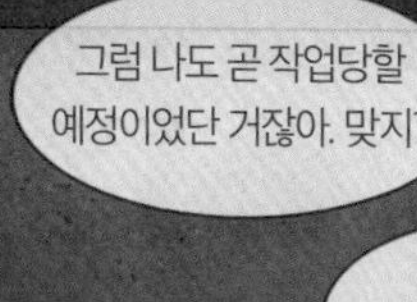
그럼 나도 곧 작업당할
예정이었단 거잖아. 맞지?
잘됐네. 좀
찝찝했었는데.
R.I.P
묶여 처박힌 그날부터 계속.
계속 니들 쳐죽일 생각만
하면서 버텼거든.

이제 좀 맘
편하게
대가리 박살
낼 수……
우두두둑-

그러지 마세요.

부탁 드립니다.
멈추세요.

……응?
멈추라고?

……싫다면?

싫다면 어쩔 거냐고
이 시XXX야.
안 된다.
역시. 시작된다.

제……
제발……
제발 5호 님. 믿고 맡기라 그랬잖아.
그럼 뭔가 보여줘야지. 깜놀한 무기든
신박한 전략이든. 뭐든. 제발. 제발 뭐든.

저는……어떻게든 무사히 살아나가야 합니다.
돈에 눈이 멀어 위험을 감수할 생각은 없습니다.

그렇다! 옳다! 사는 게 우선이지! 살아야 부자가 되든 졸부가 되든 하지! 그러니까 빨리! 뭐라도 좀!!!
그러니 다시한번 부탁 드립니다. 그냥 이대로, 게임이 종료될 때까지, 조용히……

텁-

그거 알아? 겁 많은 개가 존X게 짖는 거. 무는 개는 안 짖고 바로 물거든.

통 안 짖길래 무는 갠가
싶었는데. 이상하네?
갑자기 시끄러워졌어.

다급하게 짖는
이유가 혹시……

스윽-

여, 여우시 주먹판 최전선에서 살아남은 자의
예리한 촉… 이라고 감탄할 때가 아니잖아!!!

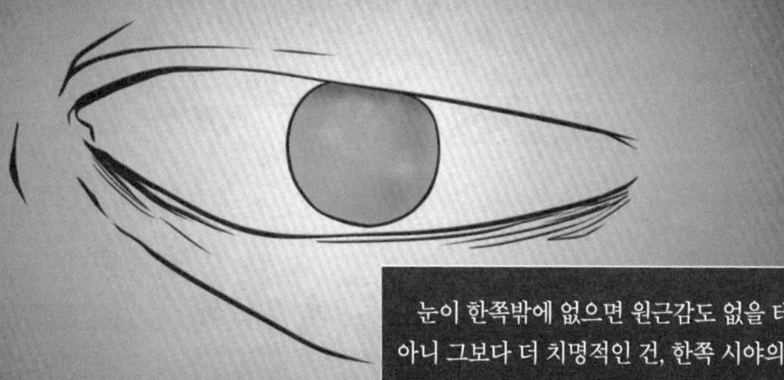

나만믿으셈

저딴 대사를 친 거지? 아니 시X
이럴 줄 알았으면 어제 문이라도
부수고 들어갔어야 하지 않나?

차감이고 나발이고 간에 깡패
제압을 최우선했어야 하지 않았…

......
하지만 어째선지. 갑자기.
당장이라도 매우 칠 것처럼 이죽대더니.
갑자기. 정적이 흘렀다.

그리고
놀랍게도 심지어.

씨이X……

물러섰어? 그 살기 등등하던 깡패가.
먼저 발을 뺐다고??
돈 계속 없어지면
진짜 각오해 개XX들아.
저건 분노가 아니다.
저 대사는 누가 들어봐도
상황 회피를 위한 애드립. 으름장.

히 익

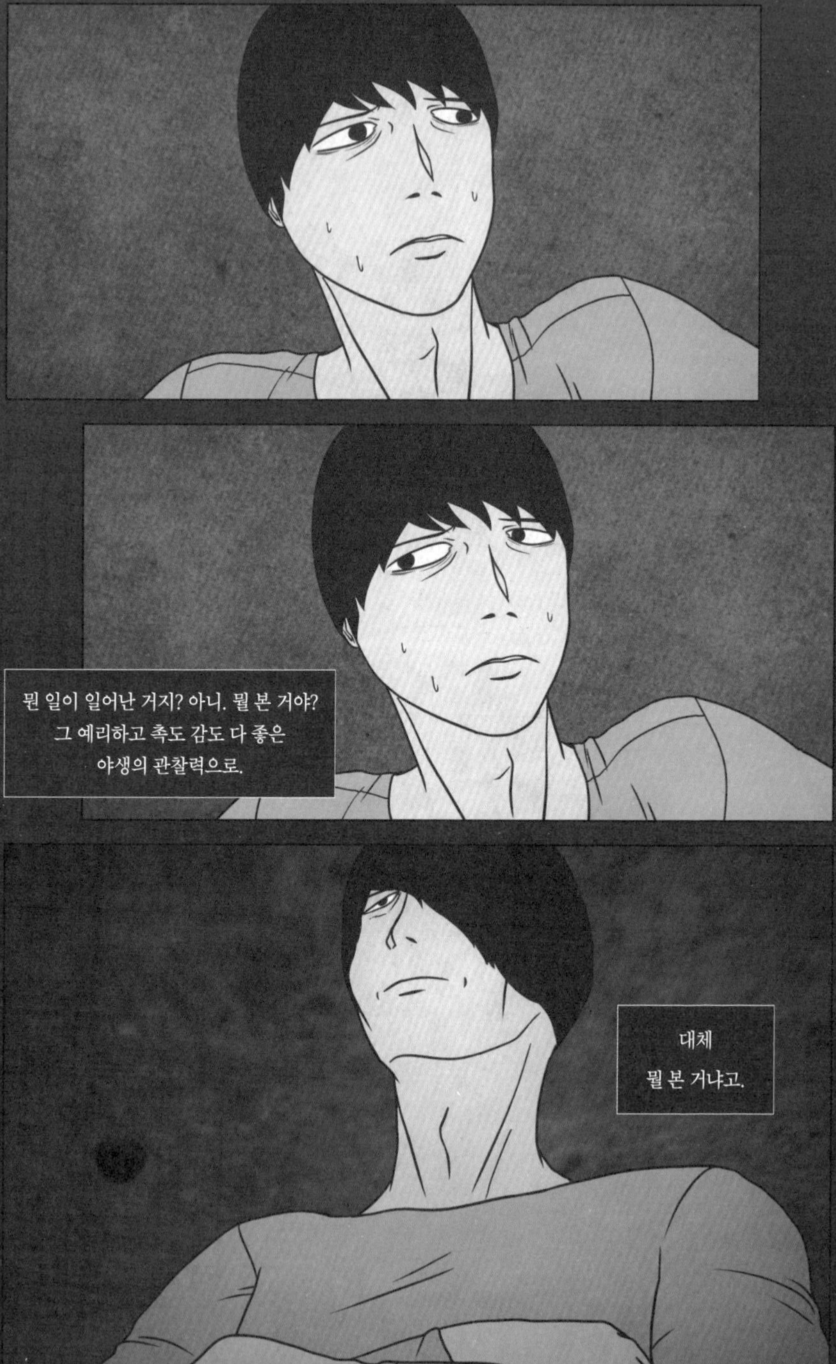

뭔 일이 일어난 거지? 아니. 뭘 본 거야?
그 예리하고 촉도 감도 다 좋은
야생의 관찰력으로.

머니게임
MONEY GAME

#36

"폭력확산금지조약"

NTP
Treaty on the Non-Proliferation of Nuclear Weapons
NTP. 즉 핵확산 금지 조약을 한마디로 설명하자면,
미국, 중국, 영국, 러시아, 프랑스 외의 나라는 핵을 가질 수도, 개발할 수도 없다는 국제조약입니다.
본인들은 핵을 소유하면서 타국의 보유나 개발을 금지 한다는 건 일견 강대국의 무력 독점을 용인하는 것처럼 보이기도 하지만,
NTP가 현재 국제정세 안정에 강력한 힘을 발휘하고 있다는 점 또한 부정할 수 없죠.
그럼 약소국들이 이 강력한 규제조약에 저항하여 강대국의 제제와 억압 속에서도 기를 쓰며 핵을 보유하려는 이유는 뭘까요?

만화영화에서
흔히 보듯,

세계정복을 하기
위해서일까요?

ㅋ ㅋ ㅋ

흔

아님 영토나 자원 확장
전쟁을 하기 위한 준비일까요?

물론 아닙니다. 오히려 그 반대.
살아남기 위해서입니다.

제아무리 강대국이라 해도
핵이 있는 나라는 함부로
건드리지 못할 테니까요.

아이러니하지 않나요?
종말병기라 불리우는 핵무기가, 오히려
평화의 오브제 역할을 한다는 게.

뭘 본 걸까.
4호는.

대체 뭘 봤길래. 이글대던 살기를
애써 눌러담고 자리를 피했을까.

모르겠다. 알 수 없다.
하지만 확실한 거 하나는,
5호 덕에 이 무법천지 스튜디오에
억지력이 생겼단 것.

NUCLEAR

너도 한방
나도 한방

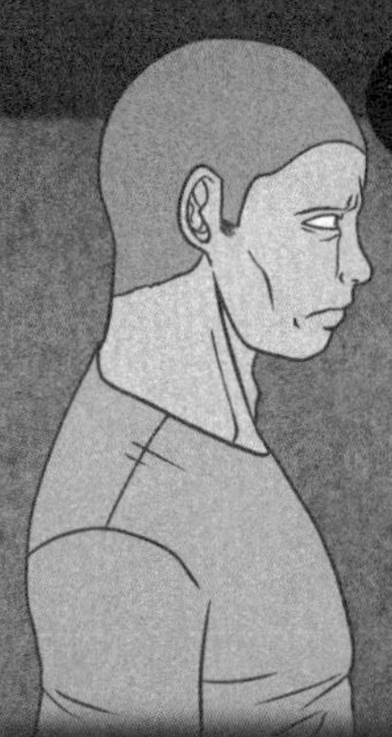

그가 인내력도 쩔고 사려도 깊은데
욕심은 또 없는 곧은 사람(일 수도 있을 것)
이라는 것이 더더욱 감사하다.

이제 알겠어? 우리가 뭐 동네
양아치만 끌어모았겠냐고.

즉 엔딩까지 5호 옆에만 잘 붙어 있으면. (아마)
목숨도, 돈도, 무사히 챙겨나갈수 있다는 결론. (아마)
…을 낼 수도 있겠지만.

시X.

냉정히 생각해 보면, 5호가 날 보호해줄
이유 따윈 하나도 없다.

그의 가호를 구걸하기엔 조금……
아니, 넘 많은 등신짓 퍼레이드를 했다.

환 사재기를 하면 우리 모두 부자!
불 피우면 따뜻해질 것 같았어요.
누군가 배송구로 돈 빼돌리고 있다고!
개 사진은 뭐야? 어디서 착한 척이야?
네가 제일 수상해! 이 사이코패스야!
다 벗으라고 XXXXXXXXX 들아!

내가 5호라면, 5호 연합이라면, 이해한다.
껴주지 않는다. 오히려 날 배척해야 할
또라이로 취급하는 게 합당할 정도다.

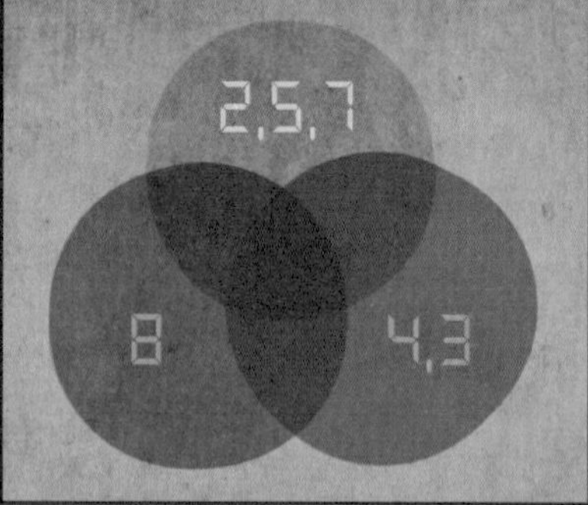

지금의 형세는 대략 삼국의 구도지만 슬프게도 나의 세력과 스탯은

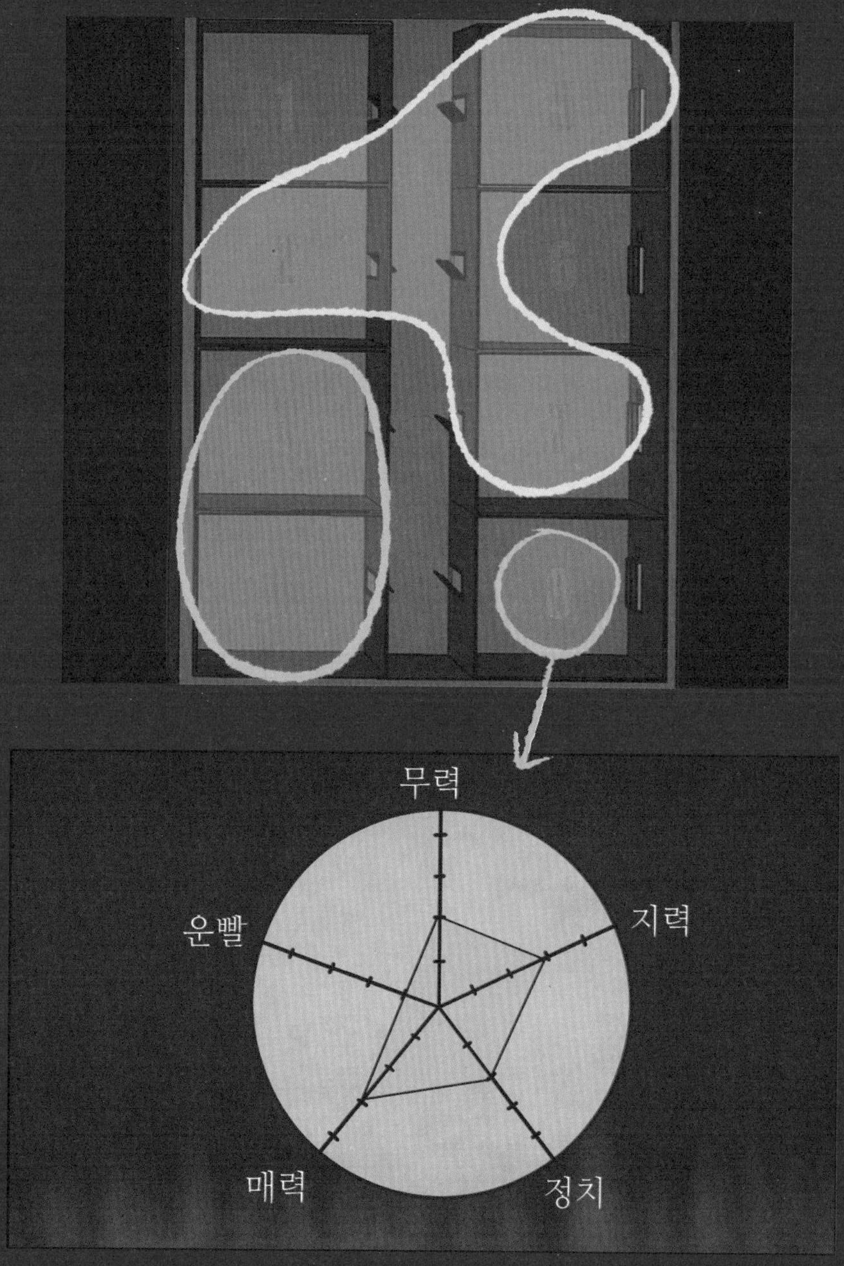

똥세력과 쓰레기 스탯. 그러니 그들이 날 필요로
할 이유는 손톱 밑 때 속 박테리아 만큼도 없다.

하지만. 이제와서 어쩌겠어.
누굴 원망하겠냐고. 차곡차곡 쌓은
카르마가 일시상환 된 것뿐인걸.
그러니, 어떻게든 혼자 살아남아야 한다.
핵무기 보유는 불가능하더라도,
죽창 정도는 가지고 있어야 한다.
띠링-
기이이이잉-

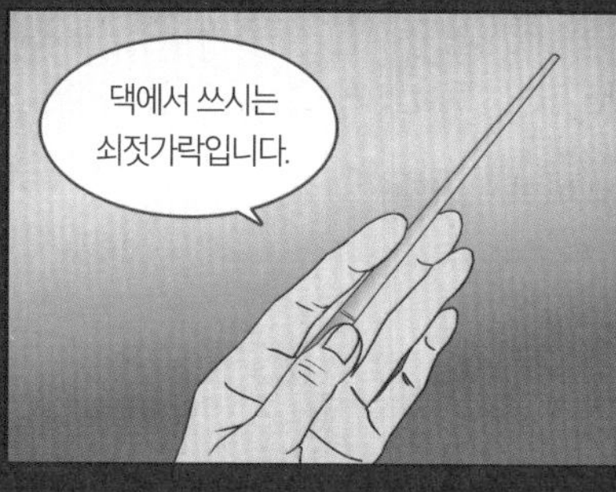
댁에서 쓰시는
쇠젓가락입니다.

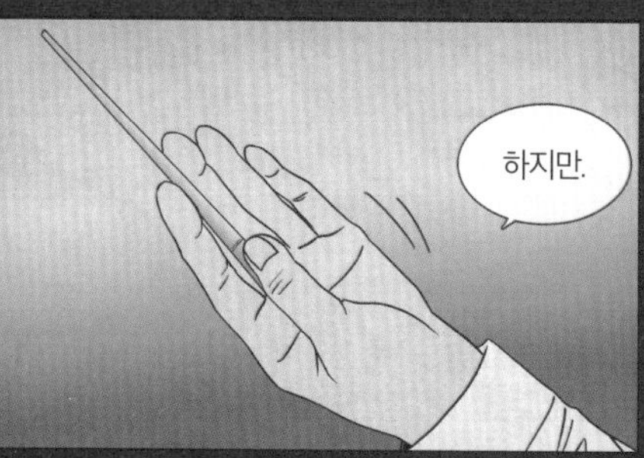
하지만.

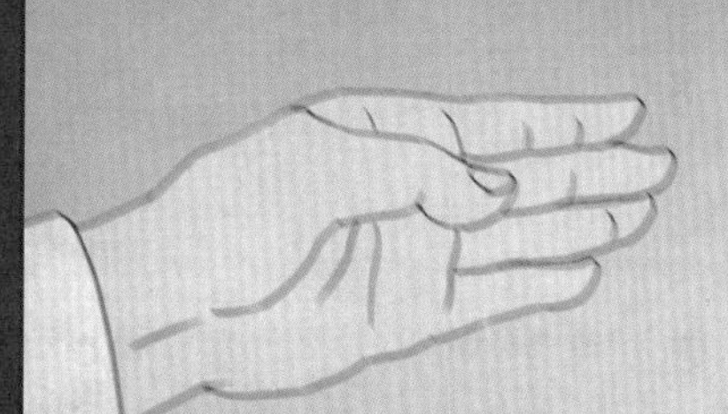
슈팟-

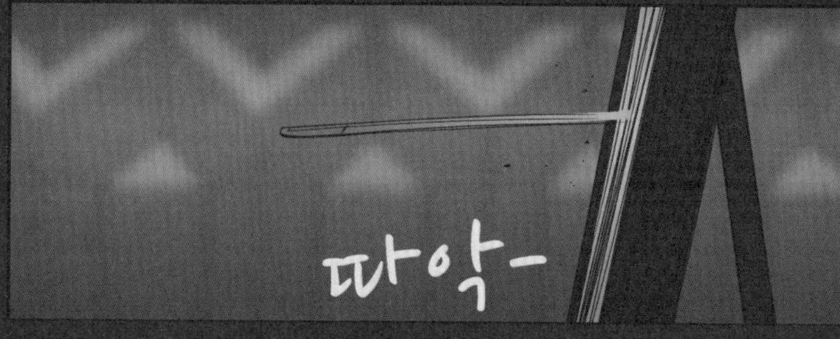
따악-

또르르르르르-

저희 남파간첩 출신들의 손에
들어오명 치명적인 무성무기가
됩니…된다요… 아니, 된다기래.

BJS
항상 경계하십시오. 남파간첩들은
여러분 주위에 있을 수도 있습니다기래.

애쓴다
애써……

게임 시작 68일째.
5호가 공표한 폭력확산금지조약 덕에. 참으로 오랜만에. 평화로운 나날들이 이어졌다.
후우우우우-

18,927,019,000
물론 이는 가짜 평화지만. 전혀 상관 없다. 존재하는 그 어떤 형태의 평화든, 어차피 힘의 균형으로 짜맞춰 유지되는 표면상의 평화일 뿐이니까.
가장 중요한 건 내가 힘을 기르는 것. 그 누구도 약소국의 사정 따위 봐주지 않는다. 호시탐탐 밟아죽일 찬스만 노릴 뿐.
정신일도. 정신일도. 정신왈도. 정신일도…

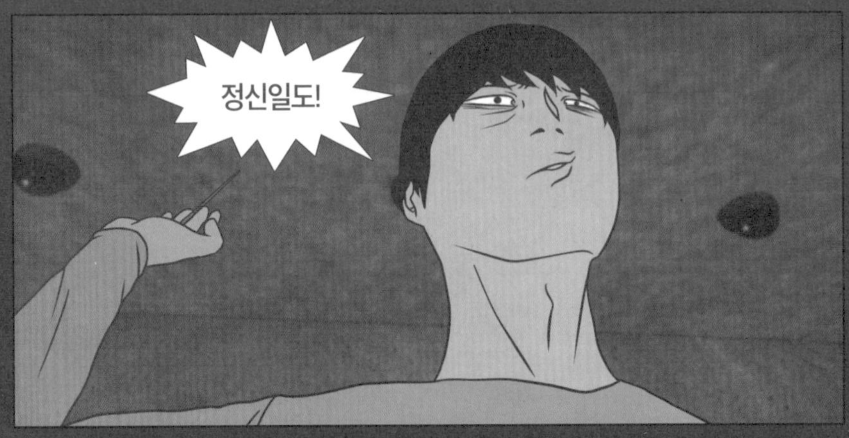
정신일도!

슈 팍-

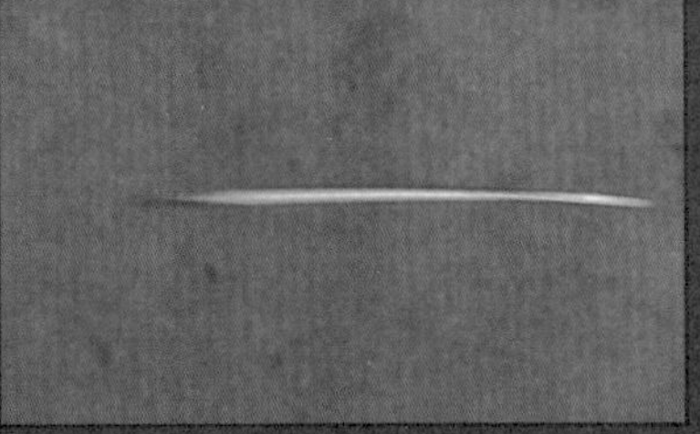

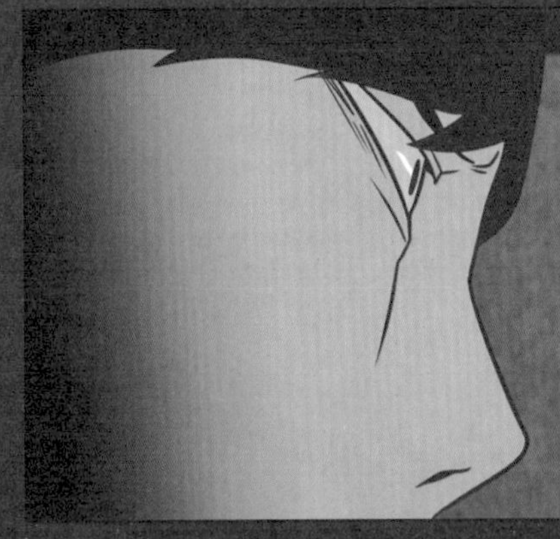

가랏!

땡-

하.

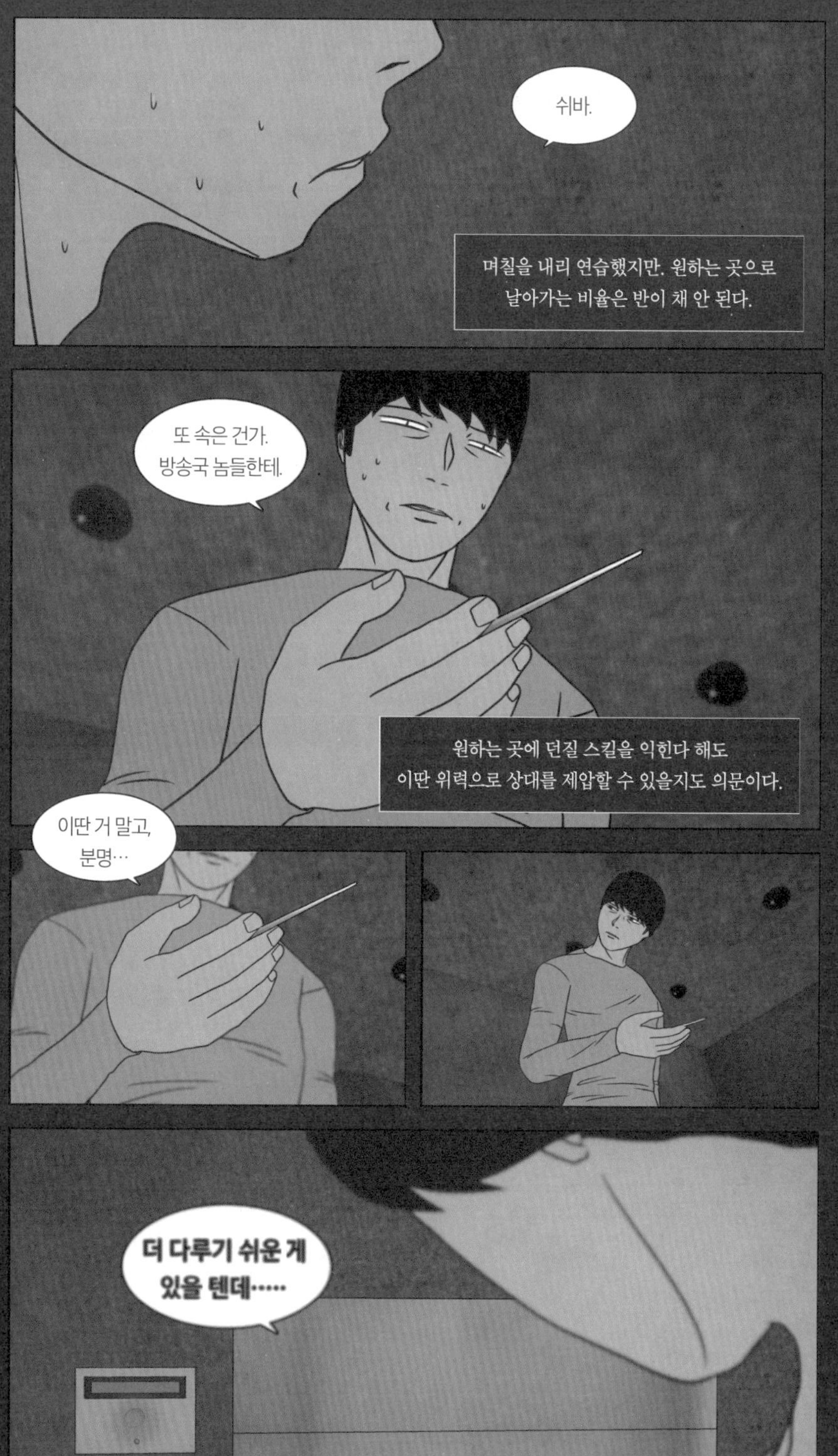
쉬바.
며칠을 내리 연습했지만, 원하는 곳으로 날아가는 비율은 반이 채 안 된다.
또 속은 건가. 방송국 놈들한테.
원하는 곳에 던질 스킬을 익힌다 해도 이딴 위력으로 상대를 제압할 수 있을지도 의문이다.
이딴 거 말고, 분명…
더 다루기 쉬운 게 있을 텐데……

답답하지만, 고민은 밤새 천천히 하기로 하고
일단 자정이 오기 전에 더 급한 일부터.
뉴장실 ㄱㄱ

철컥-
멈칫
멈춰. 위험신호.
불친절한 이웃집 문이 열리는 소리가 들렸다.

최근 쥐죽은 듯 지내는
깡패긴 하지만 알고 있다.
쥐죽은 것도 기죽은 것도 아니란 걸.

우리를 족칠 날만 오늘내일 기다리며
분노를 꽁꽁 압축시키고 있는 중이란 걸.
문 살 짝 이
어디 가지? 화장실 가냐?
그럼 빨리 싸제끼고 나와.
나도 써야 하니까.
응?
뭐지? 뭘 들고 가는…
……아. 그거구나.

포대
모래
4호가. 뉴-화장실인 1호실로
모래포대를 들고 들어갔다.
근데 어째서? 돼지 시체는
이미 모래로 덮어놨는데.
이거 혹시……
몸. 아직 덜 나은 건가?
그래서 저렇게 위생에
집착하는 건가?
4
X바 독뎀에
딸피.
-5
-7
-4
-7
그런 건가? 그럴지도.
약사도 의사도 없는 곳이니까.
감염 후유증이 오래가는 걸지도.
아니 더 심해진 걸지도.

그렇다면 호재. 참 좋은 징조.
어둠을 비집고 들어오는

한줄기 빛줄기.

망가진 몸으로 멸치를 제압하진
못할 테니까. 아니 어쩌면, 하늘이
좀 더 인심 써준다면, 병 악화로
자연사 엔딩 분기를 탈지도 모ㄹ

18,882,749,000

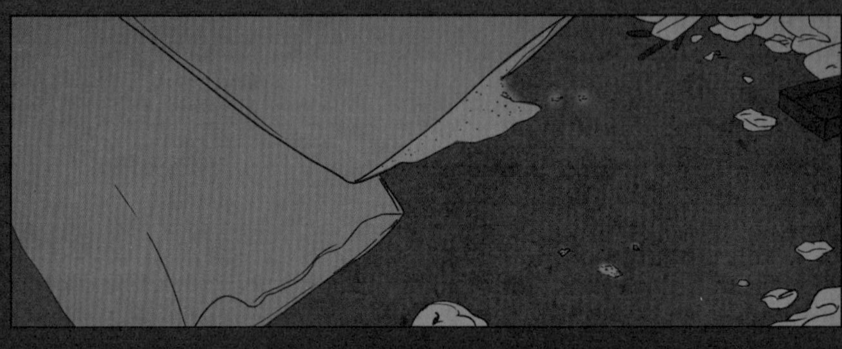

하지만 약소국의 핵 보유는
양날의 검이 되기도 합니다.

협박에 의해서든,
협정에 의해서든.

즉 굴복하거나 속거나,
그 어떤 이유로든 핵을 보유했다
폐기한 나라의 말로는.

늘 처참했거든요.

1
1
1
콰
앙-

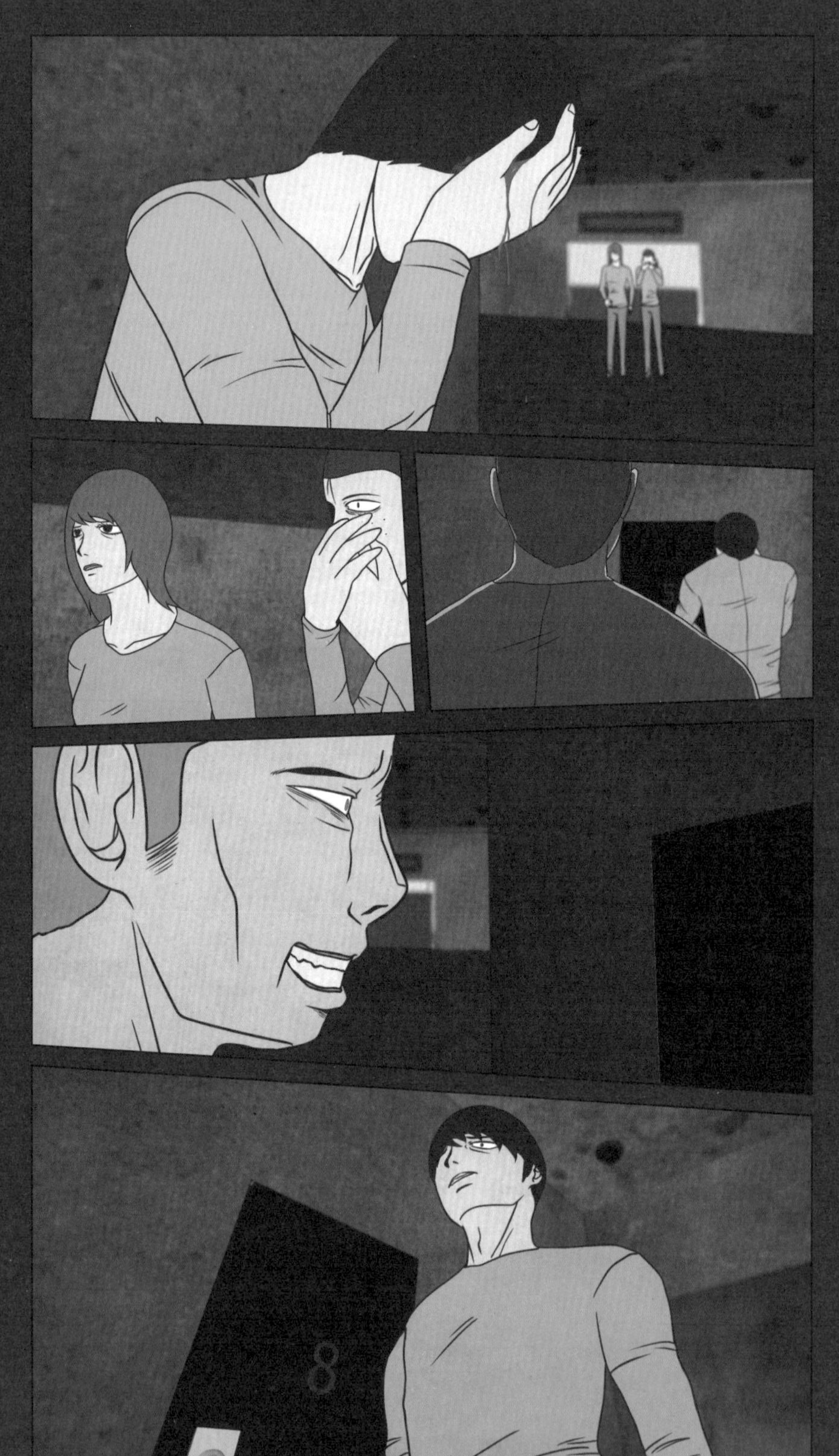
8

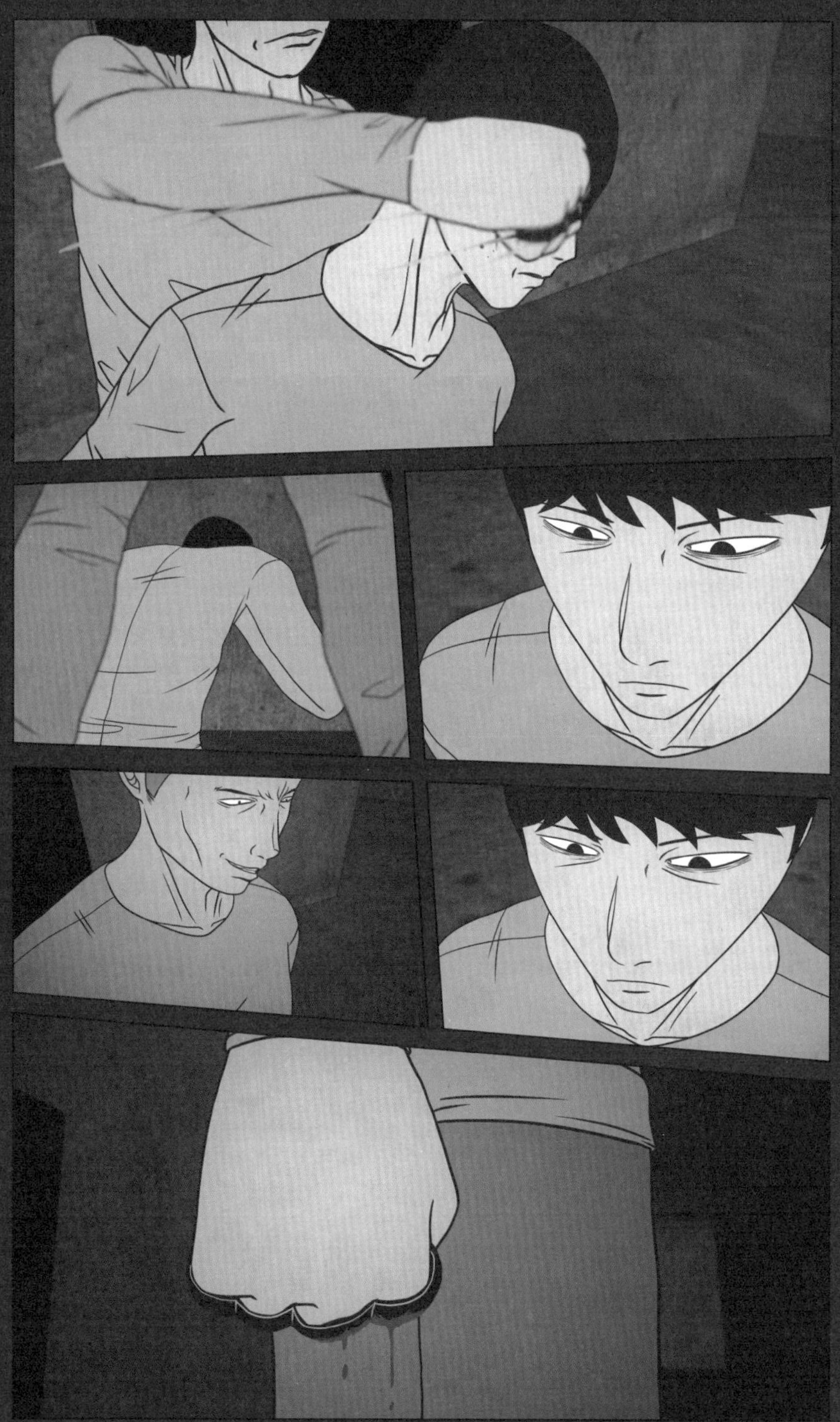

모래……

머니게임
MONEY GAME

#37

"각자의 인생에는 모두 사연이 있다"

치이이이-

치이이이이이익-

치이이이이익-

어우 배 터지겠다.

이 집, 고기 괜찮네.

안녕히 가십시오!

허. 니가 고개를 숙여?
살다 보니 별 걸 다 보네.
?

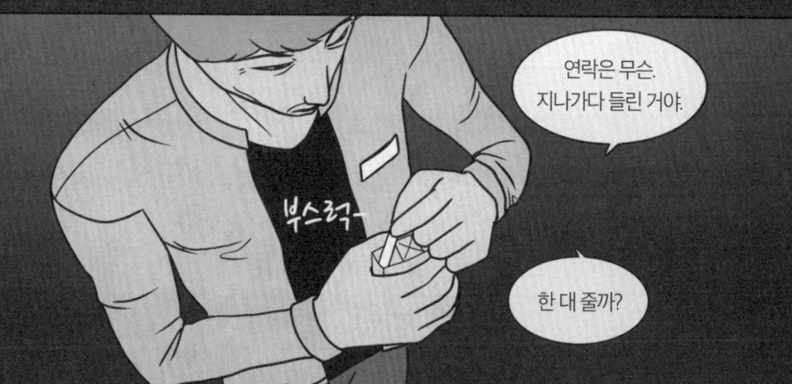

아닙니다.
끊었습니다.
이야…… 담배 끊는 놈
하고는 상종도 하지
말랬는데. 역시 독해.
쭈우우우-
담배 말고, 딴 것도
끊은 거 맞지?
하루 3초
후우우우우-
사람 패는 거.
하루 3초
…이젠 정신
차렸습니다.
그리고 이 가게.

겹살
모친 평생 남 가게 시다 하면서 모은 돈 싹싹 긁어서 시작한 거니까요.
하루3초
툭-
그래… 정신 차렸다 이거지?
치지직-
다른 놈이 그 말 했으면 X까지 말라고 했을 텐데
네 말이라면 믿어야지.
담배도 끊은 놈이 뭘 더 못하겠어.

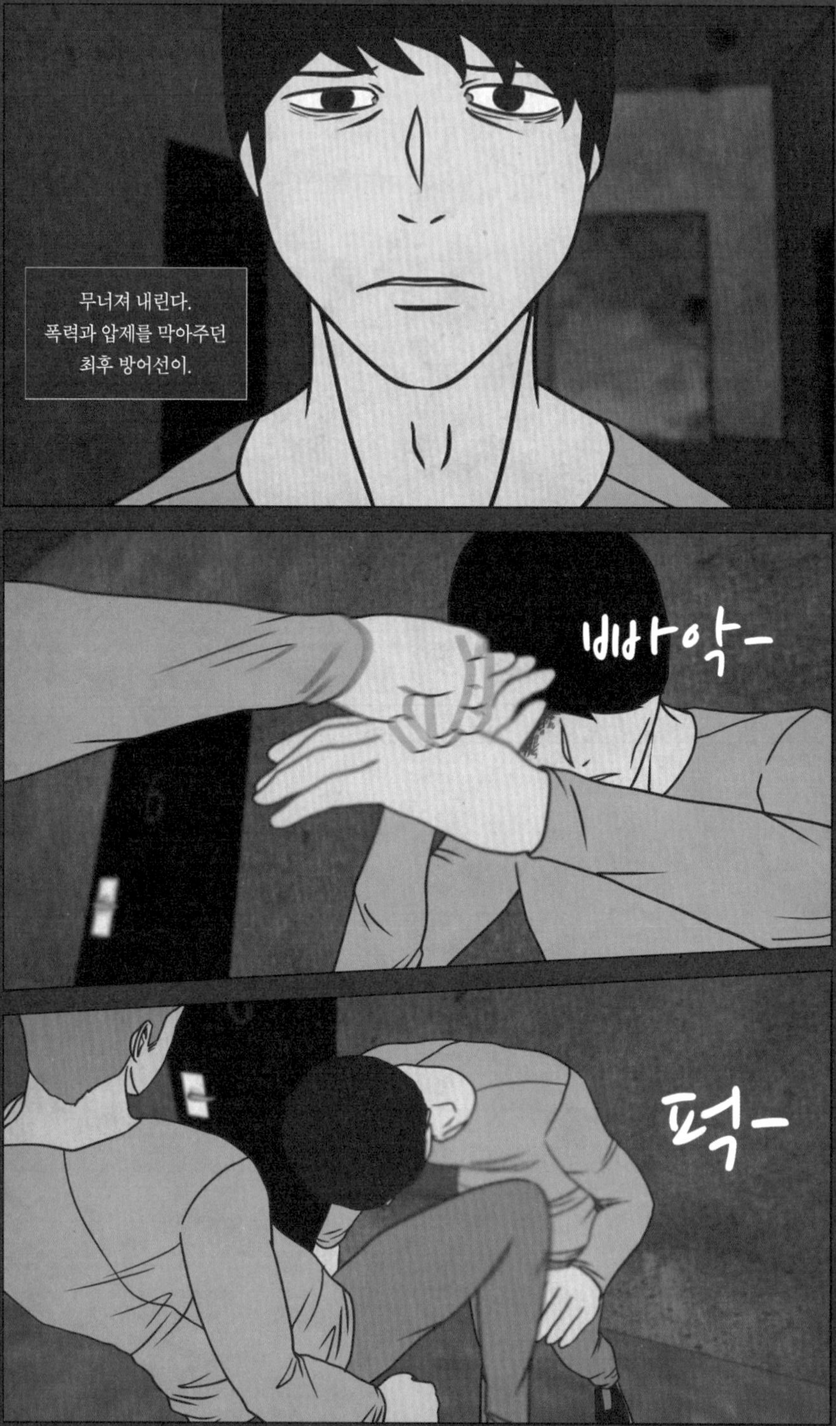

빠악-

퍽-

4호가 짊어 옮기던
모래포대의 진짜 용도는
매장용이 아닌
매복용이었다.
1

기습에 성공한 깡패는.
집요하게. 집요하게. 집요하게.
5호의 남은 한쪽 눈만을
노려 무너뜨렸고.

5호가 무너져 내리는 순간.
저 광기가 옮겨붙을 곳은
우리 중 하나가 될 것이 틀림없으며
남자인 내가, 우리 중 첫 번째가
되리란 것도 당연한 예상.
스으으-

슬금-

도망쳐야 한다. 5호가 침몰하기 전에.
도망쳐서. 문을 닫고, 봉쇄하고,
버티고 또 버ㅌ……
슬금-

빠악-

5호가 말했다.
왜 보고만 있냐고. 왜 싸우지 않냐고.
왜 도와주지 않냐고. 대체 왜.

죄송합니다. 죄송합니다. 저는 그런 사람이 아닙니다.

저는 위기를 적극적으로 돌파하는 사람이 아닙니다.

저는 위기를 적극적으로 회피하는 사람 입니다.

죄송합니다. 죄송합니다. 저는 그런 사람이 아닙니다

비켜 이 새X야!!

비키라고! 쳐 죽여
버리기 전에!!

하지만 다행히.
정말 다행히.
내 의도와는 전혀 상관없었지만 다행히.

깡패는 나를 경계하느라
한순간 5호로부터 시선을 뗐고.
그 짧은 한 순간은
5호에겐 충분히 긴 순간이었다.
꺼지라고.
뒤지기 싫으

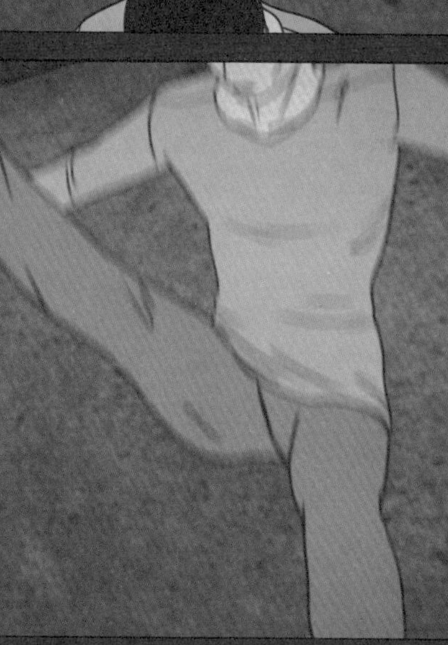
면

5호가 지금껏 감추고 있었던 건
신비한 무기도 기발한 전략도 아니었다.

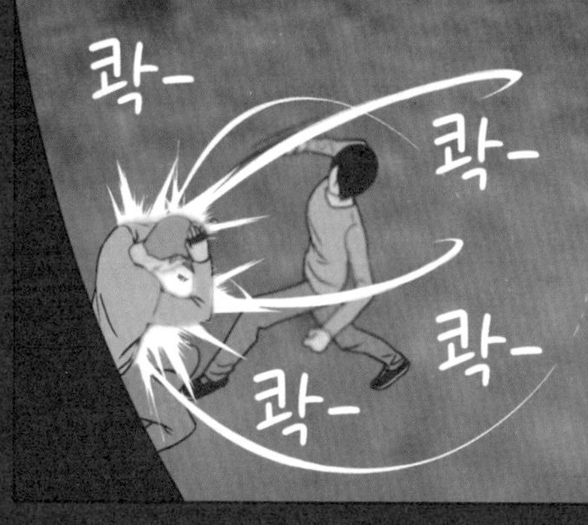

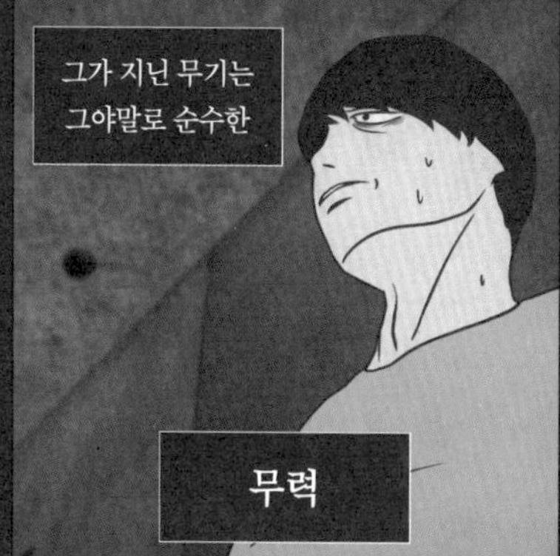

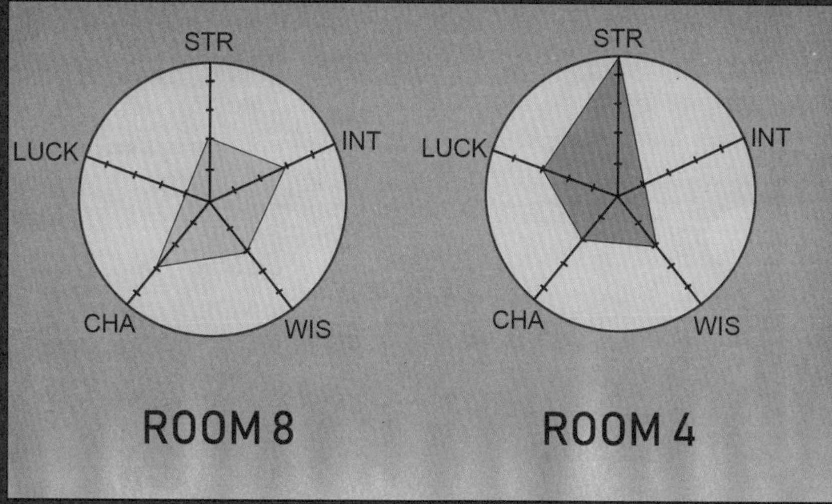

격투기에 식견이 전혀 없는 내가 봐도. 아니,
누가 봐도 한눈에 알 수 있을 정도로 잘 정제된

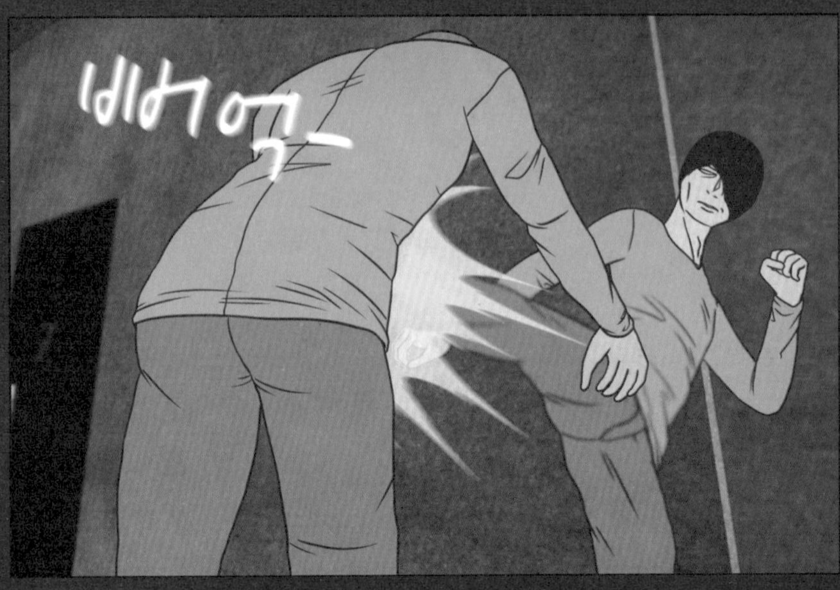
삐이억-

이…

씨이X……

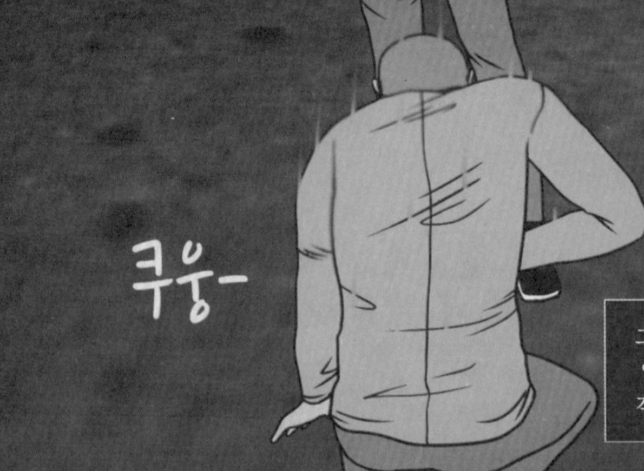
쿠웅-
그렇게 힘과 힘의 대결이.
엄밀히 말하면 막싸움과
격투기의 대결이. 끝났다.

다시. 방으로
들어가세요.

이번에는 이 정도로
끝내지만, 계속해서
사람들을 위협한다면

저도 더이상
참지 않겠습니다.

그래서 꼼수
좀 써봤는데.

X발 X도
안 먹히네.

근데 말이지……
네 말대로 방에 얌전히
묶여 있으면

그 돼지 새X 처럼
작업당할 게 뻔한데.

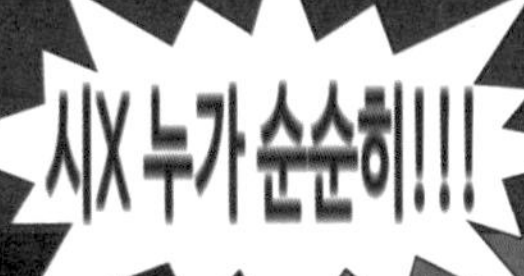
시X 누가 순순히!!!!

'콰직'

태어나서 처음 들어본
기분나쁜 소리.

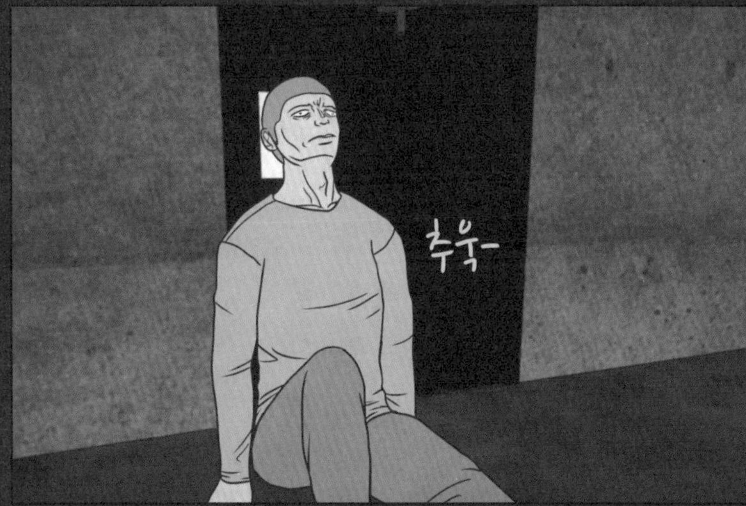

아마 저 불길한 소리의 원인은.
부러진 4호실 손잡이에.

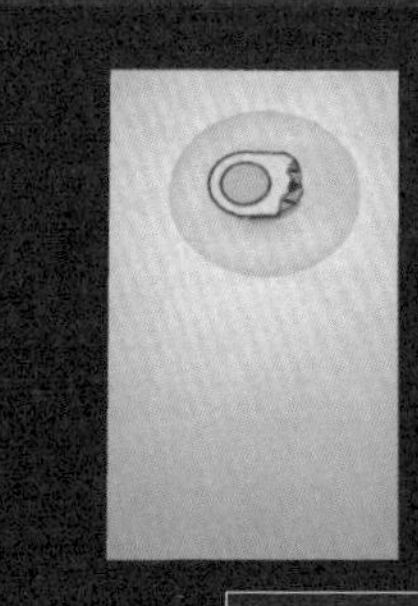

깡패의 머리가.

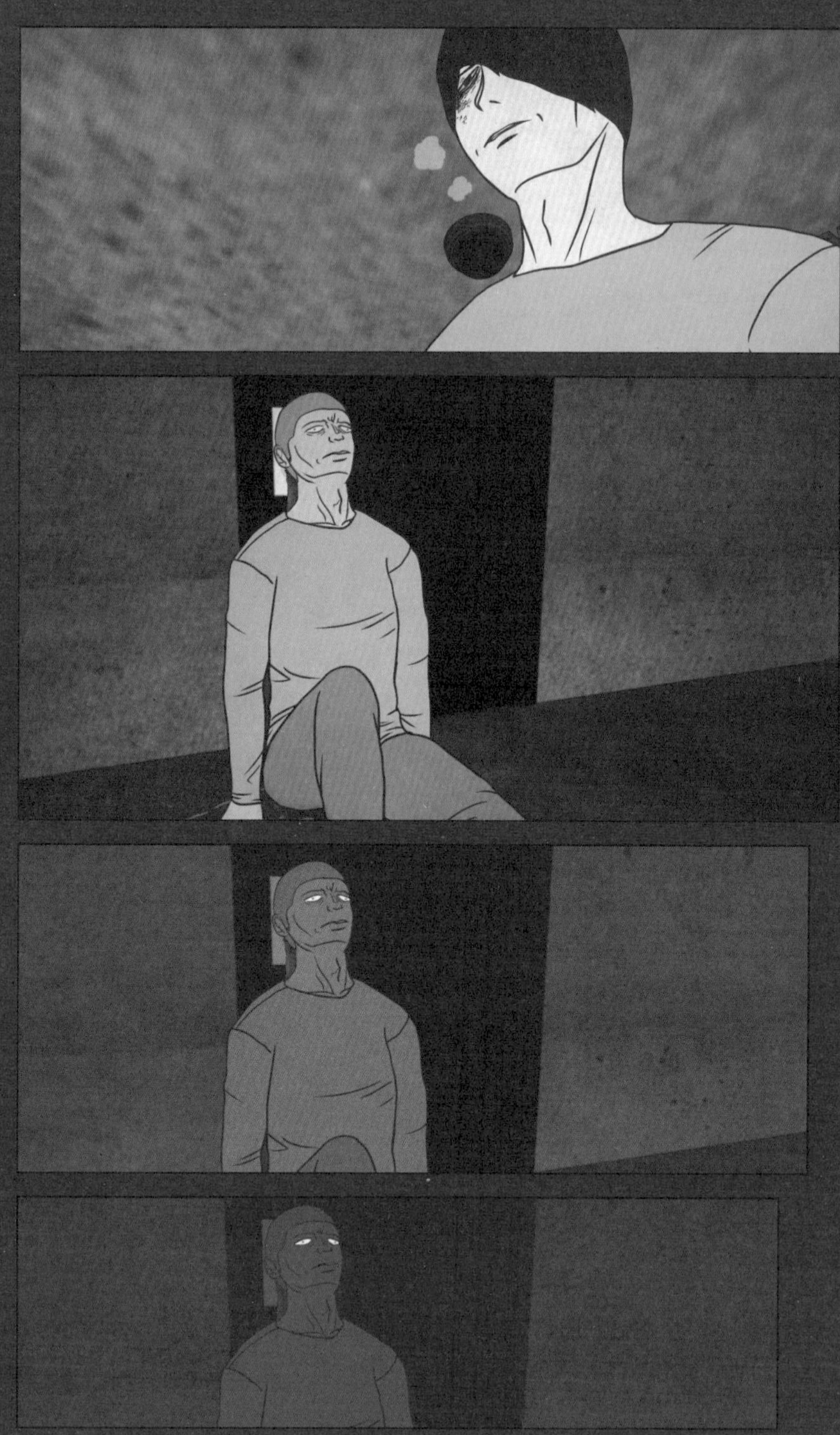

< 내용증명 >

수신인 이름 :
주소 :

발신 법인 :
주소 :

하루3초3겹살 상호 도용의 건

가. 수신인 님께서 계약하신 프랜차이즈 업체는 저희 '하루3초3겹살' 의 상호를 불법 차용한 업체로서, 저희 회사와는 일체의 관계도 없는 곳임을 알립니다.

나. 수신인 님의 업장 상호인 '하루3초3겹살'은 당사의 요식업 프랜차이즈 상호를 무단으로 사용 중인 바, 상호 변경을 요청하는 바입니다.

다. 수신인 님이 요구하신 식재료/조리기구 /임차대금 반환요청 또한, 저희 회사와 정상 계약된 사실이 없기에 당사는 일체의 변제 의무가 없음을 알립니다.

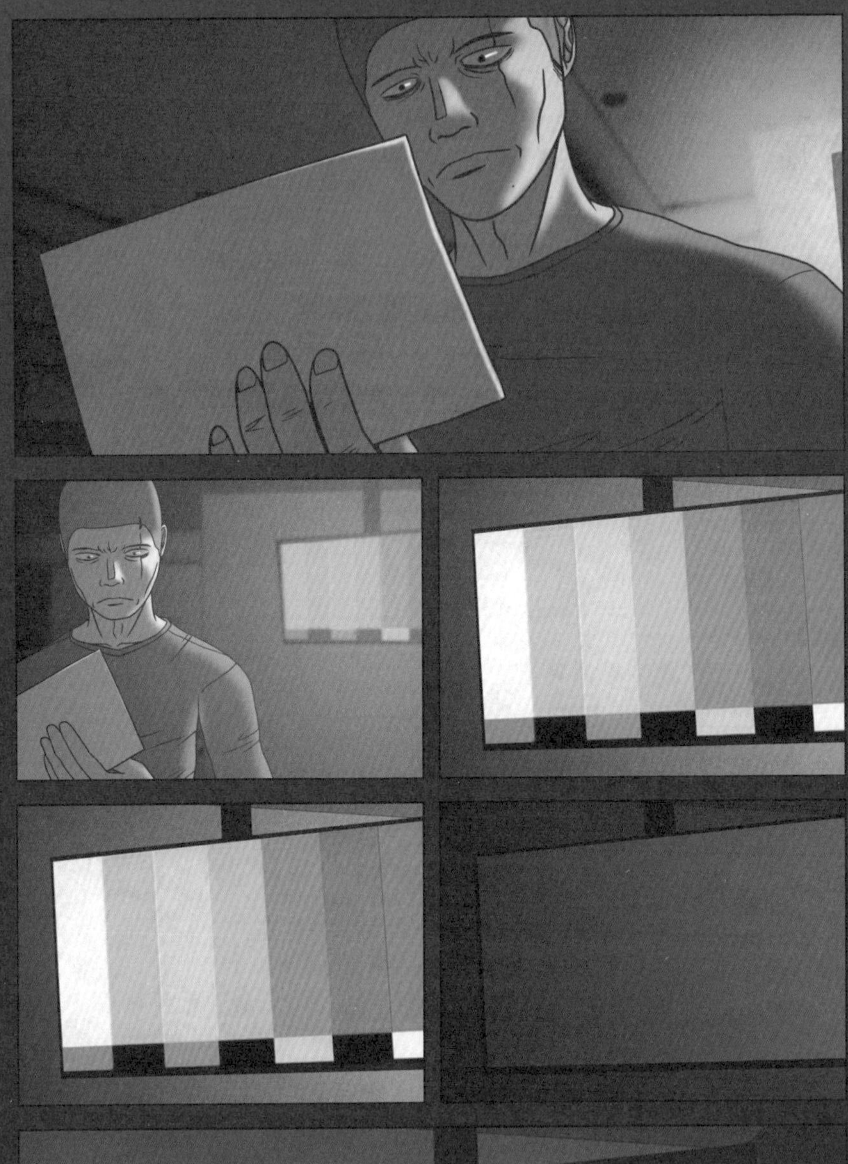

WE
INVITE
YOU

머니게임
MONEY GAME

#38

"5호의 정체"

게임 시작 69일째.
세 번째 사망자가 발생했다.

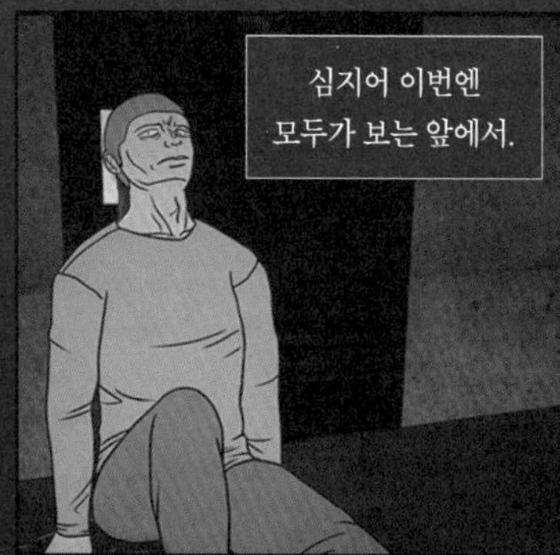
심지어 이번엔
모두가 보는 앞에서.

그리고

꿀꺽-

진짜 소름돋는 건.

뭐야. 지금
어디 보는 거야?

응? 내가? 뭘 봐?
방금 봤잖아! 저 여자!
에이. 아냐. 안 봤어. 내가 잴 왜 봐.
사람이 죽었는데.

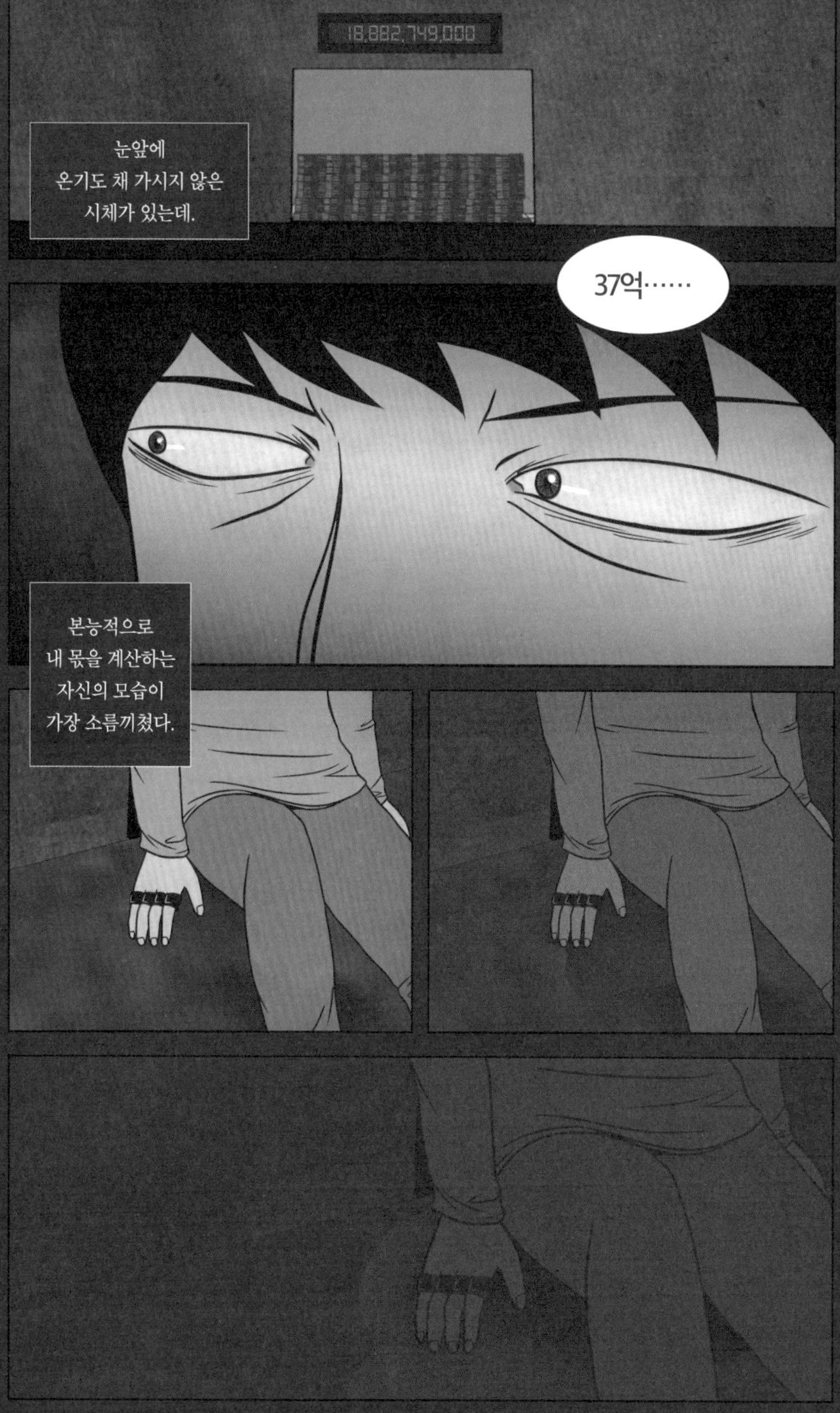
18,882,749,000
눈앞에
온기도 채 가시지 않은
시체가 있는데.
37억……
본능적으로
내 몸을 계산하는
자신의 모습이
가장 소름끼쳤다.

안녕! 꼬꼬마 여러분!
싸움박사 퍽퍽박사에요!
세상에는 절대 건드려선
안 되는 두 종류의 사람이 있다
는 걸 알고 있나요?
첫 번째는
만두귀를 가진 사람.
걍 귀
만두귀
걍 주먹
감자 주먹
그리고 두 번째는
감자주먹을 가진
사람이랍니다.
ㅋㅋ
ㅋㅋ
뭐? 만두? 감자?
졸 귀엽네
ㅋㅋㅋㅋ
라고 우습게 봤다간
니가 만두소가
될 수도 있어요.

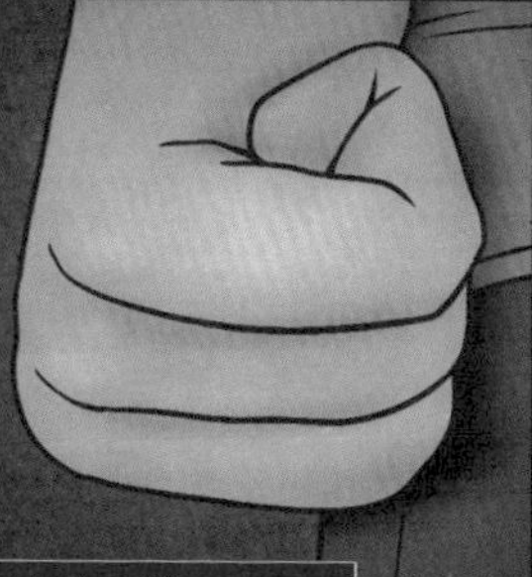

한끼 하실?

아무도 그걸 몰랐던 이유는
그 강자의 증표를 꽁꽁 숨겨왔기 때문이었다.

?
ㅅㅂ 그렇게 잘 치면
진작 좀 나서지.

우리 개고생 하는 거
뻔히 지켜만 보고
있었다고?

라는 원망도 들었지만, 애초에 5호가 주먹을 숨겨둔 이유가 나와 같은 전략을 썼기 때문이란 것도 이젠 안다.

나의 무기를

적에게 알리지
말라.

백 원

사소한 상처도 치명적 감염으로 이어질 수 있는 환경이기에, 강하든 약하든 몸을 사리는 건 무조건 옳은 전략임엔 동의하지만,

지금껏 같은 전략을 써온 5호와 내가 결정적으로 다른 점이라면

그는 스스로를 지킬 힘을 가진 자이고. 그에 비해 난. 그냥 일반인(이하).

타고난 운동신경이나 오랜 훈련 없이도
효과적으로 상대를 제압할 무언가가 필요하다.

이 절실함의 이유는

목격했기 때문이다.
그가 맨손으로 사람을
죽이는 장면을.

콰직

그 힘을, 스스로를 지키는 걸 넘어
돈을 지키는 데 쓰리라 결심한다면……

이제 한 달 남았습니다!
거의 다 왔어요!
두당 30억 가즈아아아!!

영!

차!

영!

차!

영!

차!

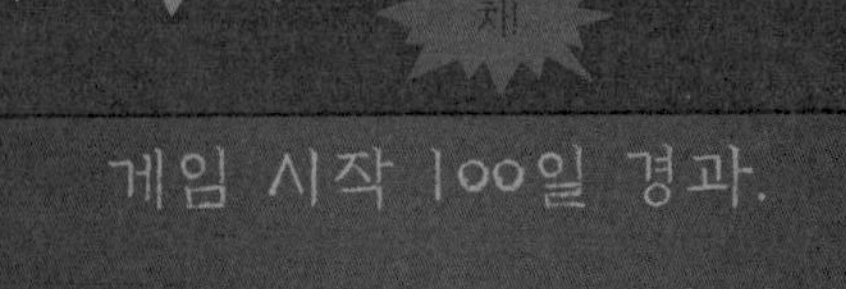

게임 시작 100일 경과.

머니게임이 종료되었습니다.

다들 수고
많으셨습니다.

제.

망상이라고?
괜한 걱정이라고?

1억 8천만 줘도 사람 하나 작업해
달라면 저요저요 손들 새X가 널렸을 텐데.

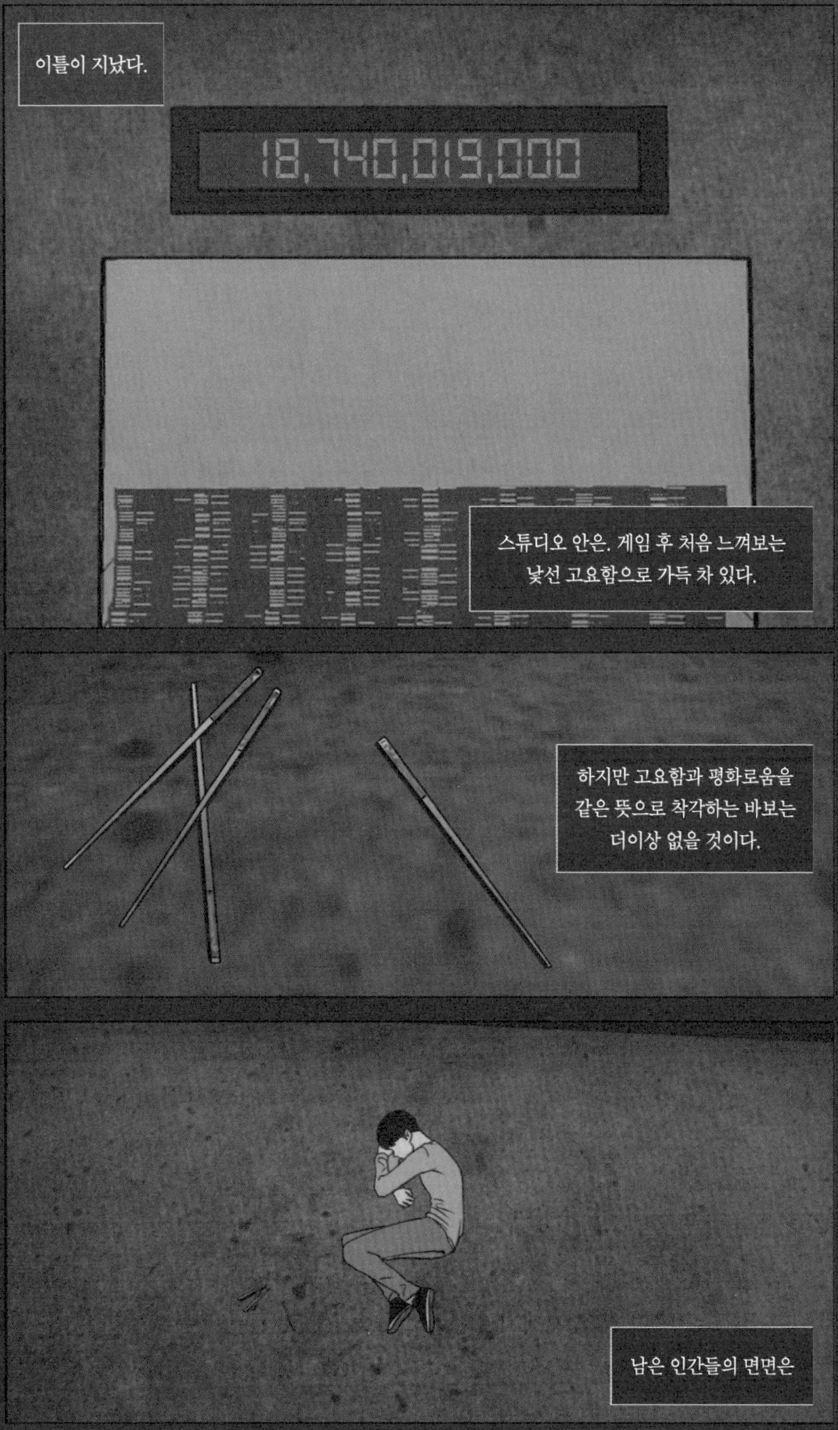

이틀이 지났다.

18,740,019,000

스튜디오 안은, 게임 후 처음 느껴보는
낯선 고요함으로 가득 차 있다.

하지만 고요함과 평화로움을
같은 뜻으로 착각하는 바보는
더이상 없을 것이다.

남은 인간들의 면면은

뭘 할지 종잡을 수 없는 미친 여자 하나와.

약 사먹을 생각에만 혈안이 된 여자와.

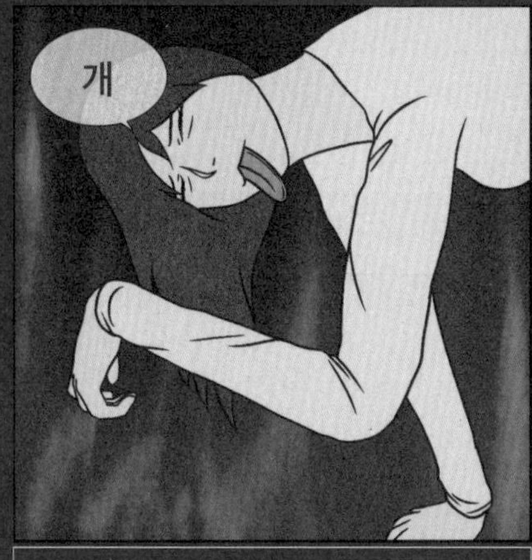

하는 짓 하나하나 괴상한 여자. 그리고

마음만 먹으면 당장이라도 우리 척추를
뻷굵뛕쬃 모양으로 꺾을 수 있는 남자.

↑이런 희망에서

이딴 희망으로↓

5호가 어떤 사람인지, 어떤 과거를 가지고 있고 어떤 배경이 있길래 섭외가 되었는지,
주최 측 말고는 아무도 모른다.

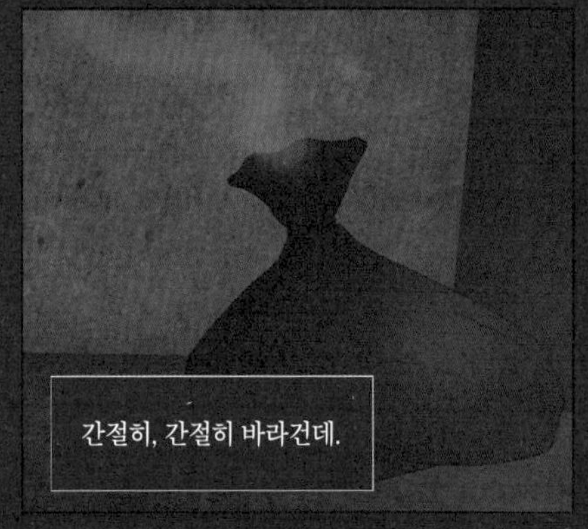

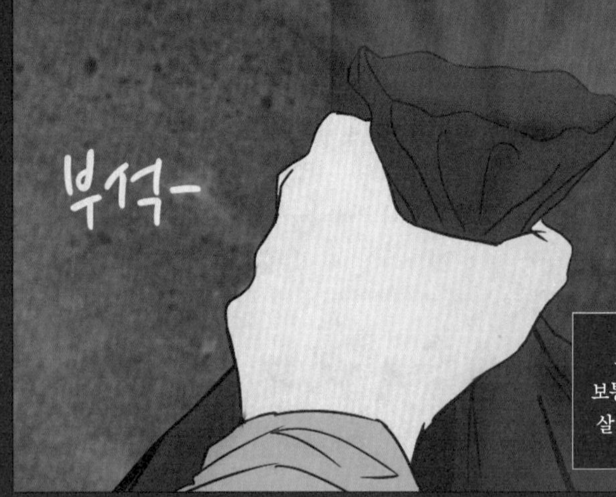

애초에 이 게임에 섭외된 사람들 중
'보통' 인간이 있긴 한 건가?

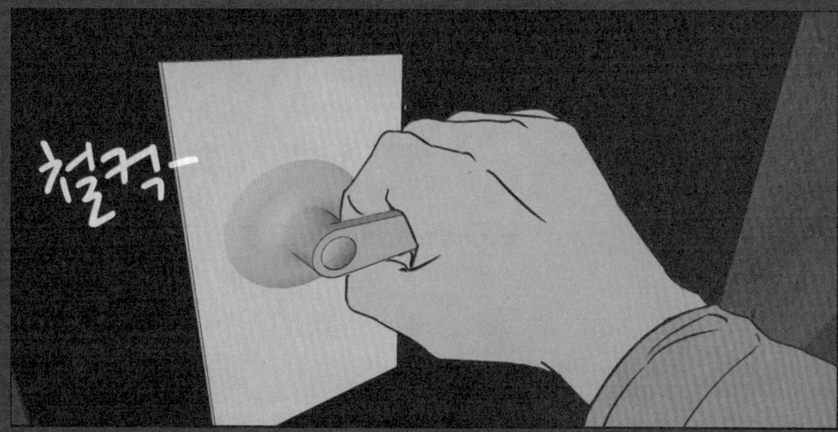

끼이이이—
슈팟—
?

빠각-

살면서 가장 큰 고통을 느꼈던 순간이 언제인가요?
라고 누가 묻는다면. 자신있게 얘기할 수 있었다.

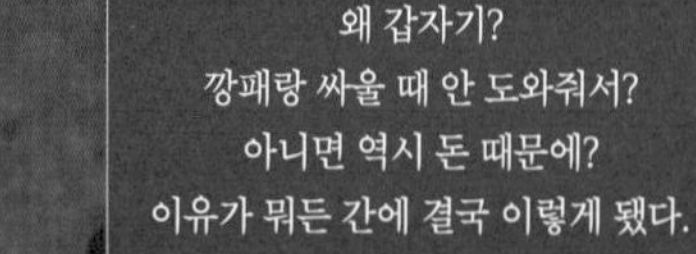

쿠컥! 헙! 흐업! 흡!

흡!

잘 모르겠지만,
확실히 알겠는 것 하나는.
지금부터 시술되는 5호의 마취는.

아마
다시는
깨어날 수 없는 마취일지도 모른다는 것.

머니게임
MONEY GAME

#39

"약간의 희망이 보이다"

흐읍! 흐읍!
흐읍! 흐읍!
흐읍! 흐읍!
흐읍! 흐어읍!!
왼쪽 갈빗대에서 격발된 강렬한 고통이
거대한 구렁이처럼 온몸을 휘감아 옥죈다.

허읍! 흡! 흡!
허하압!!
하지만 이 격통보다 더 무서운 건
폐호흡이 되지 않는 실질적 죽음의 공포.

허읍!
헙!
흐업!
하압!
흡!
헤엡!
그리고
그보다 더.

내게 다가오는 5호가.

스으으-

히익! 사… 허읍!
살려… 흡! 주세요!!

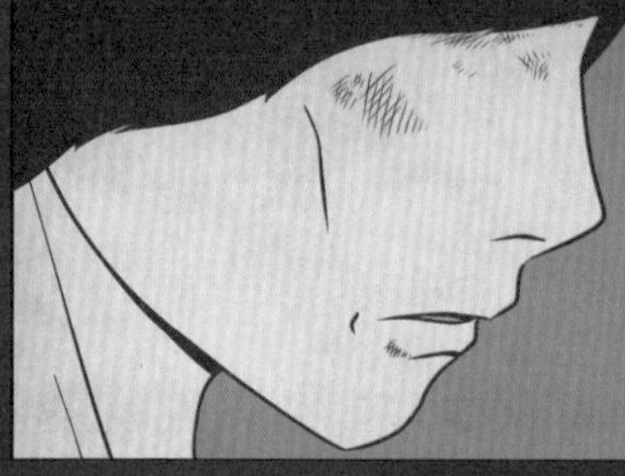
죄송합니다……
뭐, 뭐가 죄송하단 거야.
돈 때문에 죽여서 죄송합니다?
고통 없이 보내드리지 못해 죄송합니다?

제… 제발!!
폐에 한 줌도 채 들어차지 못한
얕은 공기를 쥐어짜
마지막 자비를 구걸한다.

제…발……

살려……
주세………

흐아아아악!!

콜록! 콜록!!
콜록콜록콜눌콜록!
쿨럭!!!
허으어어어어어……
내 방이다.
……
옆구리의 통증이 엿같이
생생한 걸로 봐서는 어쨌든
살아있긴 한 것 같다.
욱씬- 욱씬-
어째서? 한 방 컷 내려다가 내 최후의
싹싹빔을 보고 마음이라도 약해진 건가?
아니면 혹시 모를 반격을 경계해서……

……일어나셨나요?

응?

문이 말을 하네…가 아니라.
이 목소리는.
5호.

죄송합니다……갑자기
등 뒤에서 소리가 들려서

저도 모르게 그만…
죄송합니다. 사고였습니다.

사고였다고? 그게?

그래. 사고일 수도 있지. 일련의 사건들 때문에
멘탈이 나간 상태였을 수도 있지.

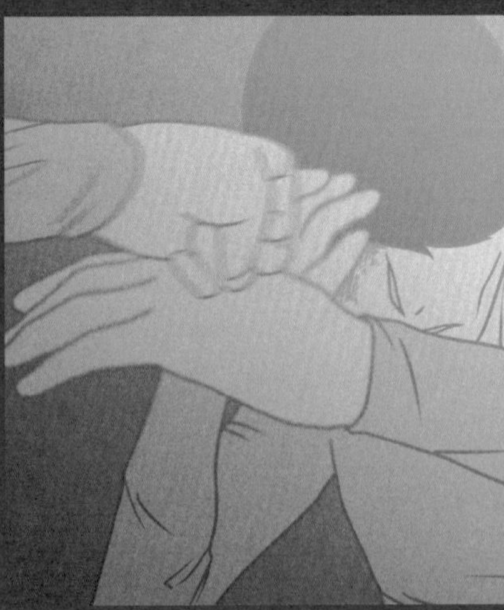

하지만 사고가 아니라는 보장은 어딨어.
4호를 작살낼 때처럼 나도 작살내려는
속셈이 없었단 걸 누가 보장하냐고.

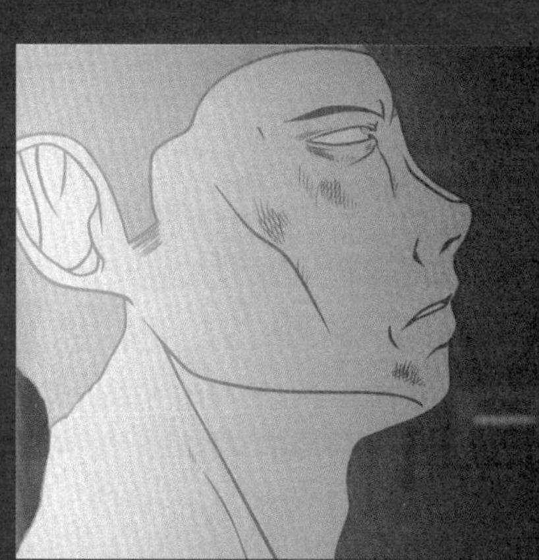

정답이 뭔진 5호의 대가리 속에
들어가보지 않고서는 알 수 없겠지만.
확실한 사실 하나는.

그날 오후, 5호가 사람들을 광장으로 불러모았다.

쑤우욱

그 뾰족한 끝에 다시
생화학 무기……
즉, 분변을 묻힌.

마치 무림고수 앞에
똥을 던져대며 위협하는
유인원과도 같은
웃픈 꼬락서니…

지만.

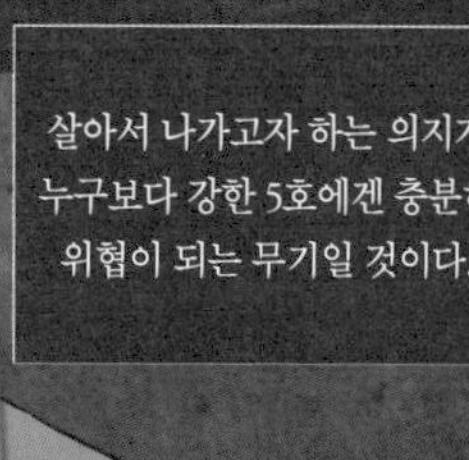

18,664,779,000

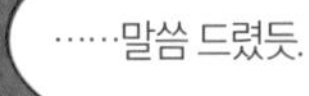

상식 이상의 돈이 사라져도.

상식 이하의 합의가 이뤄져도.

온갖 부당한 대우와 학대를 받아도.

참았습니다. 참고 견디면 그러다 보면 언젠가, 사람들의 태도가 달라질 거라 기대했기 때문입니다.

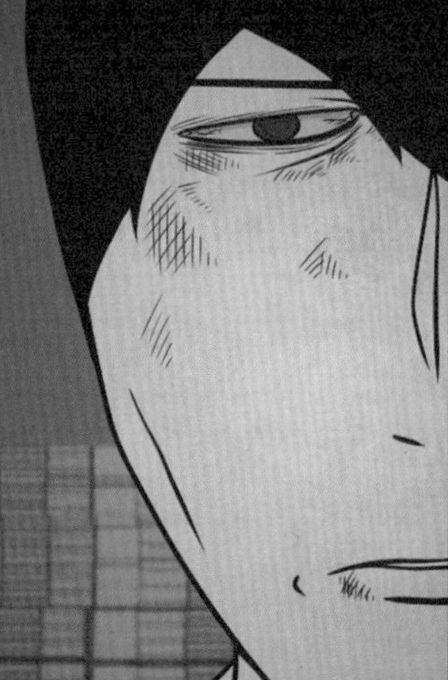

제가 바라는
'언젠가'는 오지 않는다는 걸.
'언제나' 이럴 거란 걸. 이젠……
알았습니다.

슬프지만.
맞는 말이다.

인간은……
아니 인간뿐 아니라 모든 생물은.
애초에 그렇게 설계된 존재들이고
그렇게 설계된 덕에 살아남은 거니까.

좋게 말하면 '현실에 안주하지 않도록'
나쁘게 말하자면 '절대 만족을 모르도록'
로직이 짜여진 덕에 끊임없이
발전하고 생존할 수 있었으니까.

그리고 물론. 이 로직의 순작용만큼
존재하는 부작용은. 나도. 5호도. 모든 사람이.
지난 70일 동안 지겹도록 겪었다.

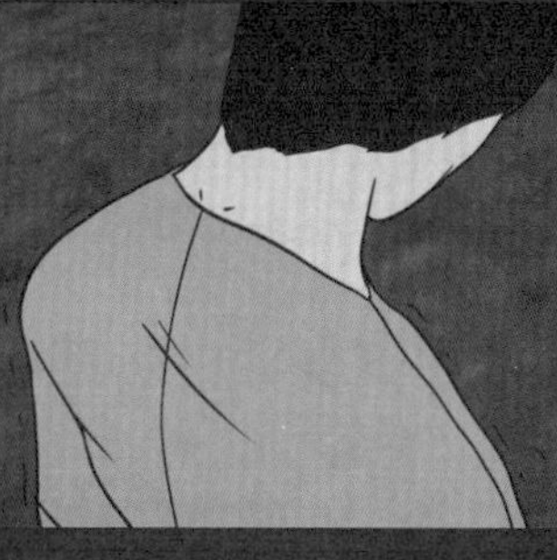
제발…그러니 제발……
이렇게 부탁드립니다.

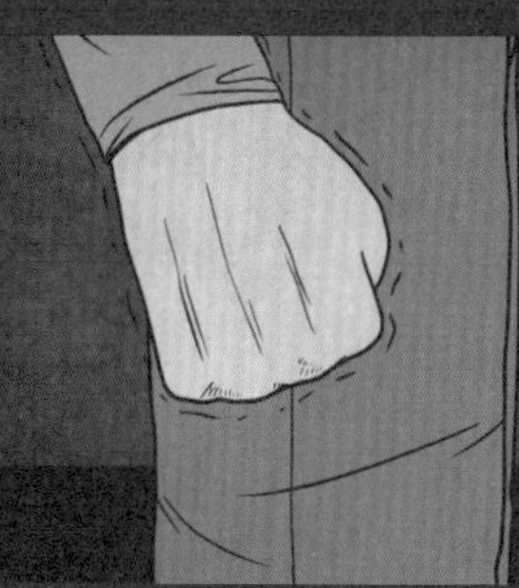
제가 나쁜 선택을
하지 않게, 제발……
힘을 보태주세요……
분명 부탁의 대사지만

두려운 건 저 대사에 감춰진 진짜 뜻.
간청의 형식을 빌어 찔러오는 날 선 협박.

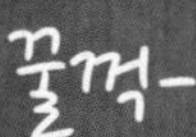
꿀꺽-

사람이 변했다.
내가 알던 5호는 이제 없다.
아니 어쩌면 그건 당연할지도.

콰직-

콰직

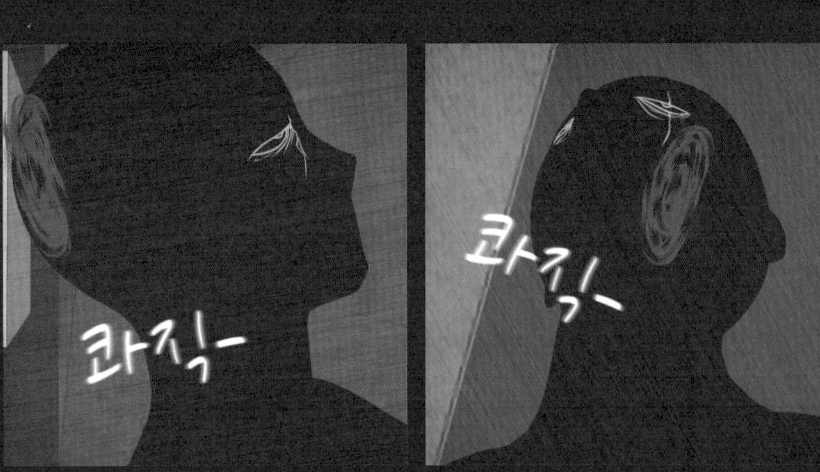

오싹-

나도 아직 그 모습과 소리가
떠올라 소스라치는데,
당사자인 5호의 멘탈이
멀쩡할 리는 없을 것이다.

부탁드립니다……

S 파스

으흐으으아으아…

흐이 뒈지겠네
진짜……

다행히 부러지진 않은 것 같지만
못해도 금은 간 것 같다.

'나쁜 선택'이라
애둘러 말했지만
그 말의 진짜 뜻은 어쩌면

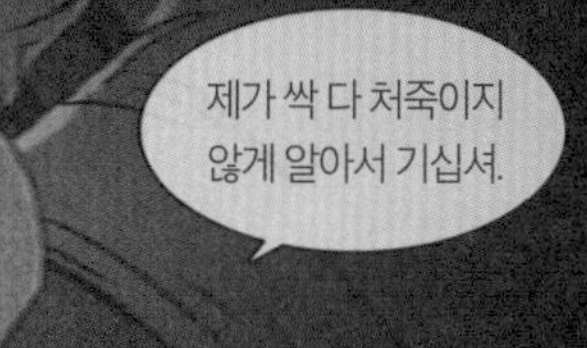

물론.
그렇게 되고 싶지 않다.
그렇게 되지 않게 할거다.
알아서 납작 기고
핥으라면 기꺼이

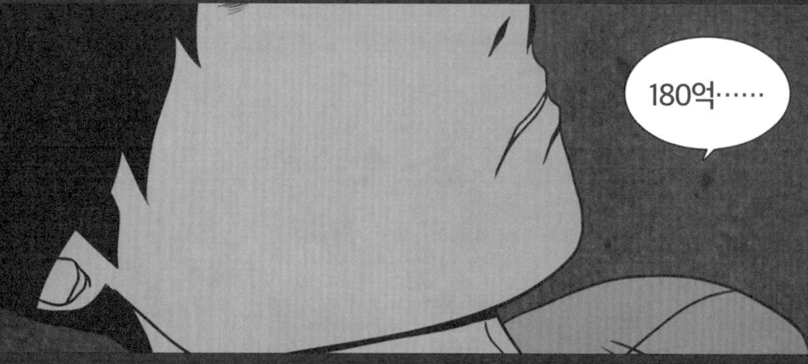

28일만 더
버티면……
내게 떨어지는 상금은.
30억.

벌
떡
이 씨이X!!!!
뭐? 기어? 핥아? 시X 그런다고
그 살인멸치가 날 죽이지 않는단 보장은
어딨냐고. 법도 X도 아무것도 없는 데서 뭐?
기고 핥으면
봐줄 거라고?
30억이면. 은행에만 처박아 둬도
평생 연 6000만 원은 빼먹을 수 있는 돈.
약속된 풍요. 허락된 안락.
빠드드득-
마침내 인간다운…… 아니,
인간 이상의 삶을 누릴 수 있는 돈!!!

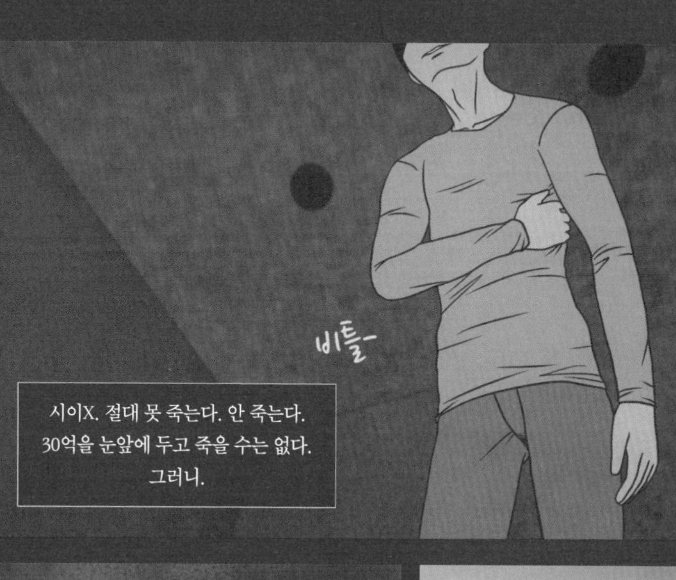

이딴 번거로운 거 말고.

다루기 쉬우면서도 확실하게
상대를 제압할 수 있는, 진짜 내 몸을
지킬 수 있는 무기가 필요하다.

삐리립–

쇠구슬 한 팩이요.
새총에 쓰는.

15,000,000

요 며칠간, 고민의 고민을 거듭한 끝에 내린 결론은,
새총. 즉 슬링샷.

삐아
악-
해외 튜유브에서 본 기억이 났다.
수렵 경험이 전혀 없는 초짜가,
슬링샷 한 방으로 커다란 짐승을
기절시키는 걸.
그럼…새총은요?
새총도 살 수 있나요?

못산다. 새총은 구매금지 품목이란 걸 확인했다. 그리고 이 구매금지 조치가 뜻하는 건
그들은 새총 역시 총포/도검과 같은 기준 이상의 살상력을 지닌 무기로 보고 있단 것.

머니게임
MONEY GAME

#40

"제가 나쁜 선택을 하지 않도록 해주세요"

[머니게임 Q&A]

Q. 총포나 도검류는 구매할수 없습니까?

A. 네. 한방킬은 개노잼이니까요.

Q. 그럼 총포나 도검류의 제작은 가능합니까?

A. 네. 어차피 못 만들 테니까요.

Q. 새총은 총포류가 아닌데 왜 구매할수 없습니까?

A. 네. 한방킬은 개노잼이니까요.

Q. 그럼 새총의 제작은 가능합니까?

A. 네. 어차피……… 어? 잠깐만.

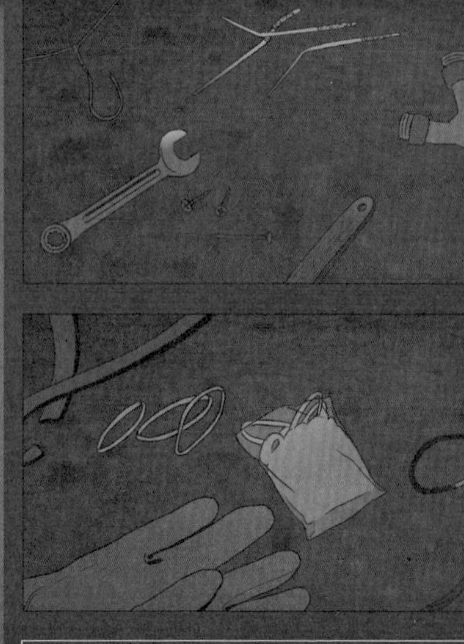

주최 측이 구매 불가 판정을 내린 무기는 강력한 무기란 것의 뚜렷한 방증.

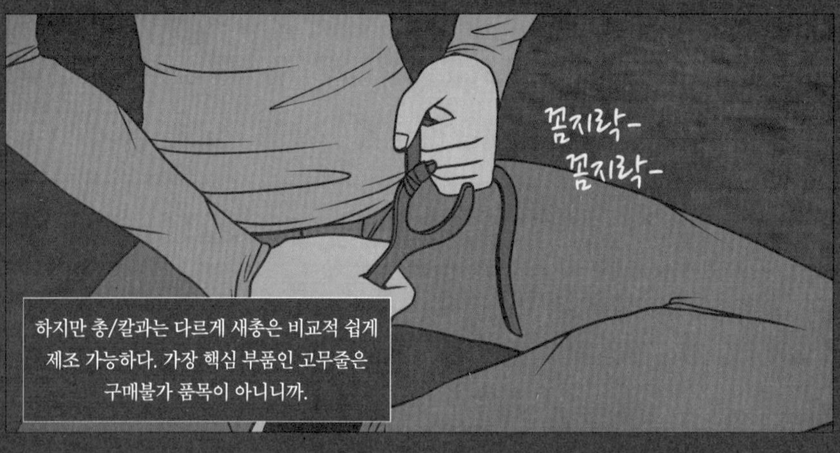

하지만 총/칼과는 다르게 새총은 비교적 쉽게 제조 가능하다. 가장 핵심 부품인 고무줄은 구매불가 품목이 아니니까.

필요한 재료는 세가지 뿐.
1) Y자 지지대
2) 장력 강한 고무줄
3) 단단한 발사체

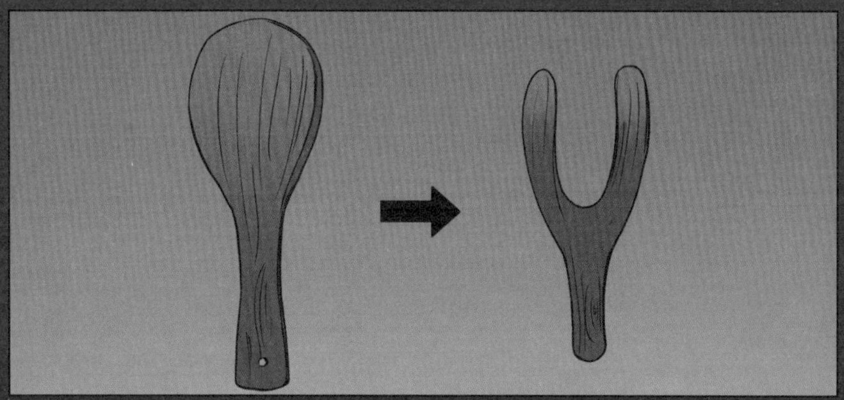

몇번의 시행착오 끝에, 두꺼운 나무주걱 가운데를 파내 지지대를 완성.

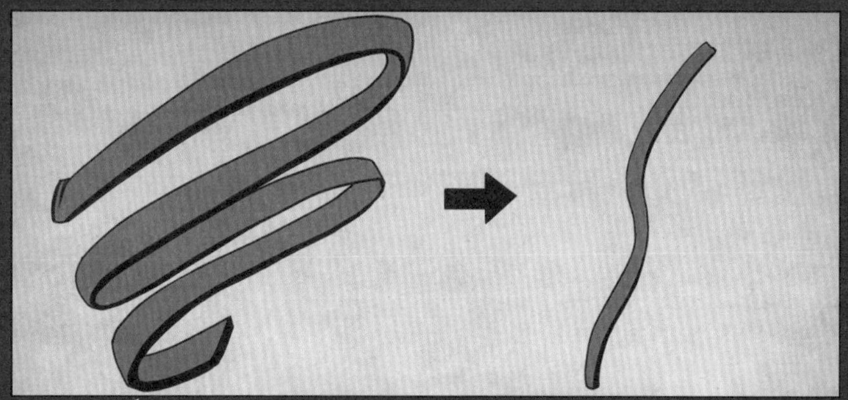

다시 몇번의 시행착오 끝에, 헬스용 트레이닝 튜브를 자르고 이어 고무줄 완성.

그리고 아무런 시행착오 없이 손쉽게 구매한
크고 무겁고 단단한 발사체. 이 삼신기를 합체하여

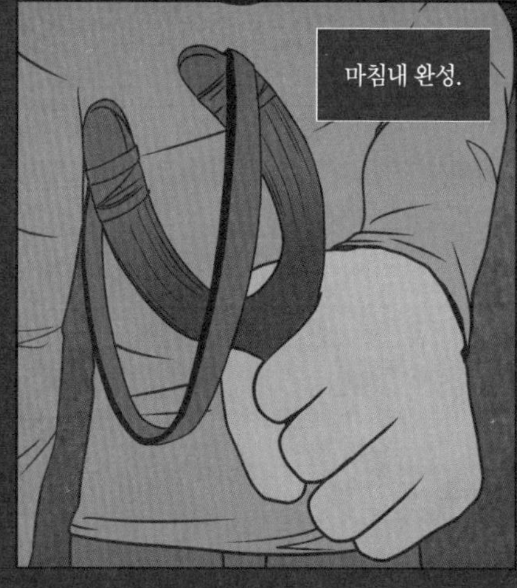

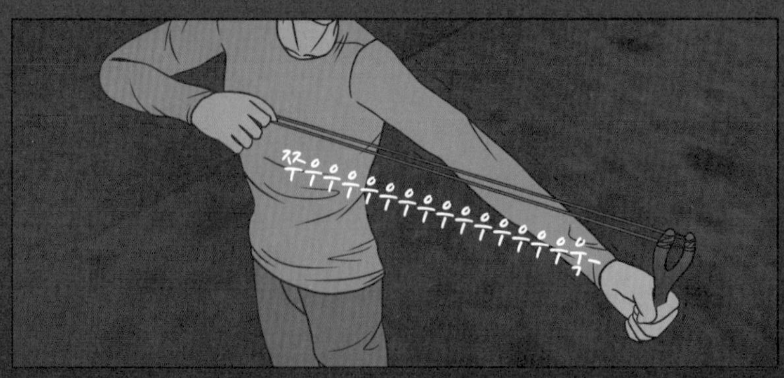

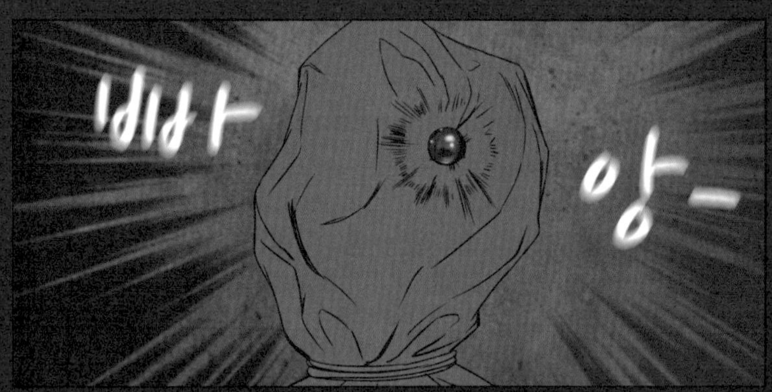

쩔잖아!
기대 이상이잖아!!

대박……

생각보다 훨씬 다루기 쉽고.
생각보다 훨씬 위력이 강하다.

왕대박 잔치……

이 정도 파괴력이면, 대가리에 한 방만
잘 들어가면 누구도 견디질 못할 거다.
게다가 원거리 무기란 대단한 이점까지 있다.

뒤늦게 살짝 걱정되는 건.
시행착오를 거치느라
낭비해버린 꽤 많은 돈.

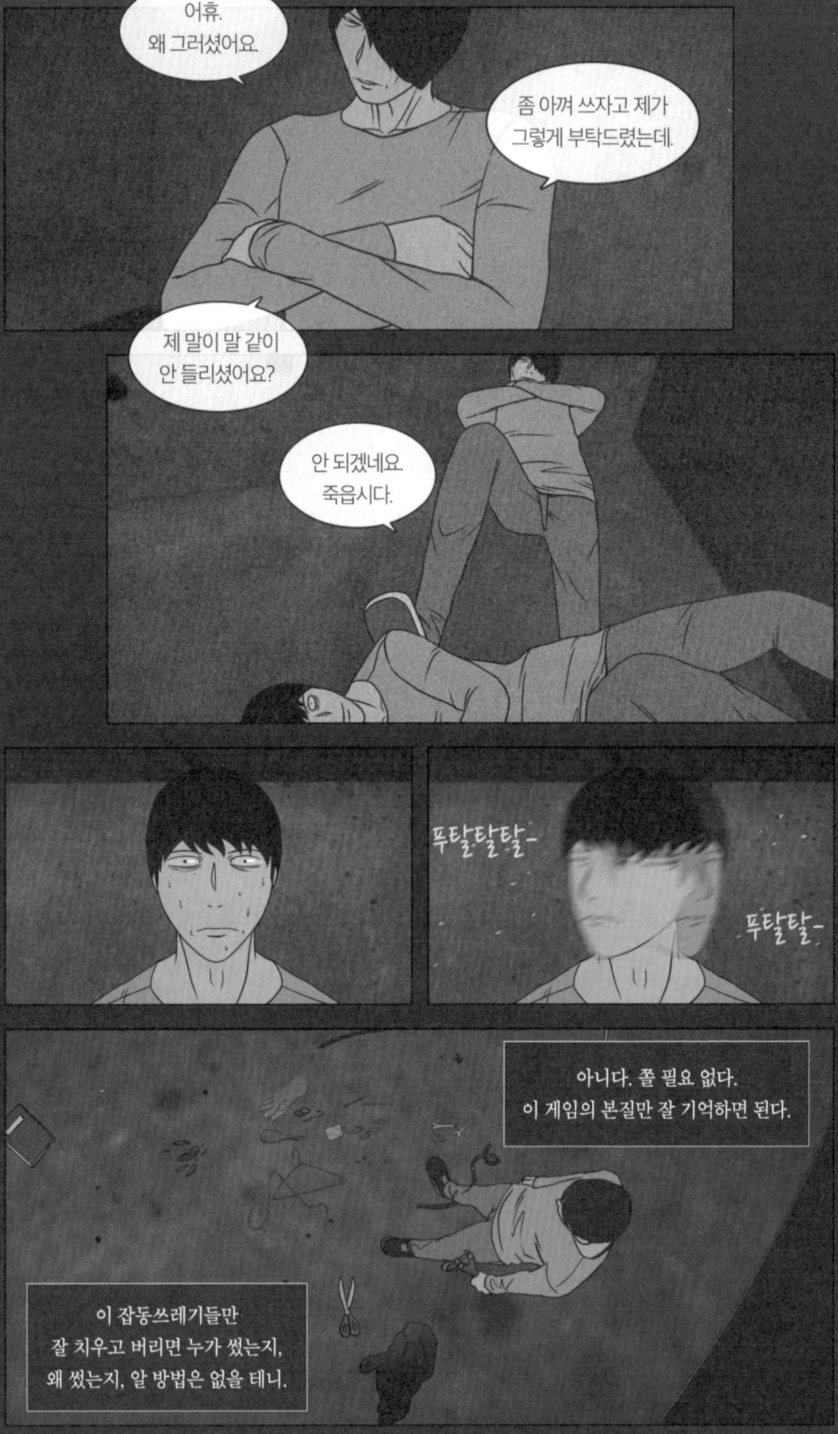

어휴.
왜 그러셨어요.

좀 아껴 쓰자고 제가
그렇게 부탁드렸는데.

제 말이 말 같이
안 들리셨어요?

안 되겠네요.
죽읍시다.

푸탈탈탈-

푸탈탈-

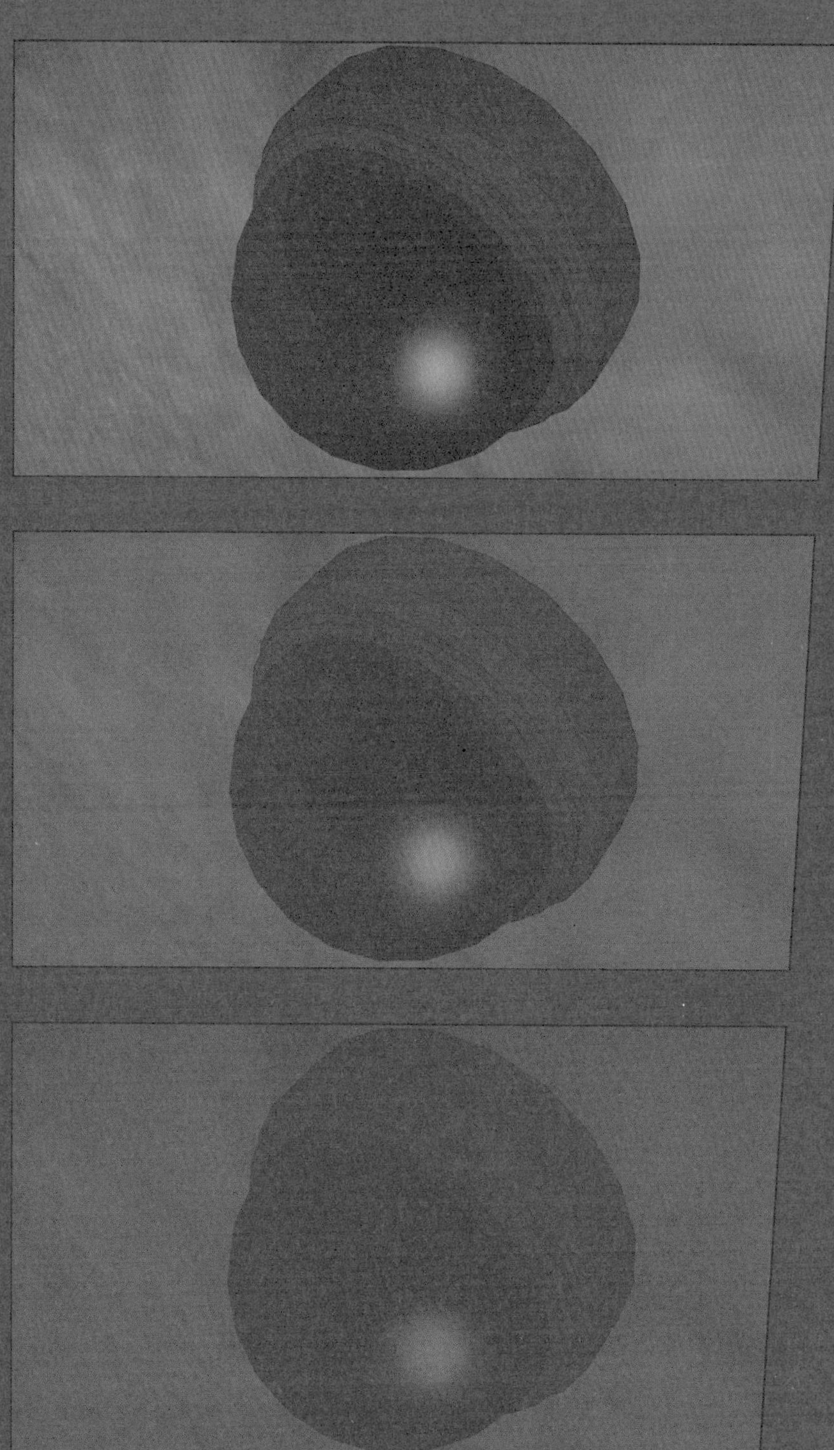

18,498,389,000

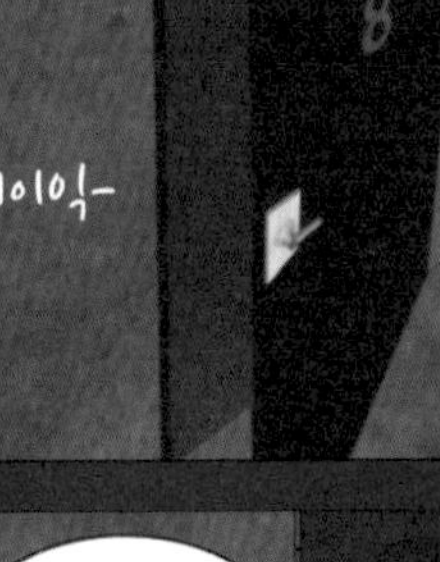

응?

광장에
5호가 있다.

괜히 찔린다. 밤새 차감된 돈은 평소보다 훨씬 많은 1억 6천만 원.
역시 뭔가 이상하다고 느끼고 있을…

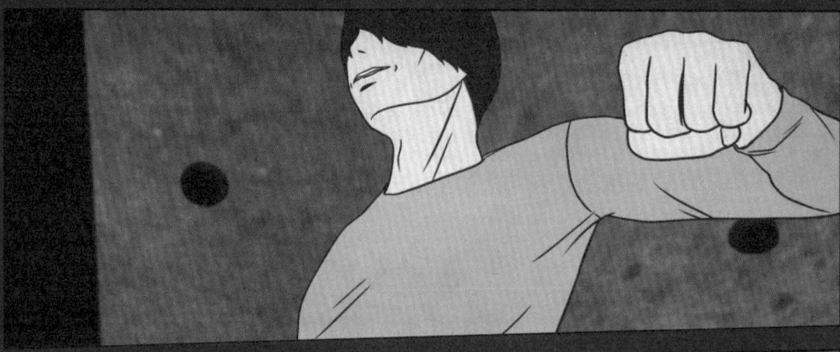
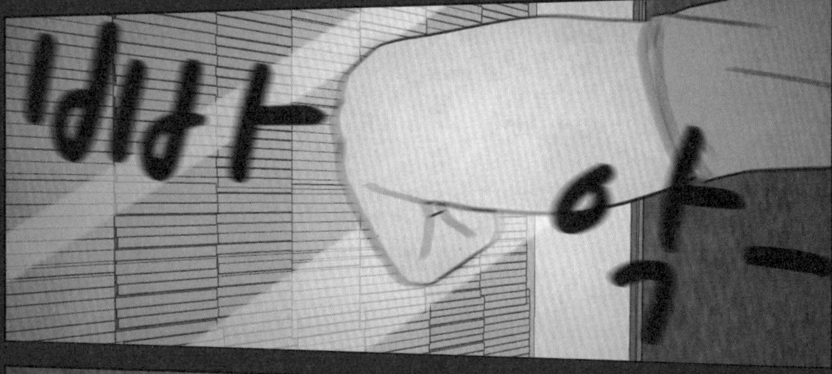

뭐, 뭐야. 왜저래?
PTSD인가 뭔가 땜에 저러는 건가?

제발…
제발……

제발… 제발……
제발, 제발, 제발……

일단은 지금 상황도
5호 상태도 영 좋지 않은 것 같으니

달칵-
내 방 문도 내 괄약근도 꼭꼭 닫고
짱박히는 게 좋을것 같다.

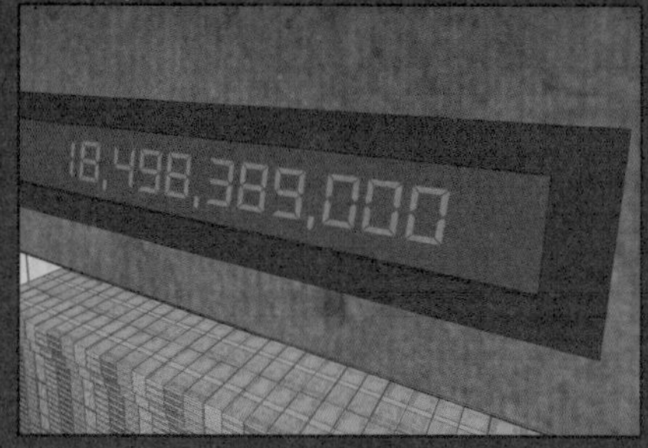
18,498,389,000

삐리리릭-
철컥-

휴우……
겁먹은 자라새끼 마냥 하루종일 방 안에
처박혀 신경을 곤두세우고 있었지만
다행히 별 다른 사건 없이 또 하루가 흘렀다.

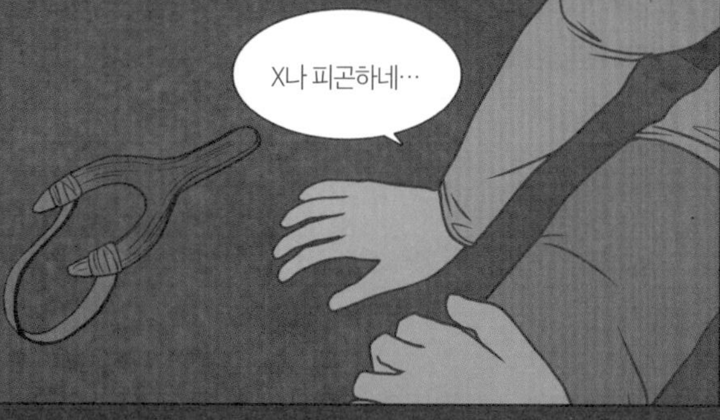
X나 피곤하네…
피 말리는 매일을 견뎌내느라
당장이라도 신경쇠약이 도저
개발작을 일으킬 것 같지만.

거꾸로 매달아도 시간은 흐르는 법.
약속된 그날은 어쩌됐든 다가오고 있다.
할 수 있어……
게임 시작 73일.
이제 채 한 달도 남지 않은 시간.
할 수 있어……
약해져선 안 된다.
거듭 마음을 다잡고
각오를 다져……야 한다.
할 수……
있……
어떻게든 목숨…만 부지하면…
엄청난…… 돈…을 벌……수…
있……

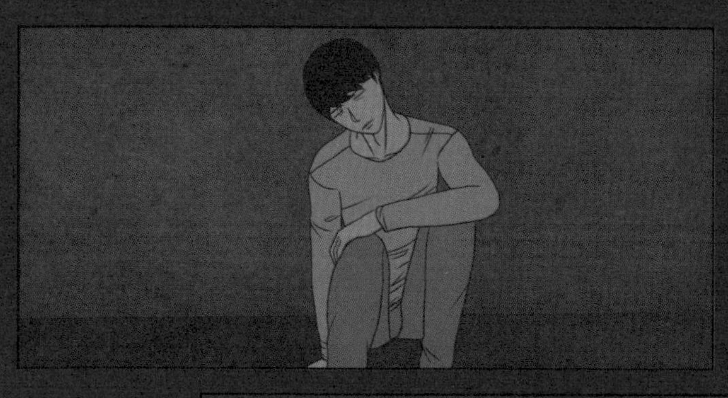

으아아아아아!

히이익!
뭐, 뭐야.
뭔 소리야 갑자기.

으아아아아아!!!

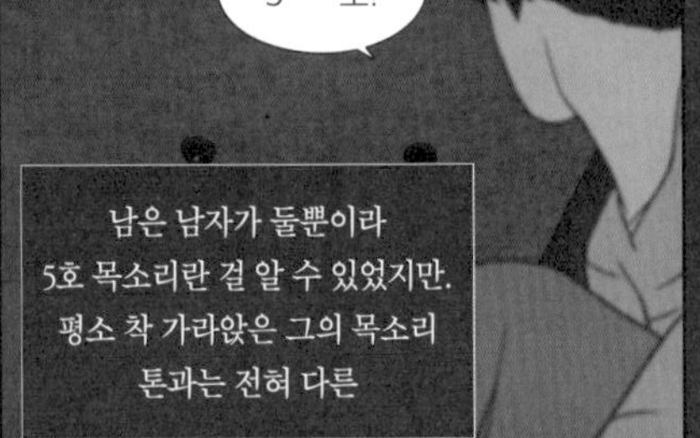
5……호?
남은 남자가 둘뿐이라 5호 목소리란 걸 알 수 있었지만. 평소 착 가라앉은 그의 목소리 톤과는 전혀 다른

마치 짐승의 포효와도 같은 내장을 토해내는 듯한 처절한 절규.

진짜……

미쳐가는 건가.

18,175,289,000

거의 열흘 동안이나……
약을 안 샀어요…
오래 참았다구요…
더 이상은… 더는…

하, 합의했잖아요!
6일에 한 알은 살 수 있게
해주겠다고……
물론 꽤 오래 약을 참았단 건 인정하지만,
왜 하필 어제 사먹어야 했냐고.
왜 그렇게 X도 눈치가 없냐고.

진짜 작작 좀……

이렇게 하고 싶지는
않았습니다. 하지만.

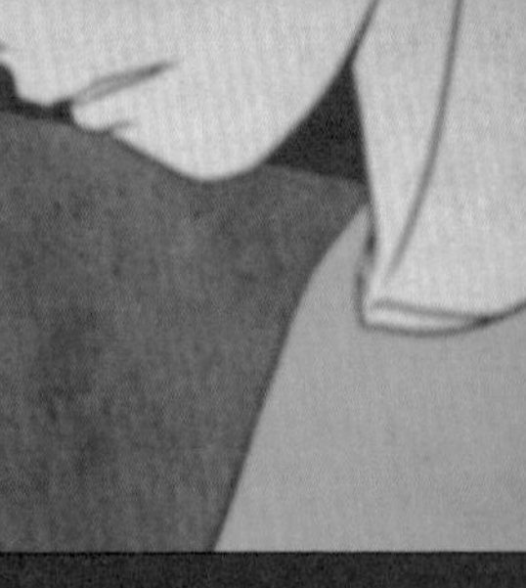
응?

잘못된……선택을…
틀린 선택만 한 것 같습니다.
당신들… 그리고
저도… 다……
할 수 있을 줄
알았는데. 해낼 수…
있다고, 반드시 그래야
한다고… 수없이 다짐
했는데… 결국……
도시락 하나… 물 한 통…
하루를… 동의를……

횡설수설. 말의 맥락을 모르겠다.
불길하다. 온몸에서 위험감지
알람이 울린다. 대비해야 한다.
슬금-

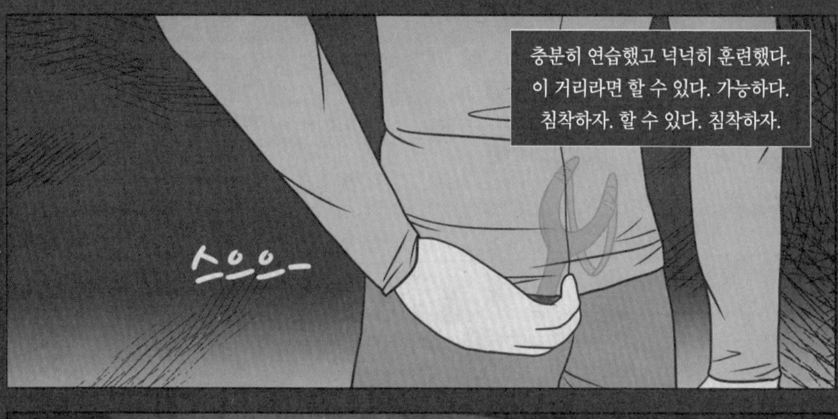
충분히 연습했고 넉넉히 훈련했다.
이 거리라면 할 수 있다. 가능하다.
침착하자. 할 수 있다. 침착하자.
스으으-

그럼…
그렇게
하는 걸로……
그렇게? 그렇게 뭘. 오나? 덤비나?
시X 싫지만 회피불가인
투쟁이 시작되나?

어?
뭐야. 엔딩 직전 대사 같은 걸 중얼대길래
당연히 덤벼들 줄 알았는데. 아니다.
오히려 멀어졌다.

떠나가더니 느닷없이 뉴-뉴-화장실로 입장.
혼란이 배가된다. 뭔 짓거릴 하려는 건지
1도 예측되지 않……

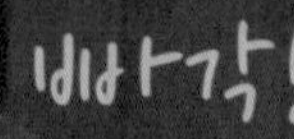

았지만.

어……

빠각!

빠악!

빠각!

1호실에서 무언가 깨지고 부숴지는 소리가 들려오자, 그제서야 비로소, 사태가 파악되기 시작했다.

빠각!

진심으로
부탁드리
겠습니다
제가나쁜
선택을하
지않도록
해주세요

머니게임
MONEY GAME

#41

"깨어진 합의"

사람이 좀 매우 엄청 많이
황당한 일을 맞닥뜨리면

뿌꾸작!

상황을 파악하는 데
조금 시간이 걸리는 법이다.

뭐지?
어?
저거?
진짜?
진짜?

빠각!
빠작!
우지작!
뿌왁!

아!

하루 도시락 하나
물 한 통. ㅇㅈ?

버, 버, 버튼!
버튼 부수고 있어!!

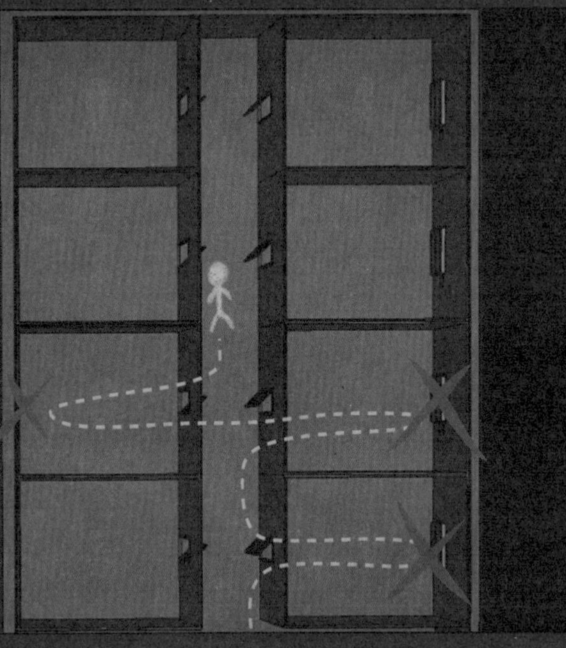
겨우 사태 파악이
끝났을 땐 이미.

멸치가 1,2,6호실
버튼을 박살내고
7호실로 걸어가는
도중이었다.

멈추세요!

멈추세요, 5호 님!
뭐 하시는 거예요 지금?!
……버튼을
부수는 중입니다.
여러분들이 더이상
돈을 쓰지 못하도록.
그, 그게 무슨 소리에요.
그럼 나머지 사람들은요?
다 굶어 죽으라구요?!!
도시락 하나.
배급……
물 한 통.

죽는다구요?
죽는다고?
뿌드득-
내가 죽이려고 마음먹었으면.
진짜 그럴 마음 이었으면!!

깡패도 순살치킨. 아니, 순삭시킨 저 실력이라면
우리 같은 일반인들 숨통을 끊는 것쯤이야.

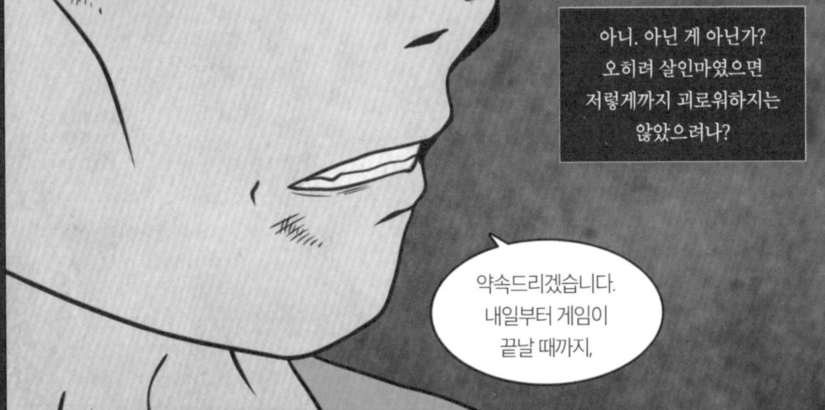

저도 같은 걸 먹도록 하겠습니다. 그러니까.

부탁드립니다.
말리지 말아주세요!
느릿느릿 공회전하던 뇌가.
사태 파악이 끝나자
급발진을 하기 시작한다.

뭐지?
대박.
진짜가?
믿을수 있나?
설마.
어쩌지?
어쩔래?
고? 스톱?

약속은 지킵니다.
지키지 않으면 저를
죽이려 들 테니까요.

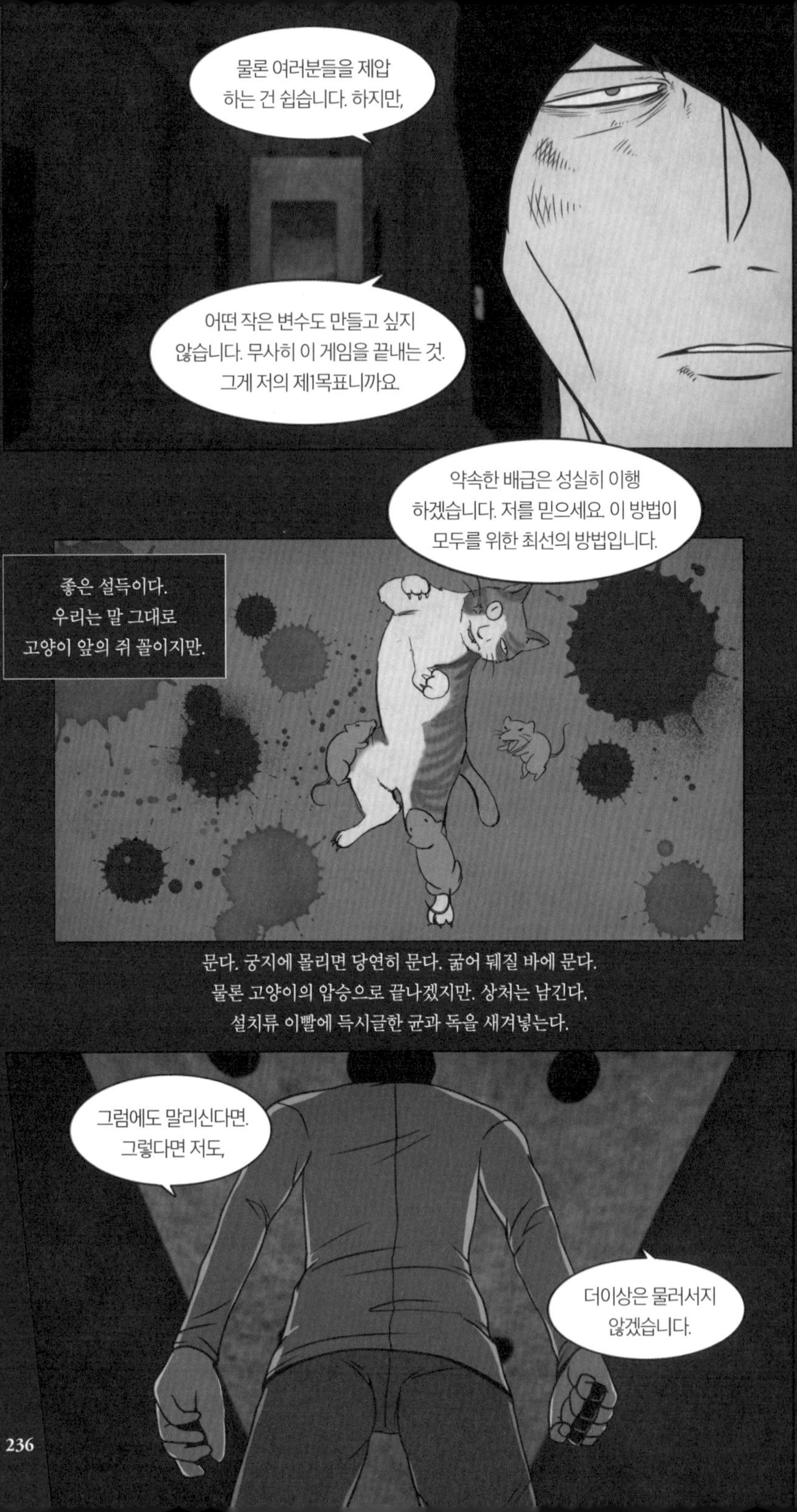

물론 여러분들을 제압
하는 건 쉽습니다. 하지만,

어떤 작은 변수도 만들고 싶지
않습니다. 무사히 이 게임을 끝내는 것.
그게 저의 제1목표니까요.

약속한 배급은 성실히 이행
하겠습니다. 저를 믿으세요. 이 방법이
모두를 위한 최선의 방법입니다.

좋은 설득이다.
우리는 말 그대로
고양이 앞의 쥐 꼴이지만.

문다. 궁지에 몰리면 당연히 문다. 굶어 뒈질 바에 문다.
물론 고양이의 압승으로 끝나겠지만. 상처는 남긴다.
설치류 이빨에 득시글한 균과 독을 새겨넣는다.

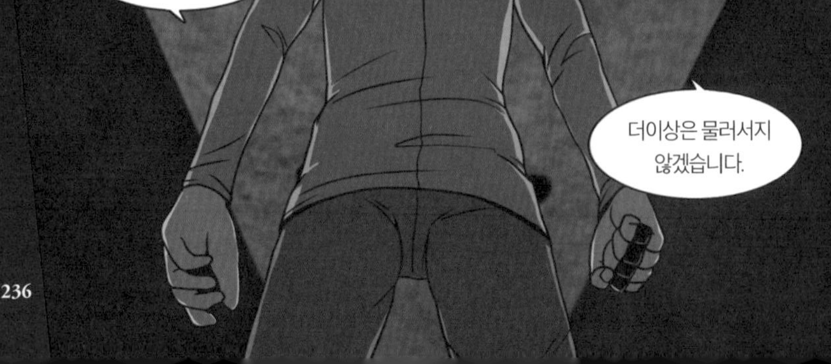

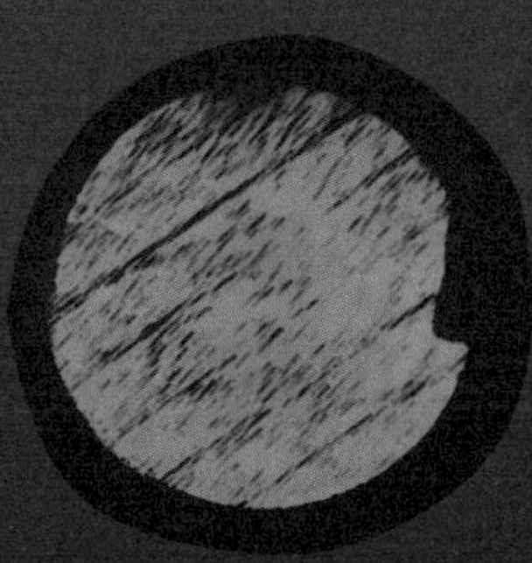

결정의 시간.

GO 냐.

STOP 이냐.

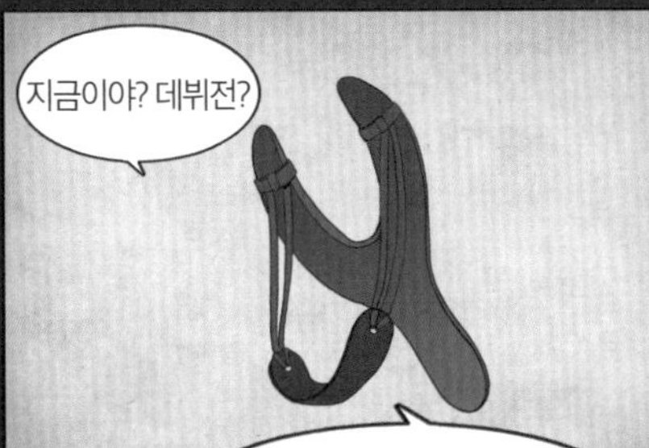

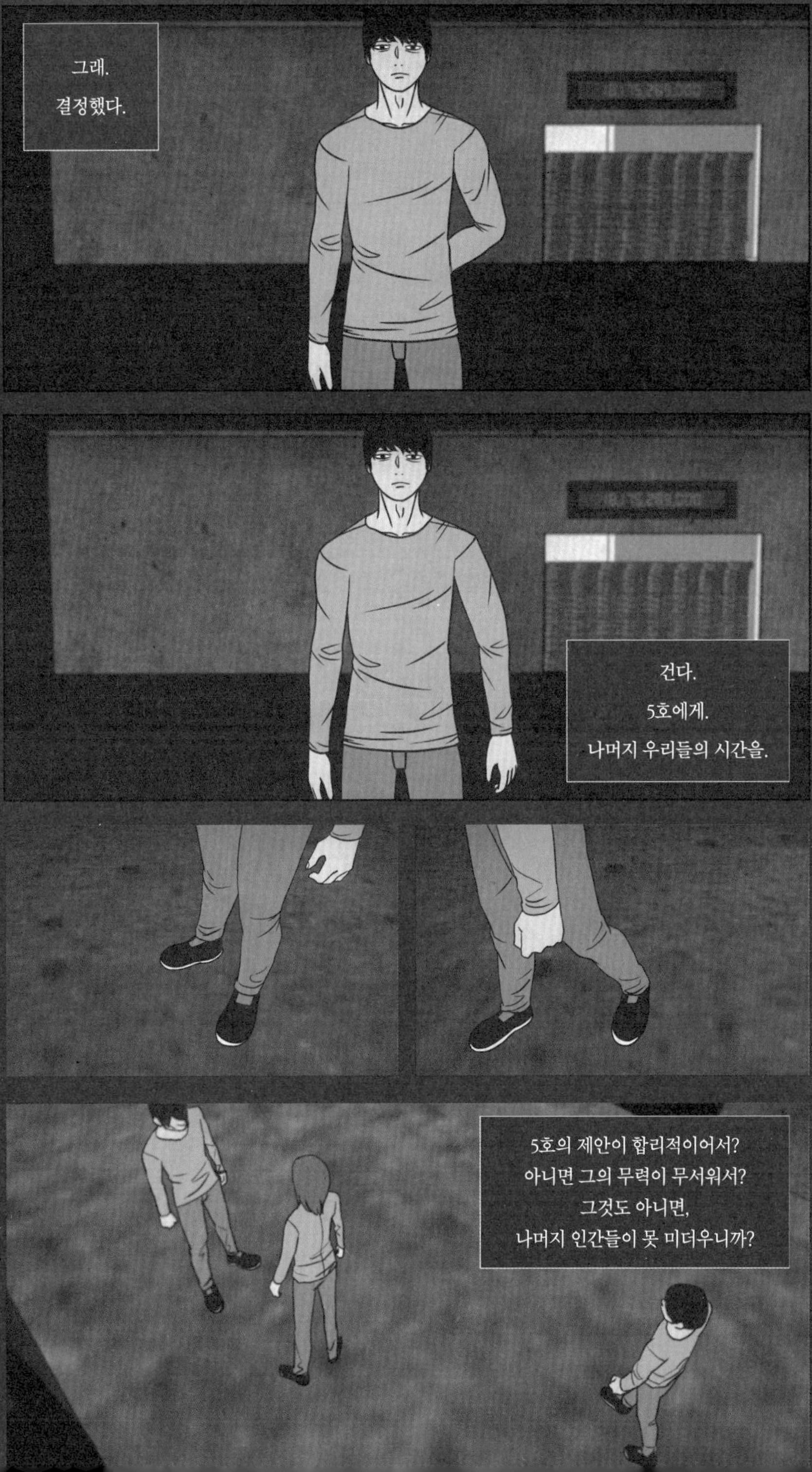

그래.
결정했다.

건다.
5호에게.
나머지 우리들의 시간을.

5호의 제안이 합리적이어서?
아니면 그의 무력이 무서워서?
그것도 아니면,
나머지 인간들이 못 미더우니까?

알겠습니다.
무슨 말인지.

셋 모두 다. 그리고 무엇보다, 자격 없는 인간들에게 용인된 자유행동이 어떤 결과를 낳았는지에 대해선 지겹도록 반복 학습을 했으니.

5호 님 의견에
따를게요.

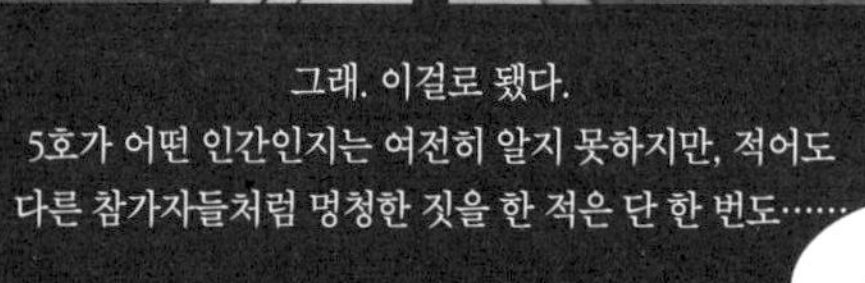

18,175,289,000

저, 아파요. 몸이……이젠
머리도…… 제발… 약. 제발.
필요해요… 제발……

이해한다. 건강한 사람도
몸과 맘이 터져 나가는 곳이니,
난치병자인 2호에겐 더욱 가혹한 환경이겠지.

제발! 제발! 약속
했잖아요!! 제발!!!!

처절히.
매달려 울부짖는 모습을 보니
조금은 측은한 마음이 들었다.

하지만.

모든 사람은 그들만의 기구한 드라마,
절절한 사연이 있다.

하지만.

그 드라마는 오직 본인이 감당해야 할 본인만의 것.
타인에게 동정과 온정을 강요할 수는 없다.
우린 범부이자 필부일 뿐. 성인(聖人)이 아니니.

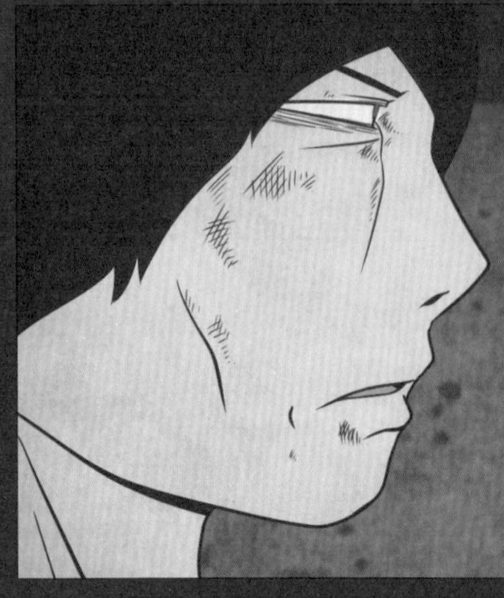

세상에나 시X!

최고다! 최고 of the 베스트 of the 최고다!
내가 하고 싶었다! 그 대답은!
내가 듣고 싶었다고! 그 대답을!

이야기는 여기
까지입니다.

배급은 내일부터
시작하겠습니다.

5호가 떠난다.
남은 방의 남은 버튼을 부수러.
니들이 지금껏 싸질러 왔던
못된 소비를 벌하러.

굳건히 행하는
오진 오호의 등에서.
오오 보라.

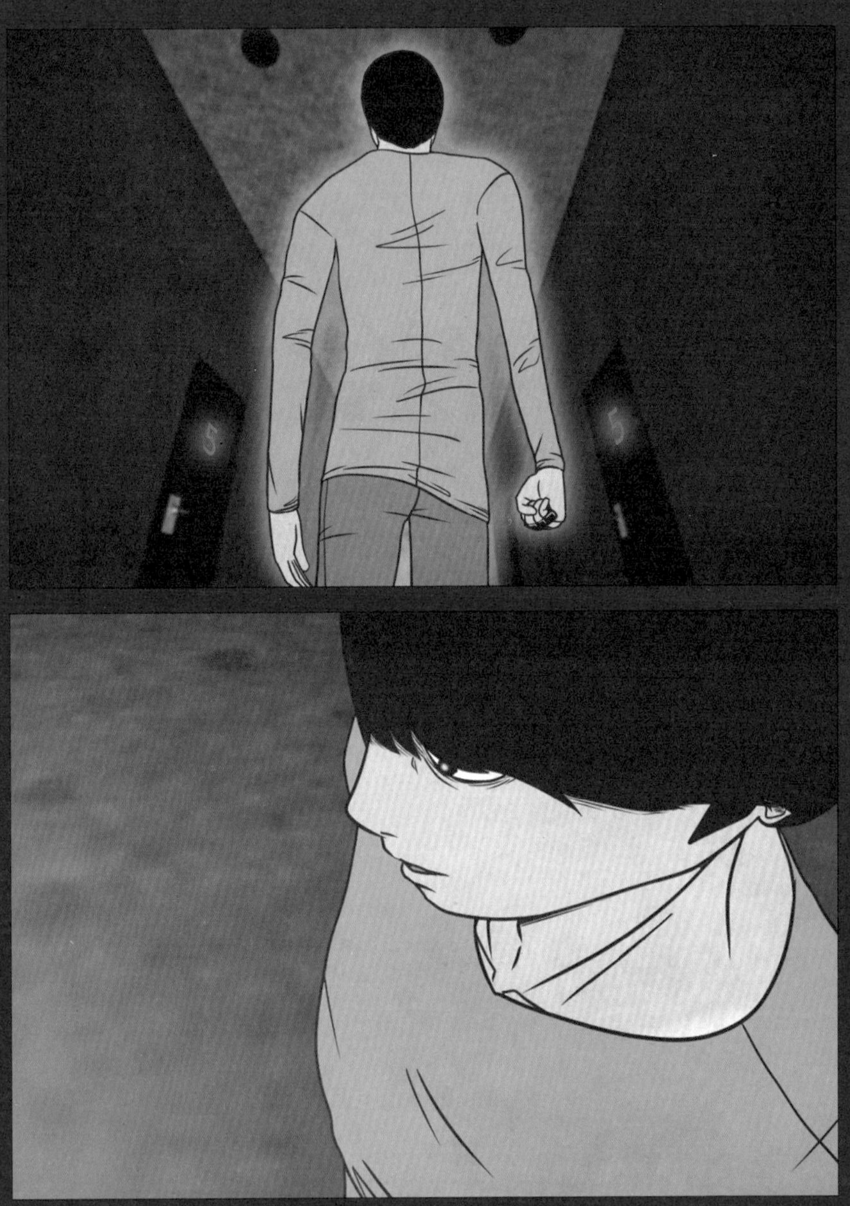

오라마저 느껴지지 않는가?

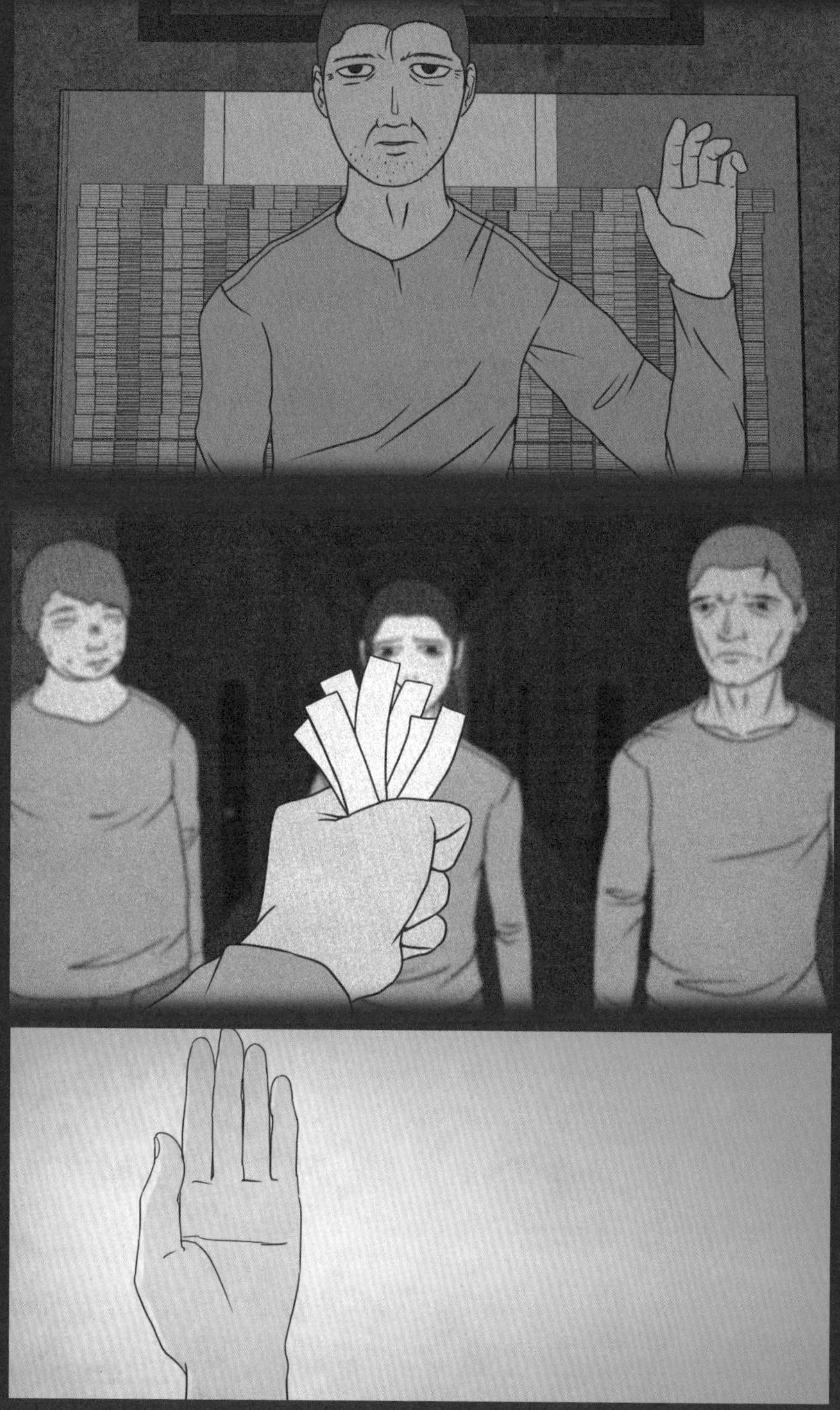

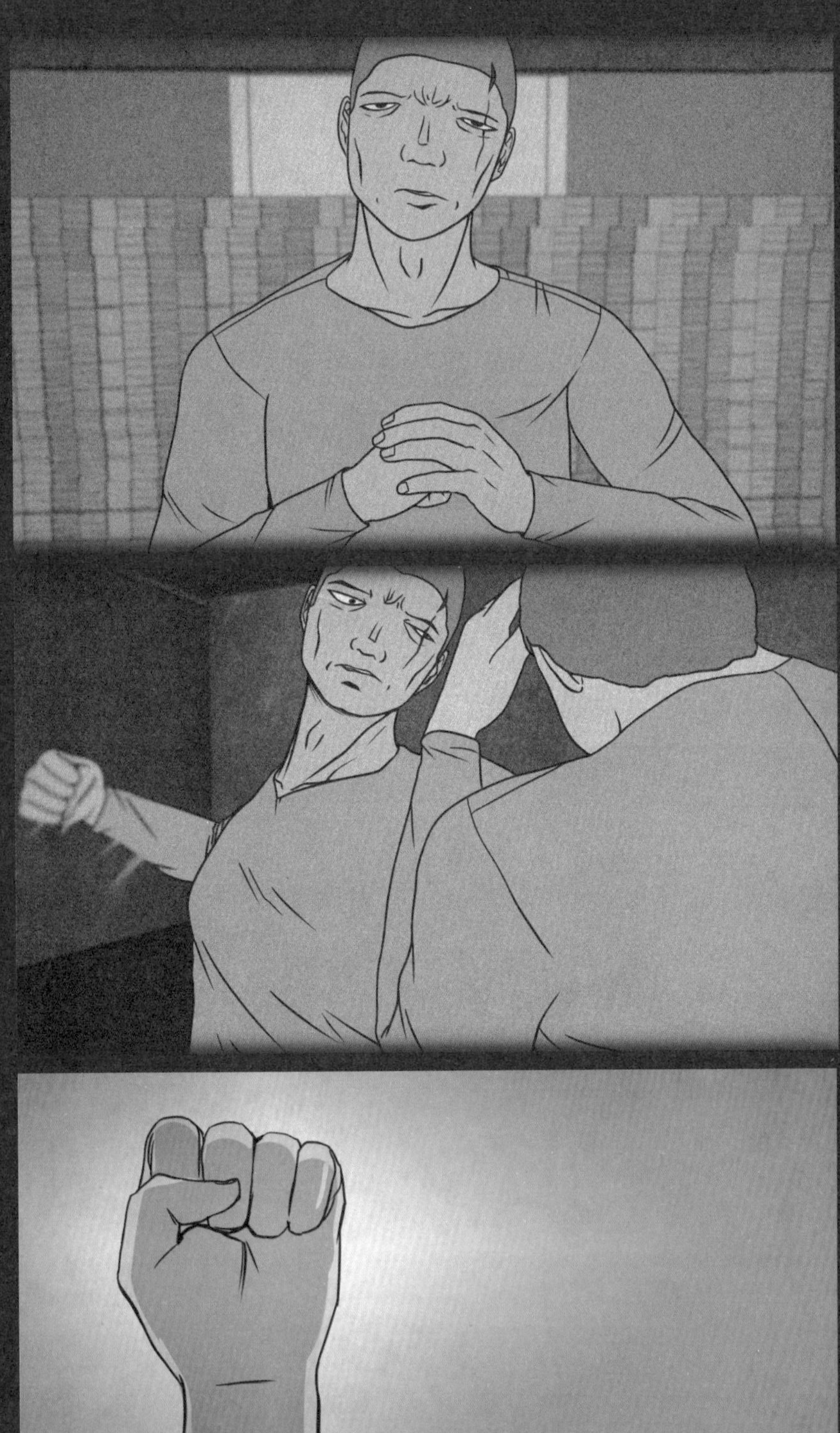

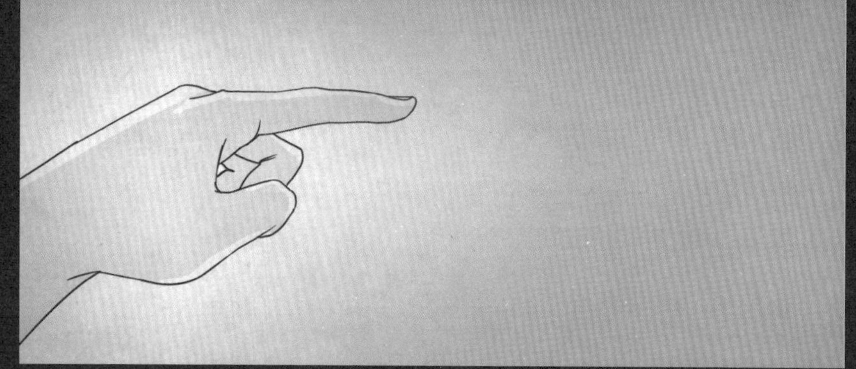

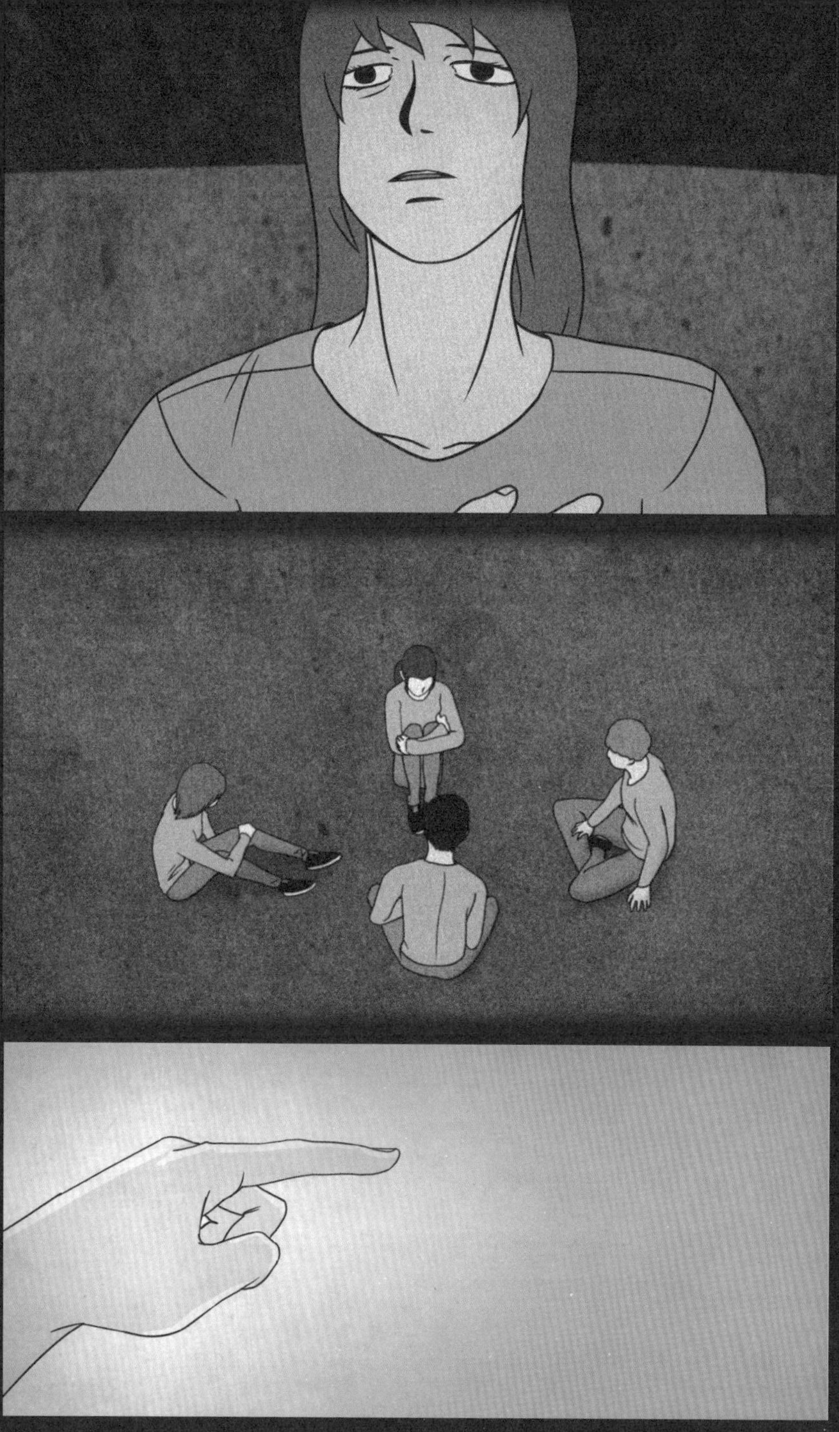

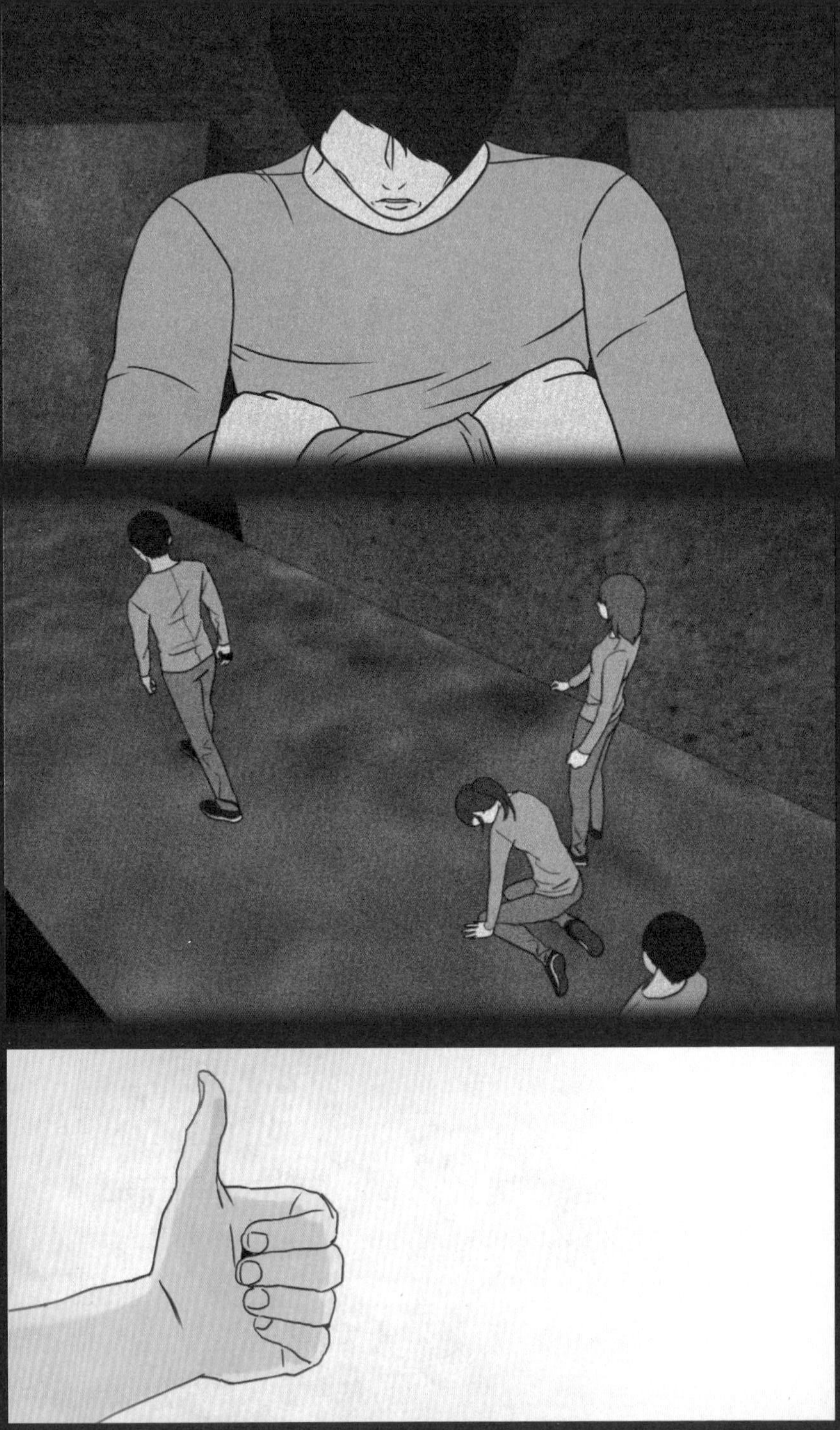

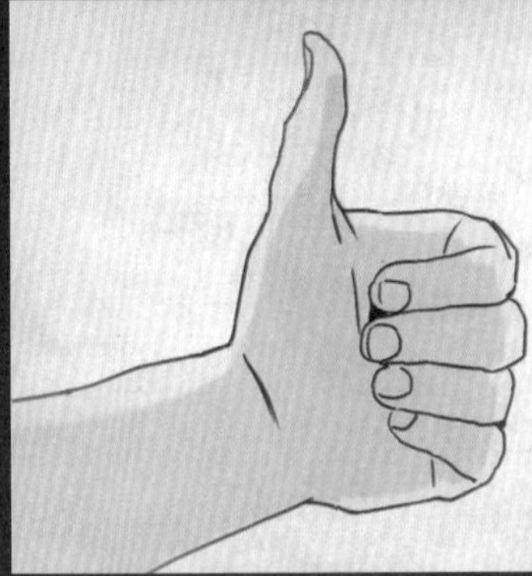

머니게임
MONEY GAME

#42

"철인 전제 통치"

조사 끝나셨으면 자료 주세요

취합하고 PPT 만들려면 빠듯해요

저기요

봤으면 대답 좀

?

저기요

죄송한데제가진짜

갑자기급한일이생겨서

철인정치 - 묘목위키
http://RmaDyDlfqptm2/aptlwl

여기자료많으니까찾아
쓰면될것같아요

죄송합니다진짜 ㅠ_ㅜ

됐고

조원들이랑 협의해서

뺄게요 이름

예?

왜요

자료보냈잖아요

저기보다잘나와있는데없어요

▽ **3. 철인정치**

플라톤은 지혜를 가진 철학자가 통치를 하는것이 이상적이라 생각했으며, 국가를 통치하는 철학자는 지혜를 닦기 위한 어렵고 혹독한 과정을 거침으로써 이데아 중 최고의 가치인 선의 이데아를 통찰할 수 있어야 한다고 말했다.

그래

씰룩-

이거였어.

함

박

이게 정답이었어!!!

됐어으어어~~

5호가 (본인 방을 제외한) 개인실의 버튼을 박살낸 지 이틀이 지났고,

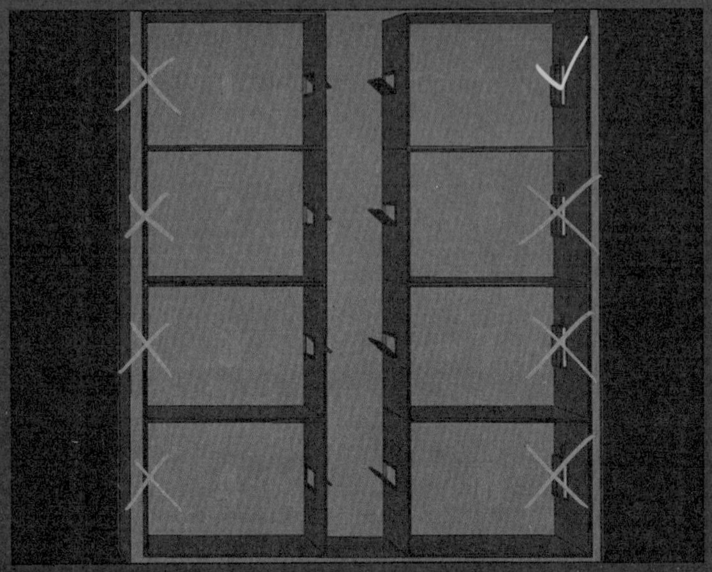

이 이틀간 차감된 금액은

18,175,289,000 - 33,000,000
= 18,142,289,000 - 33,000,000
= 18,109,289,000

더도 말고 덜도 아닌, 정확히, 하루 (겨우) 3천3백만 원.

5호는 약속대로 매일 아침
두당 1도시락 1생수를 배급했고

개인 구매의 원천 봉쇄로 인한
변수 없는 소비는

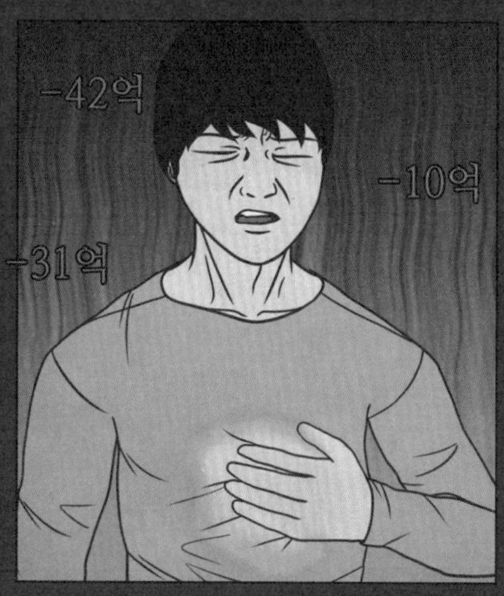

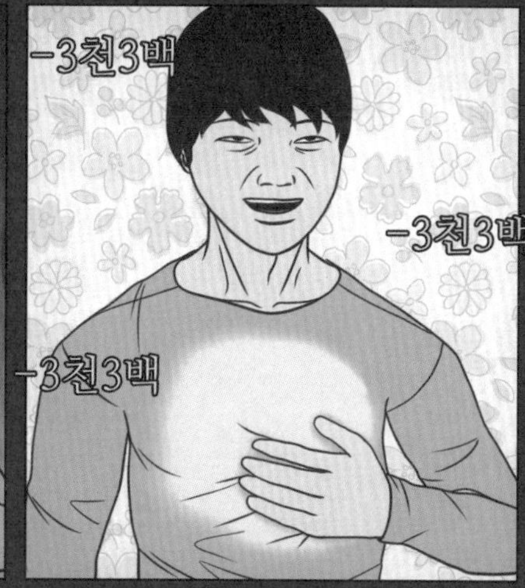

이 엿같은 게임을 시작한 이래 가장 속편한 매일 아침을 맞이하게 해주었다.

어떻게 보면 독재. 아니,
어떻게 봐도 독재를 넘어선
한 명의 철인에 의한 전제통치.

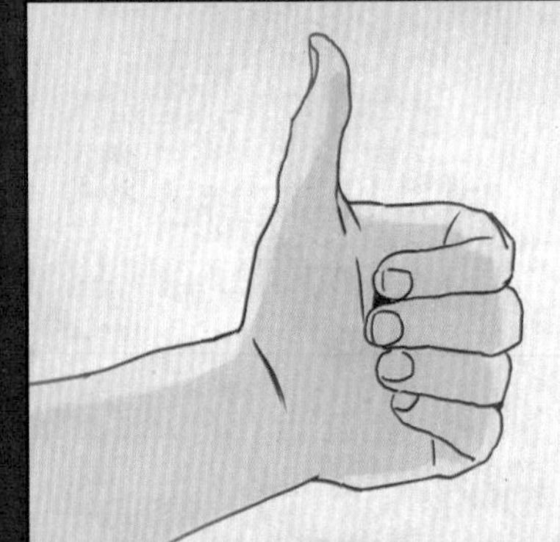
물론 이 통치 형태를
받아들이기 위해선 '소중한'
자유의지 반납이 전제되어야 하지만

42억이 사라졌어!!

*9화 참조

*16화 참조

*27화 참조

자유의지?
개인의 권리?
프라이버시?

ㅋ

아니. 필요 없다. 그런 인간적인 것들은 그걸 누릴 자격이 있는 인간이 향유하는 것.
자유와 방종도 구분 못하는 개돼지들에게는, 미안하지도 않다. 자격 없다.

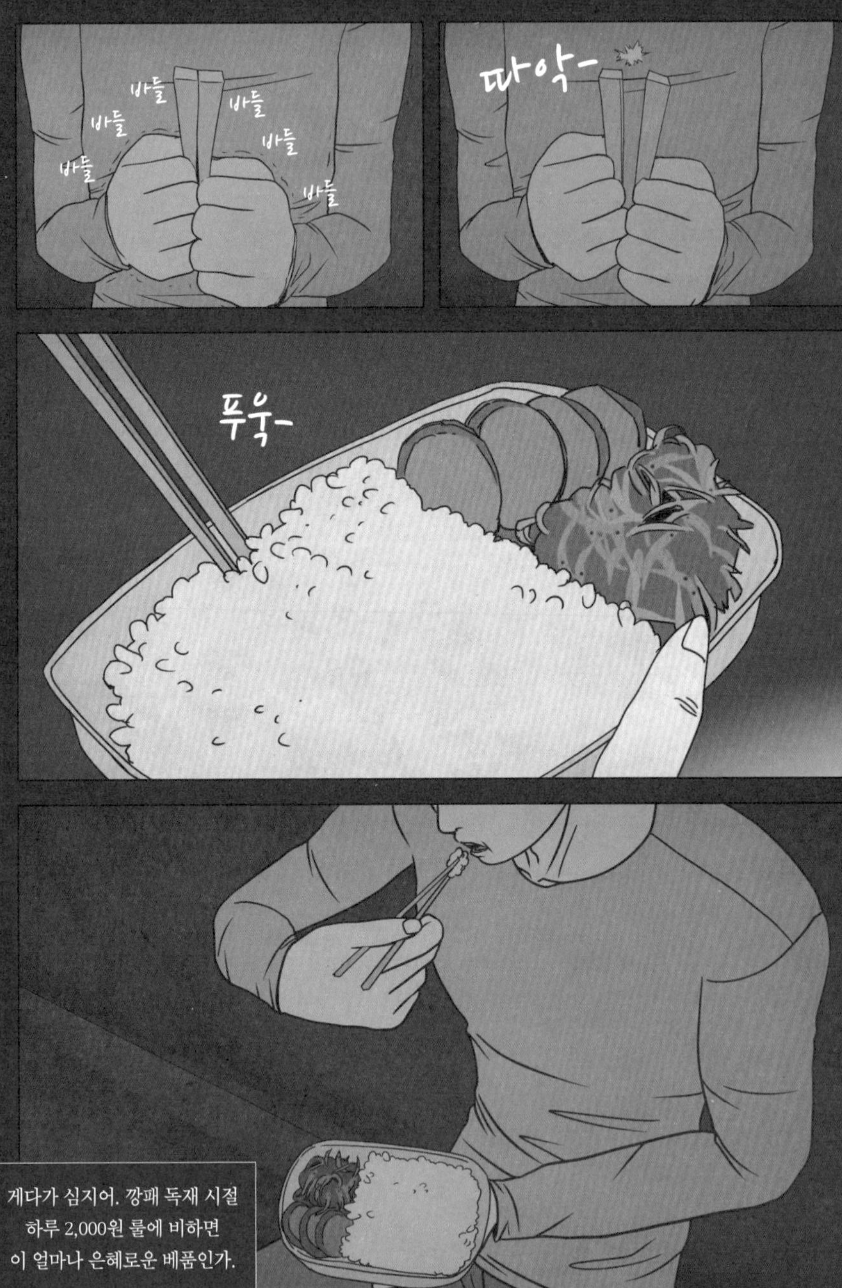

멸치……

철인의 현명함으로
똥멍청한 인간들 손에 쥐여준
파산 버튼을 빼앗은 멸치에게

또 하루가 지나
게임 시작 77일째.
밤새 차감된 액수는

물론. 당연히. 정확히.
3천3백만 원.

감동적인 장면이다. 대형 스크린으로 보던
명작영화의 울림보다 더욱 커다란 감동을

이 조그만 전광판에서 느낄 줄은 몰랐다.

?

헥-
헤엑-
헤엑-

……

2호.

거친 숨소리. 탁한 안색. 퀭한 눈.
며칠 사이 급격히 몸이
안 좋아진 것 같다.

5호 님…
문 좀…… 꼭 드릴
말씀이……

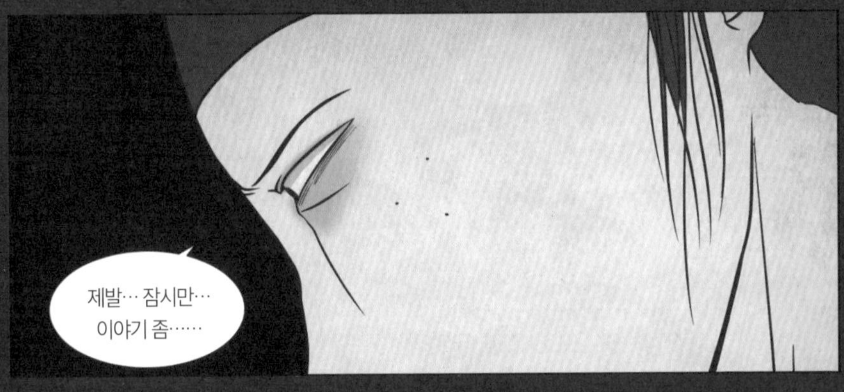

응하지 않을 것이다. 5호는 방 안에서 묵묵히 식음료의 구매와 배급을 할 뿐. 그가 문 밖으로 나오는 모습은 최근 며칠간 한 번도 보지 못했다.

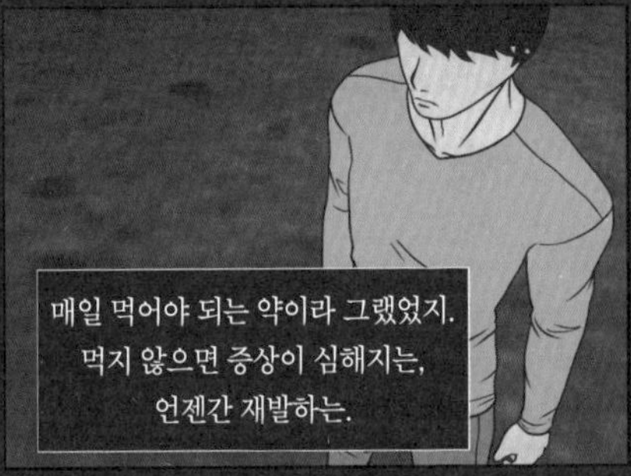

……

매일 먹어야 되는 약이라 그랬었지. 먹지 않으면 증상이 심해지는, 언젠간 재발하는.

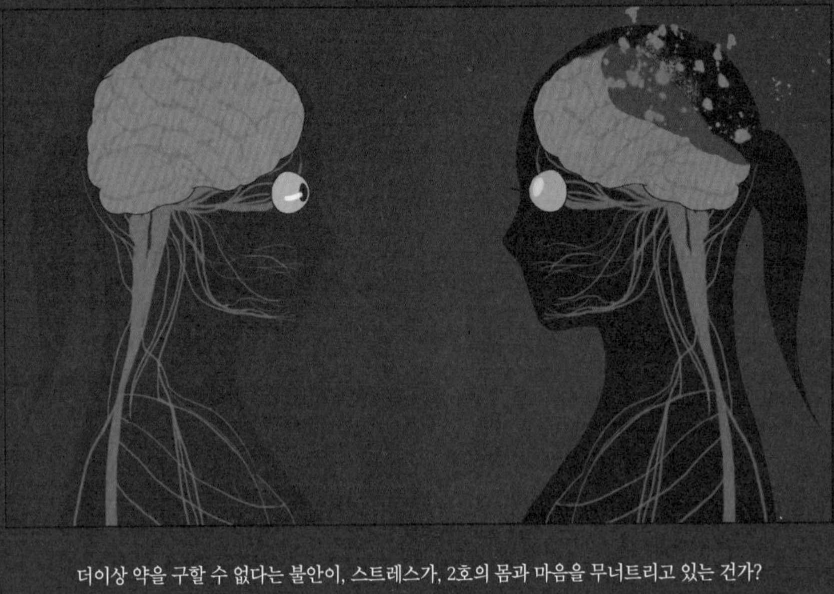

더이상 약을 구할 수 없다는 불안이, 스트레스가, 2호의 몸과 마음을 무너뜨리고 있는 건가?

그렇게 이해하려 해도 조금 의문이 들었다.
최근까진 그럭저럭 잘 버텨오다,
갑자기 저렇게 사람이 망가질 수 있나?
온도차가 너무 심하……
약……
약!! 약 줘!!!!
약속했잖아!!
약약속!!!!!!

아아아악!!
야아아아악!!
아아아아아악!!
아니 어쩌면, 앞으로 진행될 증상에 대한 두려움 때문이 아니라, 이미 증상이 시작된 거라면……
2호 님! 그만하세요!
그만요. 몸 상해요.
5호 님에겐 제가 잘 말해볼 테니까. 네? 들어가요 2호 님.
쯧쯧쯧쯧……

쯧쯧……
쯧.

그날 밤.

스튜디오 안에 두 여자의 비명이 울려퍼졌다.

시작은 2호가.

약 달라고오오오오!!!!

그 하울링에 응답하듯
3호도.

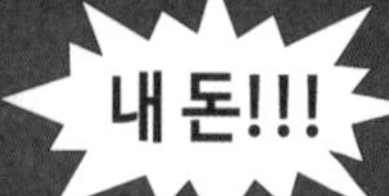

돈 보여줘!!!!

손톱으로 칠판을 긁는 듯한 새된 비명소리가
몇 시간이고 몇 시간이고 계속됐다.

룰루… 룰루루……
아주 조금은, 측은하기도 안타깝기도 하다.
하지만 내가 줄 수 있는 건 비용 없는 동정뿐.
룰루룰루… 룰…
룰루… 룰……
측은해서 예외를 두고 안타까워 혜택을 준다면.
또 무너질 것이다. 통제불가였던 그때로
회귀할 것이다. 그러니. 안 된다.
룰루…
럴러럴………
이번엔.
이제는.
더이상은.

맞았다. 2호가.
때린 건. 5호다.

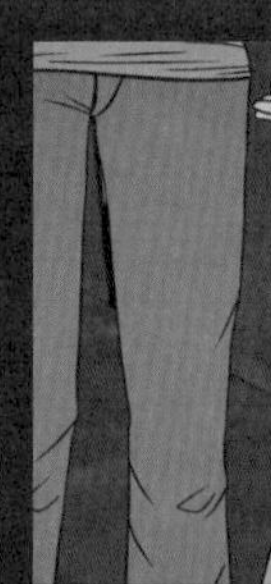

아마도. 그 지긋지긋한 약.
구걸을 하러 5호실에 들어갔다가……

허억-

허억-

허억-

5호의 단호함에 박수를 쳐야 하는 건지
단호함을 위해 폭력까지 행사하는 것에
손사래를 쳐야 하는 건지 헷갈리지만.

뭐든 상관없다. 행동 하나하나에
선악이나 호불호 태그를
꺼내 붙일 시간은 지나버린 지 오래니.
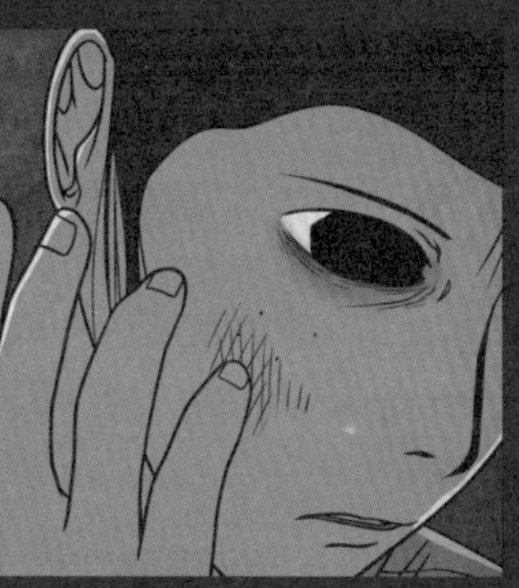
…준다니까요.
내 돈에서. 준다구요.
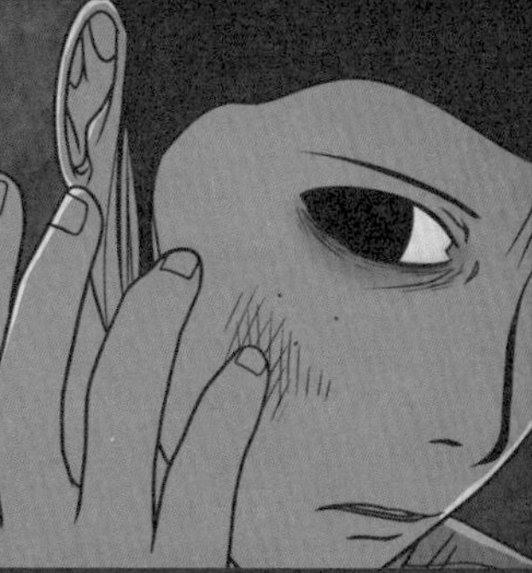
그럼 내 돈으로
사는 거니까 아무
문제 없는 거잖아요.

근데 왜? 대체
무슨 권리로……
네? 누구세요?
저한테 왜 이러세요?!
당신이 뭔데!!! 무슨
권리로 그러냐고!!!!
제……

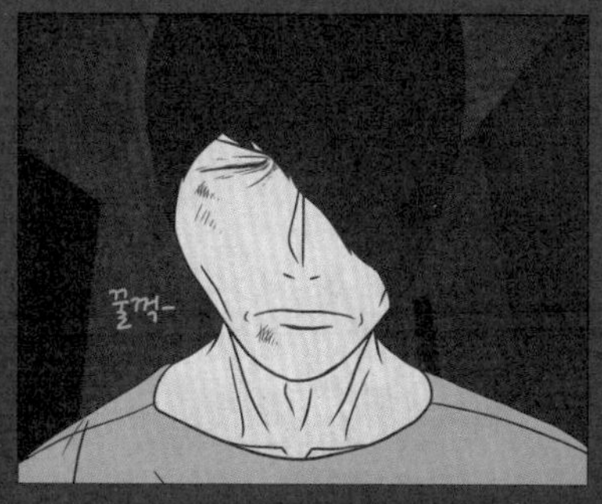

5호는. 무슨 말을 하려고 했던 걸까. 설명? 항변? 설득? 회유? 아니면 욕설?

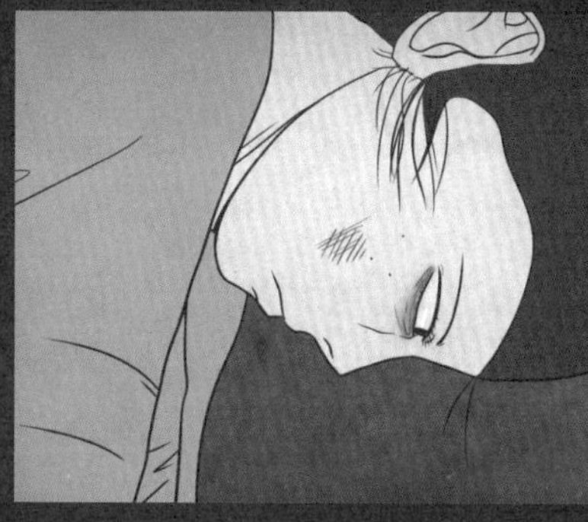

이 또한. 뭐든 상관 없다. 상황을 대화나 공감으로 해결할 수 있다고 생각하던 시간 또한

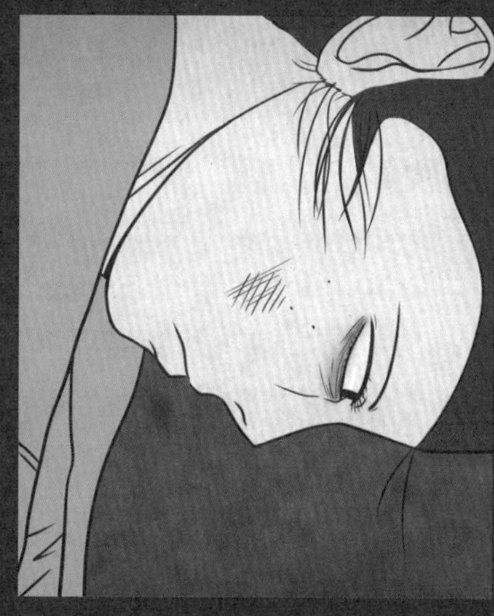

지나가 버린 지 오래니.

18,043,289,000

띠릭-

삐리릭-

11,205,969,000

머니게임

MONEY GAME

#43

"70억이 사라졌다"

왜?

11,205,969,000

어째서?

왜?
11,205,969,000

어째서?

왜?
11,205,969,000

어째서?

왜?
11,205,969,000

어째서?

왜?
어째서!!!!!!!!

실망과 배신감이 구토처럼 차올라
목구멍을 틀어막는다. 숨이 막힌다.

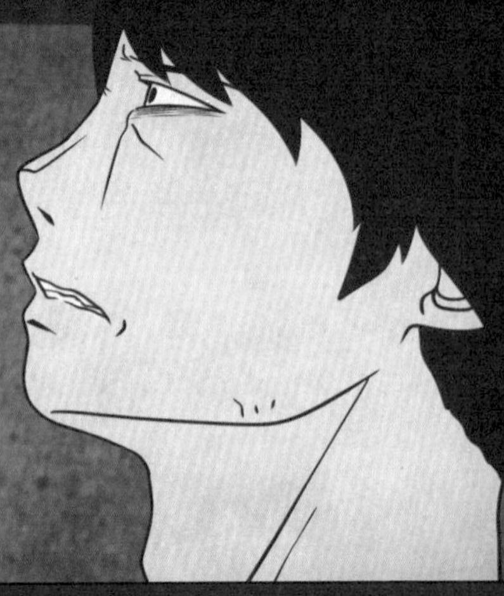

어제밤 무슨 일이 있었는지,
내가 놓친 게 뭔지 리와인드 해본다.
왜 이런 개 같은 사태가 벌어졌는지
필사적으로 기억을 더듬어본다.

어젯밤.
잠들기 전 마지막으로 했던 일은.

잔액과 내 몫의 계산. 이 계산이야
평소에도 습관처럼 해오던 것이지만
어제의 셈은 평소의 그것과는
다른 느낌이었다.

지금.

18,043,289,000

고정된 소비는 정확한 계산으로 이어졌다.
'얼마쯤 남겠지?'라는, 희망과 절망이 난잡하게 섞인 어림짐작이 아닌,
확실한 잔액 계산이 가능했고

틀림없는 계산, 변동없는 상금.
이 견고한 숫자가 가져다준 희열은
기존의 그것과는 다른 차원의 것이었다.

감사합니다……

나도 모르게 새어 나왔었다.
지긋지긋한 의심과 불신의 난장을
마침내 헤어나게 해준 그에게
보내는 감사의 말이.

감사합니다…

고맙습니다….

감사합니다…..

감맙습니다……

올곧은 철학과 굳건한 철권으로
마침내 우리를 바른 길로 인도한 5호에게
진심으로 감사. 그리고 찬사를. 보냈었다.

어떤 내일이 기다리고 있는지도 모른 채.

……
……
근데……
받을 상금의 윤곽이 뚜렷해지자,
다음 단계의 의문이 스물 피어올랐었다.
왜지?

상황도 심신도 안정되자 비로소 튀어나온
이 게임에 대한 원초적 질문.

왜.

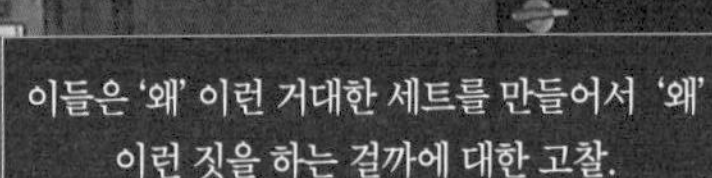

게임의 말. 경주마. 혹은 소. 투우소. 혹은 그냥.

인간.

새로운 건 아니다.
언제나 있어 왔다.

부와 권력의 상한선까지
도달해버린 인간은.
몸부림쳤었다.

목표 없는 삶이 내리는
절망에서 벗어나고자.

무료하고 따분하고
지루한 삶을 구원해줄
'엔터테인먼트'를
처절히 갈구했었다.

좋은 의미로든 나쁜 의미로든
인간을 가장 흥분시키는 건
같은 인간의 고통과 절망과
죽음일 테니.

그것이 의도였다면,
충분히 즐겼을 테지.
무의미한 돈을 투자해
유의미한 살육을 감상했으니
저들도 매우 만족스러울 테지.

'저들'끼리도.

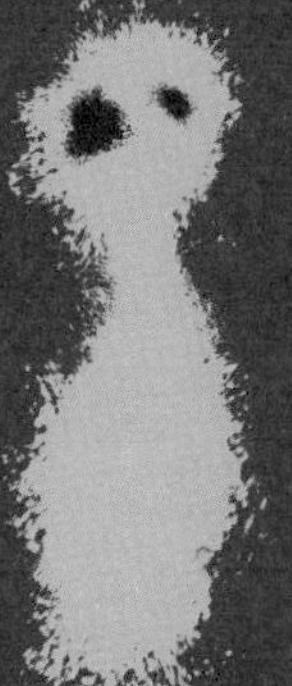

우리를 머니게임으로 밀어넣고
그들만의 베팅게임을 즐겼겠지.

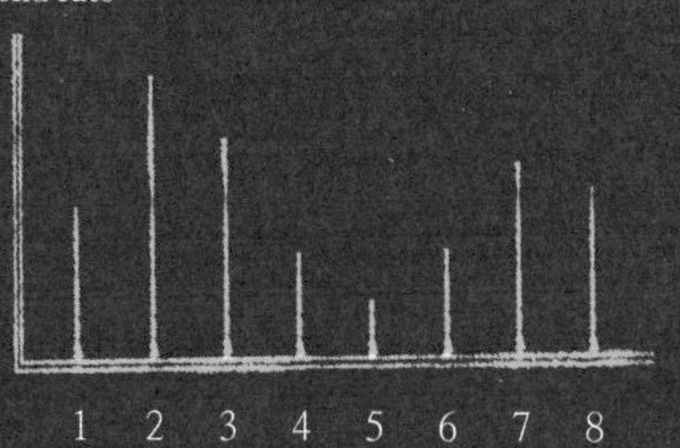

죽음과 도박.
이 둘보다 사람의 뇌를
도파민으로 튀기는 건
세상에 또 없을 테니.

시X……
어떻게 가지고
놀든 상관없어…
돈……
그래. 차라리 다행이란 생각까지 했었다.
충분히 즐겼다면, 즐거우셨다면, 기꺼이
상금을 하사할 맘이 생기실 테니까.
돈만 줘……
라는 생각을 하며
잠이 들었었다.

그리고 오늘.
아무런 전조도 예고도 없이
70억이 사라졌다.

5
왜? 어째서 갑자기?
지금껏 잘해왔잖아. 돈도, 사람도, 모두
잘 컨트롤 되는 중이었잖아.

그랬던 그가. 그런 그가.
대체 왜 어째서 이런 짓을……

가죠. 5호실로.
물어야겠어요.

미친 X끼! 지금 그딴 대사나 나불댈 때냐고.

?!

무슨…
말입니까 그게.

70억이라뇨?

응?

뭐야 저 반응은.
예상했던 리액션이 아닌데?

70억이……
어떻게 됐다구요?

모른 척하지 마세요!
밤새 70억이 사라졌는데!

우리 중에서 구매 가능한
사람은 5호 님 밖에 없잖

으아아아아아아!!!!!!

아니다. 연기가 아니다.
저 반응은 진짜다.
진짜 분노다.

이…이이……
이……

인간 같지도 않은 새X들이!!!!!!

싫지만 맞췄다. 연기가 아니었다.
5호는 분노했다. 아니 그보다 더.
광분했다.

투콰악-

까악!

황소처럼 돌진하는.
마구잡이로 휘두르는.
미쳐 날뛰는 5호는.
무섭다. 너무. 공포.

으 어. 으어어어……

어,어,어,어서.

최,최,최,최,최종병기를.

꺼,꺼,꺼,꺼,꺼,꺼,꺼

뿌직—

!!!!!

죽는다. 죽는다. 죽는다. 죽는다.

죽는다. 죽는다. 죽는다. 죽는다. 죽는다.

는다죽는다죽는다죽는다죽는다죽는다죽는다죽는

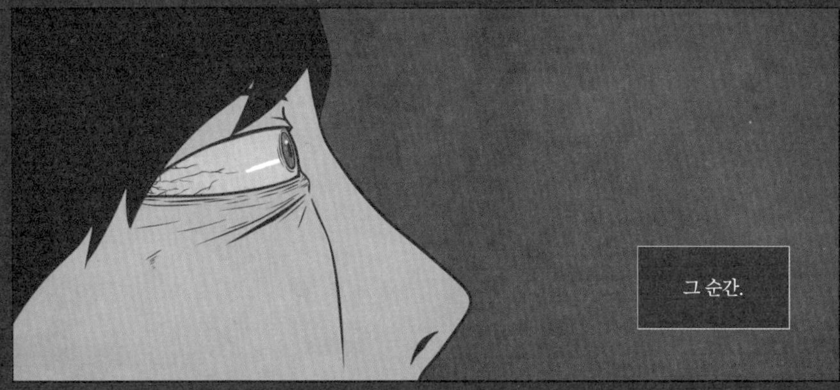

시간이
멈췄다
우뚝-
아니 그럴 리가. 뇌가 고속으로 폭주하기 시작했다.
죽음의 위기 앞에서, 대가리가, 어떻게든 살아보려고,
모든 자원을 총동원해 리미트를 풀고 폭주한다.
5호는범인이아니다하지만버튼사용이가능한건5호밖에없다
라는전제가틀렸다면?혹시5호가다른방버튼을부술때제대로
부수지못한버튼이남아있던게아닐까그럼그사람이범인이겠지?

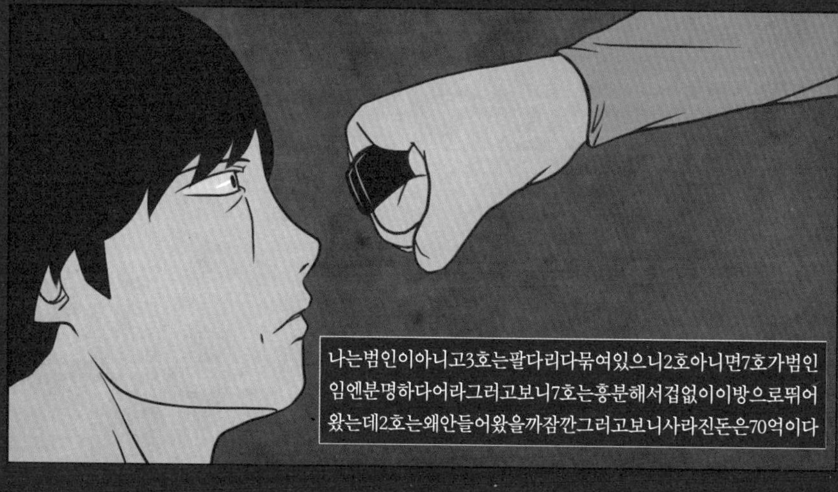
나는범인이아니고3호는팔다리다묶여있으니2호아니면7호가범인
임엔분명하다어라그러고보니7호는흥분해서겁없이이방으로뛰어
왔는데2호는왜안들어왔을까잠깐그러고보니사라진돈은70억이다

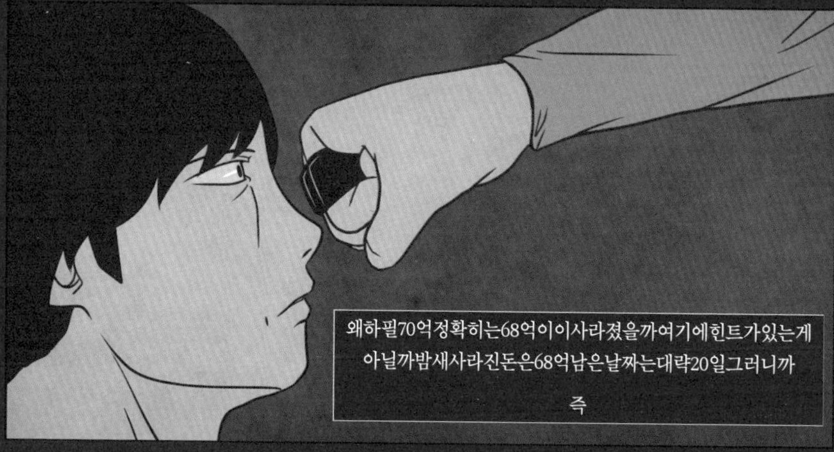
왜하필70억정확히는68억이이사라졌을까여기에힌트가있는게
아닐까밤새사라진돈은68억남은날짜는대략20일그러니까
즉

추앗-
2호!

2호! 2호가 썼어요!!
쿠당탕-

돈! 우리 돈!!
2호가 썼다구요!!!!

2호가
범인일 것이다.

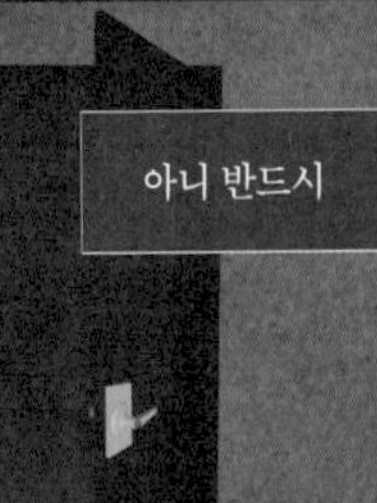
아니 반드시

2호가
범인이어야 한다.

머니게임
MONEY GAME

#44

"어떻게 샀을까?"

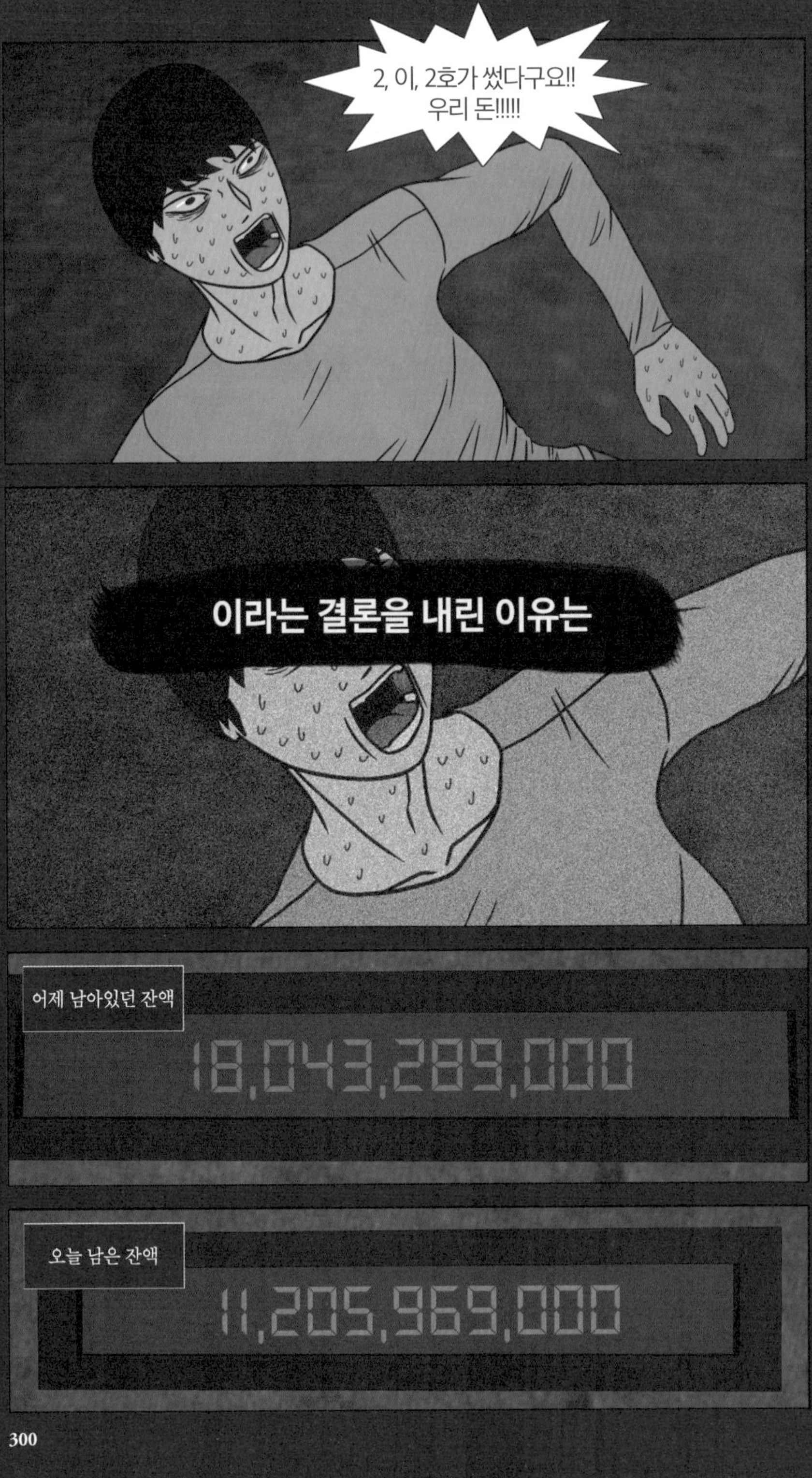

2, 이, 2호가 썼다구요!!
우리 돈!!!!!

이라는 결론을 내린 이유는

어제 남아있던 잔액

18,043,289,000

오늘 남은 잔액

11,205,969,000

남은 게임 날짜

21일

약값 2억5천에 21을 곱하고
여기에 배급비 3천3백을 더하면
= 5,283,000,000

믿어주세요! 2호!
그 여자가 쓴 거라구요!!

여기에 기타 미지의 뭔가를
더 구매했다고 가정하면 사라진
금액과 비슷하게 맞아 떨어진다.

2호는 (당연히) 아니라고 말했다.

2호의 말대로. 버튼은
산산이 부숴져 있었다.
작동될 리 없는 상태였다.
2호가 아니라면…
설마 5호 본인?
작동되는 버튼은 그 방밖에 없으니. 자기가
몰래 써놓고 적반하장으로 날뛰고 있는 건가?
아니면……
주최 측이?
아냐, 이 의심은 전에도 했었다.
이제와서 잔액 장난질로
게임을 망칠 이유가 없다.
시X… 뭐가
어떻게 돌아가는……
짜악-
아악!

왈칵. 겁이 밀려 왔다. 정말로 2호가 쓴 게 아니라면 생사람을 잡은 거다. 무고한 밀고로 2호를 사지로 밀어넣은 거다.

서둘러 5호실로 돌아가야 한다.

2호실 버튼은 완전 망가져 있었다고, 그러니 2호는 범인이 아니라고, 알려야 한다.

5… 5호 님!

그 돈, 2호 님이
쓴 게……

샀어요……
제가……

응?
뭐라고?

제, 제가……

약……을……

풀썩-
샀다고? 어떻게?

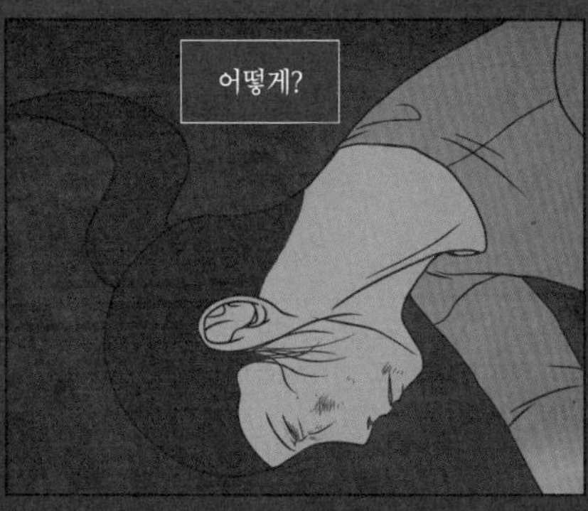

옛 말 그대로, 매 앞에 장사는 없었다. 심지어, 그 매가 타작 전문가의 솜씨라면.

자, 잠깐만요!
이미 산 건데……
그, 그냥…

뭐?

저 여자.
지금 뭐라고 그런 거야.

이왕 샀으니 걍 주자고?
뭔 희대의 개소리지?
68억이 날아갔는데,
개장 후 최고액을 기록했는데

기가 막힌다. 저 역겨운 천사 코스프레, 환멸스런 착한사람 컨셉질.
대체 언제까지 분위기 파악 못하고 지X 떨 거지?

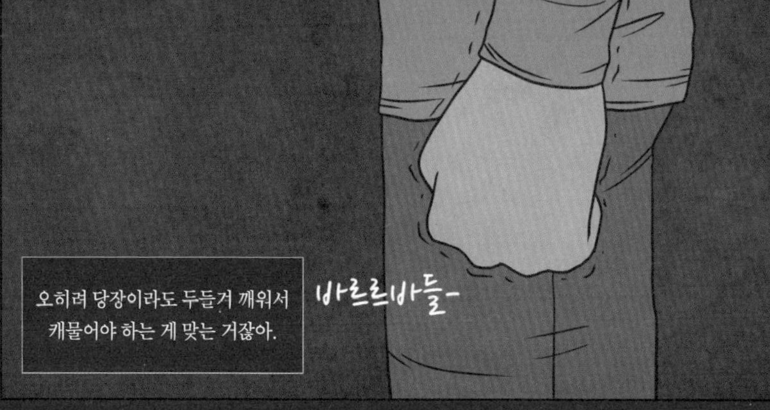

68억을 바쳐
약을 소환한닷!
어떻게 약을 샀냐고.
들킬 게 뻔한데 왜 샀냐고.
그리고,
우리한테 미안하지도 않냐고.

하지만 2호는 정신이
들 기미가 보이지 않았고.
깨지 않을 거라면. 차라리 저대로.

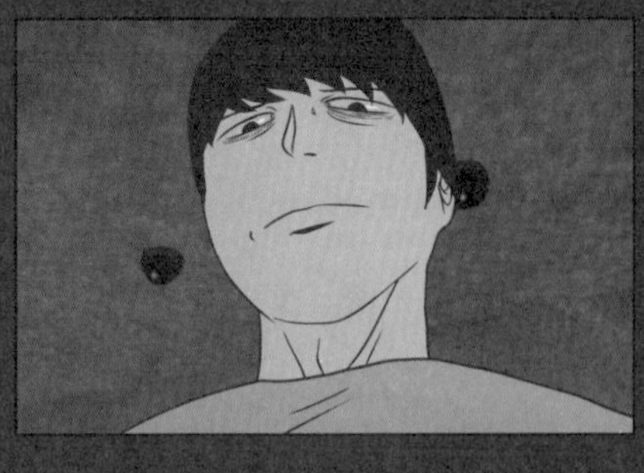

그냥.
이제 그냥 좀.

다음 날.

11,172,969,000

다시 한번 확인했다.
그가 보통이 아니란 걸.
범상치 않은 인간이란 걸.

oh!
ho!

씨이X. 생각
할수록 열받네.

그러니 이 보통 아닌 사람 말만
잘 믿고 잘 듣고 잘 따랐으면, 모두
무사히 게임을 끝마칠 수 있었을 텐데.

!
아니.
적어도 난. 그를 따랐어도.
무사히 끝마칠 수 없었을지 모르겠다.
우급.

우그그그구웁…
좀 많이 이상한 게 왔다. 몸 안쪽 깊숙한 곳에서.
처음 만나 뵙는 낯선 통증이 찾아오셨다.
이 생소한 만남이 언제 부킹된 건지는 알 것 같다.

day 71
day 79

영 좋지 않은 곳에
짧은 간극으로 들어온 2연 부킹.
흐읍! 흡!

어서. 서둘러. 방으로. 가서.
흡!
허읍!
흡!
휴식… 을… 취해야.
8

8
8
8
8

할 수 있는 거라곤, 조용히 자빠져 자연치유를 기대하는 것 뿐이라고.
기다리고 멍때리는 거라면 80일 내내 하던 거라 크게 힘들진 않지만. 문제는.

끄흡! 끄으읍!
키읍!

고통보다 호흡. 격통 때문인지,
긴장 때문인지, 둘 다 때문인지.

흡! 휴우우우읍!
큐흡!

숨이 쉬어지지 않는다.

휩. 흐읍. 흡. 흡.
숨이. 도무지. 쉬어지지 않는다.
숨이. 도무지. 쉬어지지.
않…………

8호 님!

7호…… 나이스… 타이밍에… 평소라면 같잖은 오지랖좀 그…만 떨라고 (속으로) 극혐을 날렸겠지만 이번엔…… 반갑……

필요하다. 지금은.
간호가. 위로가. 뭐든지.
필요하ㄷ
?!
근데
뭐지 저건.
저런 건.
안 필요한데.

머니게임
MONEY GAME

#45

"이제 끝인가……"

슬프지만.
누구나. 언젠가는. 반드시.
그날을 맞이하게 된다.

철든 사람이라면 조금 일찍
철없는 사람이라면 그보단 조금 늦게.
하지만 틀림없이 그날은 온다.

숫자와 숫자 사이의
위화감을 깨달을 날이.

오래 계산할 필요도 없는 일이다.
평범한 직장인, 월급쟁이의 수입으로는

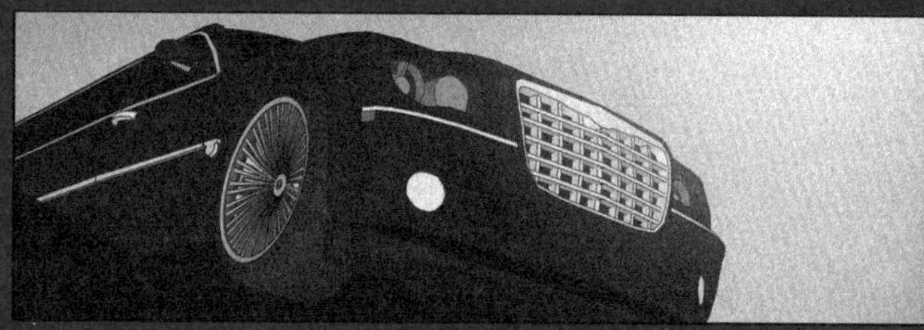

역세권의 넓은 평수의 좋은 집을 살 수 없다.
잘 나가고 잘 서는 외제차 역시 살 수 없다.
남들이 부러워할 명품시계나 가방 역시. 못 산다.

어느 날 문득
그것을 깨달아버렸기 때문에.

단지. 하필.
그저 남보다 조금

운이 없었을 뿐이다.

뭐였지 방금.

회한이 잔뜩 토핑된 과거사 나레이션 같은 게

주절주절 지나갔는데.

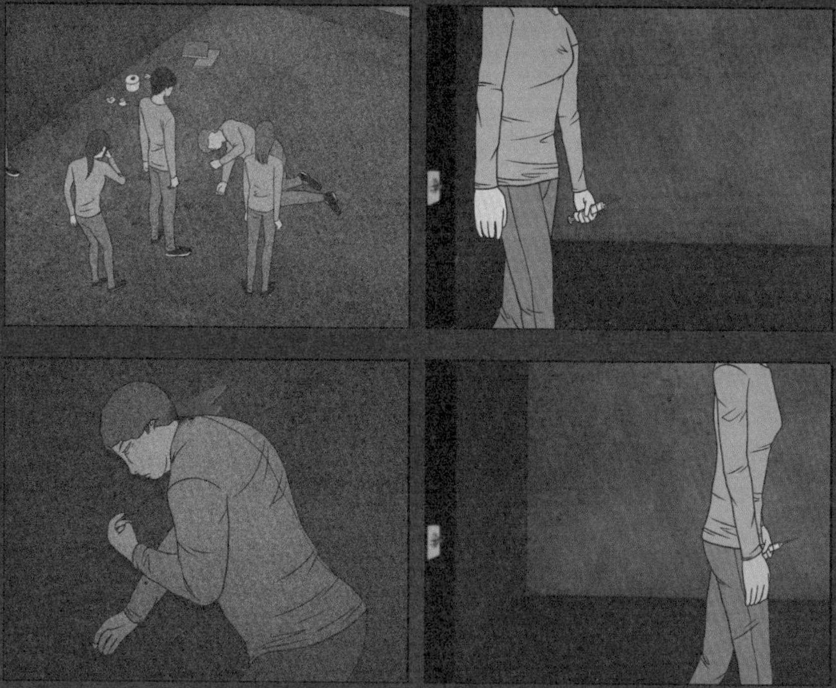

역시 내 생각이 맞았다. 1호를 죽인 건 그녀.
가면의 살인마. 철두철미한 사이코패스.

그런 살인마에게 이런 손쉬운 킬링 찬스를 제공해버렸으니,
이건 온전히 내 탓. 내 실수.

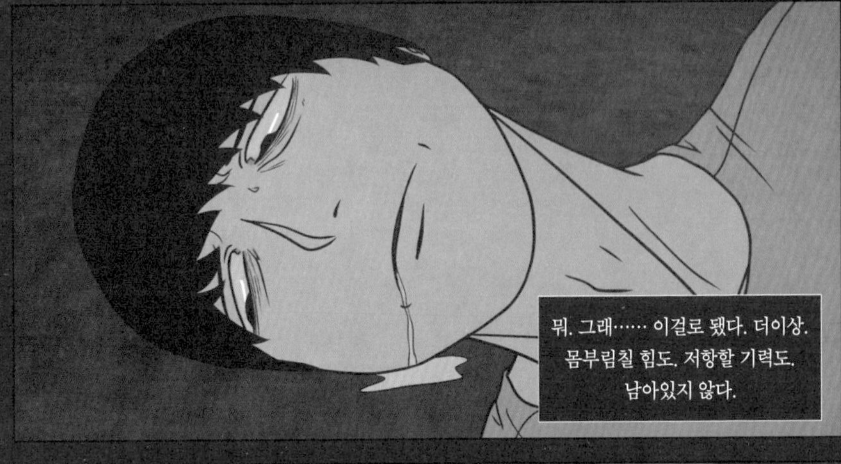
뭐. 그래…… 이걸로 됐다. 더이상.
몸부림칠 힘도. 저항할 기력도.
남아있지 않다.

그냥 둬도 어차피 숨통이 막혀 죽을 몸.
이 와중 하나 바라는 게 있다면
고통 없이 한 번에 끝내주는.

자비를.

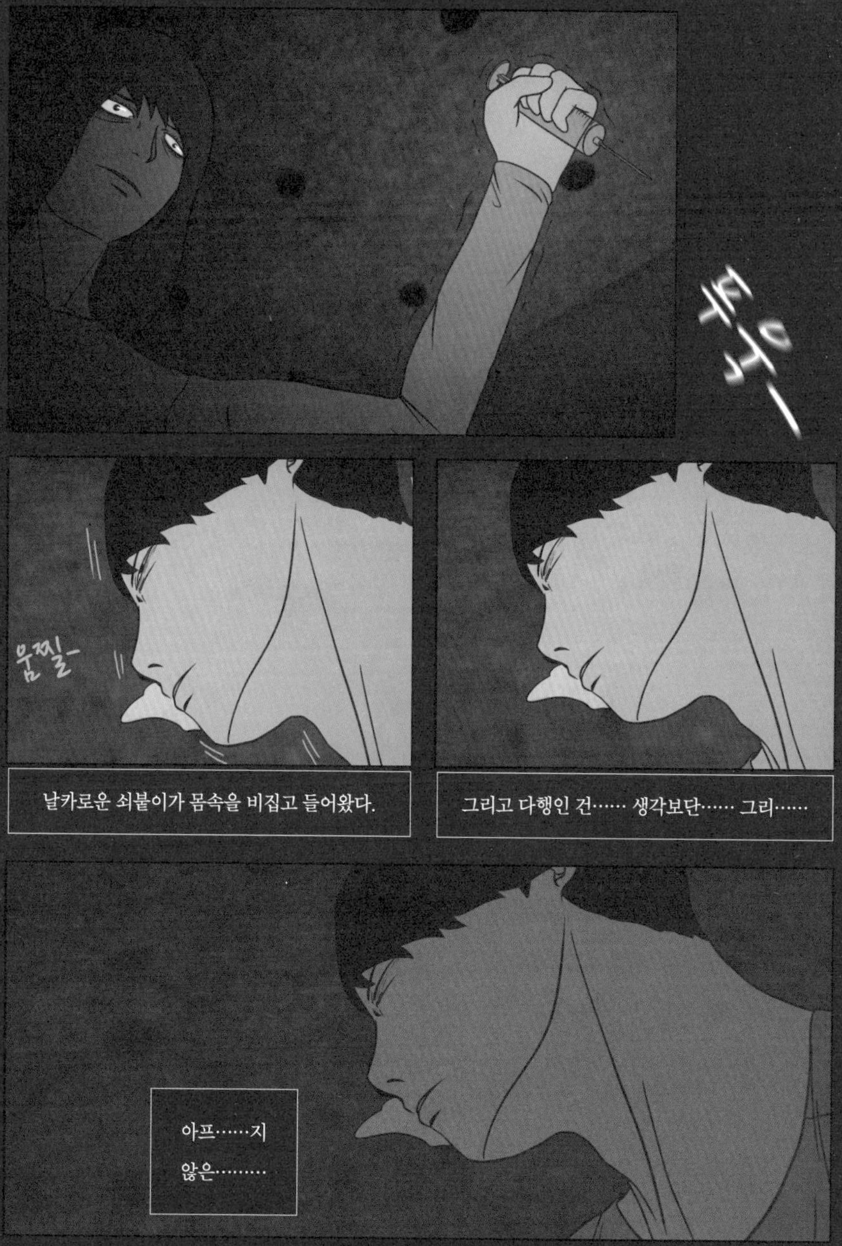

움찔-

날카로운 쇠붙이가 몸속을 비집고 들어왔다.

그리고 다행인 건…… 생각보단…… 그리……

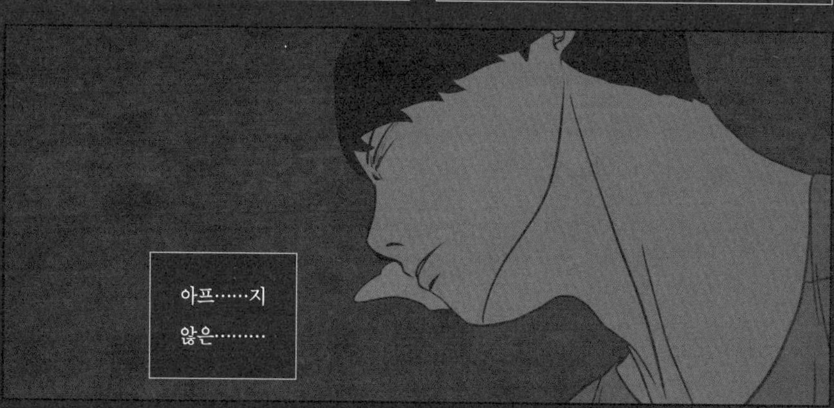

끝.

안녕하세요. 배진수 입니다.

머니게임, 제 첫 장편 웹툰이라 참 공들여
기획하고 재밌게 그렸던 작품인데요.

이번엔 게임에 참가한 캐릭터들의 상징과
아직 풀리지 않은 떡밥에 대해 알아보는
시간을 마련했답니다!

살아남은 캐릭터들의 과거, 그리고 주최측의 정체,
그리고 최후의 우승자는? 등등 많은 의문들이
아직 남아있으실 텐데요! 그 질문에 대한 대답은

웹툰을 끝까지 보면 알 수 있답니다!

흐어어어어업!!!!!!

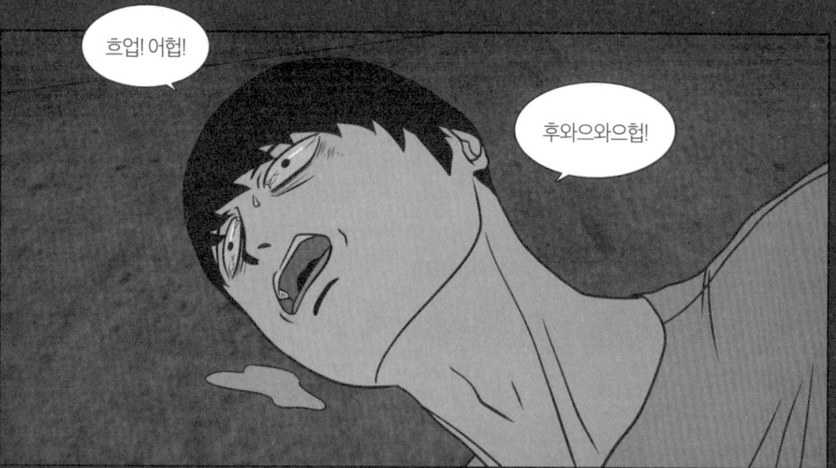

호흡이…
편해졌어요……

다행이에요…
저, 저는……

잘못되면 어쩌나
하고… 걱정을……
정말 다행이에요……

사설 강아지 보호소를 운영하고 있다고 했다. 돌봐야 할 강아지 수는 나날이 늘어나지만
국가 보조를 받는 시설도 아니고, 후원에도 한계가 있어서

그럼 이것도……

네. 기흉 응급
조치를 했어요

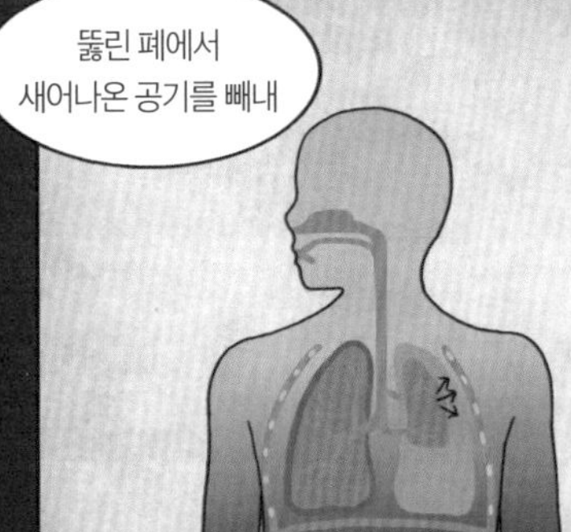
뚫린 폐에서
새어나온 공기를 빼내

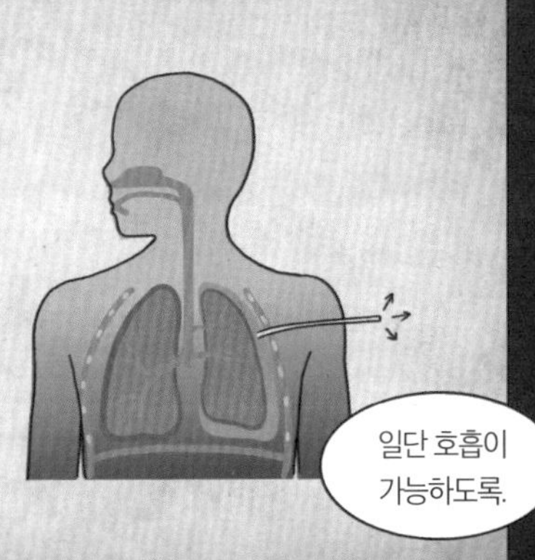
일단 호흡이
가능하도록.

옆구리를 타격당한 이후
호흡곤란이 온 것을 보고
급성 기흉을 의심했다고 한다.
종종 들어오거든요.
발길에 옆구리를 채여서…
그렇게 된 강아지들요.

물론 사람에게 처치
해본 적은 없었지만
그대로 뒀다간 정말
위험해질 것 같아서…

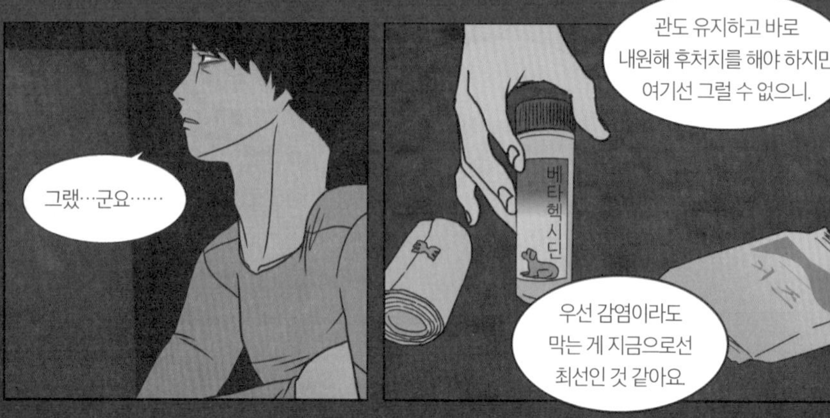

부끄럽다.
내가 남을 해할 무기를 수집하고 있을때 그녀는 남을 살릴 도구를 수집하고 있었다.

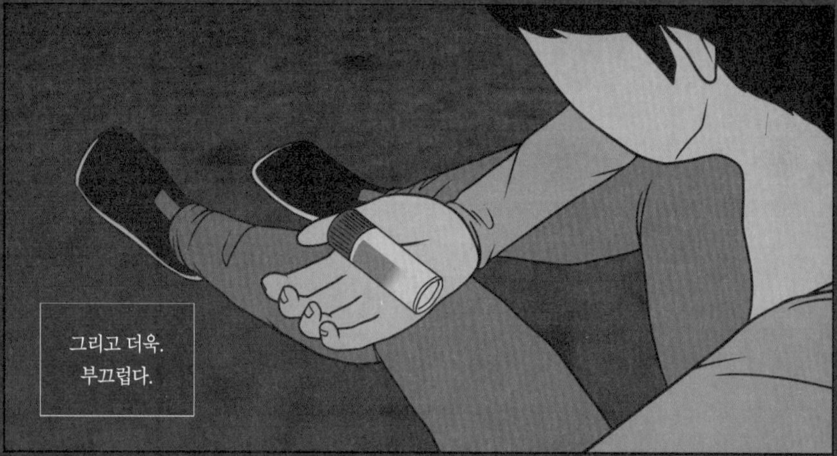

그리고 더욱.
부끄럽다.

그녀는 나를 위해 이불과, 포도당과, 거즈와, 소독약과
심지어 목숨까지 주었지만, 내가 그녀에게 준 거라곤

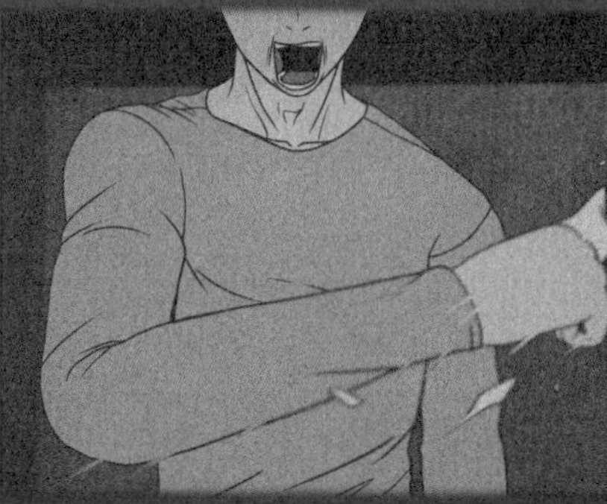

의심과 비판과 매도뿐. 그럼에도 그녀는, 이런 나를……

죄송…
합니다……

정말……
죄송합니다……

제가 그동안…
7호 님을……
7호 님에게……

괜찮아요 8호 님.
고개를 드세요.
우린 모두

7호는 말했다.
우린 모두 같은 처지의 피해자이며 희생양일 뿐.
주최 측의 농간으로 서로를 의심하고 배척하는 상황에
놓여있지만, 그들 뜻대로 둬선 안 된다고. 그럼 모두 지는 거라고.

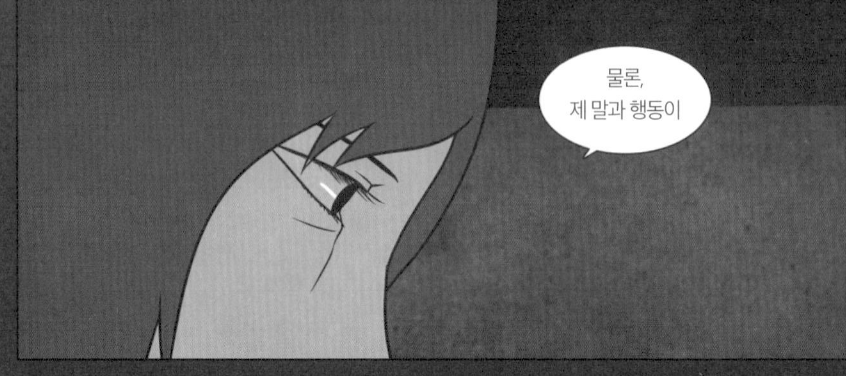

7호는 말했다.
본인의 말과 행동이 늘 옳다고 생각하진 않는다고. 그런 오만은 스스로도 늘 경계한다고.
다만 돈과 생명 중 무엇이 더 높은 가치인지는 누구나 알 수 있는 쉬운 문제라고.

7호는 말했다.
생명은, 또 다른 생명이 함부로 다룰 수 있는 것이 아니라고.
그럴 자격은 세상 누구에게도 없다고. 그럼에도 그런 행동을 한다면,
그 사람은 평생을 고통과 슬픔과 아픔을 안고 살아가야 할 것이라고.

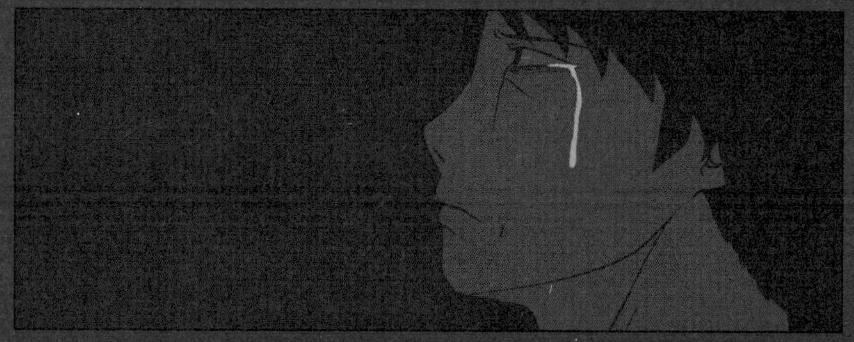

무려.
두 번.

타인의 죽음이 본인의 이익으로
이어지는 이곳에서. 두 번이나
타인에게 목숨을 빚졌다.
1회

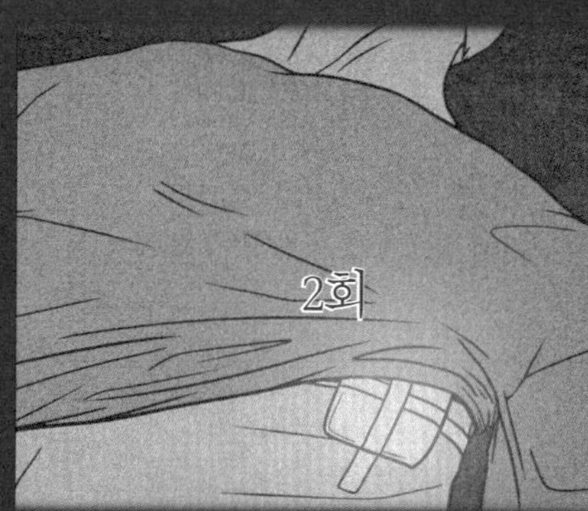
2회

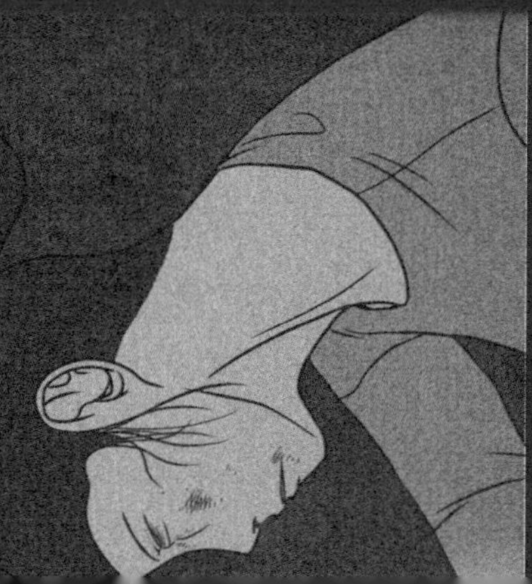
나란 인간은.
불과 어제까지만 해도.

물론 큰돈이다. 제정신이 아니었단 걸 참작해도 2호가 쓴 돈은. 매우 큰 돈이다. 하지만…… 그래도.

11,172,969,000

그게 사람이 죽어 마땅할 이유가 될 수 있나? 언제부터 사람의 목숨을 이렇게 쉽게 생각했나?

반대 입장이었다면, 내가
2호처럼 불치병에 걸렸다면,

모든 걸 포기하고 다 양보하고
흔쾌히 죽음을 택할 수 있나?

아니. 아니었겠지.
그러지 않았을 테지.

나 또한 2호처럼 어떻게든
살아보려 발버둥쳤겠지.

그렇게 생각하니.
조금 더 이해가 됐고.

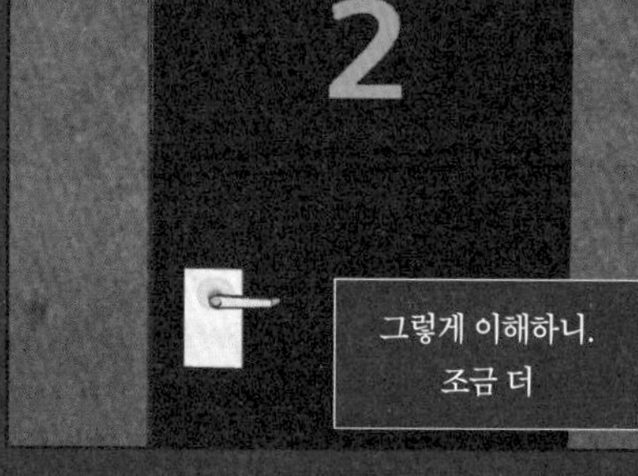

움직이는거,
아직 많이 불편하시죠?
늑골 쪽 부상이면
낫는 데 한참 걸리니까요.
받으세요. 당분간은
제가 가져다드릴게요.
아, 감사합니다…
그러고 보니…
어째 스튜디오
서빙은 저 혼자
담당하게 됐네요.
네? 그게 무슨……

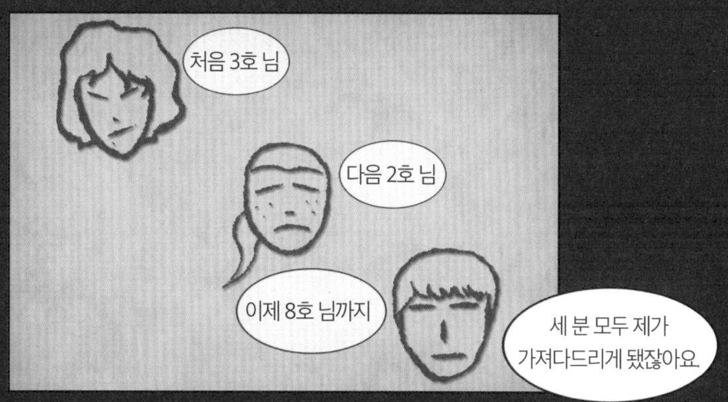

아. 그렇네. 그렇게 돼버렸다. 미안하게도. 7호 혼자서 모두의 수발을 드는 결과가.

그럼 쉬세요. 전 다른
방도 좀 살펴보러……

뭘까. 저 사람을
움직이는 동력은.

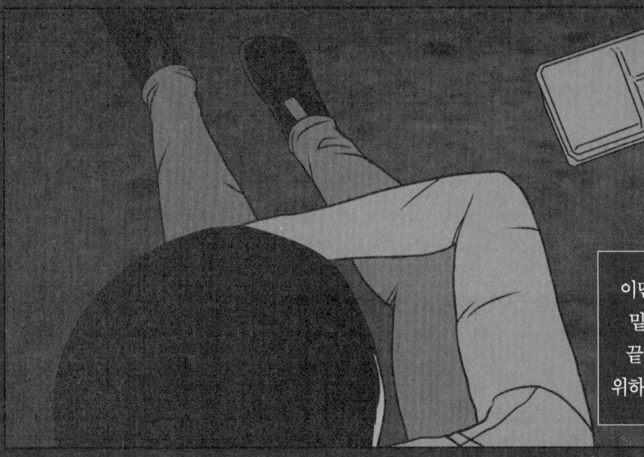

이젠 경외심마저
느껴……

까아아아아악!!!

응?

안돼!!
안돼!!!!
도와주세요! 제발!
도와주세요!!!!
저 목소리는.
7호!

머니게임 3

초판 1쇄 발행 2024년 5월 17일

글 · 그림 | 배진수

펴낸이 | 김윤정
펴낸곳 | 글의온도
출판등록 | 2021년 1월 26일(제2021-000050호)
주소 | 서울시 종로구 삼봉로 81, 442호
전화 | 02-739-8950
팩스 | 02-739-8951
메일 | ondopubl@naver.com
인스타그램 | @ondopubl

ISBN 979-11-92005-49-2 (04810)
979-11-92005-46-1 세트 (04810)

MONEY GAME 4

MONEY GAME
MONEY GAME

- 33,000,000

- 33,000,000

- 33,000,000

2호의 자살 시도 이후 3일이 지났다.

젊은 나이에 희귀병에 걸리고, 가난 때문에 변변찮은 치료도 못 받고,
결국 이 끔찍한 게임에까지 흘러들어온.

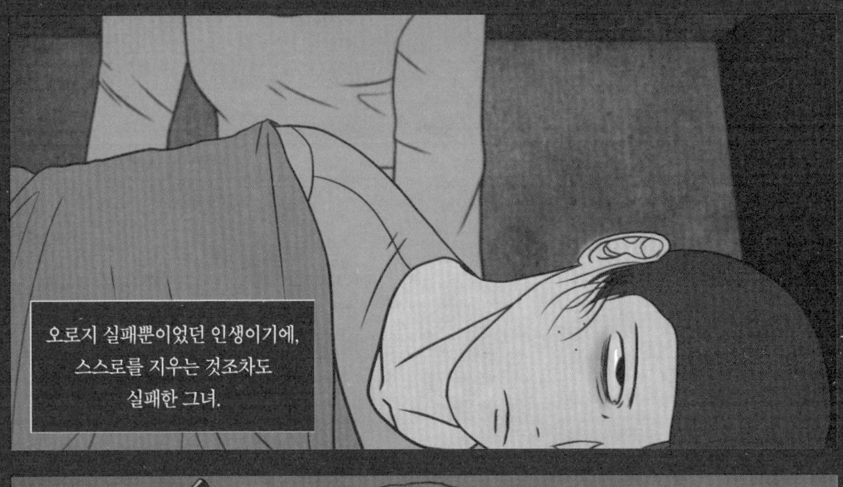

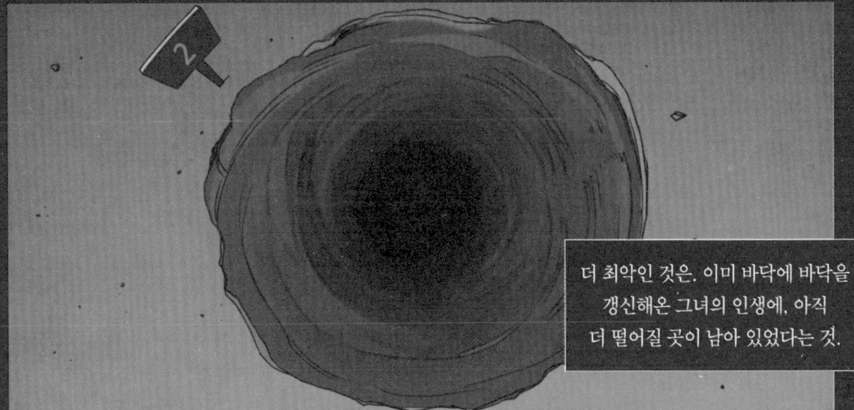

아직 감각이
없으세요? 다리…

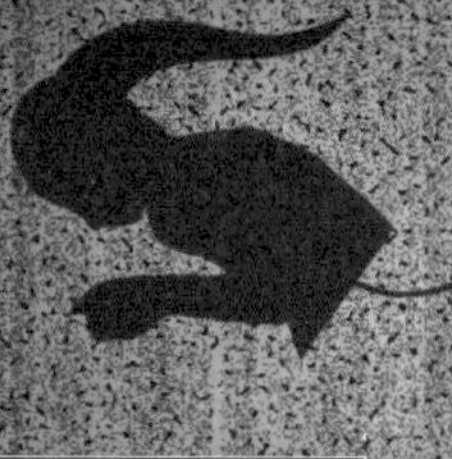

일시적인 증상일 거예요.
분명 나을 거라 생각해요.
상금만 받으면, 좋은
병원에서 얼마든
치료받을 수 있어요
그러니까.
믿으세요. 분명 괜찮아질
거예요… 분명히……
반드시……
꼭……
물어볼 게 많았었다.
어떻게 살는지. 왜 살는지.
미안하지 않은지. 하지만.

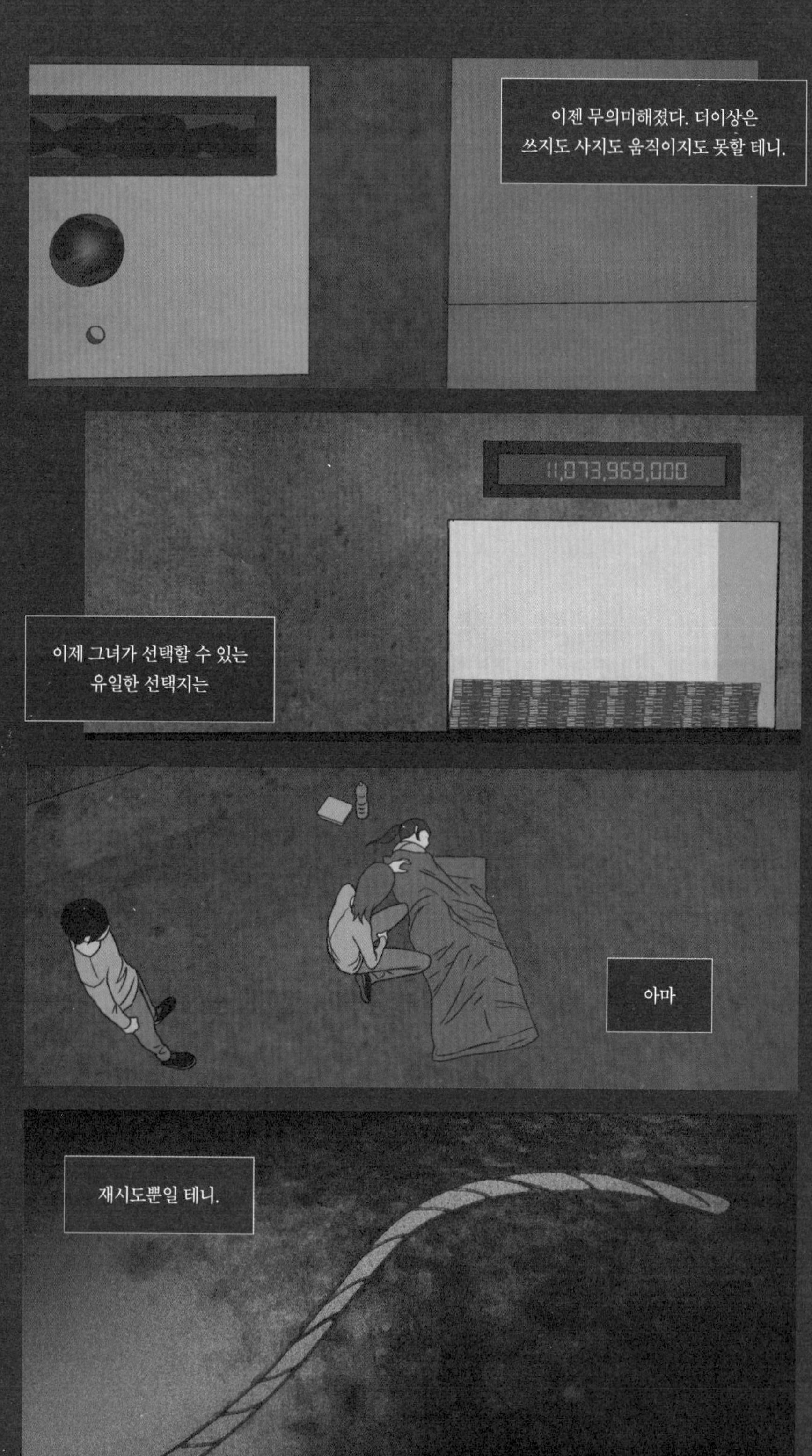
이젠 무의미해졌다. 더이상은
쓰지도 사지도 움직이지도 못할 테니.
11,073,969,000
이제 그녀가 선택할 수 있는
유일한 선택지는
아마
재시도뿐일 테니.

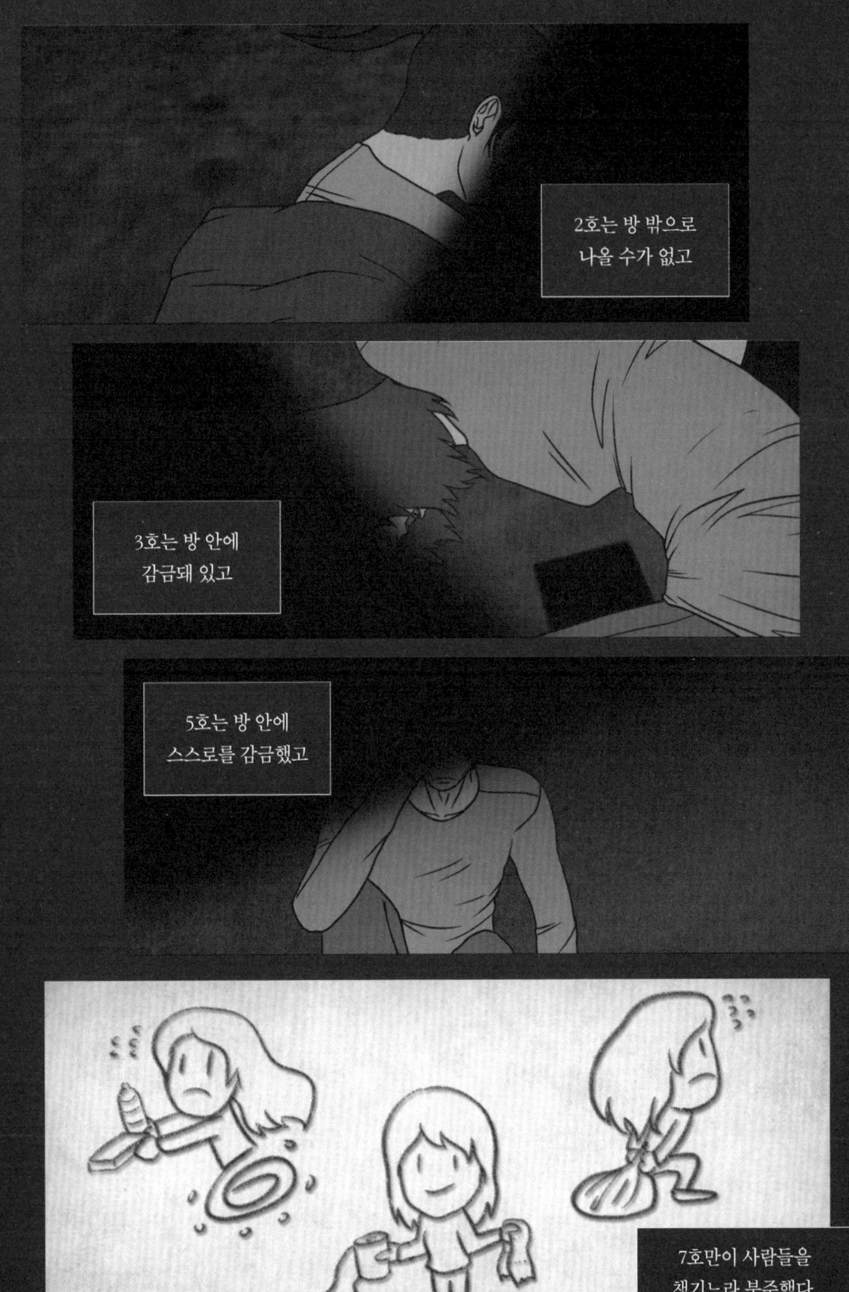
다시 하루가 지났고.
스튜디오 안은 여전히…아니, 정정한다. 아직은 평온하다.
2호는 방 밖으로
나올 수가 없고
3호는 방 안에
감금돼 있고
5호는 방 안에
스스로를 감금했고
7호만이 사람들을
챙기느라 분주했다.

사회에서의 보름은 짧았었다.
지내온 대부분의 '보름'이 무의미했으니까.
기억에 남을 만한 '보름'은 딱히 없었으니까.

하지만 이곳에서의 보름은 그 밀도가 달랐다.

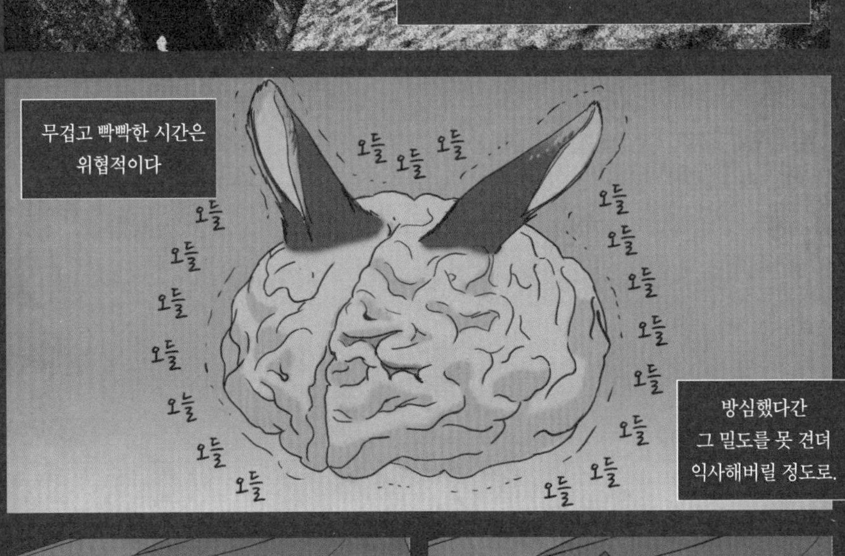

이. 오버쿠킹으로 터져버릴 것만 같은
대가리를 식혀줄 수 있는 건 오로지……

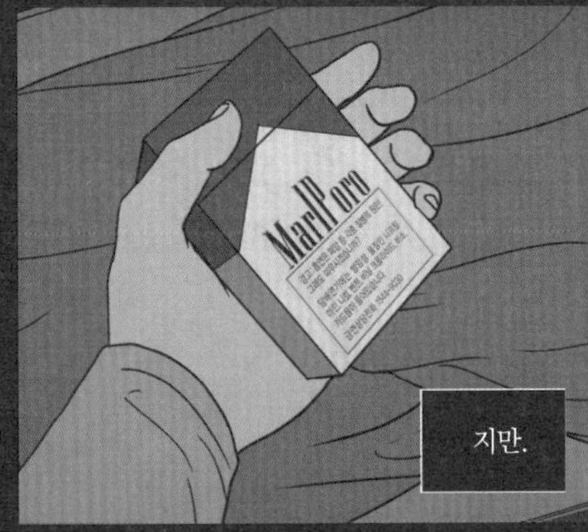

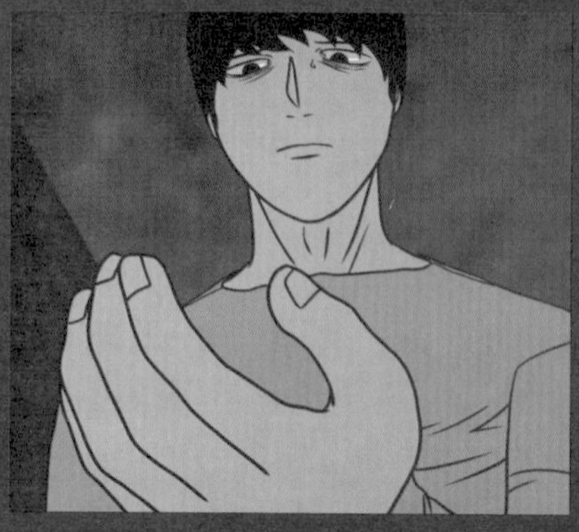

단 두 대.

스읍-
하아-
습하습-
남은 신경안정 도우미는
(어감도 무서운) 단 두 대.

마지막 한 대를 즐길 날은
이미 정해놨다.

마침내 이 게임이 끝나는 날.

비로소 열린 닫혔던 문을
나서며 최후의 한 대를.

그 이전의 한 대는,
돼지 잡은 범인을 잡은 날 안도와
기쁨과 감사의 마음을 듬뿍 담아
한주디 깊게 빨 예정이었지만

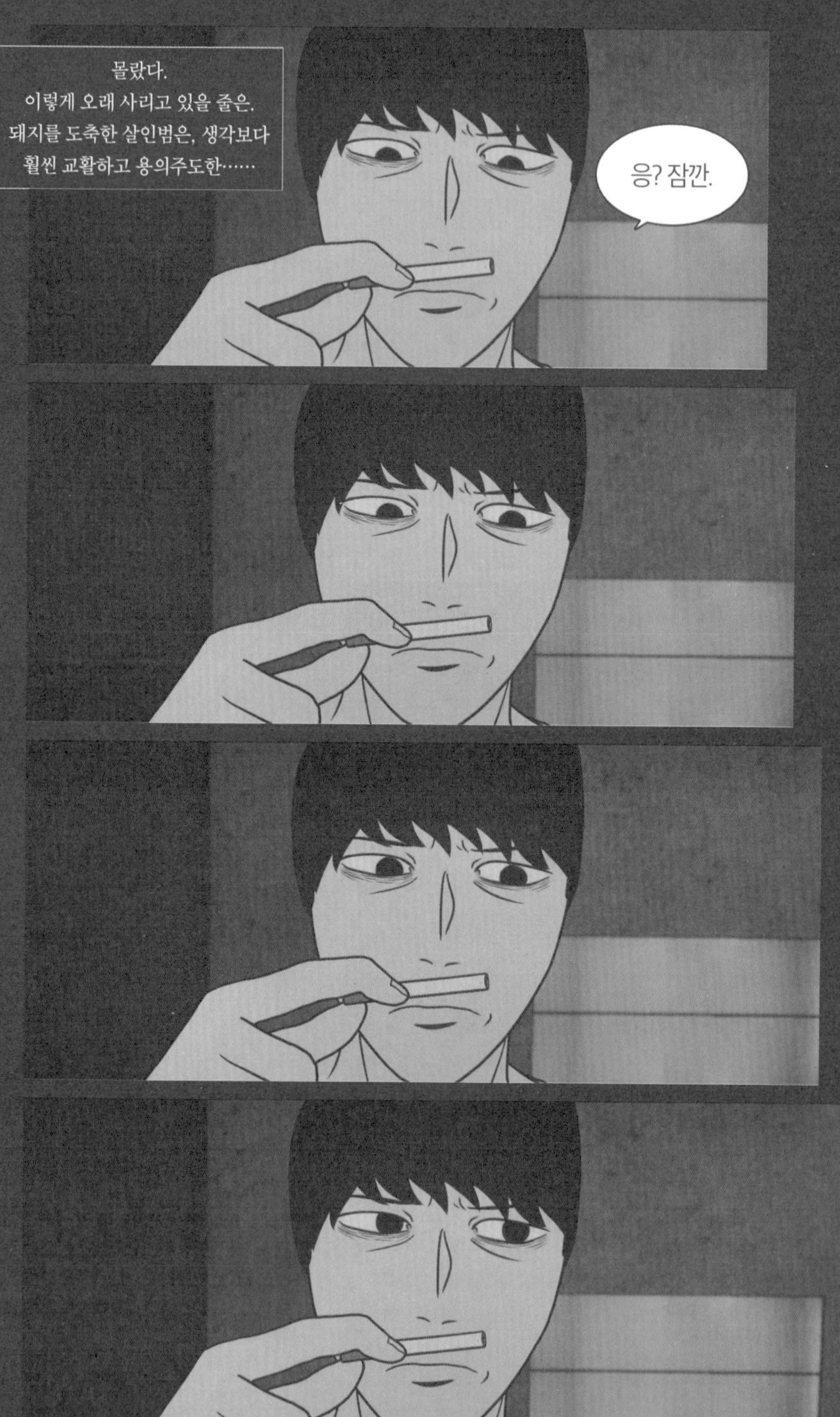
몰랐다.
이렇게 오래 사리고 있을 줄은.
돼지를 도축한 살인범은, 생각보다
훨씬 교활하고 용의주도한……
응? 잠깐.

잠깐……
뭔가…… 뭔가 떠오를 듯한……

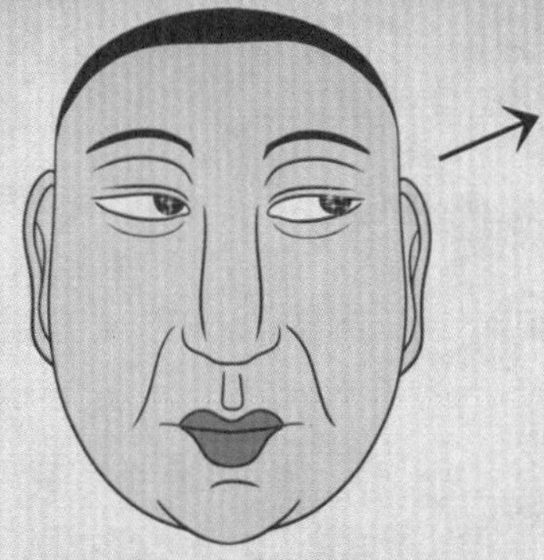
과거의 기억을 더듬을 때
시선의 방향은 좌상향 합니다.

분명……
내가 놓치고 있었던……

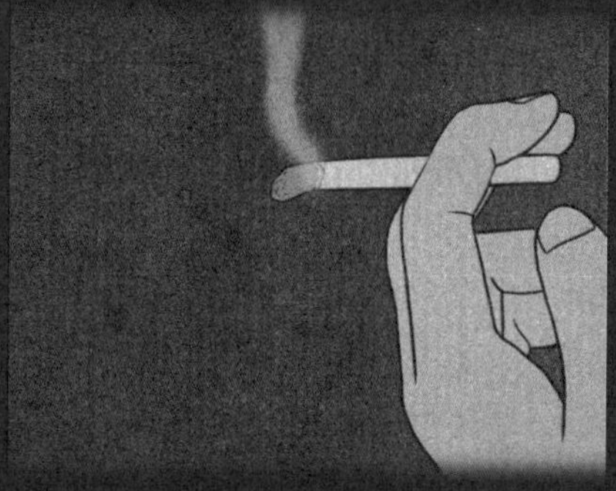

뭔가가……

냄새는 과거 기억을
불러일으키는 훌륭한 앵커입니다.

1호가 죽던……

그때의…………………………

아!

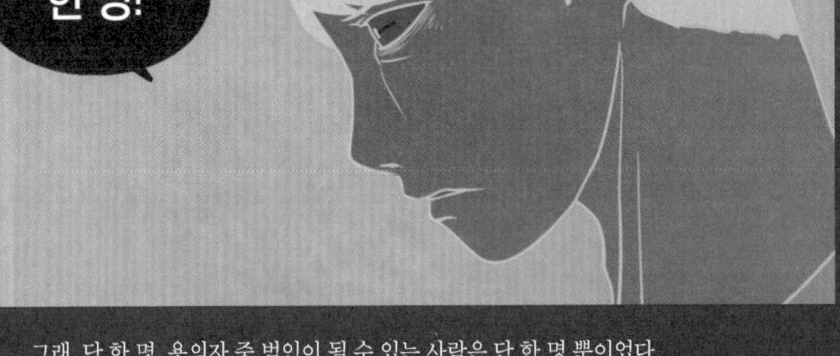

그래. 단 한 명. 용의자 중 범인이 될 수 있는 사람은 단 한 명 뿐이었다.
지치고 혼미해 보지 못하고 있었지만, 단서는 이미 모두 등장해 있었다.

그 단서들을 갈무리해 따라가면
그 끝에서 마주할 수 있는 사람은
오직 한 사람뿐.

확인해야 한다. 본인의 입을 통해
자백을 받아내야 한다. 그 고해성사가
성사돼야만 비로소, 마침내, 끊어낼 수 있다.

8

7

서로를 의심하고
배척하고 증오했던

이 질긴 악순환의 고리를
비로소 끊어낼 수……

뜻밖의 5호.
조심. 괜히 놀래켰다간
또 핵펀치 주실지도 모르니
낮고 상냥하게 인사를.

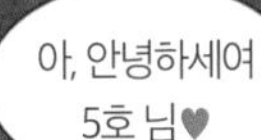

응?

이것 또한 뜻밖의 개무시.
전엔 뒤에서 바스락거렸다고
갈비를 갈궈놓구선

철컥-
철컥-

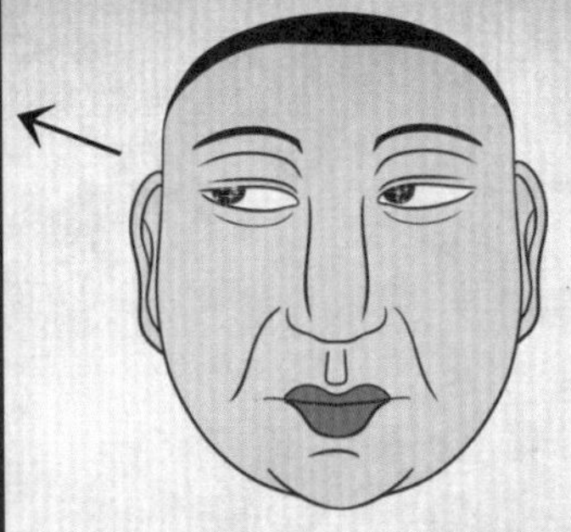

아니. 그럴 리 없잖아.
작은 기척에도 소스라쳐
과잉방어 하던 5호였는데,

갑자기 개무시 태세로
전환할 리 없잖아.

그럼…뭐지? 왜 저러는 거지?
이젠 우리를 백퍼 신용한단 것인가?

아님, 나 따윈 1퍼도
위협이 안 된다는 걸 안 건가?
그것도 아니라면……

!

그것도 아니라면.
혹시. 5호는.
지금.

끼이이익-

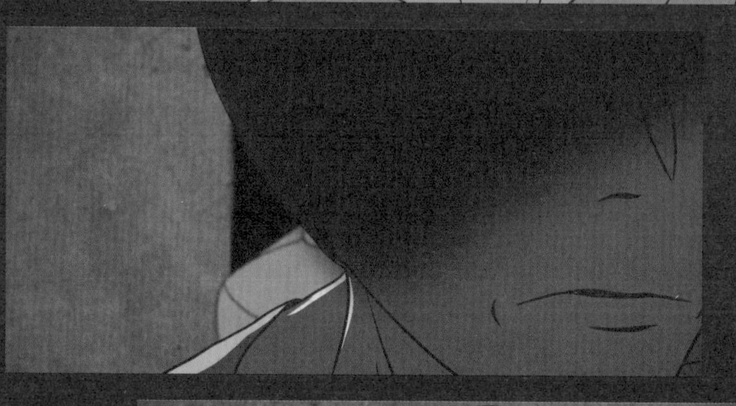

이 추측이 맞다면, 만약 그렇다면,
풀린다. 비로소. 어둠 속을 헤매고
있었던 수많은 미스테리들이
철컥-

한꺼번에
백일하에

머니게임

MONEY GAME

#47

"그날의 진실"

명탐정 셜록홈즈는
이런 명언들을 남겼다.

보는 것과 관찰하는 것은
엄연히 다른 것이다.

불필요한 단서들을 제거한 후
남는 것이 진실이다.
그것이 아무리
불가능해 보이는 것이라도.

수수께끼는 모두 풀렸다.

범인은 이 안에 있어.

* 이건 아닙니다.

관찰하자, 비로소 깨달았다.
깨닫자, 비로소 도달했다.

5

그동안 흘리고 놓쳤던 단서의 조각들을 다시 그러모아, 시간 순으로 재조립한다.

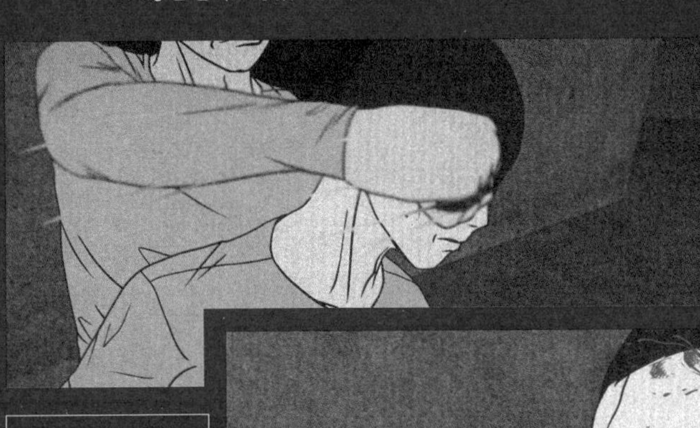

깡패와의
혈전 후

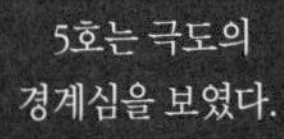

처음엔 사투와
살인의 후유증
때문이라 생각했지만.

단지 그것뿐만은
아니었다.
심리적 상처보다,
육체적 상처가 훨씬
치명적이었을 것이다.

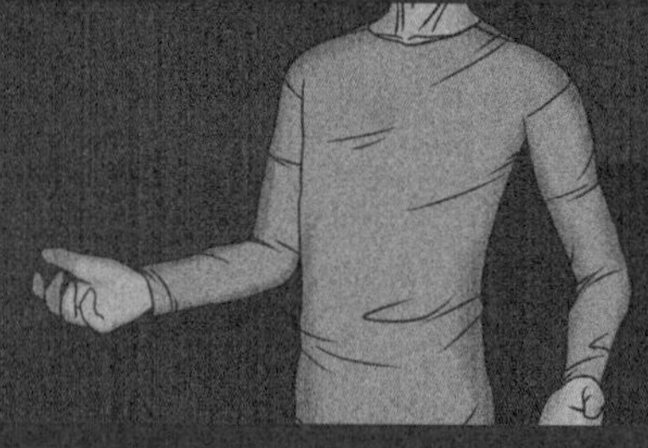

아마 이때쯤부터
다른 한쪽 눈도 빛을
잃기 시작했을 테니.

배급을
시작하겠습니다.
눈이 멀어가는
5호가 택한 생존법은
구매의 독점과

내 방에
들어오지 말랬지!!!
자가격리.

70억이……
사라졌다고?
더이상
잔액판을 읽을 수도,
적을 특정할 수도,

주먹을 적중시킬 수도
없었으니.

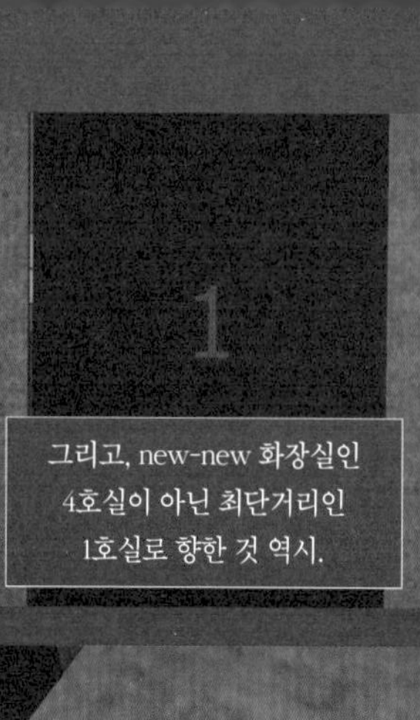
1
그리고, new-new 화장실인
4호실이 아닌 최단거리인
1호실로 향한 것 역시.

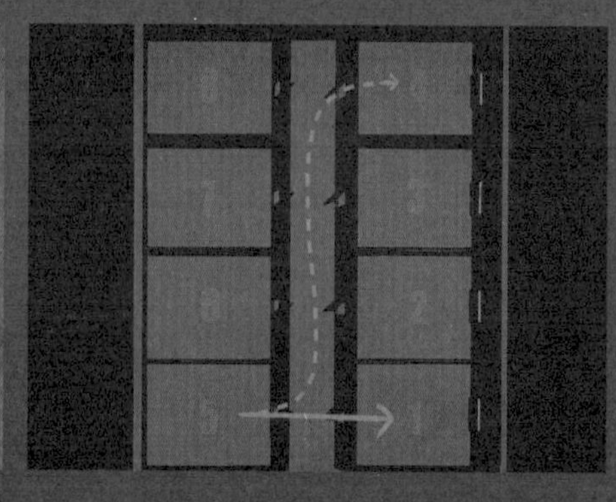

그의 눈 상태를 말해주는
또 하나의 증거.
철컥-
철컥철컥-

더듬
더듬-

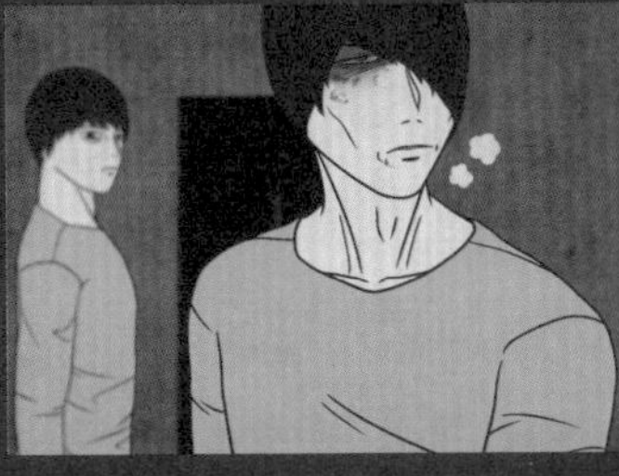

철컥-

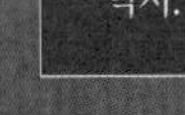
역시.
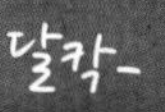
달칵-

역시…

그는
눈이 멀었거나

적어도
그렇게 되어가는 중이다.

그 사실을 깨달은 후
다시 계산을 해봤더니

정확히 맞아
떨어지더라구요.

18,043,289,000

180억에서 10%를
차감한 후, 치료제 20알의
가격인 50억을 빼고, 마지막으로
식음료대 3천3백을 빼면.

정확이 이 금액이 나옵니다.

11,205,969,000

10%가 차감된 이유는
누군가가 본인의 방을
벗어났기 때문이고…

그 누군가는,
이미 밝혀진 대로

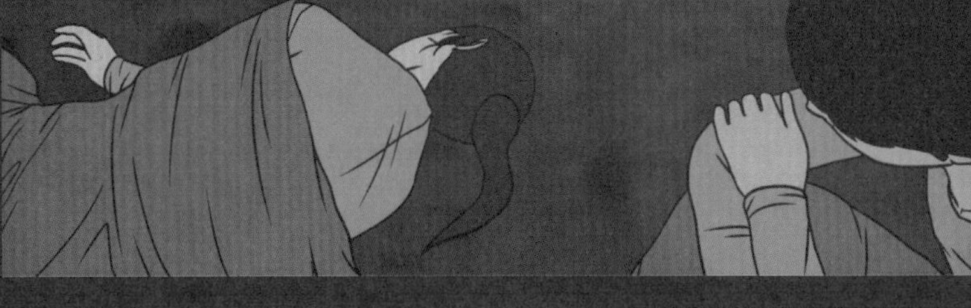
2호 님……이죠.

약을 구하기 위해
5호 님 주위를 맴돌던
당신은

그 사람의 시력…그리고
아마 청력도, 정상이 아니란 걸
눈치챘을 겁니다.

그때 결심했겠죠. 몰래
약을 구매해야겠다고.

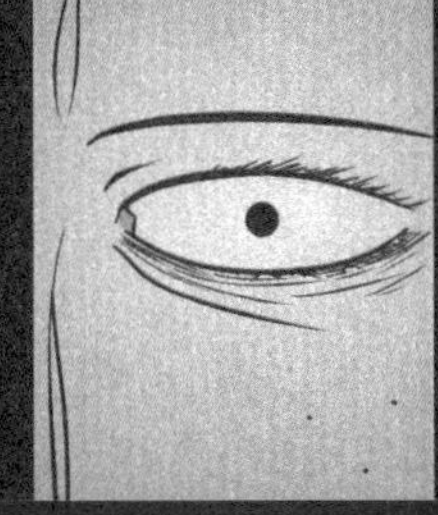

작전은 단순해요. 5호실에
몰래 숨어들어간 후, 그가 잠에
빠지면, 조용히 약을 산다.
물론 단순하다 해서 위험하지
않단 건 아닙니다. 만약, 구매 중에
5호가 깨기라도 했다면……
하지만. 약을 못 먹으면 어차피 죽거나
폐인이 될 테니 이러나 저러나
똑같다 생각했겠지.
44,800,000,000
이. 선택을 가장한 강제야말로
이. 게임의 본질이자 정수니까.
어차피……
남은 건 빚뿐인데
참가 안 할 이유가
없잖아……

2호는 대답이 없었다. 하지만 괜찮다.
진짜 대답이 필요한 질문은 따로 있으니까.
그리고 또 하나
깨달은 게 있어요.
1호를 죽인
사람……이
2호 님이란 걸.

이에 1호 살해의 용의자는 총 4명. 아니, 정정한다. 나를 빼면 3명.

5호는 용의자에서 빠진다. 사건 당시엔
몰랐었지만, 그는 마음만 먹으면 손쉽게
우리를 제압할 수 있는 사람… 이지만.

보여준 행동은 그 반대.

오히려 위기 때마다 적극적으로
나서 참가자들을 구원했다.
다음 용의자는 7호 님.
제가 가장 의심했던
사람이기도 하죠.
제 기준에선, 그분이
보여준 차별 없는 선행이
전혀 납득가지 않았고
그래서 7호 님이……
가면을 쓴, 위험한 사람
이라 생각했어요.
그랬었다. 매우 오랜 시간을
하지만.
그녀도 아니었다. 그냥 내버려두면
틀림없이 탈락했을, 나를,
애써 살려냈으니.

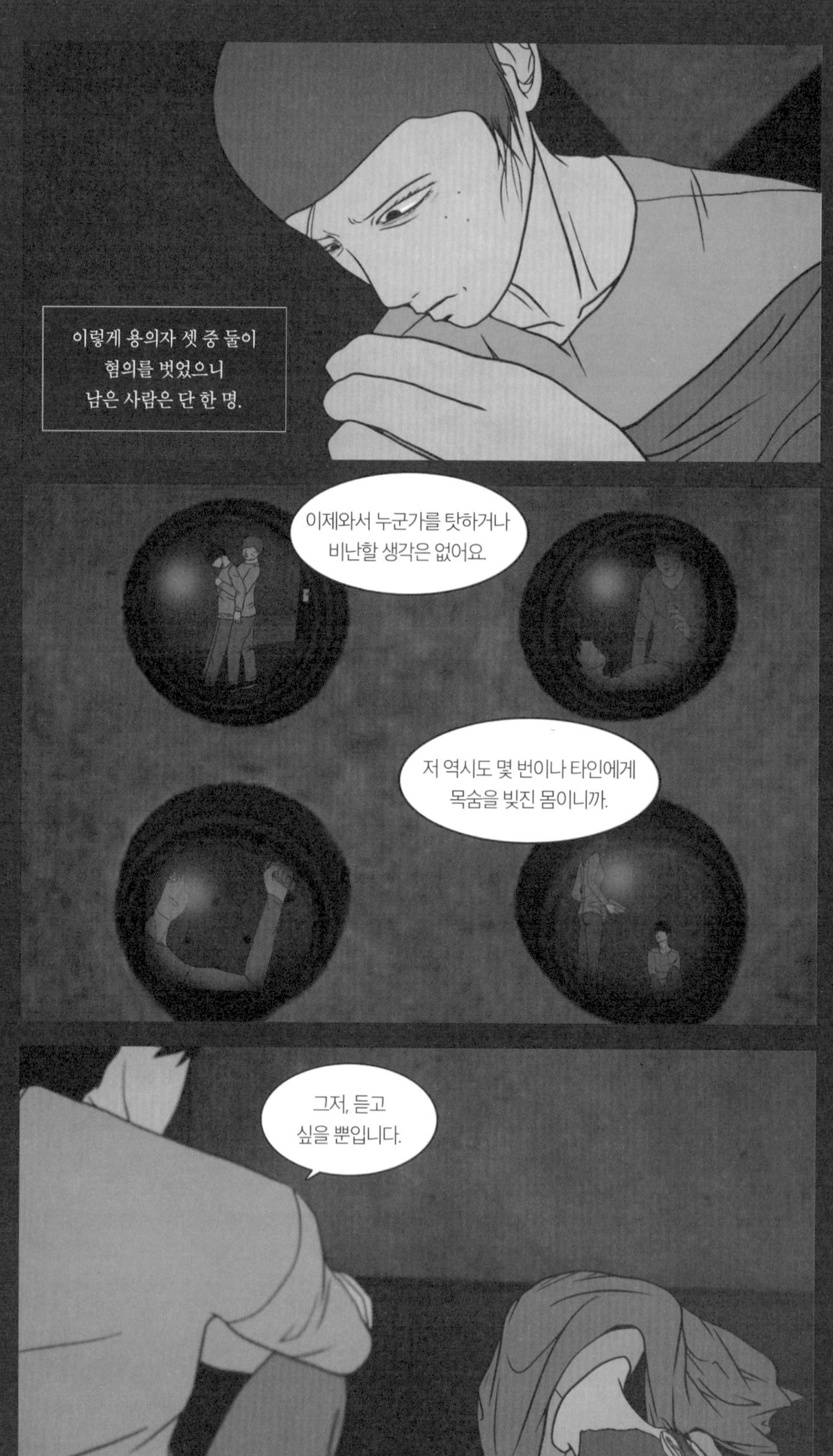
이렇게 용의자 셋 중 둘이
혐의를 벗었으니
남은 사람은 단 한 명.
이제와서 누군가를 탓하거나
비난할 생각은 없어요.
저 역시도 몇 번이나 타인에게
목숨을 빚진 몸이니까.
그저, 듣고
싶을 뿐입니다.

끊임없이 서로를 의심
하고 매도하고 적대하는
이 증오의 고리.
이 고리를 끊어낼 수
있는 사람은, 그날의 진실을
말해줄 사람뿐이니까요.

협박을…
당했어요……
그리고 마침내
진실이.

이, 이거 드세요…
약……

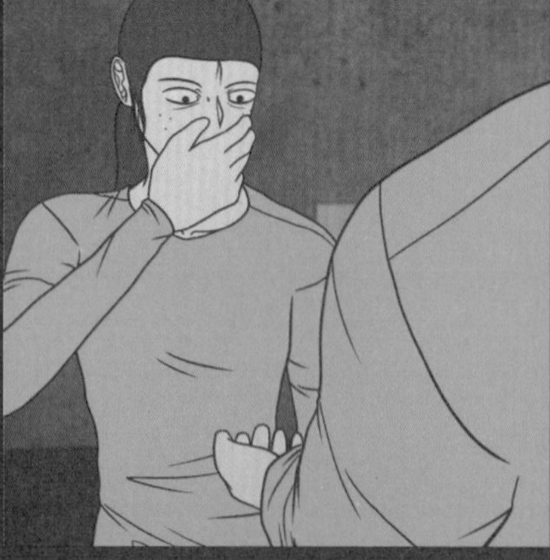

이걸 어떻게…돈 없어진 거 알면 3, 4호 님이 가만 안 있을 텐데……

걱정 마세요. 그, 그건 제가 해결할 수 있으니까.

2호 님은 그, 그, 그냥.

저만 믿으시면 돼요!

그리고 그 후는 내가 봤던 대로.

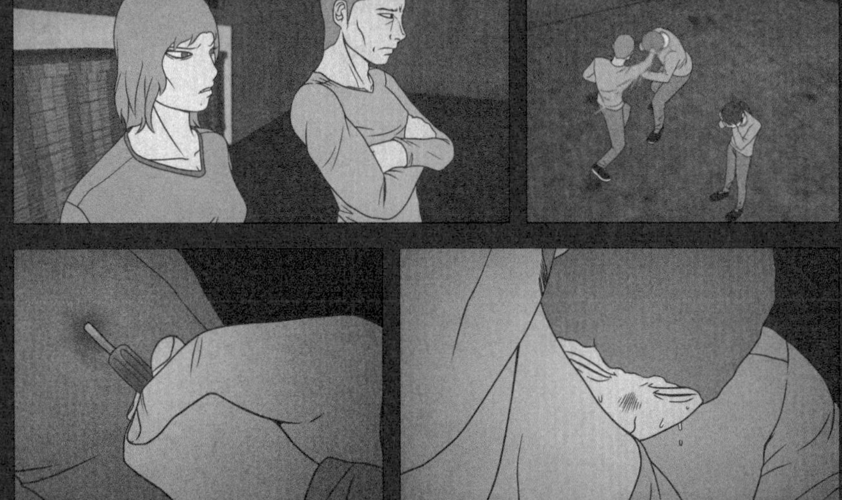

그리고 그 후의 일 역시 내가 알던 대로.

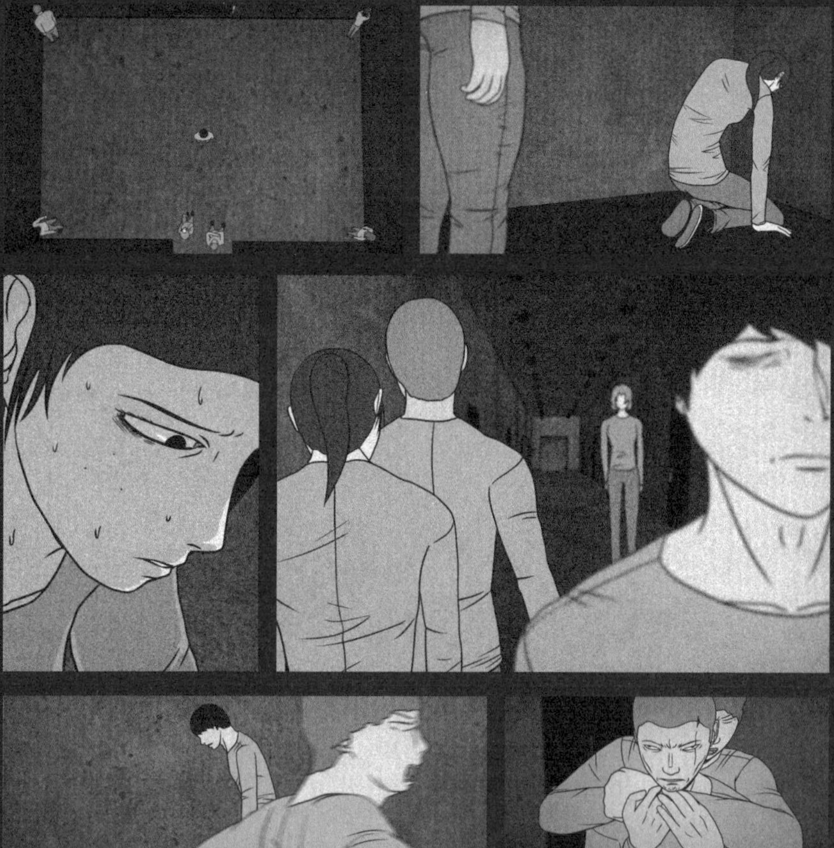

내가 보고 또 아는 건 여기까지. 그 다음의 사건은.

그날 이후, 집요하게
요구했어요. 아무리
거절하고 밀어내도.
제 방에 노, 노, 놀러 한번
오세요. 아니면…제가
2호 님 방에 가, 갈까요?
그 사람은……자기
에겐 그럴 자격이
있다고 생각했어요.
그래.
그랬었나.

그는, 스스로 쓴 영웅사가에 취해 집요하게 특권과 보상을 요구했다.

왜……나한테만
그, 그래요?
네?

4호랑은……
같이… 두,둘이 같이……
바, 바, 방에
가려고 했잖아요……
2, 2호 님
자기 발로.
그 까, 깡패한텐
그랬으면서… 왜…
왜 나는… 나한테는……
내가… 사탕도… 치킨도…
약도…… 목숨도……
다, 다, 다, 다, 다
줬는데……………

왜 나한테느은!!!!
아무것도 안주냐고오오오!!

1호 님… 어째서…
어떻게… 그런 말을
할 수가……

나, 나도……
있어…있다고…
자, 자, 자격이……
그러니까…… 하,하,
한 번만……제발…
한 번만……
아니요! 싫다구요!! 분명
싫다고 제가 몇 번이나

줄 때는 조, 좋다고
다 받아먹어 놓고……

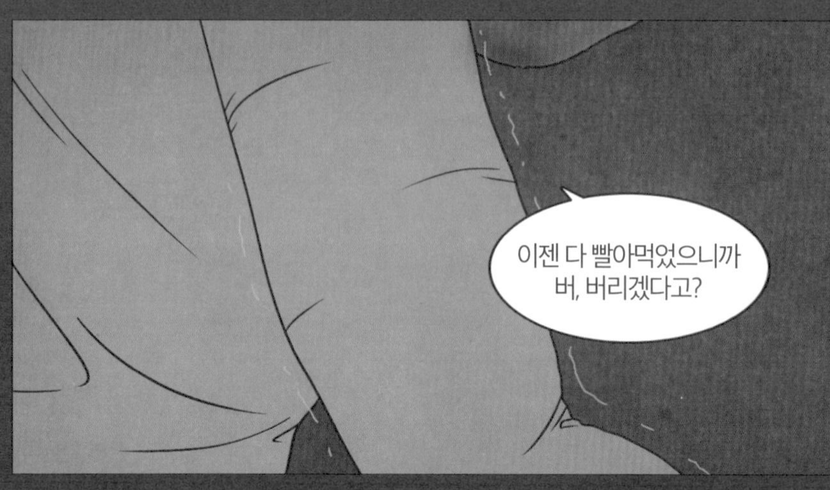

내가.
그 수법에.

또 당할 것 같아?

머니게임
MONEY GAME

#48

"일상이 다시 일그러지다"

ptpt
ptptptpt
ptptptpt
ptptptpt
ptptptptptptptpt
ptptptbtptptptpt
이상으로, 플라톤의
국가론과 철인정치에 대한
발표를 마치겠습니다.
질문 있으신 분
계십니까?

그럼 이만 발표를
마치도록……

있습니다!
질문!

아…
네……

내가

또 이용당할 것 같아?

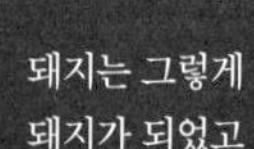

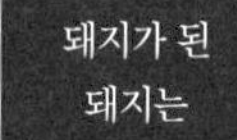

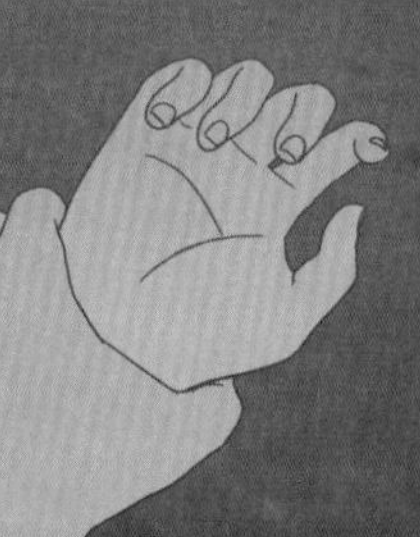

가……

가만히 좀…

돼지답게

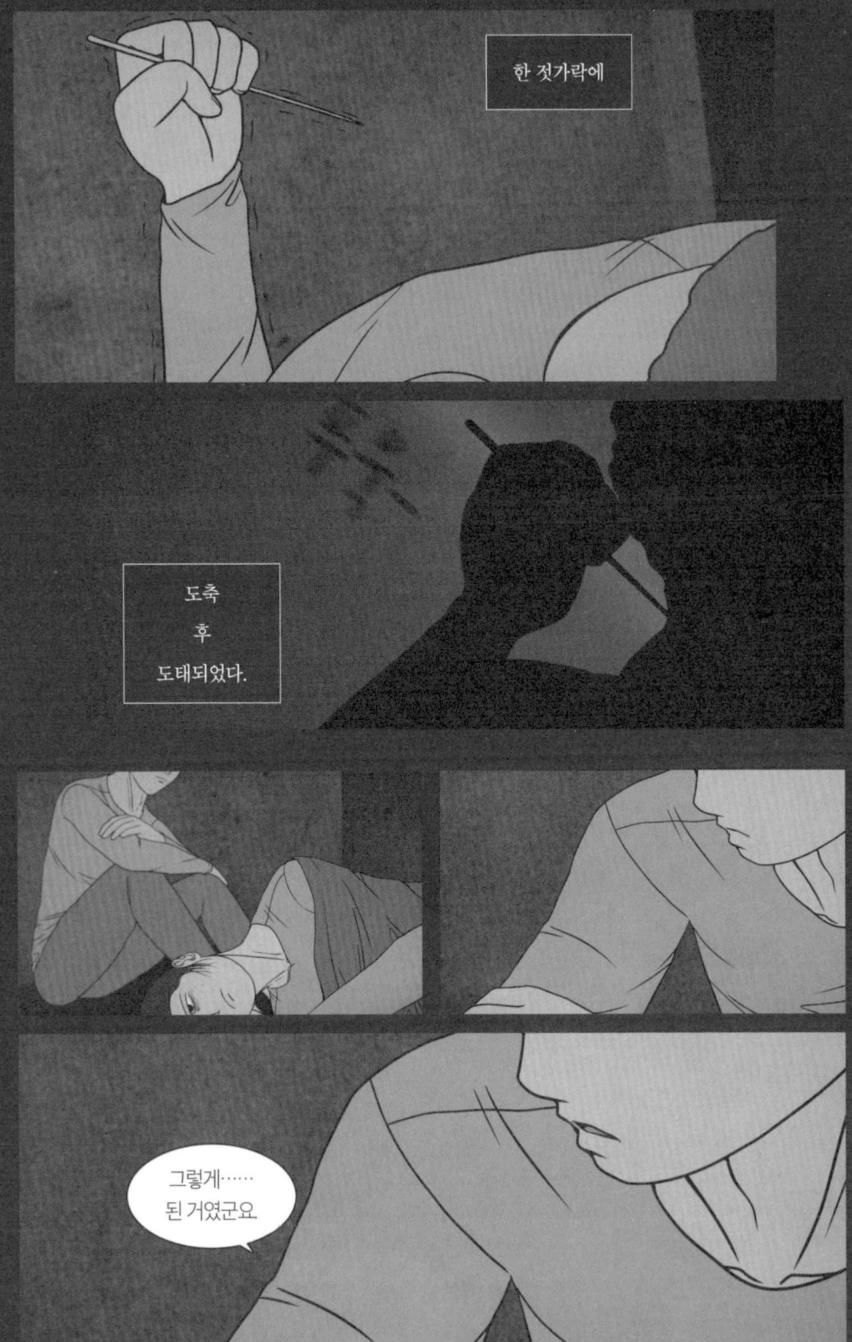
한 젓가락에
도축
후
도태되었다.
그렇게……
된 거였군요.

미칠 것 같았거든요.
1호가 죽은 이후로, 계속.
참가자들 중에 돈을
노리는 살인마가 끼어있다고
생각했으니까요.
하지만… 용기 내주신
덕분에, 말해주신 덕분에,
비로소 해방됐습니다.
언제 살해당할지 모른다는
공포에서.
다시 한번,
감사드려요.
그럼…몸, 빨리
나으시길……

하지만 마침내 그마저 소진되자
그녀는 초조함과 스트레스와
공황으로 무너져 내렸던 것이다.

펄럭-

파 앙-

그래서 이 모든 걸
꽁꽁 숨기고 감춰온
2호의 지난 행적들에
화가 났는가 하면

아니. 오히려 그 반대.
그랬군요…
2호 님이……

알려주셔서 고마워요.
이제 조금은… 맘 편히
지낼 수 있게 됐네요.
나도 정확히 같은 감상.
이젠 안심할 수 있다.

프로급 살인마를 투입해
게임을 일방적으로
터져나갈 설계 따위 할 리 없다는 걸.

결론은 : 모두가 사고였을 뿐.
죽은 사람들. 모두가.

DAY 85 (-33,000,000)

선의지만으로 유지 가능한 사회는 없다.
'선'의 정의는 사람마다 상황마다 다르기 때문에.

11,007,969,000

DAY 86 (-33,000,000)

그래서 사회는 법이라는, 최대한의 사람들이 동의한
최소한의 '선'을 규정하고 강제했다.

10,974,969,000

DAY 87. (-33,000,000)

이 최저한의 '선'의마저 지키지 않는 자에겐
불이익을 주어 억제력을 갖추었지만

10,941,969,000

그가

5

왕좌에 앉기 전 까지는.

본인이 집행할 법을
누가 제정했느냐 하면
그 또한 그 자신.

본인이 제정하고 집행하는 법을
누가 가장 철저히 지키고 있느냐 하면
그 또한 그 또한 그 자신.

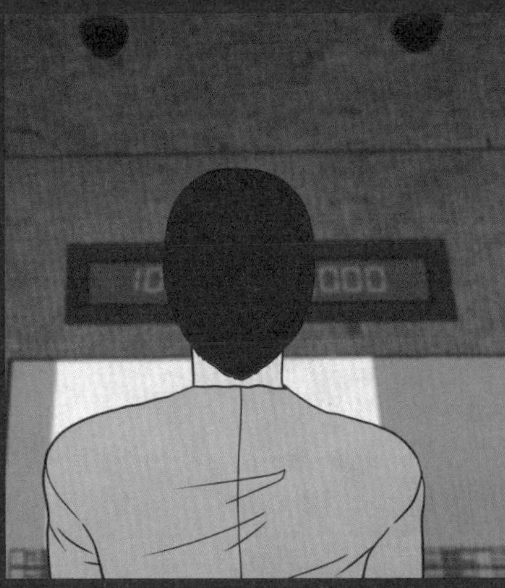

5
철인……
진작 이랬다면, 그에게 전권을 위임했더라면 어땠을까라는 생각이 들었다.
안녕하세요. 5호입니다.
*3화 그림체로 대체되었다.
지금부터 니들 버튼 싹 다 부숴버릴 겁니다. 배급은 잘 해줄 테니 걱정 마십시오.
싫으면 철인철권

44,800,000,000

41,500,000,000

최종 상금은 인당
52억이군요. 100일 동안
수고 많으셨습니다.

41,500,000,00

안다. 역사에 만약은 없다는 걸.

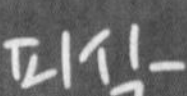

이 상상은. 어디에도 없는.
존재하지 않는. 유토피아 같은
공상이란 걸. 알고 있다.

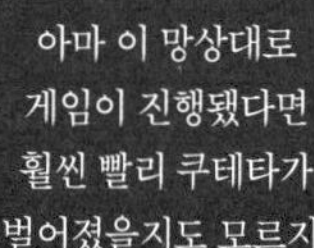

아마 이 망상대로
게임이 진행됐다면
훨씬 빨리 쿠데타가
벌어졌을지도 모르지.

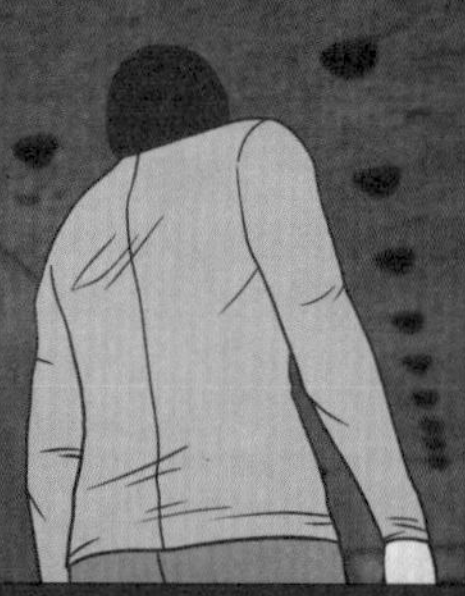

그렇다면 훨씬 빨리
현군을 잃고, 나 또한
진작에 축출되었을지도 모르지.

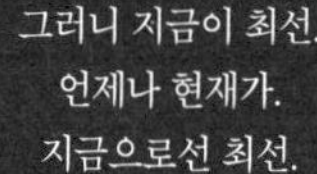

그러니 지금이 최선.
언제나 현재가.
지금으로선 최선.

게임이 끝날 때까지.
5호의 비전과 약속이
일그러지는 일만 없다면.

문제될 건.
더이상.
아무것도.

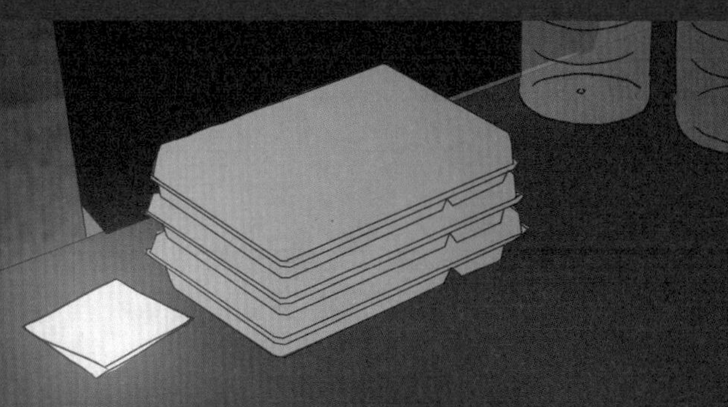
하지만
바로
다음 날

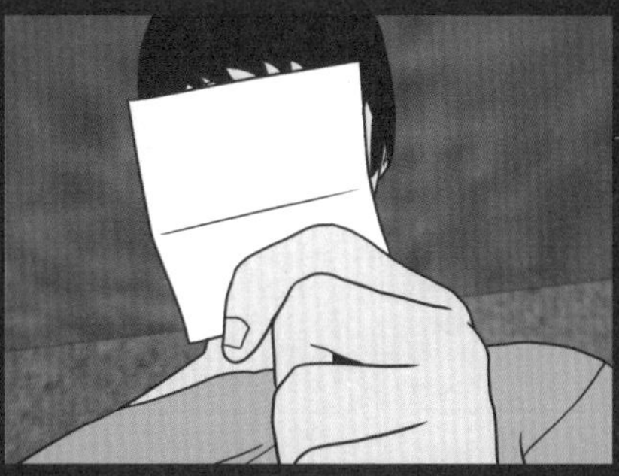

일상은
일그러졌다.

10,867,469,000
식음료대 3천3백만 원 외
비정기 지출 발생.

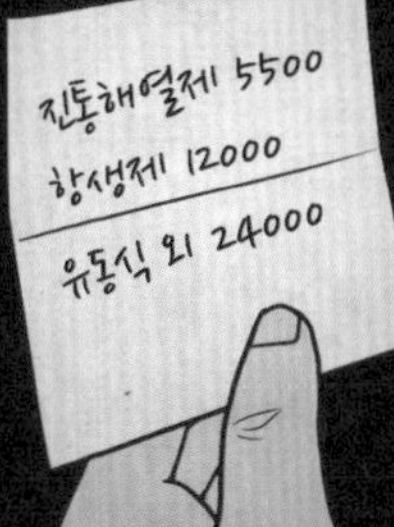
진통해열제 5500
항생제 12000
유동식 외 24000
지출액은 크지 않지만

5
문제는 금액의
대소 따위가 아니라

'약속'의 파기.

비틀-
비척-

하아-
하아-
하아-

게임 내내, 어떤 개 같은
상황에서도 초인적인 인내력과
절제력을 보여주던 5호가.

모두에게, 그리고 스스로에게
한 약속을 저버렸다는 건.

안 좋아……
이는 5호의 상황이
심각하다는 것의 방증이며
그리고 이 방증은 또한

이건…
진짜……

고요하던 일상이 끝나고
고요하지 않은 비일상이
시작되리란 것의 재방증

하세요, 질문.
발표자 분은 철인정치의 정의와 이상향에 대해서만 말씀해 주셨는데,

이 정치 형태의 단점이나
한계는 뭔지 궁금하군요.
조원 모두 열심히 준비했다
하셨으니, 이 또한 당연히
준비돼 있겠지요?
네…네?
물론입니다. 있죠.
한계.
그러니까…
저희가 조사한
바로는…… 그게……
뭐냐면………………

아.

초월적 권력을 지닌
통치자……니까, 그 철인이
태세 전환을 하면.

"뭔가 초월적으로 안 좋은 일이 벌어지지 않을까요?"

머니게임
MONEY GAME

#49

"5호의 상태"

항생제…
진통해열제……
구매 품목으로 봐선
감염이 확실한 것 같아요.

그리고, 5호 님이
룰을 깼을 정도라면,
병세도……

네. 심각한 상태
겠죠. 아마도.
이 지저분한 곳에서
그 지저분한 주먹에

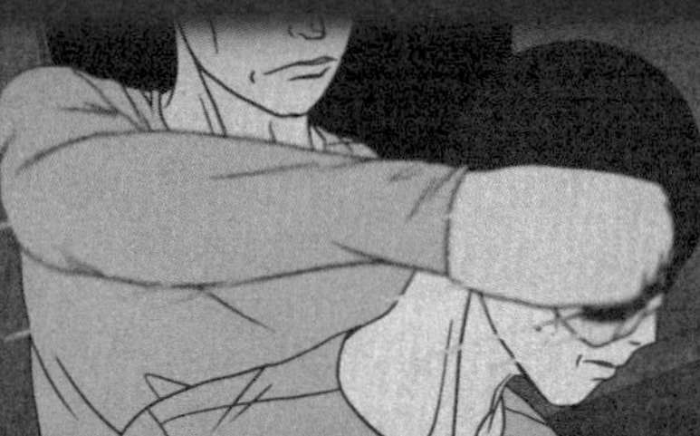
눈과. 귀가. 온몸이. 곤죽이 되도록 맞았으니
그렇게 되지 않는 게 오히려 이상하겠지만.
4호도 허벅지를
찔렸는데 나았었잖아요.
그렇게 심하게
부어올랐었는데.

그러니……
5호 님도 나을 수
있지 않을까요?

저도 그러기를 바라지만…상황이 다르니까요.

4호 님은 평소 잘 먹고 잘 쉬었지만, 그분은……

7호의 말에 깨달았다. 거의 90일, 이 게임이 진행되는 내내

그가 무언가를 바라거나 요구하는 걸 본 적이 단 한 번도 없다는 것을.

생각하면 할수록 대단한
사람인 것 같아요. 어떻게
그렇게 인내할 수 있는지……
그래서 더 안타까워요.
참고 견디기만 하시다 이
상황까지 온 것 같아서.
스스로 회복한다면
정말 다행이지만
증상이 더 심해져 패혈증
같은 거라도 걸린다면……
7호는 뒷말을 흐렸지만
듣지 않고도 알 수 있었다.
그렇게 된다면
치료할 방법은 없다.
치료할 방법이 없으니
살 방법 또한 없다.

야. 들음?

그새X 나대다
개발렸다던데ㅋ

뭐. 누가 발렸다고?

그 애매하게
대가린 척하던 놈 있잖아.
애들 찝쩍대던.
아. 그 X끼?
짝짝이-
왜, 누구한테
맞았는데.

앞줄 범생이 만만하게 보고
건드렸다가 피똥 쌌음.
와…… 개살벌하게
치더라. 애들이 안 말렸으면
진짜 병X 됐을듯.
얌전한 애가 눈깔
돌면 무섭다더니, 구경하다
지릴 뻔했잖아ㅋ

비록 무면허 야매 수의사긴 하지만, 우리 중 그나마 의료 지식……
아니, 의료 상식 정도는 가진 사람이니.

5호 님! 문 좀 열어보세요! 5호 님!!

하지만 대꾸도 기척도 없었다.

철컥철컥-

안 열려요. 뭔가로 막고 있는 것 같은데, 어쩌죠?

아…… 그래요?
그럼……어……
선택지는 두 가지.

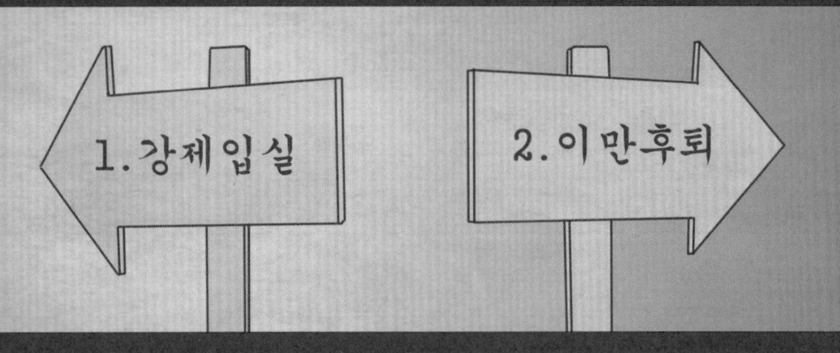
1. 강제입실
2. 이만후퇴

1번을 선택했을 경우
아마 높은 확률로
내 방에!
쫘악-

들어오지
말랬잖아으아!!!
버억-

그러니 당연히
2번…… 아니, 일단
기다려 보죠. 강제로 들이밀면
5호 님도 놀라실 테니까.
그리하여

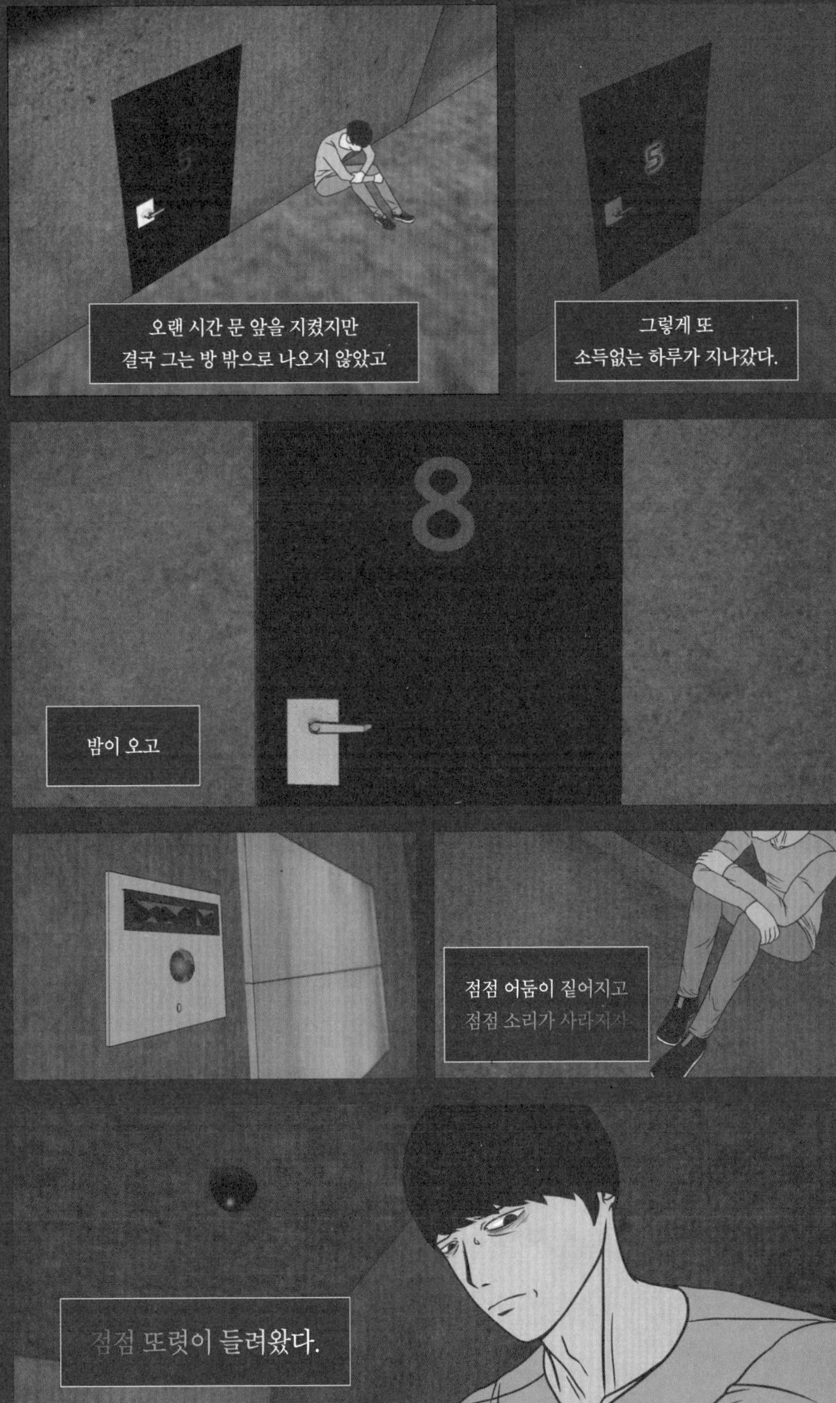
오랜 시간 문 앞을 지켰지만
결국 그는 방 밖으로 나오지 않았고
그렇게 또
소득없는 하루가 지나갔다.
밤이 오고
점점 어둠이 짙어지고
점점 소리가 사라지자
점점 또렷이 들려왔다.

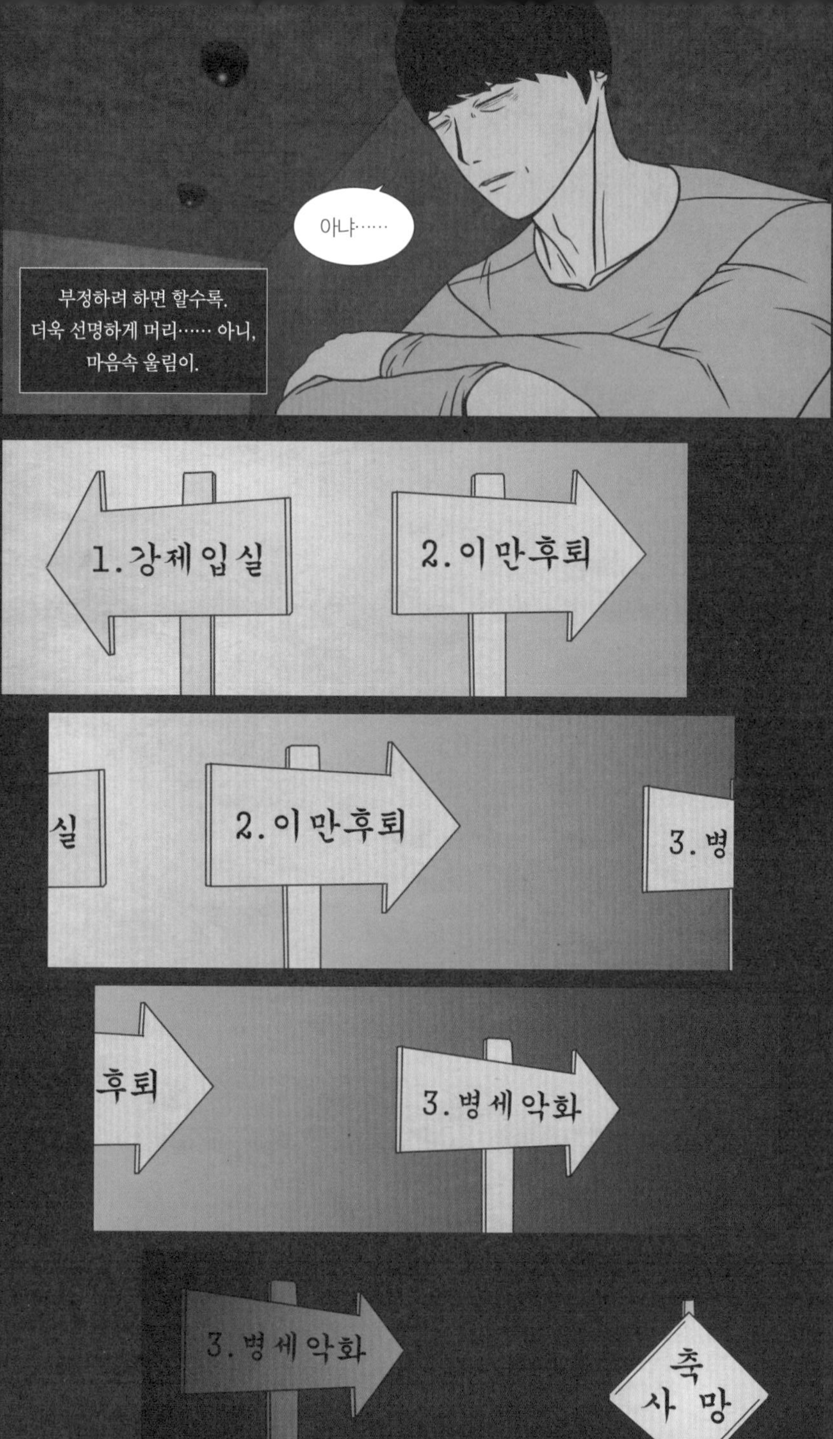

아냐……

부정하려 하면 할수록.
더욱 선명하게 머리…… 아니,
마음속 울림이.

1. 강제입실

2. 이만후퇴

실

2. 이만후퇴

3. 병

후퇴

3. 병세악화

3. 병세악화

축
사망

아니라고……

에이, 아니긴ㅋ

좋으면서.
솔직히 말해도 돼.
우리끼린데 뭐 어때?
이미 계산 다 끝냈잖아.

이런 생각을. 계산을. 멈출 수 없는 내 자신에게 너무 소름이 돋았다.

그는 참고 인내하는 사람이었고

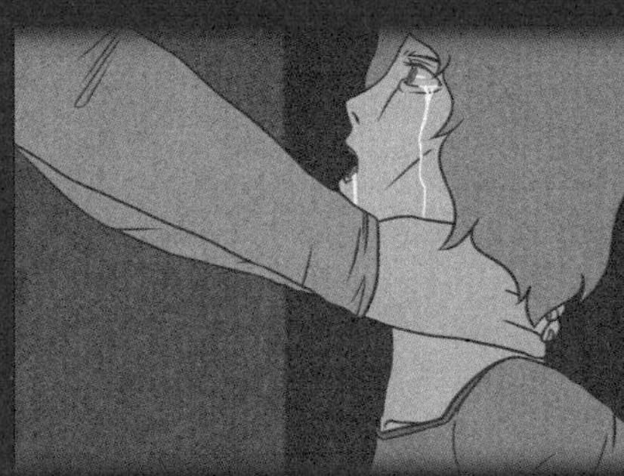

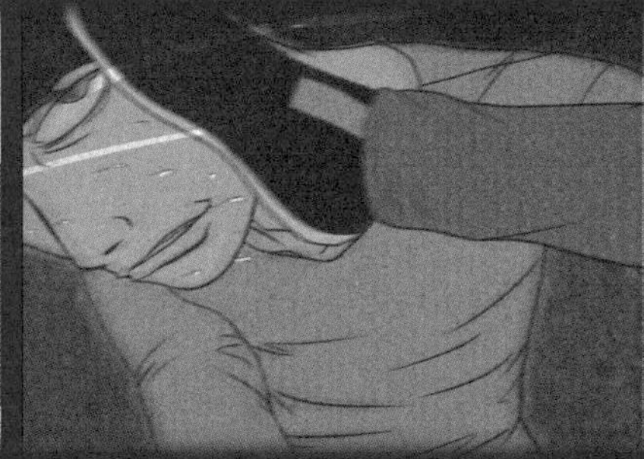

그는 불의를 방조하지 않는 사람이었으며

또한 그는 우리의 수호자이자 구원자였다.

ㅇㅋㅇㅋ 다 맞는
말이야 ㅇㅈㅇㅈ

그러니까 더더욱

이쯤에서 깔끔하게
퇴장해 주시는 게
좋은 거지.
이제 할 역할도 없고,
혹시 맘 바뀌어서 날뛰기라도
하면 곤란하니까.
참 안타깝지만,
좀 고맙게도, 이쯤에서
죽어주시면……
오…오오오오……
오오오오오……
5억! 받을 상금이 5억이나
늘어나니끼야아아앗홍!!

그래! 해봤어! 계산!
하지만 그렇다고 그걸
바란다는 건 아냐!!!

아무리 돈이 좋아도!
상금이 탐나도!!!
그걸 바라진 않아!

양심이 조금이라도
있다면, 그딴 걸 바랄
사람은 없다고!!!

그래. 아니다. 그는. 5호는.
이런 취급을 받아선 안 되는 사람이다.

내내 양보와 희생만 했던 사람이다.
그런 그가, 우릴 구하느라 얻은 상처로,
그 상처가 곪아, 목숨이 위태롭다.

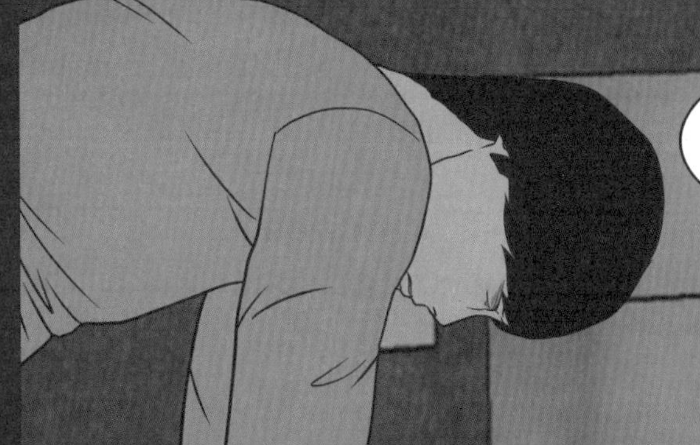

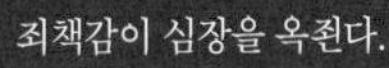

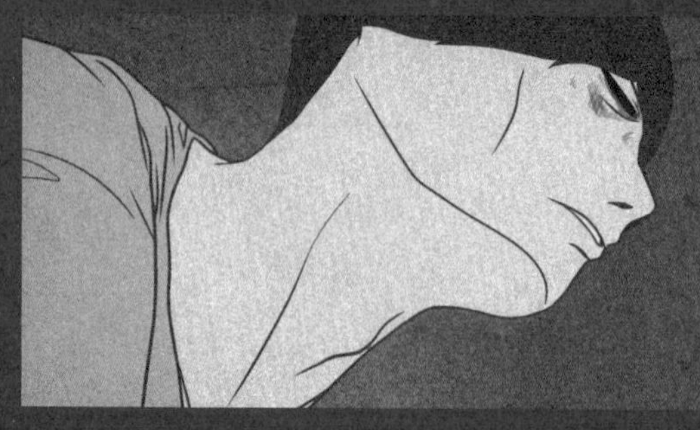

죄송합니다…
죄송합니다…
죄송합니다…

나를 원망해도 할 수 없는 일이다. 아니,
차라리 원망해준다면 마음 편할 것 같다.
아마 나였다면, 소인배 같은 나였다면.

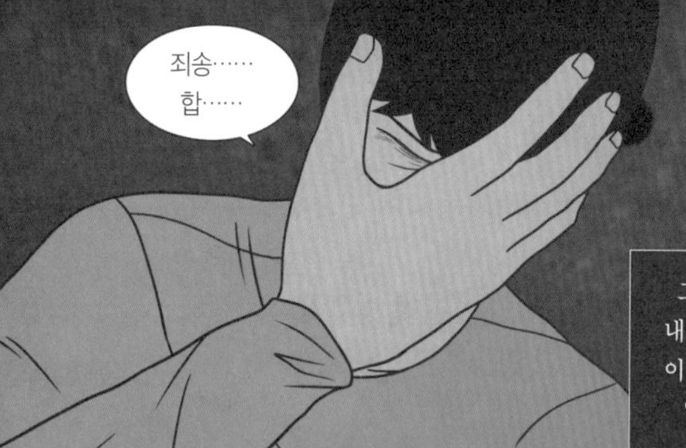

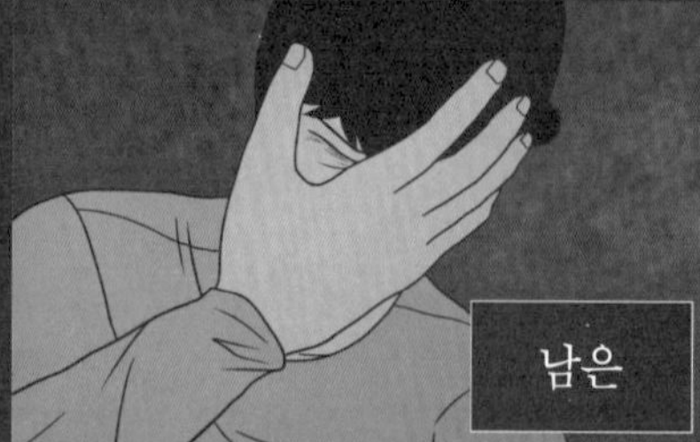

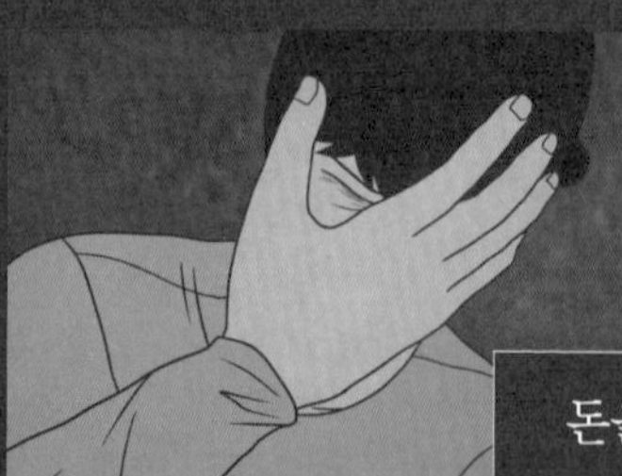

어차피 죽을 거 남은 돈 같은 거.
X돼바라 하고. 다 써버리겠지.
그리고 내가 그런 마음을
먹을 수 있다면
5호 역시 그런 마음을
먹을 수 있지 않을까?

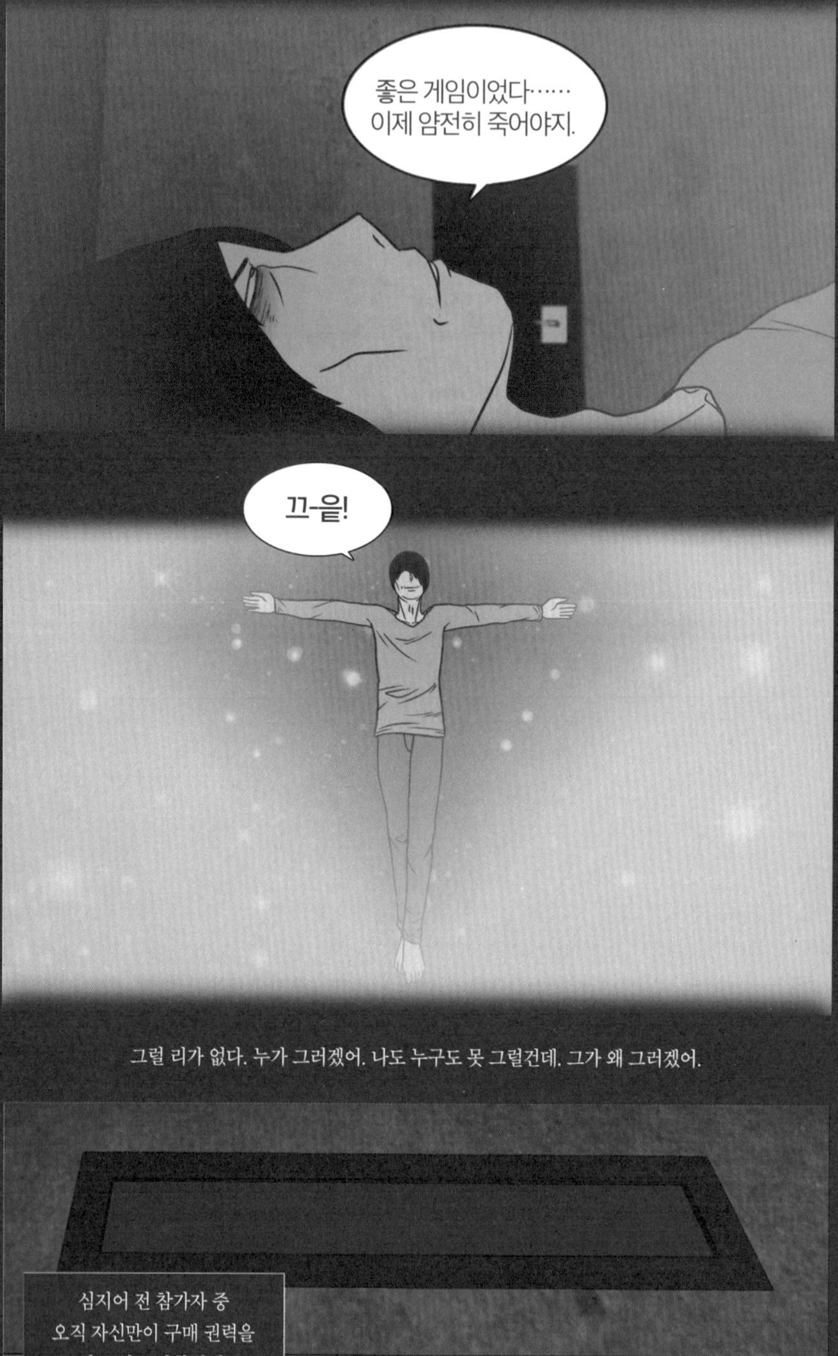

좋은 게임이었다……
이제 얌전히 죽어야지.

끄-읕!

그럴 리가 없다. 누가 그러겠어. 나도 누구도 못 그럴건데. 그가 왜 그러겠어.

심지어 전 참가자 중
오직 자신만이 구매 권력을
쥐고 있는 상황인데.

여기까지 생각이 미치자.
미쳐버릴 것 같았다.

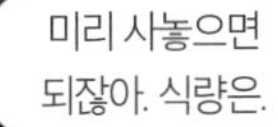

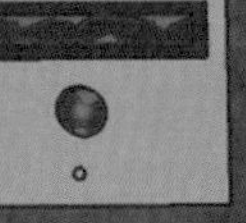

이렇게 할 수도
있는 거잖아.

아니, 당연히 이렇게 했어야
하는 거잖아.

당신이 정말로
우리가
믿고 따를 수 있는

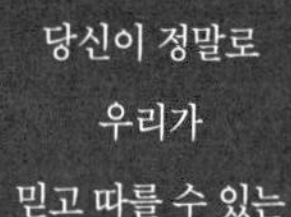

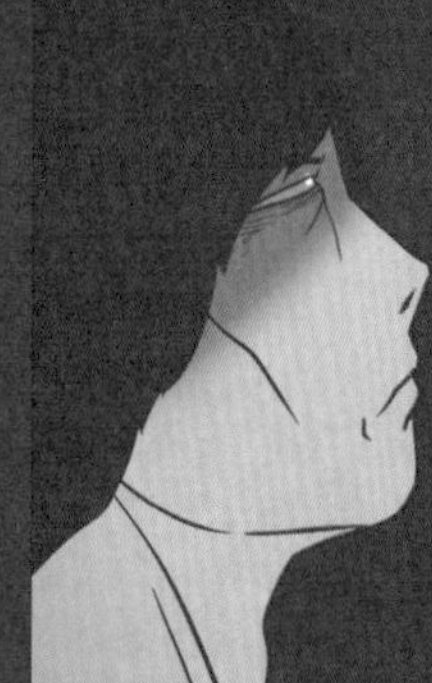

현군이라면.

머니게임
MONEY GAME

#50

"마지막 제안"

제멋대로 나뒹굴고
있는 식음료가

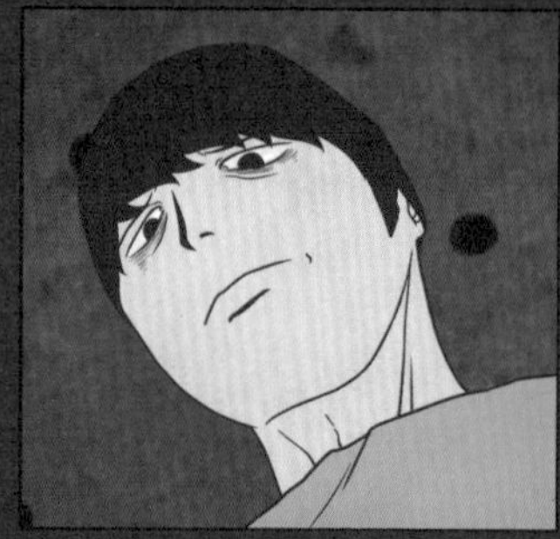

위험해……

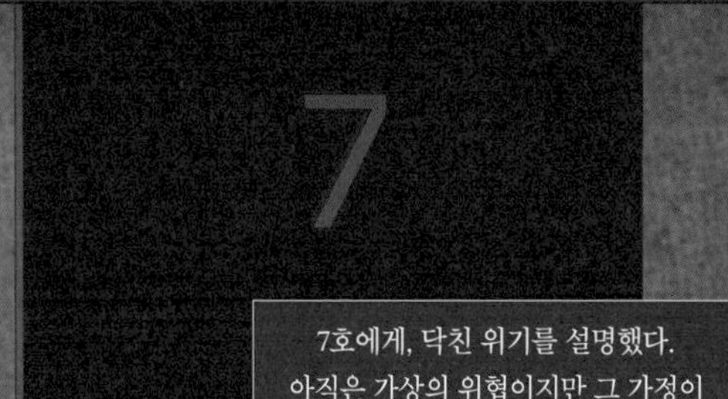
7
7호에게, 닥친 위기를 설명했다.
아직은 가상의 위협이지만 그 가정이
실재가 된다면 돌이킬 수 없는 대재앙의
엔딩을 맞게 될 거라 설득했다.

5호 님이 그러시리라곤
생각하지 않지만……

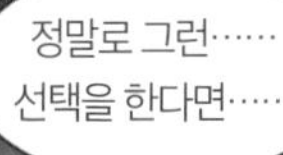
네. 하지만 만약,
만에 하나라도.

정말로 그런……
선택을 한다면……

8호 님은요?
어떻게 하는 게 맞다고
생각하나요?

최대한 빨리 부숴야
한다고 생각해요. 마지막
남은 그 버튼도.
그래야 5호 님을
믿을 수 있을 것 같아요.

그렇다. 제압 가능하다.
지금의 5호라면.

과거엔 언터처블의 강캐였지만 지금은 그저 눈먼 병자일 뿐이니.

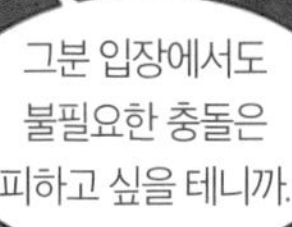

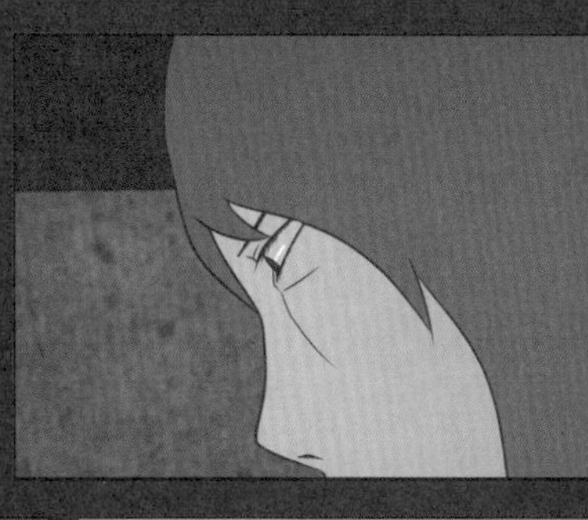

그렇게 우리는

끝판대장이 사는 5호실로 최후의 원정을 떠났다.

술에 환장한 알콜중독자도

돈에 미친 정신병자도

주제파악을 못하던 돼지도

약값을 탕진하던 희귀병자도

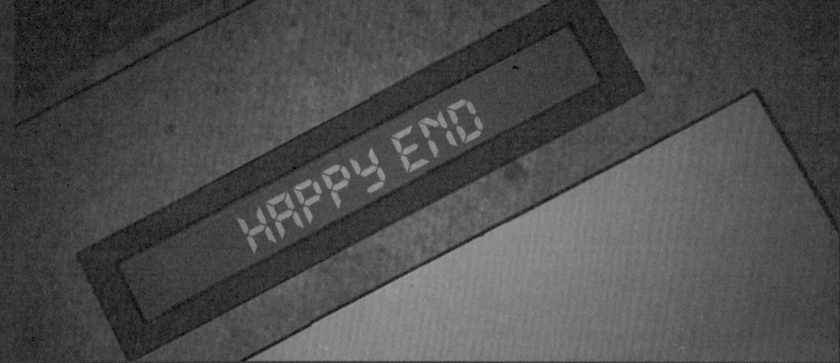

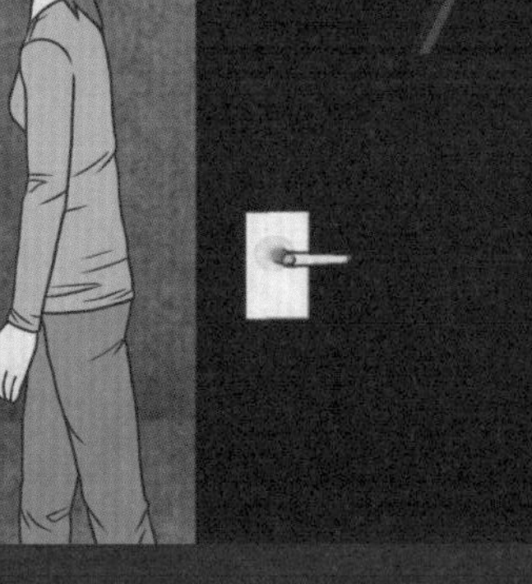

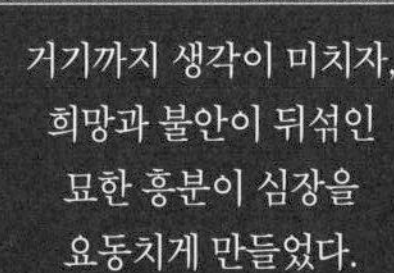
거기까지 생각이 미치자,
희망과 불안이 뒤섞인
묘한 흥분이 심장을
요동치게 만들었다.

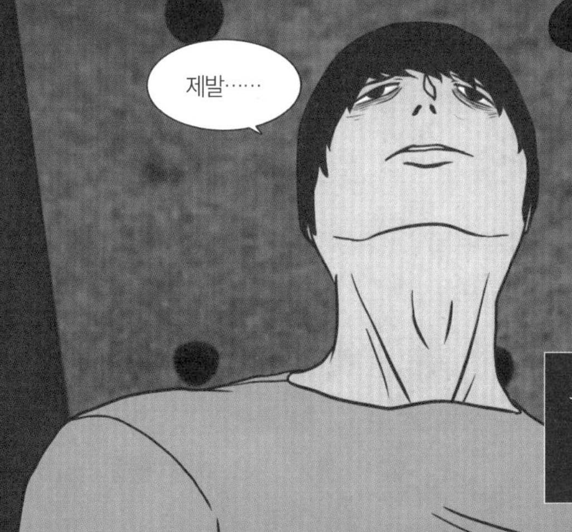
제발……
그러니 제발, 5호 님아 제발.
우리가 제시할 이 너무나
공정하고 합리적인 제안을.

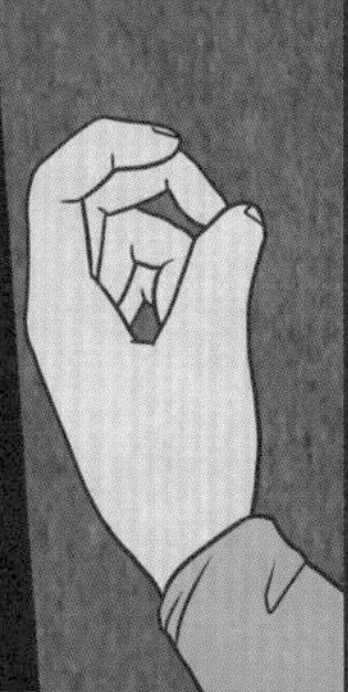
반항 말고, 흔쾌히
받아들여 주시기를.

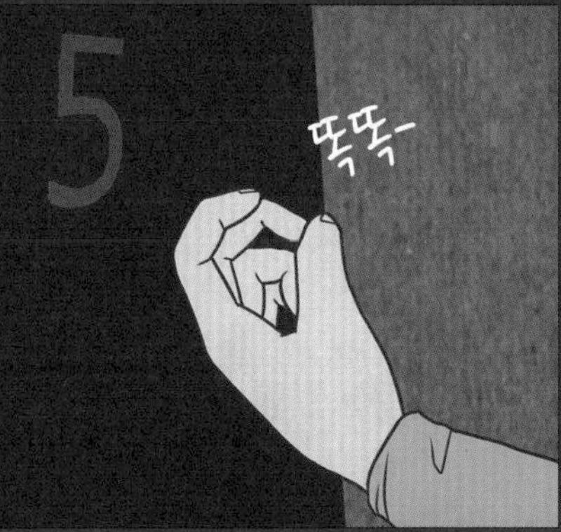
똑똑-

왕의 처소의 출입문은 생각보다 쉽게 허물어졌다.

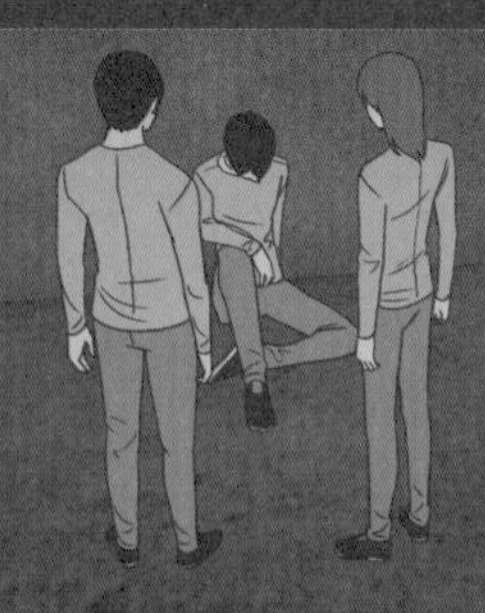

하아-
하아-

그에겐 이제,
문을 막아설 기력조차
남아 있지 않은 것 같았다.

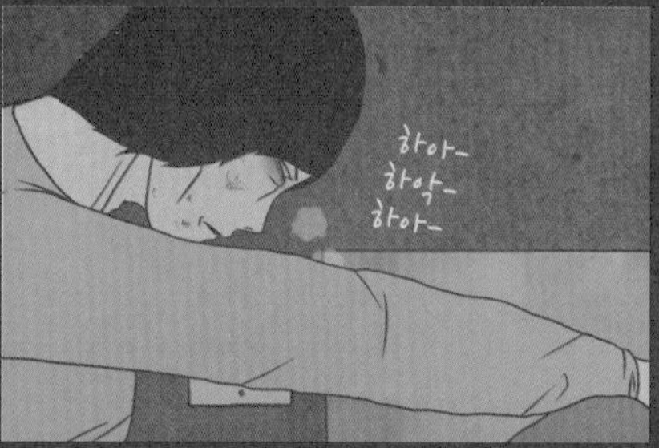

5호 님. 드릴 말씀이
있어서 찾아왔……

7호는 부드러운 어투로 설명을 시작… 하려 했으나 5호의 청력이 상한 관계로.

우오오오오오오호 님!
드릴 말씀이!!!

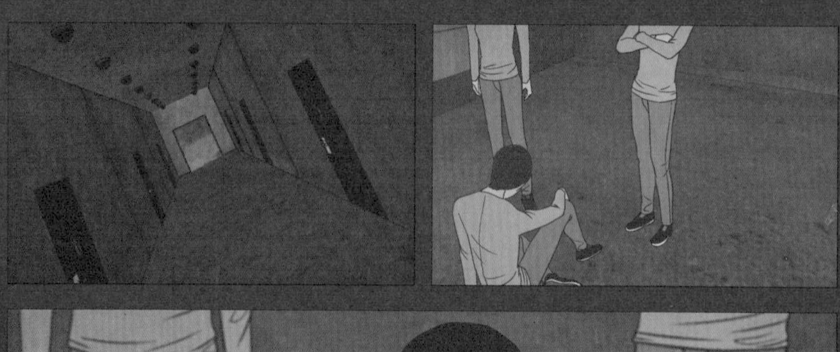

만약 끝까지 대답이 없다면
혹은 거절을 대답으로
꺼내든다면

스스흑-

제 출전은 언제
입니까 감독님?!

이러다 경기
끝나겠네!!!

해야 한다. 해버린다.
강제로라도, 버튼을……

저 역시……안 해봤다면
거짓말이겠죠.

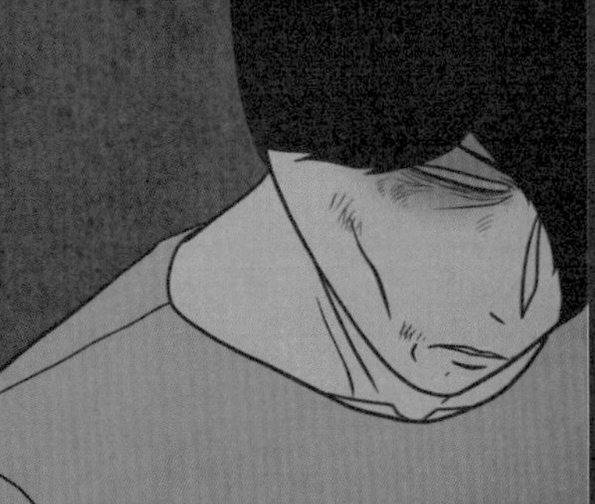

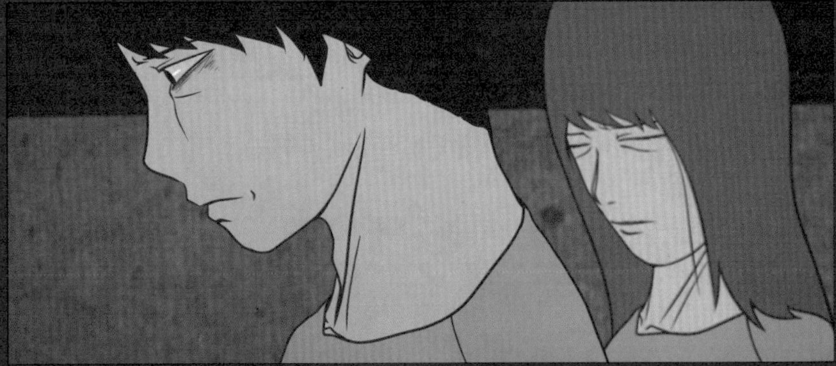

왜 그러신거죠.

아니, 왜 아무도……
그렇게 하지 않으신 거죠?

그리고 왜……
맞서지 않은 거죠?

왜… 어째서……
그 모든 걸 나 혼자만
감당했어야 했나요.

5호의 회한 어린 항변이
심장을 찔러온다.

왜… 대체 왜…
결국… 왜…… 나만………

그렇지만 이 죄책감이
위협을 방치할 이유가 되지는 못한다.

죄송해요. 정말
죄송해요 5호 님……
하지만…
하지만……

네. 알아요. 무슨
말이 하고 싶은 건지,
왜 그러시는 건지.

혹시라도 제가
나쁜 결정을 내린다면
그동안의 모든
고생… 노력들이……
물거품이 될 테니…
……안심하세요.
그런 짓을 하진
않을 테니까.

저 역시, 그렇게
할 수 없는 이유가……

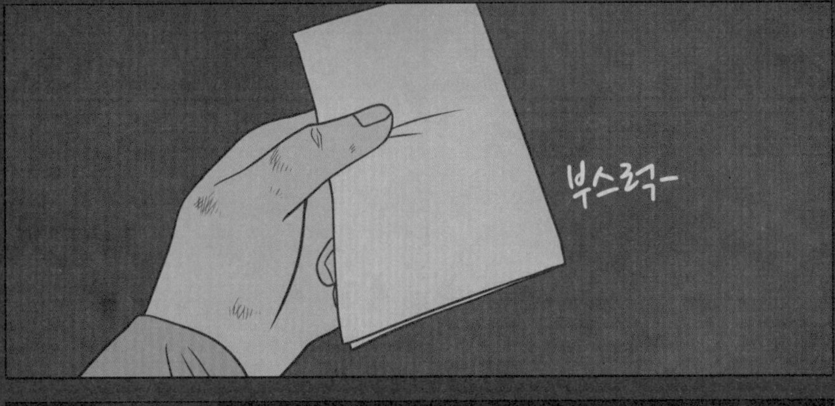

뭐지? 유언장이라도 써둔 건가?
눈이 멀었는데 어떻게? 그 정도는 아니었나?
아직 100%는 아니고 99.25% 정도인가?

게임 종료 전 본인(5호)이 사망할 경우, 우승자들은 획득한 상금의 20%에 해당하는 금액을 각출해 아래 계좌로 송금할 것에 동의합니다. 송금의 이행자는 머니게임의 주최측이 됩니다.

(은행 : 210- 3)

2호 (인)

3호 (인)

7호 (인)

8호 (인)

건조하게 쓰여진 계약서에서
그에 대비되는 절박함이 느껴졌다.

그리고 의구심이 들었다.
계약의 내용이 아니라 효력의 여부가.

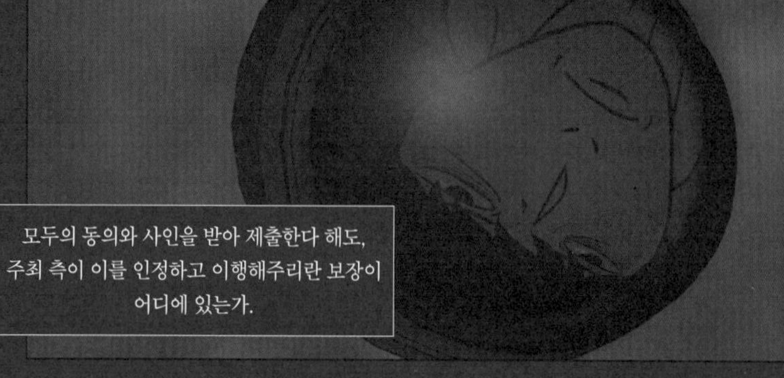

그 계약서를 저들에게
보내… 대답을 들어보고
싶습니다.

예스든 노든……어떤
대답이 돌아오던, 그
제안을 마지막으로.

부수겠습니다.
제 방. 마지막 버튼을.
그리고……
저 역시.
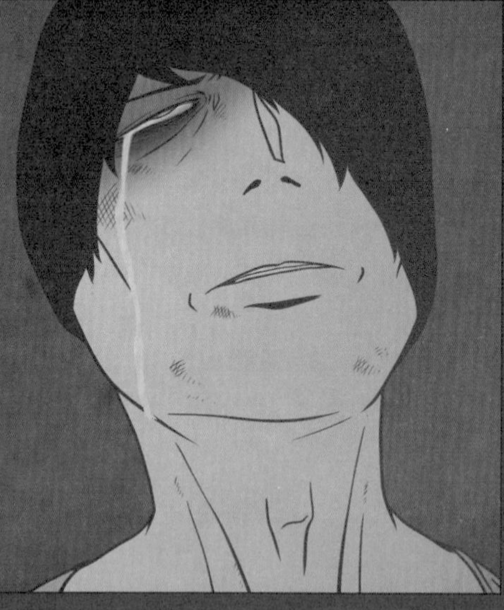
이대로…
조용히……
사라지겠습니다……

머니게임
MONEY GAME

#51

"죽여야 해"

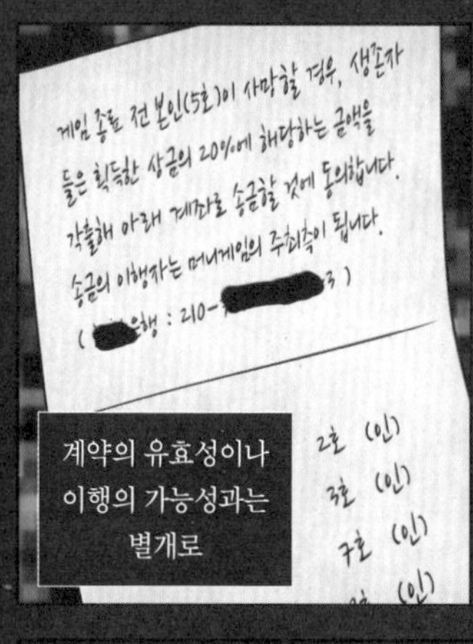
게임 종료 전 본인(5호)이 사망할 경우, 생존자
들은 획득한 상금의 20%에 해당하는 금액을
각출해 아래 계좌로 송금할 것에 동의합니다.
송금의 이행자는 머니게임의 주최측이 됩니다.
(은행 : 210- 3)
2호 (인)
3호 (인)
7호 (인)
(인)
계약의 유효성이나 이행의 가능성과는 별개로

5호가 제시한 조건은 지금 그가 할 수 있는 최선의, 그리고 유일한, 딜.

죽음을 피할 수 없는 상황이라면 상금을 얻을 수 없는 현실이라면
하아-
하아-

구매버튼을 칩으로 걸고 하는 이 도박이 그가 할 수 있는 마지막 발악.
약속드리겠습니다.

이 제안만 받아들여 준다면, 이후 어떤 요구도 하지 않을 것을.

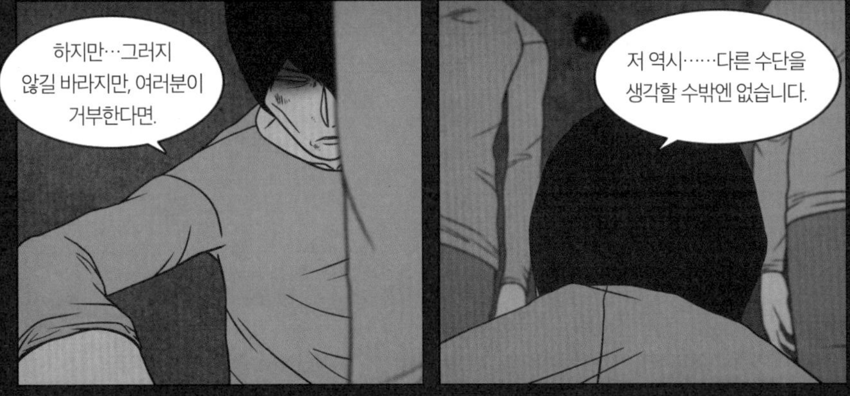

다른 수단. 이 뭘 의미하는지는 알 것 같다.

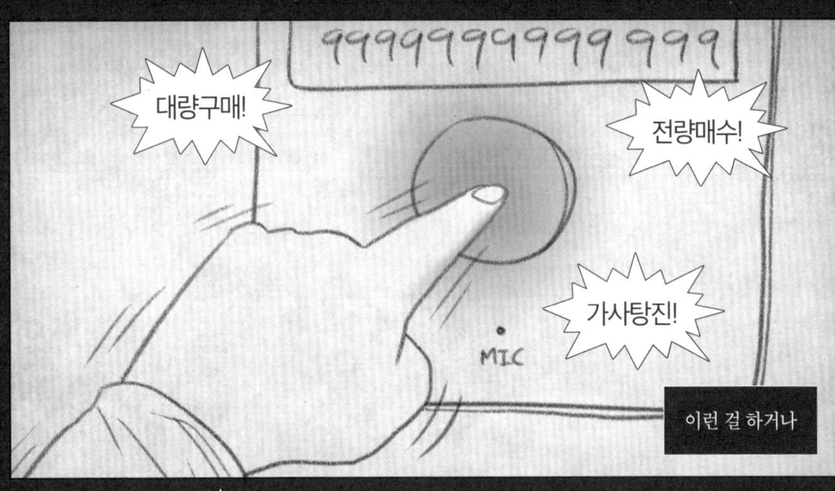

솔직히 말하자면 이젠 별로……
아니 전혀, 무섭지 않다.

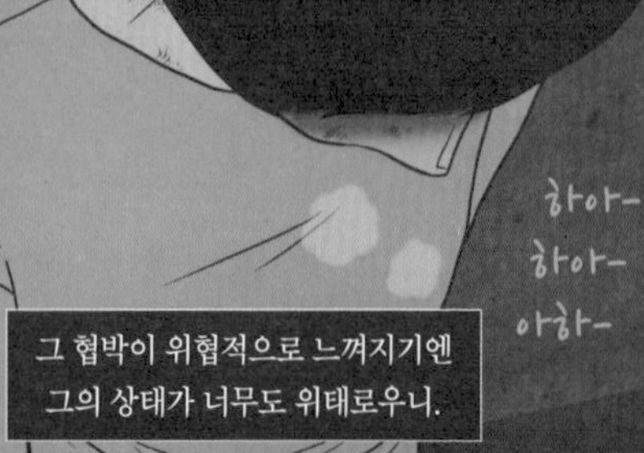
하아-
하아-
아하-
그 협박이 위협적으로 느껴지기엔
그의 상태가 너무도 위태로우니.

5호 님 제안,
받아들이겠습니다.

2호, 3호 님도
사인하시도록
제가 설득해 볼게요.
그동안 신세만 졌으니…
이번에는 저희가 도와드릴
차례입니다.

훌쩍-
7호는 그렇게 생각을 정했지만
또 다른 옵션도 있단 걸 난 알고 있다.

돈을 나눈다고?
싫은데!
나는 나보다 약한 녀석의
명령 따위는 듣지 않는다
하지만.
그렇게 하지는 않는다.
7호의 말대로 그는 혼자서
너무 많은 걸 희생했으니.
네, 저도……
그렇게 하겠습니다.
그래. 이걸로 됐다.
이 도리로 그 제안은
마무리 짓는다.
모두의 사인을 받으면,
전원이 동의를 한다면.

저들도 계약을
인정해줄 거라 믿어요.

이건 참가자들 사이의
자발적 계약이니까, 분명
효력이 있을 거라 생각해요.

감사… 합니다……
모두……

네? 뭐라고
하셨어요 고객님?
제가 이해가 잘 안 가서
그러는데, 다시 한번
말씀해 주시겠어요?
사인은 제 손으로 한 게 맞지만……
애초에 그런 고이율은 불법이라서
갚을 의무가 어, 없다고 들었어요.

불법? 의무? 와!
똑똑하시네!
캬 요샌 인터넷이 좋아져서
그런가 다들 척척석사라니까!
최후독촉장
그럼요.
안 주면 못 받죠.
미수금액 내역서
도솔 캐피탈
법이 그렇다는데 우리가
어떻게 받겠어요?
어후…… 그럼
이제 어쩌나……
할 수 없지.
깎아 드릴게요.

네…네? 정말요?
깎아주신다구요?
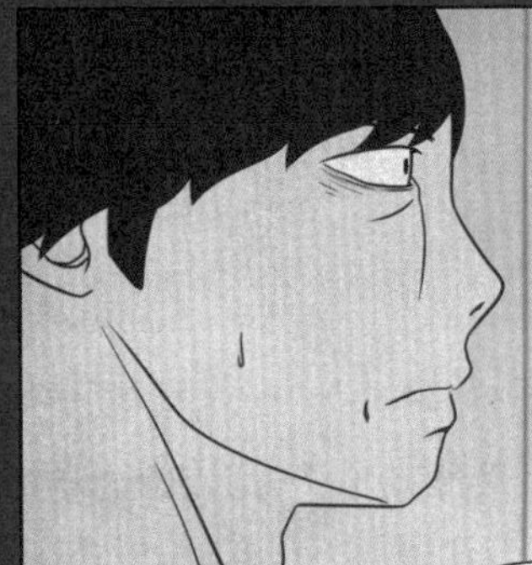

?!
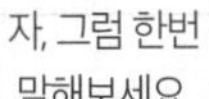
자, 그럼 한번
말해보세요.

얼마나 깎아
드리면 되는지.

2호는 별다른 질문도 의문도 없이
사인에 동의했다.

그 한결같은 무반응이, 삶의 대한 무의지를
보여주는 것 같아 씁쓸했다.

3호는 (여전히) 동의나 비동의를
구할 만한 멘탈은 아닌지라

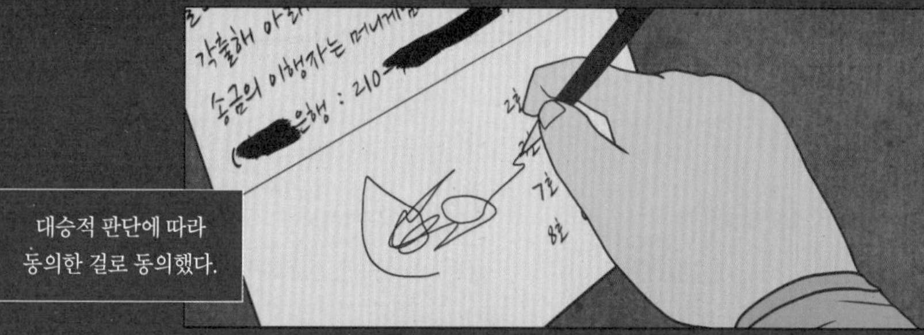

대승적 판단에 따라
동의한 걸로 동의했다.

그리고 나와 7호의
사인을 마지막으로

전원 사인 완료.

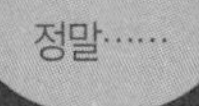

감사합니다……

지금쯤 계약서는
배송구를 통해 잡부들의 손에.

그럼 곧 주최 측도
세부 내용을 파악하게 되겠지.

무슨 생각을 할까?
게임 시작 이후 최초로

모종의 '대화'를 요청한
우리를 보며.

솔직히 말하자면……
5호에겐 미안하지만 그들이 응답을
주리라곤 기대하지 않는다.

사람이 다쳐도

죽어도

또는 죽을 예정이라 해도

일체의 반응을 보이지 않는 그들은

그저, 이 쇼의 즐거운 관객들일 뿐이니

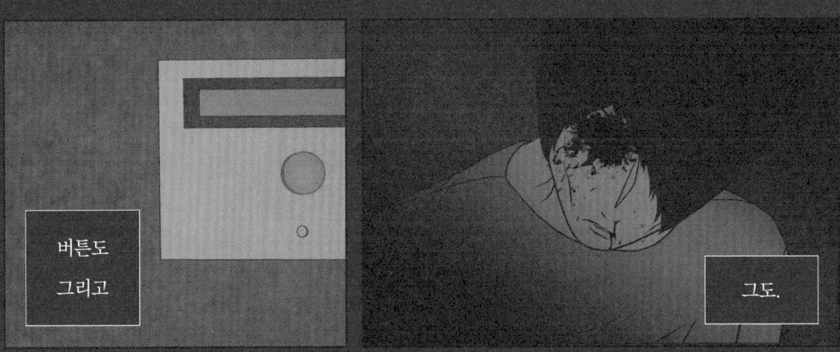

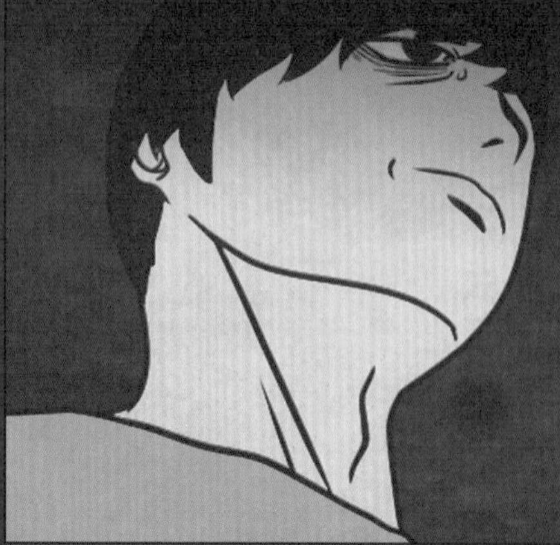

??

10,539,769,000

내가 헛것을 보고 있나?
아니면, 뭔가 착각하고 있나?

5호실 앞에, 있어야 할 것이 없다.
그는 밤새 아무것도 사지 않았다.
식음료도 의약품도 그 무엇도.

혹시, 구입하지 않은 게 아니라
구입하지 못한…거라면?
저는……얼마 남지 않았아요.
빠르면 오늘 밤…길어도
며칠이면…틀림없이……
5
그렇게 된 건가?
그의 예언대로
그날이 좀 빨랐던 건가?
꿀꺽-
5호 님.
들어갈게요.

5호는 살아 있었다. 하지만 산 사람보다는
죽은 사람에 가까워 보였다.

3호 옆 X 표가 의미하는 건
틀림없이

착한 사인은 똥그라미!
못된 사인은 엑스야!

동의없이 받아낸 3호의 사인은
무효라는 사인.

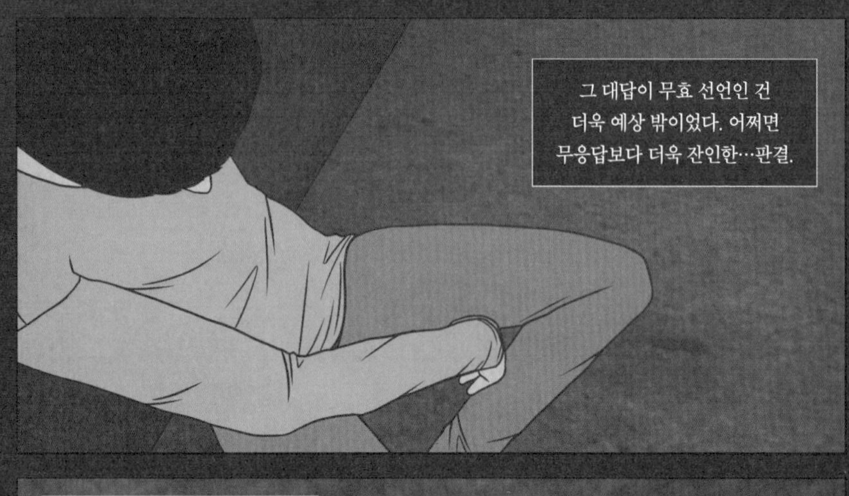

그 오랜 시간을
인내하고, 버티고, 맞서온 끝에.
끝끝내 그가 얻은 것이라곤……

!
……여야……
해………
지금……
뭐라고?

잘못 들은 게 아니다.

똑똑히 들었다.

5호가 나지막히 읊조린 말은… 분명히.

"죽여야 해."

였다.

머니게임
MONEY GAME

#52

"마지막 희망"

신인상
……
이제 슬슬……
버려도 되겠죠?
집도 좁은데 괜히
공간만 차지하고…

안 돼요. 딴 건
다 버려도 그건.

음? 왜? 나 시합
하는 거 싫어했잖아요.

다치는 게 싫었던
거지 상이 싫은 건
아니니까요.
난 그 상
자랑스러워요.

미안해요. 내가……
눈만 이렇게 안 됐어도……

아녜요. 말했잖아요.
상은 좋지만 다치는 건
싫다고.
이젠 더 다칠 일 없어서
다행이라고 생각해요.

당신은 안 먹어요?
사과 좋아하잖아요.

저는 됐어요.
새벽일 다니는 사람이
몸 챙겨야죠.

전 요새
소화가 잘 안 돼서…

5호가 제시한 계약서는, 3호의 사인이 인정되지 않아 무효 처리되었다.

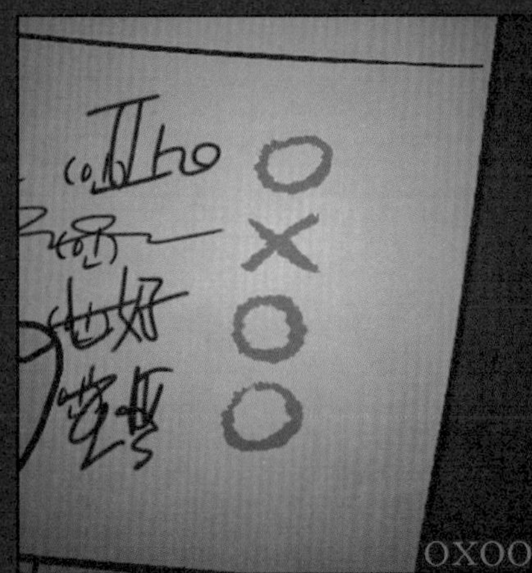

이를 바꿔 말하자면

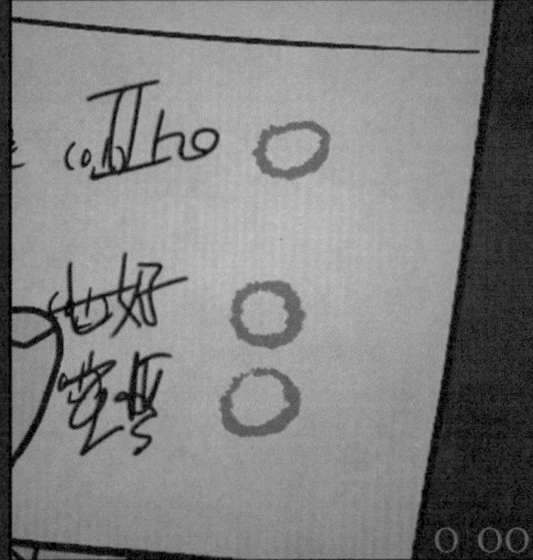

3호만 사라지면,
이 계약은 온전한 효력을 발생한다는 것.

그러니 5호가
'죽여야' 하는 사람이
누구일진 뻔하다…

당장 말리지, 막지, 않는다면
죽는다. 틀림없이. 3호는.

돈……
내 돈……
5호가 아무리 병약해졌다 해도
무저항의 3호를 죽이는 건
일도 아닐 테니.

하지만, 알고 있지만,
그럼에도 불구하고.
내가 움직이지 않는 건

씨이X……
아직
판단을 내리지
못했기 때문이다.

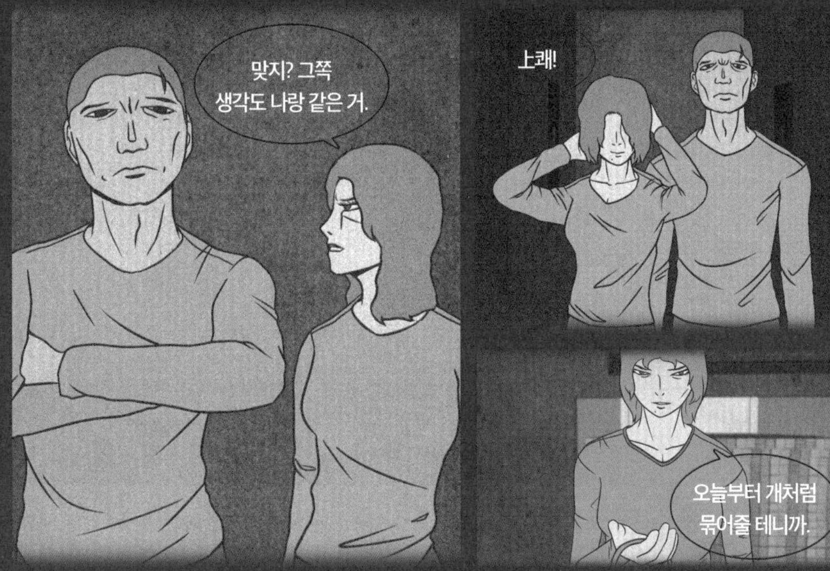

그녀는, 4호의 무력을 손에 넣은 후 끊임없이 참가자들을 괴롭혔다.

룰을 어겨 수십억을 날려먹기도 했다.
하지만 그 무엇보다 용서할 수 없는 악업은

감금돼 있던 깡패를 풀어준 것. 그 결과로, 그 나비효과로.

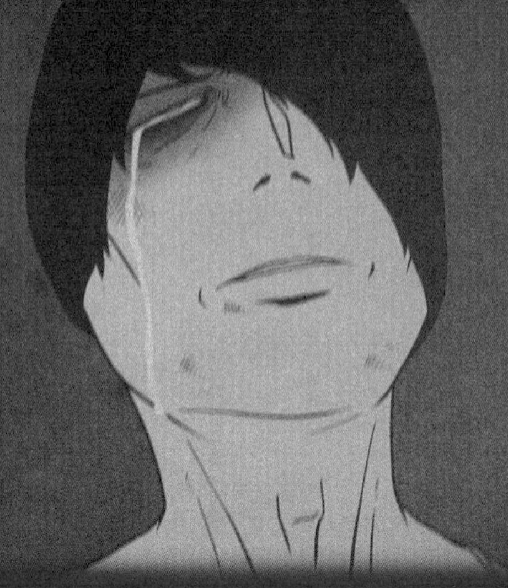

누구나 말한다. 사람 목숨에 경중은 없다고. 하지만 목숨에 경중이 없단 말은,
둘 중 누구의 목숨도 똑같이 하나의 목숨으로 카운트된다면

퍼뜩 정신이 들었다. 내가 뭘 하려 한거지?
'살인'을 방조하겠다고? '살해'를 권장하겠다고?

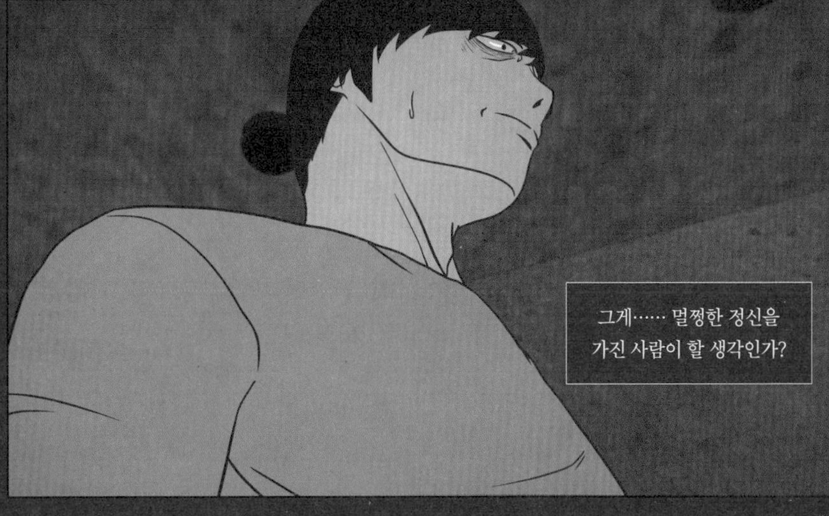

데자뷰.

끄륵-
끄르르륵-

하지만 그때와 달라진 건
3호의 목을 조르고 있는
손의 주인이

내가 아닌
5호라는 것.

5호 님! 제발요!!

아니,
믿지 않을 것이다.

저는 7호 님을 믿지 않습니다. 애초에 여기 있는 누구도 믿은 적 없습니다.
…라고 생각했지만.

계약서! 그래요! 제 돈 준다는 계약서를 쓸게요!
그럼 돼요! 봤잖아요! 주최 측도 인정하는 거!

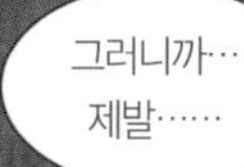
그러니까…
제발……

5호 님…
제바아알……

7호의 설득이
5호를 설득시켰다.

감정적 호소와 합리적 조건을
겸비한 훌륭한. 설득.

털썩-

잘하셨어요…

잘 참으셨어요
5호 님……

잉잉-

또다시. 그녀의 현명한 중재로
또다시. 정체절명 위기를 종료.

정말…
죄송… 합……

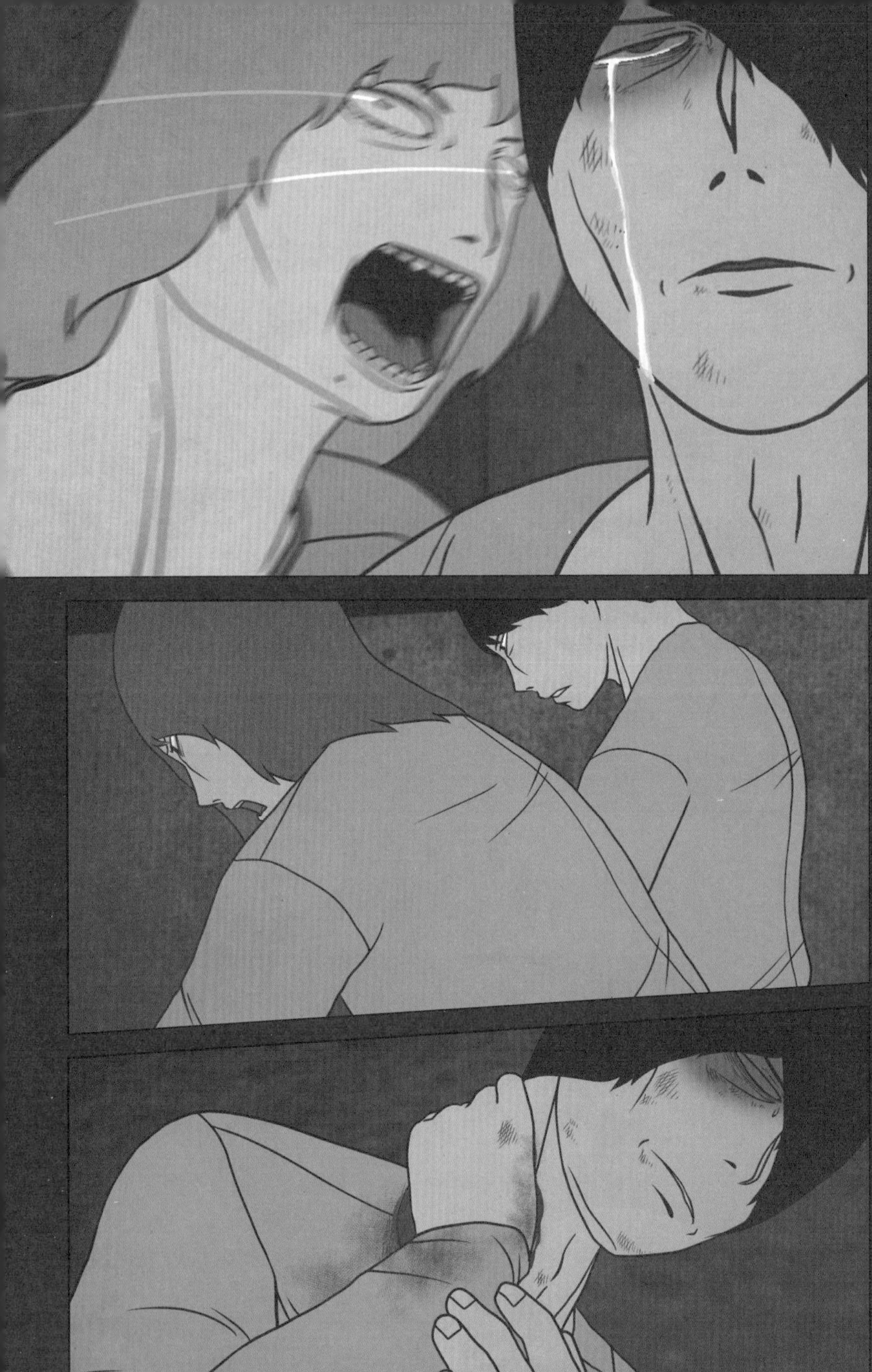

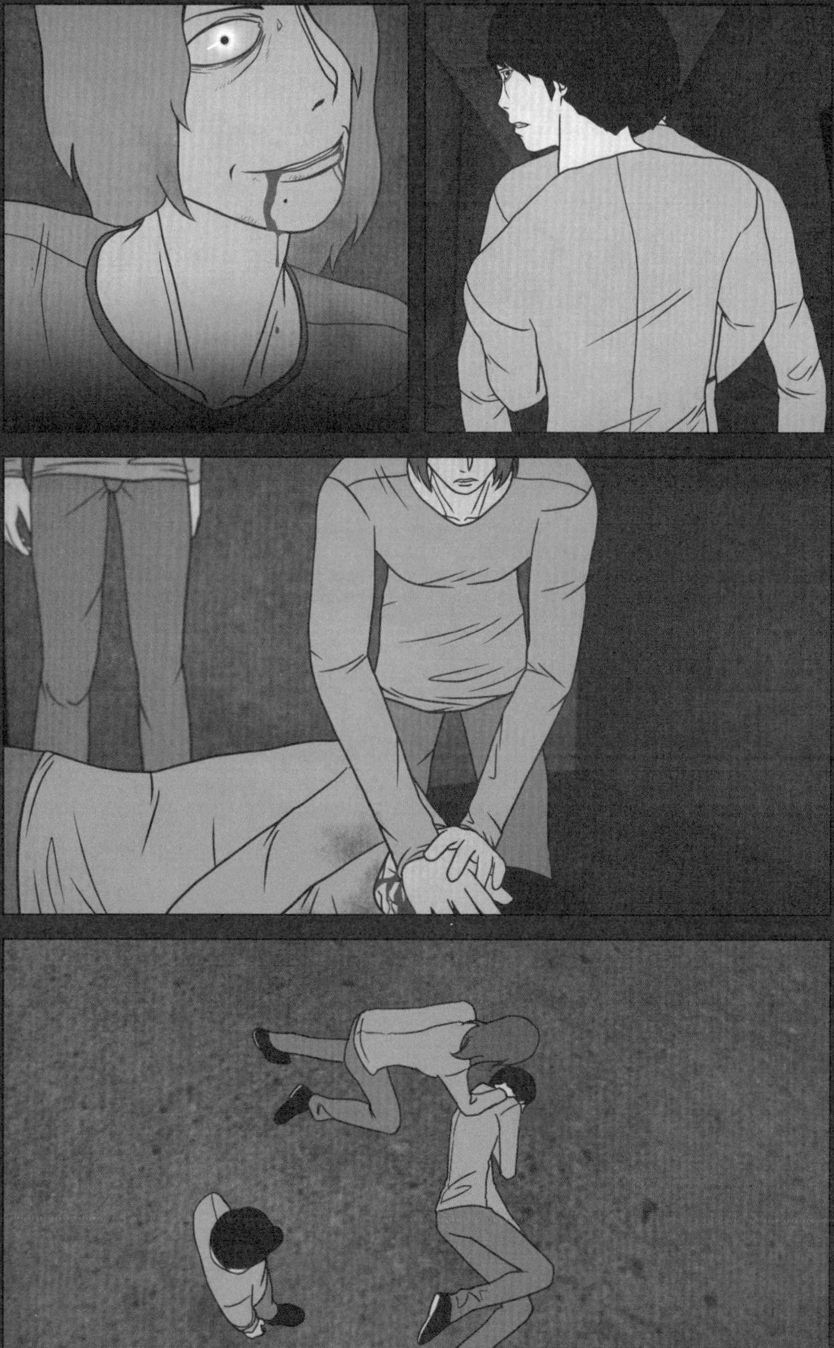

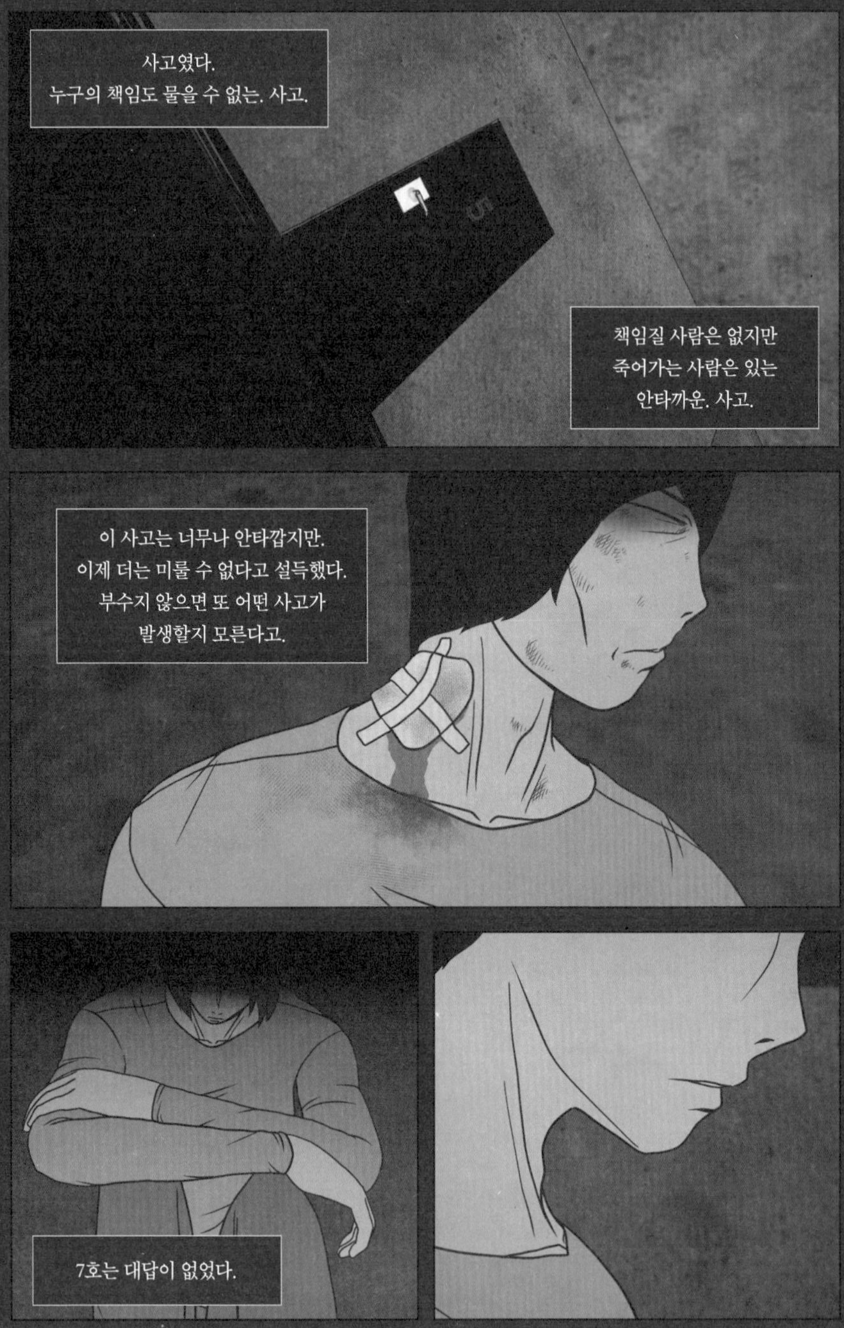

오늘밤은 5호실에 있겠다고 설득했다.
식음료와 의약품을 구매하고 버튼을 부수겠다고.

7호는 대답이 없었다.

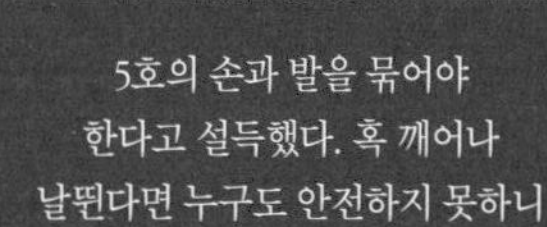
5호의 손과 발을 묶어야
한다고 설득했다. 혹 깨어나
날뛴다면 누구도 안전하지 못하니

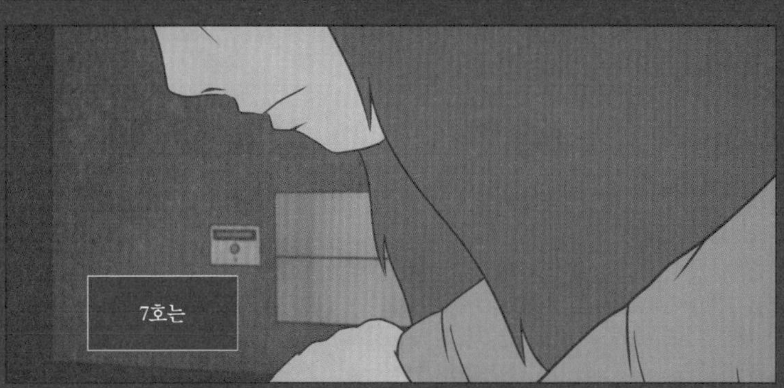
7호는

알겠습니다……
대답했다.
그렇게.

10,539,769,000

띠릭-

게임 시작 후 처음으로

삐리릭-
철컥-

다른 참가자의 방에서
밤을 보내게 됐다.

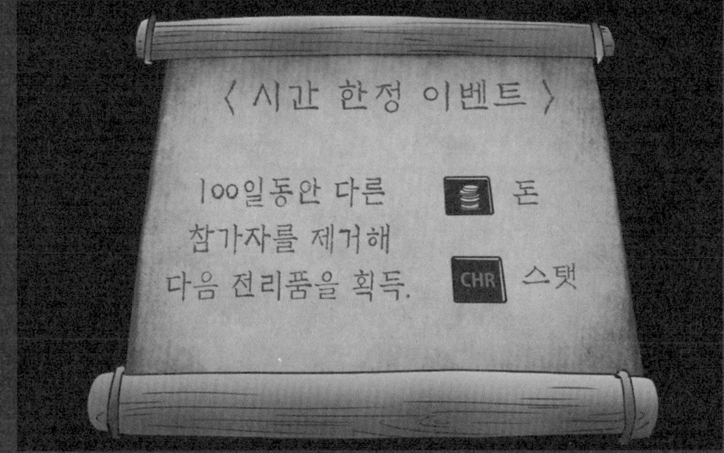

그런 기적에 기대기엔, 이곳에선 오직 기적…
적으로 꼬여간 이벤트들만 있었을 뿐이라

그리고 그 외의 나머지 것들은
인간이 아닌 신의 처분을
기다리는 수밖에.

삐빅-

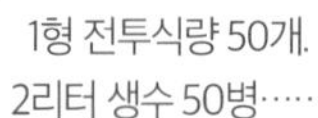

그리고 항생제랑
소독약, 거즈도……
뿌드득-

응?
뿌드득-
뿌드드드드득-

뿌드득-
뿌드드득-

아니 어쩌면.
신의 처분보다.

인간이 내릴 처분이
먼저일지도.

머니게임
MONEY GAME

#53

"마지막 구매"

'뱀 앞에 개구리처럼
꼼짝 못한다.'
…라는 말을 처음 들었을 땐
무척이나 의아했다.

왜 꼼짝하지 않는 거지?
넋 놓고 있으면 백 프로 죽는데.

희박하긴 해도,
도망치거나
저항하는 게
꿀꺽-
살 확률이
조금이라도
더 높은 거 아님?

…이라고 생각했었다.
그렇게 생각했던 적이 있었다.
하지만.

이제는 이해가 간다.
개구리가 왜 그랬는지.
왜 그럴 수밖에 없었는지.
개구리는
알고 있었던 것이다.
저항 후 고통스런 죽음보다는
포기 후 빠른 죽음이 편하다는 걸.

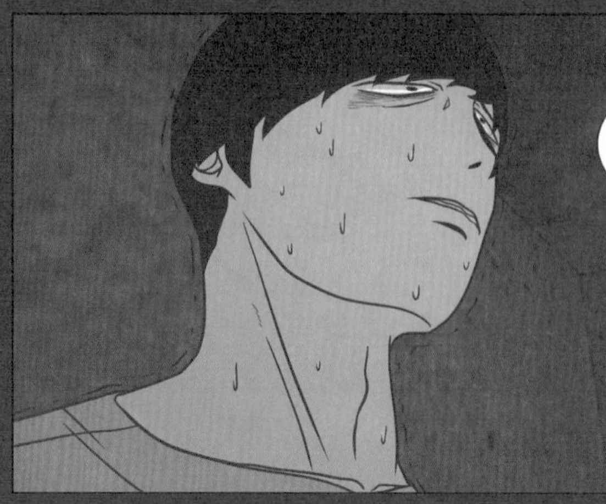

저 눈은

기꺼이 죽일 준비가 끝난 눈.
누구라도 저 눈을 마주하게 된다면

어.

????
뭐지?
이걸?
언제?

아니. 내가 한 일이 아니다.
내 의식이 아니라
무의식이 해낸 일이다.

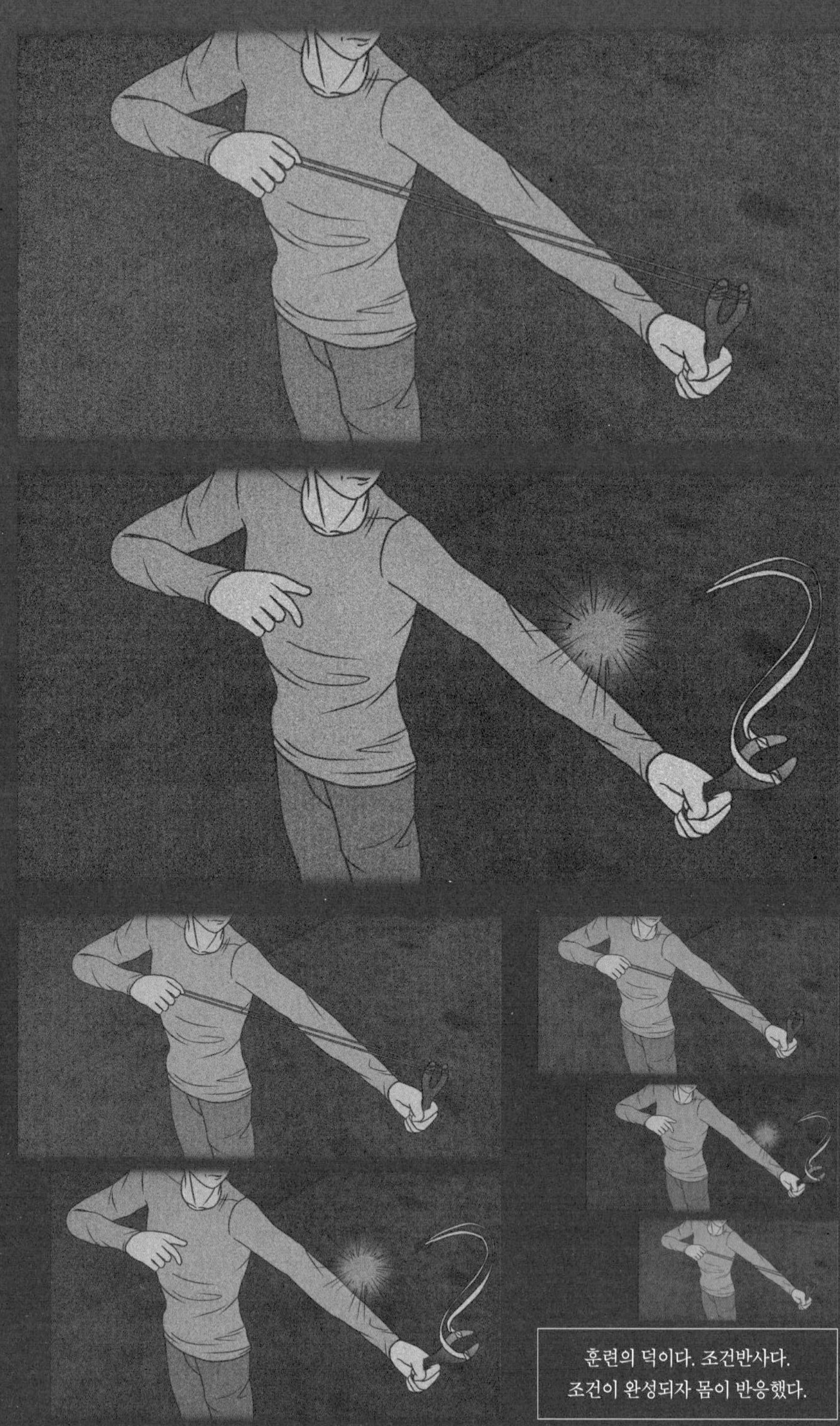
훈련의 덕이다. 조건반사다.
조건이 완성되자 몸이 반응했다.

5호 님!!
무기를 쥐자. 대항의 희망이 생기자.
용기 또한 생겼다.
이러지 마세요!
이럴 필요 없어요!
이 버튼만 부수면 돼요!
그럼 최악의 경우라도!
그래요! 7호 님이 나눠
준다 그랬잖아요! 상금!

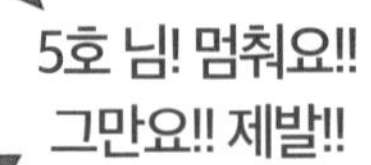

뭐지? 안 들리나?
아니면 설마……
오해하고 있는 건가?!

이 일련의 사고들이.
사고가 아닌 함정이었다고
생각하고 있는 건가?

상식적으로 말도 안 되는
의심이다. 하지만 그런
상식을 기대하기엔

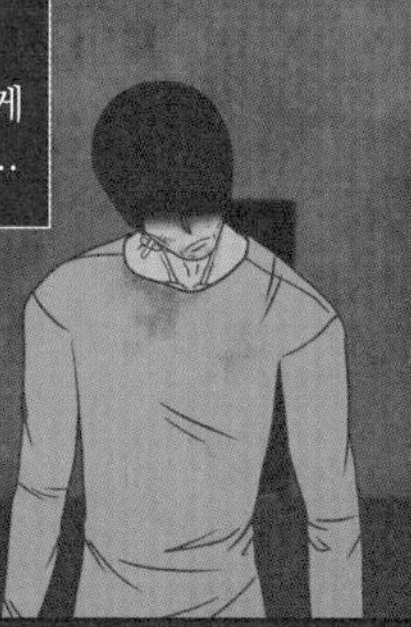
그에겐 상식을 떠올릴
의식이 없다. 그를 움직이게
하는 건 아마도 순수한……

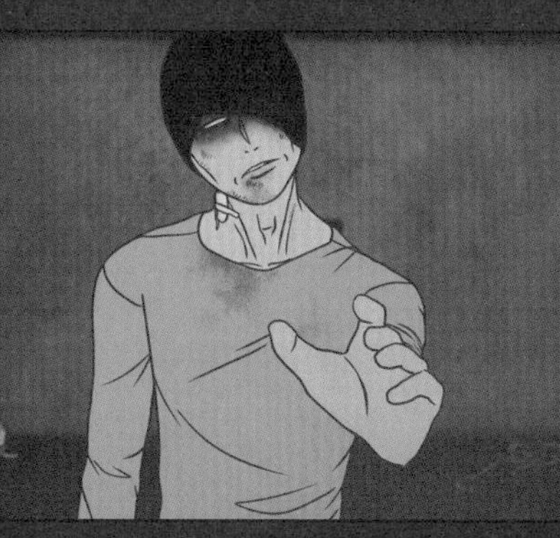

파앙-

빠악-

쿠웅-

먹혀들었다.
제대로.

예상대로 이 무기는 강했다.
기대 이상으로 잘 먹혔다.
그렇기에 오히려

더이상 사용하고 싶지 않다.
여기까지가 내 이성이
용인한 한계다.

살인은 하고 싶지 않다.
그러고 싶지 않다.

그 상대가 그이기에 더더욱.
그러고 싶지 않다.

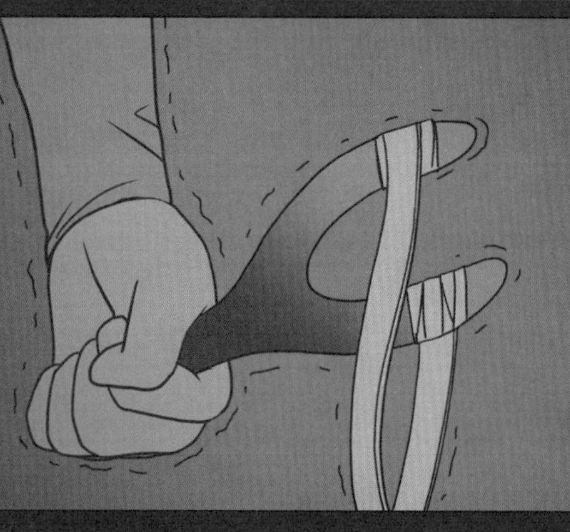

그러니 제발.
그냥 제발.
그대로… 제발…

가만히……
제발……

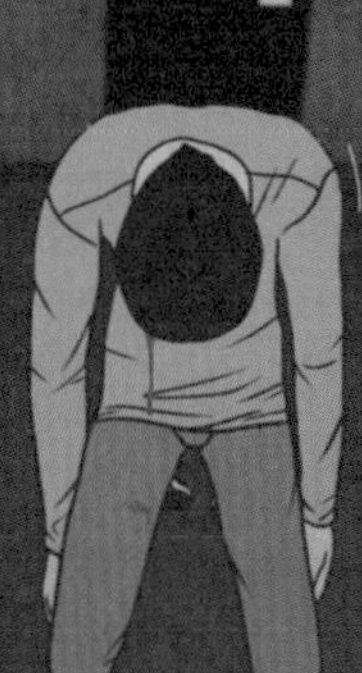

꿈틀-

씨이X!!!!!

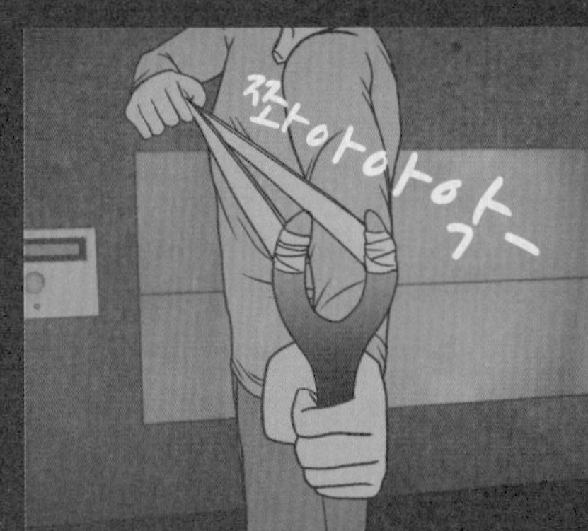

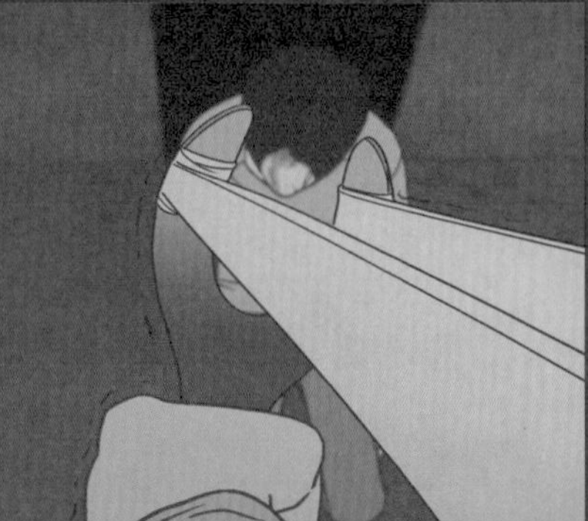

쏠 수 있었다. 당장이라도. 하지만 이 한 발이
어떤 결과로 이어질지 잘 알고 있기에, 그만 망설였고.

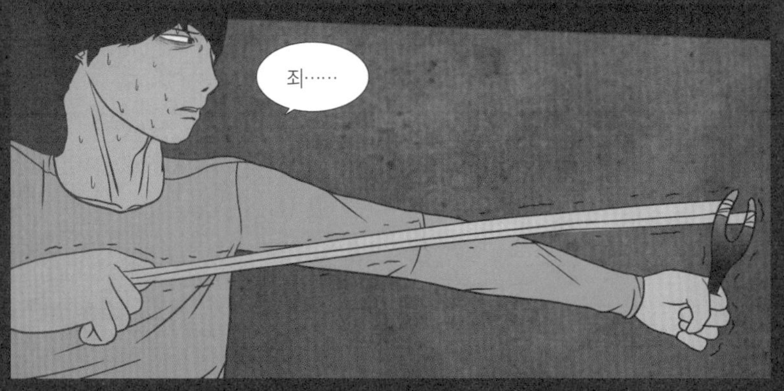

죄송합니다…
5호 님……

긴장과 두려움으로
땀이 비오듯 흘러내렸고

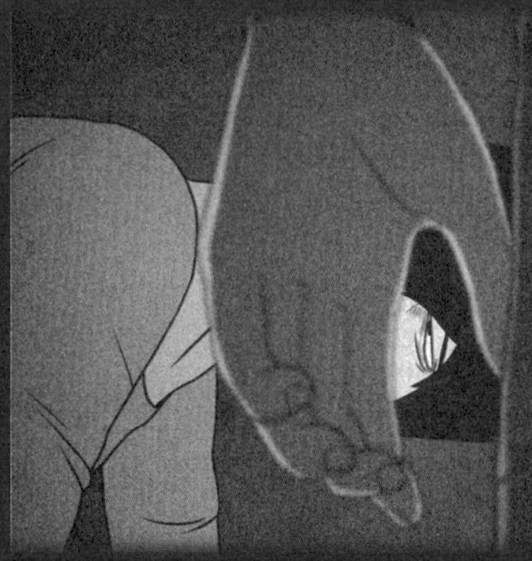
이 광경이 떠올랐지만

그것을 깨달았을 땐
이미

늦었다.

심양병원
601
많이…
힘들죠?
조금만요. 조금만 더
견뎌봐요. 내가 방법
알아보고 있으니까.
너무 무리하진 마세요……
저 때문에 당신이 더……
아니! 진짜니까. 그냥 하는
말이 아니라, 진짜 좋은
치료법 소개받았으니까!
조금만 더 힘내요.
응? 나 믿죠? 나 믿어요
……제발……

네…… 말만 들어도
힘이 나네요……
후우우우……
심영병원
다음 뉴스입니다.
췌장암 특효 치료법이라
홍보하며 중입자 치료를
허위로 알선해온 브로커
일당이 검거됐습니다.

이들은 해외 중입자 치료를
알선해주는 대가로 일인당
수천만 원의 소개료를 받은 후

WE
INVITE
YOU
SAMSUN

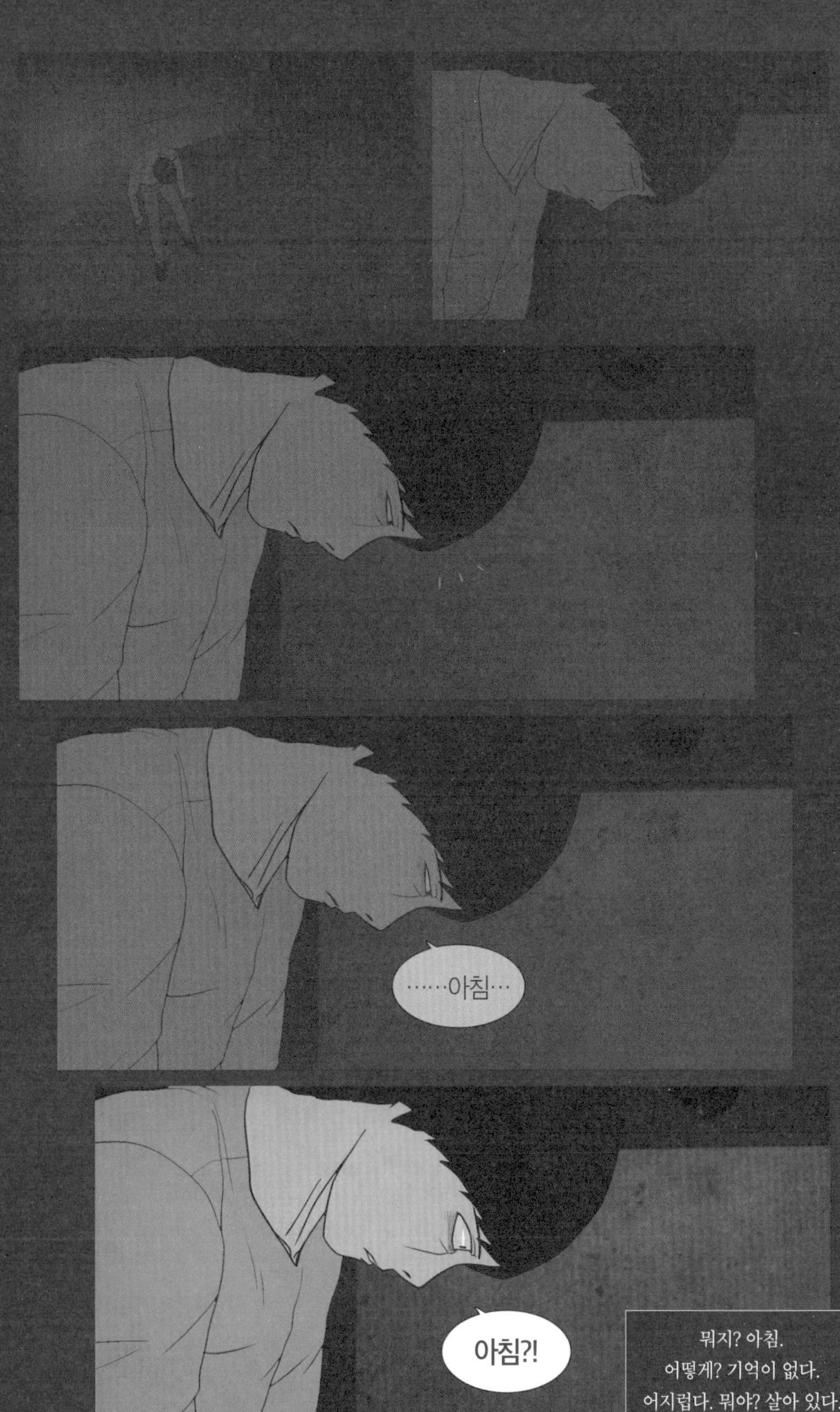
……아침…
아침?!
뭐지? 아침.
어떻게? 기억이 없다.
어지럽다. 뭐야? 살아 있다.

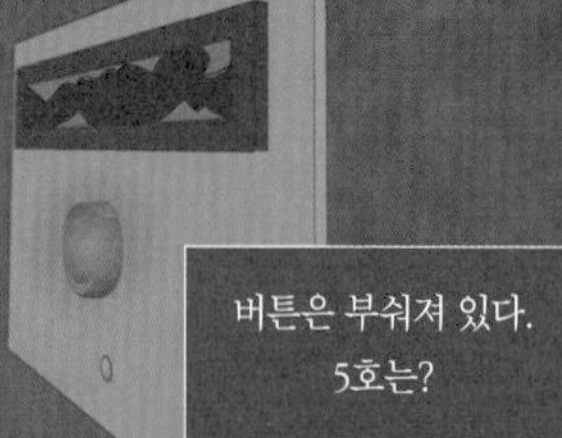

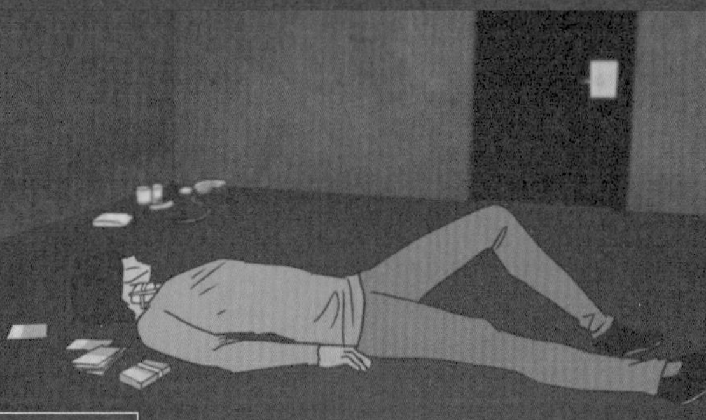

있다. 하지만 움직임이 없다.
아무런. 설마, 죽어버……

잠깐. 5호 옆에……
저거. 설마. 혹시?

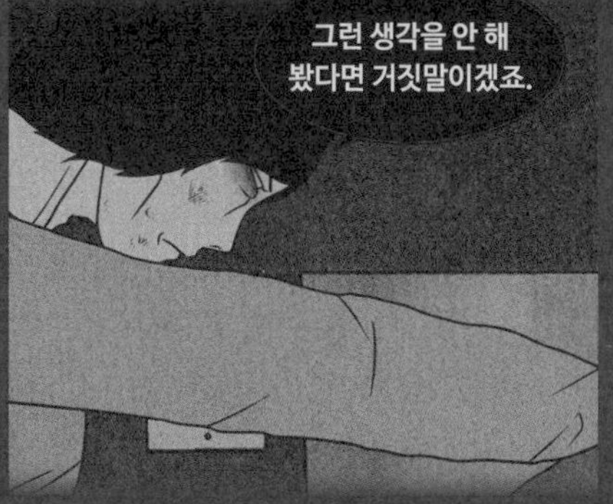

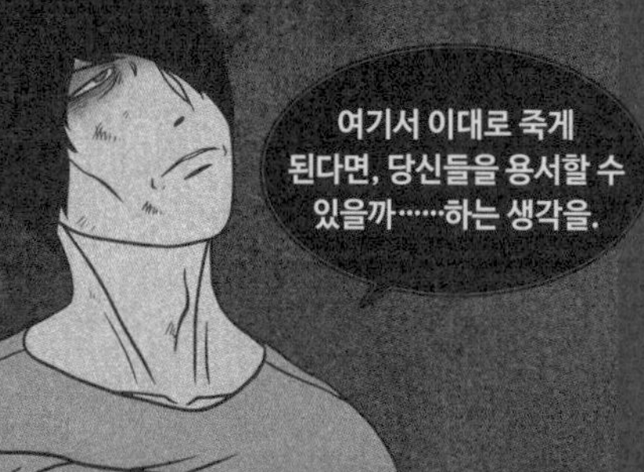

아냐. 설마. 아냐.

안돼. 제발. 안돼.

아냐. 설마. 아냐.

안돼. 제발. 안돼.

아냐. 설마. 아냐.

안돼! 시X! 안된다고!

빌어먹을. X같은.
현실은.

아아아아아……

역시 돈이었다. 5호는 돈을 샀다.
금액이 얼마인지는 알 것 같다.
이 두 뭉치는 낯익다.

뭐야.

차비를 천만 원이나
준다고?

10,539,769,000

마지막 잔액
백오억삼천구백칠십육만구천원에서

100억이 사라지고
남은 돈은

5
억

시작은 448억이었으나.
끝끝내. 마침내. 결국.
5억.

아니. 잠깐.
뭔가.

뭔가를 잊은 것 같은……

분명

뭔가… 를……

-514,209,000

머니게임
MONEY GAME

#54

"어떤 망상"

그럼 절차상, 먼저
질문 드리겠습니다.

딸칵-

박사님은 본 인터뷰
녹음에 동의하십니까?

네. 녹음에
동의합니다.

감사합니다.
그럼 우선……

본 실험의 개요부터
설명 부탁드립니다.

타이틀은 "한정된 자원과
통제된 소비 사이 갈등상황에서의
인간심리연구" 입니다만,

저희는 그냥 프로젝트
명인 "머니게임"으로
부르고 있어요.

머니게임……재미
있는 이름이네요.
실험의 디테일은
어떻게 됩니까?

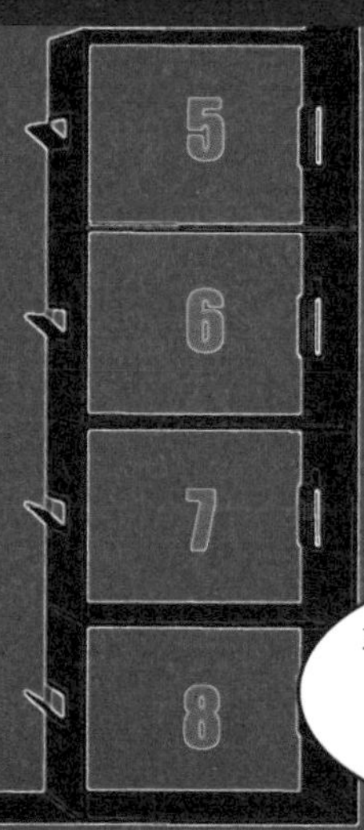
우리는 제한적인 소규모 사회
모델을 구현했어요. 아, 엄밀히
말하면 현대 사회는 아니고
1
2
3
4
5
6
7
8
자원만 존재하고 인프라는
전무한 전근대 사회 모델
이라고 보는 게 맞겠군요.

이 통제변인에 피실험자를
갈등 상황에 놓이게 할
여러 변수를 개입시키고,
이 상황 속에서 그가
어떤 반응을 보이는지를
관찰하는 것이죠.
피실험자라면……
이 사람입니까?
그래요. 우리는
'8호'라 부르고 있지요.

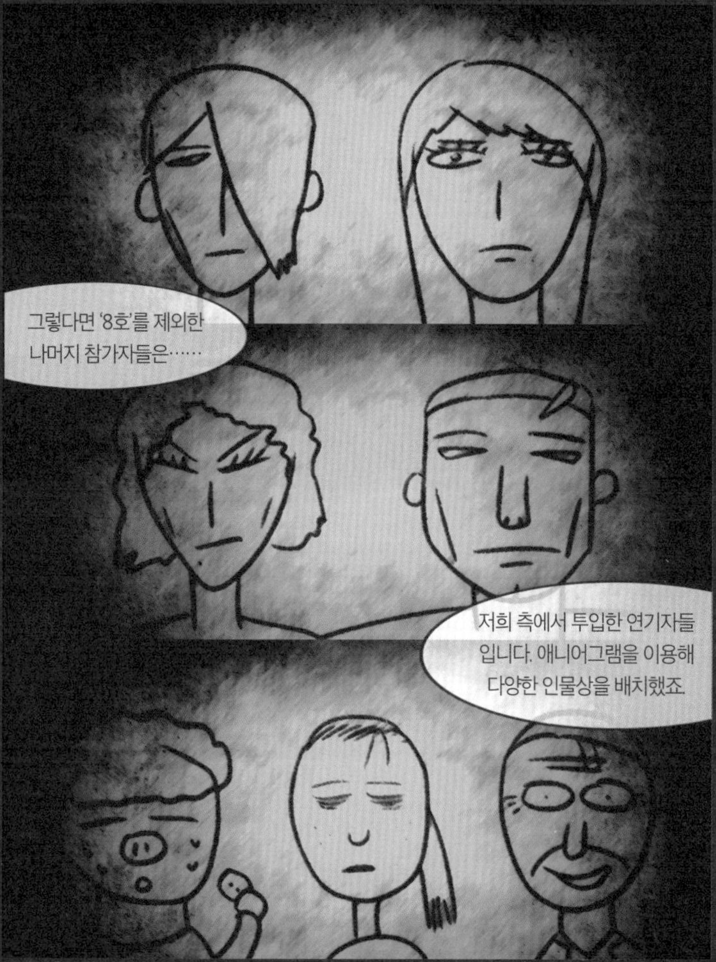

그렇다면 '8호'를 제외한
나머지 참가자들은……

저희 측에서 투입한 연기자들
입니다. 애니어그램을 이용해
다양한 인물상을 배치했죠.

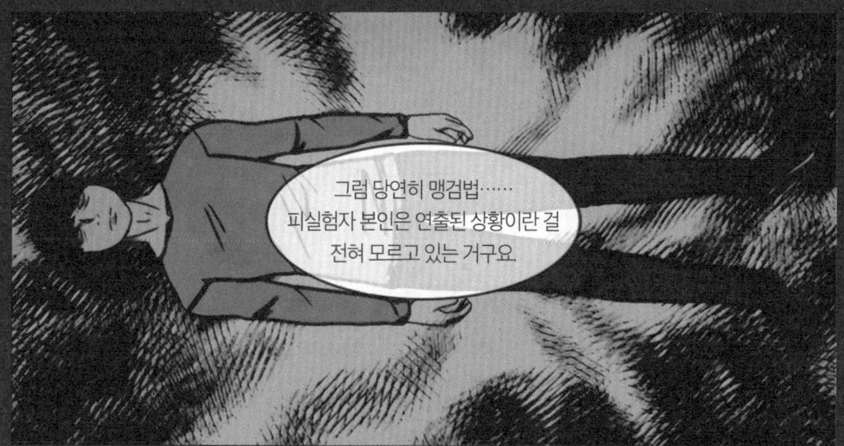

맞아요. 아, 그렇다고 이
실험이 본인 동의 없이 진행
됐단 뜻은 아니에요.
최면요법으로 본인의
기억을 지운다.
WE INVITE YOU
119
…는 조건까지 포함해
실험 동의를 받았으니까요.

지금까지의 경과를
보면… 꽤 극적인 상황들이
계속됐군요.

피실험자에겐 상당히
가혹한 환경이었을 텐데, 실험은
언제까지 진행되나요?

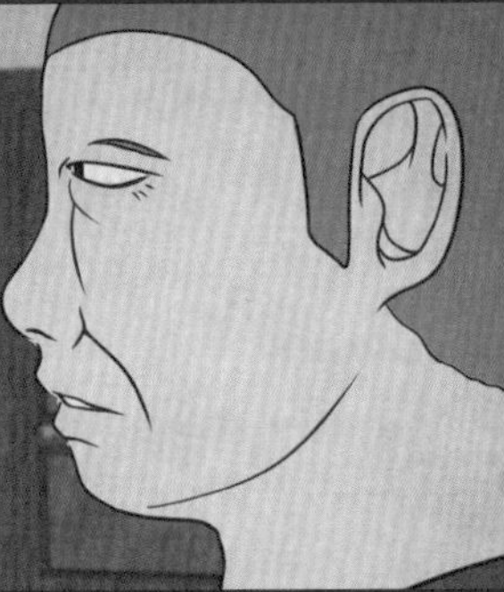
아. 이제 슬슬 접으려구요.
상금이 오링났거든요.
데이터도 충분히 뽑았고.

8호에겐 다행이네요. 킥.
실험료 책정은 많이 했겠죠?
사람을 이 정도로 굴려댔으니.

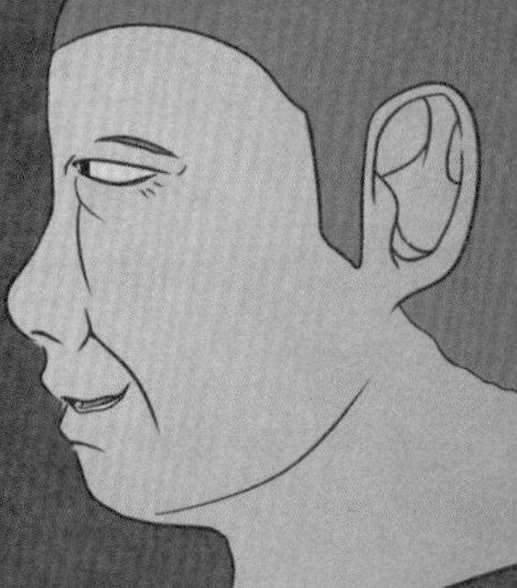
물론이죠. 뿜.
무려 448억에
계약했는 걸요.

와 448억. 미친
개부럽네 크힉.
그러게. 이 돈이면
내가 참가하고
싶네 뿌흡.
크히힉.
뿌흐흡.
뽀롤롤로

게임 시작 93일째

그날. 그 사고 이후 이틀을. 만 이틀 내내.
끝없는 후회와, 이 후회가 낳은 망상이
짜잔! 지금까지 깜짝
카메라였습니다!
8호 님! 깜짝 놀라셨죠?!
당하신 소감 한마디!!
에이 넘 섭섭하게
생각하지 마세요.
출연료로 448억을
드리니까요히힛!
망상에 망상이 꼬리를 물고
머릿속을 헤집고 뛰어논다.

-514,209,000

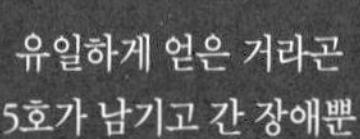

달팽이관인지
반고리관인지가 다친 건지.

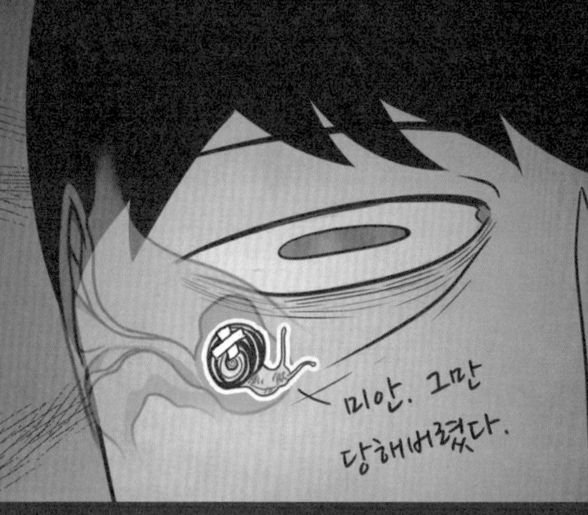
극심한 어지럼증으로
이젠 똑바로 설 수조차.
미안. 그만
당해버렸다.

흐
흐흐

흐흐흐
흐흐흐흐
흐흐흐흐
흐
그래.

NO
머니게임
결국

어긋나고 망가지는 상황을 바로잡을 수 있었던 수많은 선택지들이 우리 앞에 있었지만

욕심 때문에

불신 때문에

오해 때문에

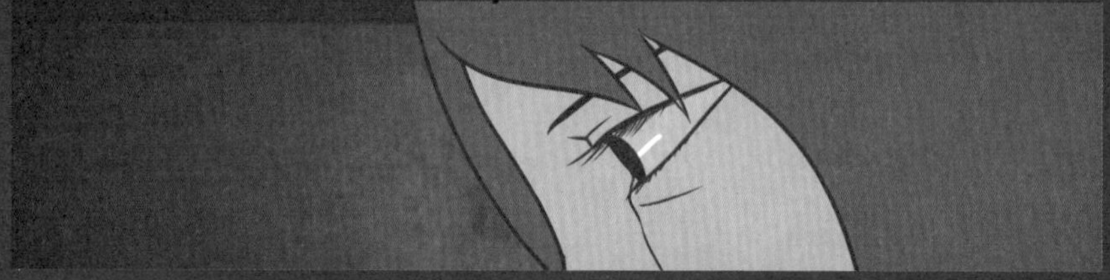

두려움 때문에

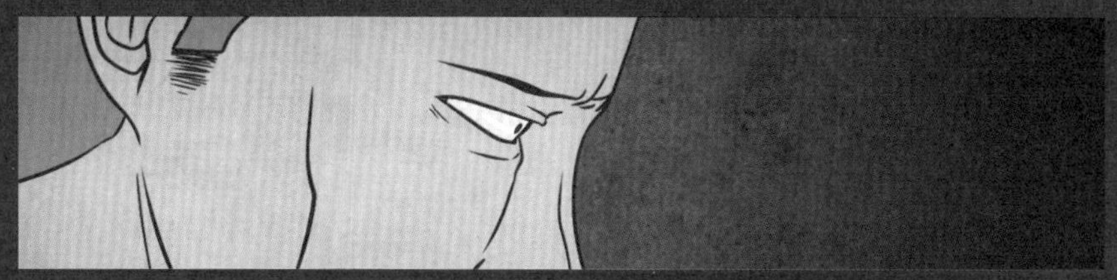

그 기회들을 모두 놓쳐버렸고.

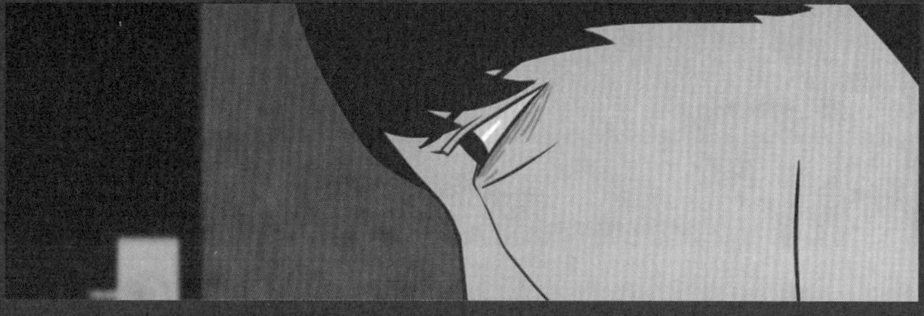

그 대가가, 업보가, 바로 지금. 여기 이곳.

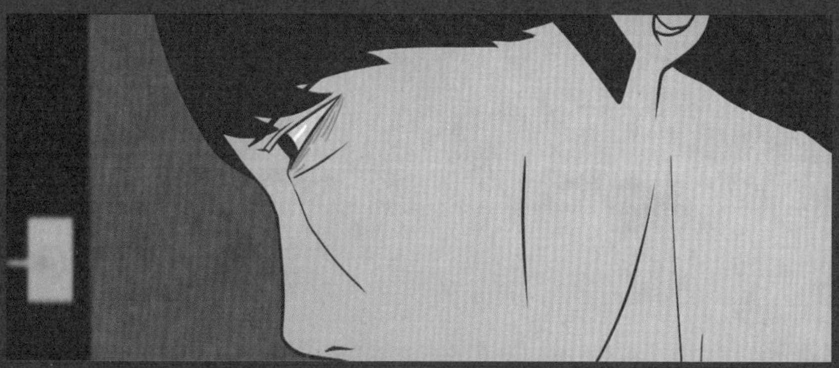

다 잃으니 비로소 보였다. 이 게임의 진짜 무서운 점,
진짜 잔인한 설계가 무었이었는지.

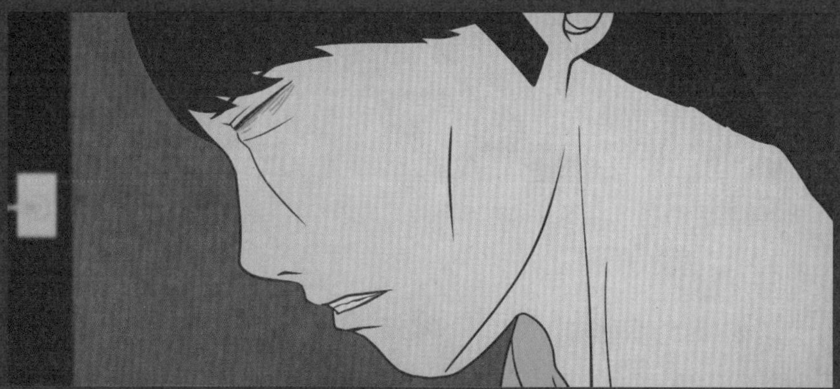

상황을 악화일로로 치닫게 한 건 참가자들을 미쳐 돌아가게 한 건

'사회에서의 격리' 그 자체였다. 여기에서 모든 것이 시작됐다.
우리는 처음부터 이 덫에 걸려들어 있었다.

인간을, 사회화된 **'동물'** 이라고
부르는 이유를 깨달았다.

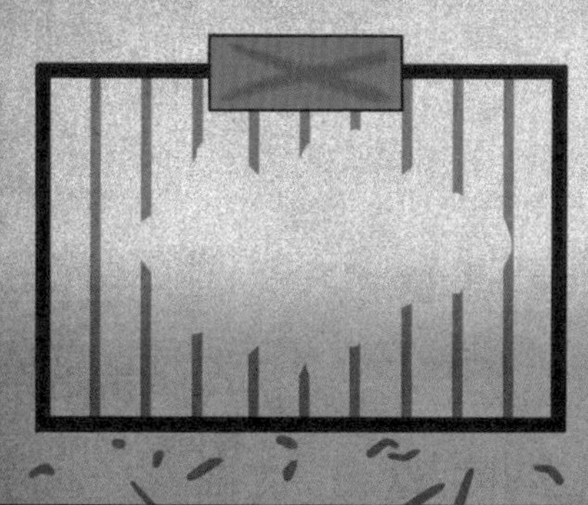

'동물' 만이 남았다.
법도 규범도 도덕도 없는. 모르는. 동물만이.

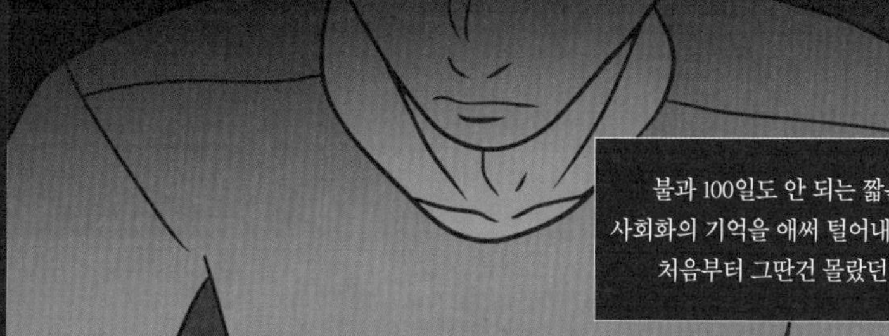

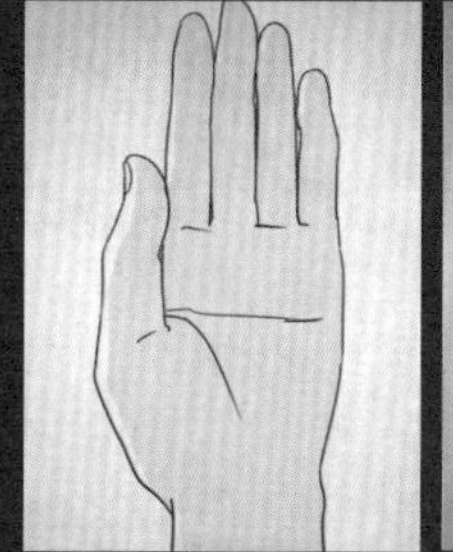

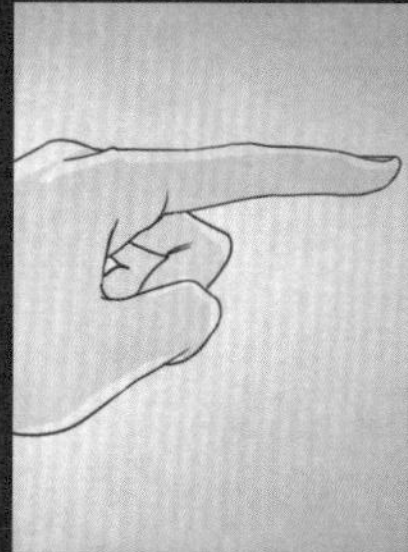
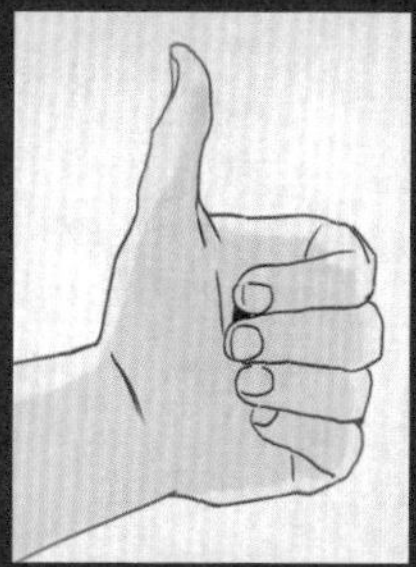

끝없이. 끝없이.
과거로. 과거로.
회귀했고.

그 뒷걸음질 끝에 마침내 도달한 곳은

44,800,000,000

35,873,010,000

32,266,079,000

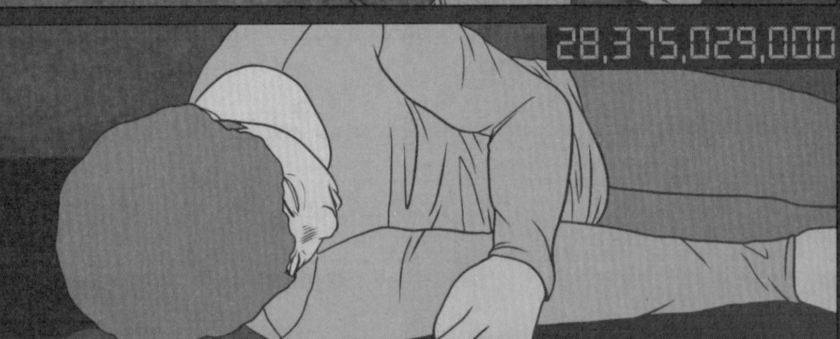

11,172,969,000

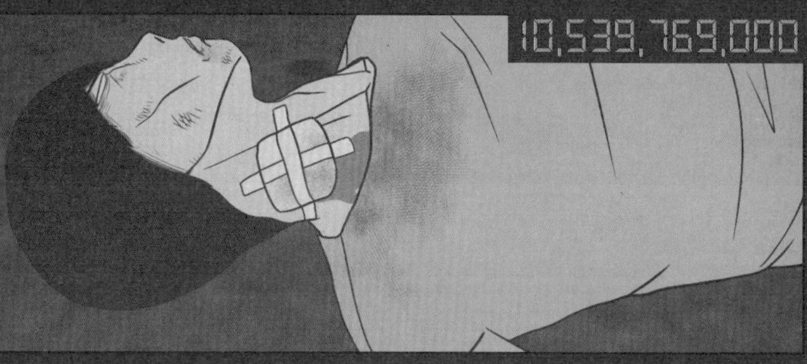

-514,209,000

끝끝내 바로 여기. 꿈도 희망도 돈도 X도 아무것도 없는.
있는 것이라곤 오직

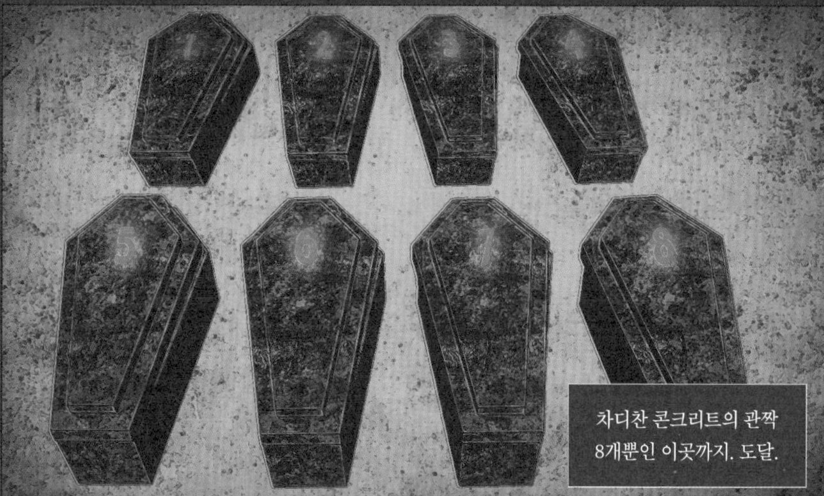

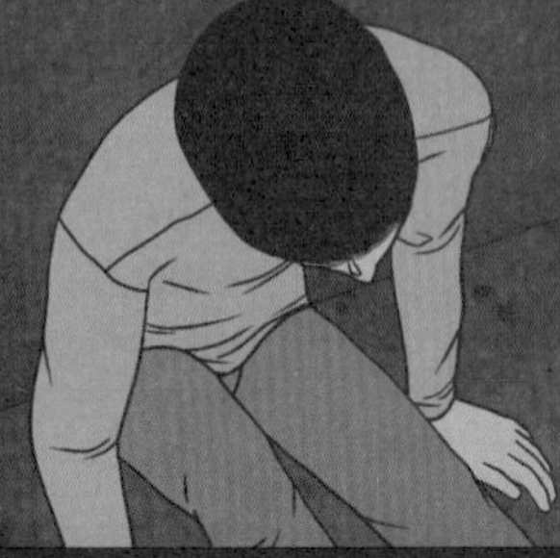
자업자득.
…이란 생각이 들었다.

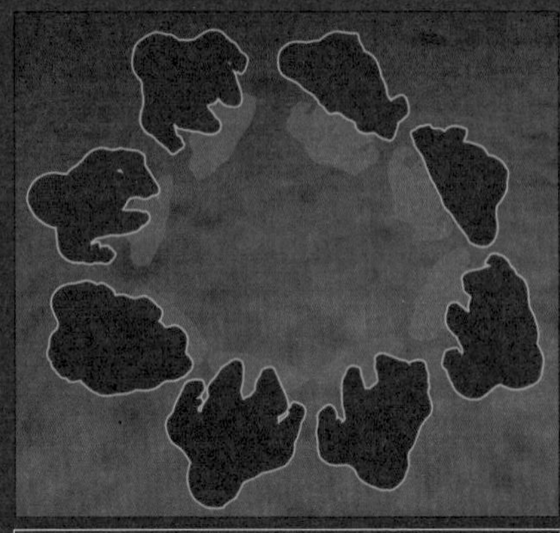
그렇기에 누구를 탓하거나 원망할 생각은 없다.

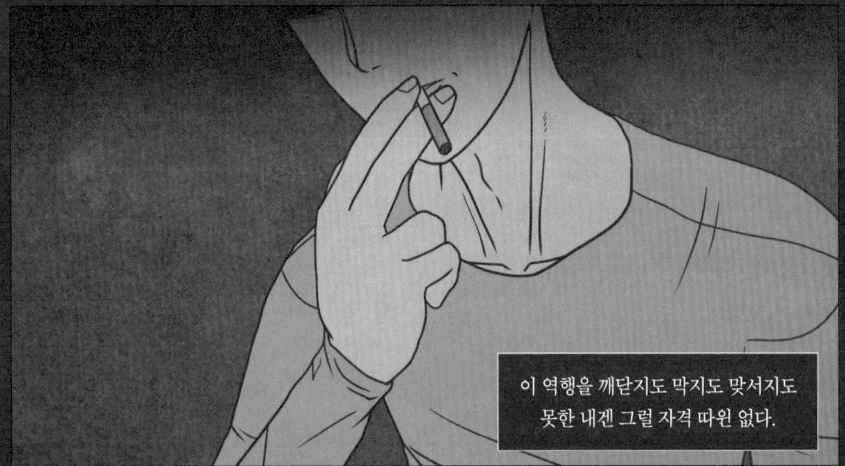
이 역행을 깨닫지도 막지도 맞서지도
못한 내겐 그럴 자격 따윈 없다.

칙-
아니, 오히려
감사해야 되는 게 아닌가?
…라는 생각마저 들었다.

어차피 물고기 밥으로
끝났을 목숨
짧게나마, 희망을 손에 놓고
굴려본 것만으로도 그들에게
감사를 보내야 하는 거 아닌가?
나도 희망을 쥐어 봤고
당신들도 재미를 봤으니

그래. 윈윈이다.
모두 다 즐거웠으니.

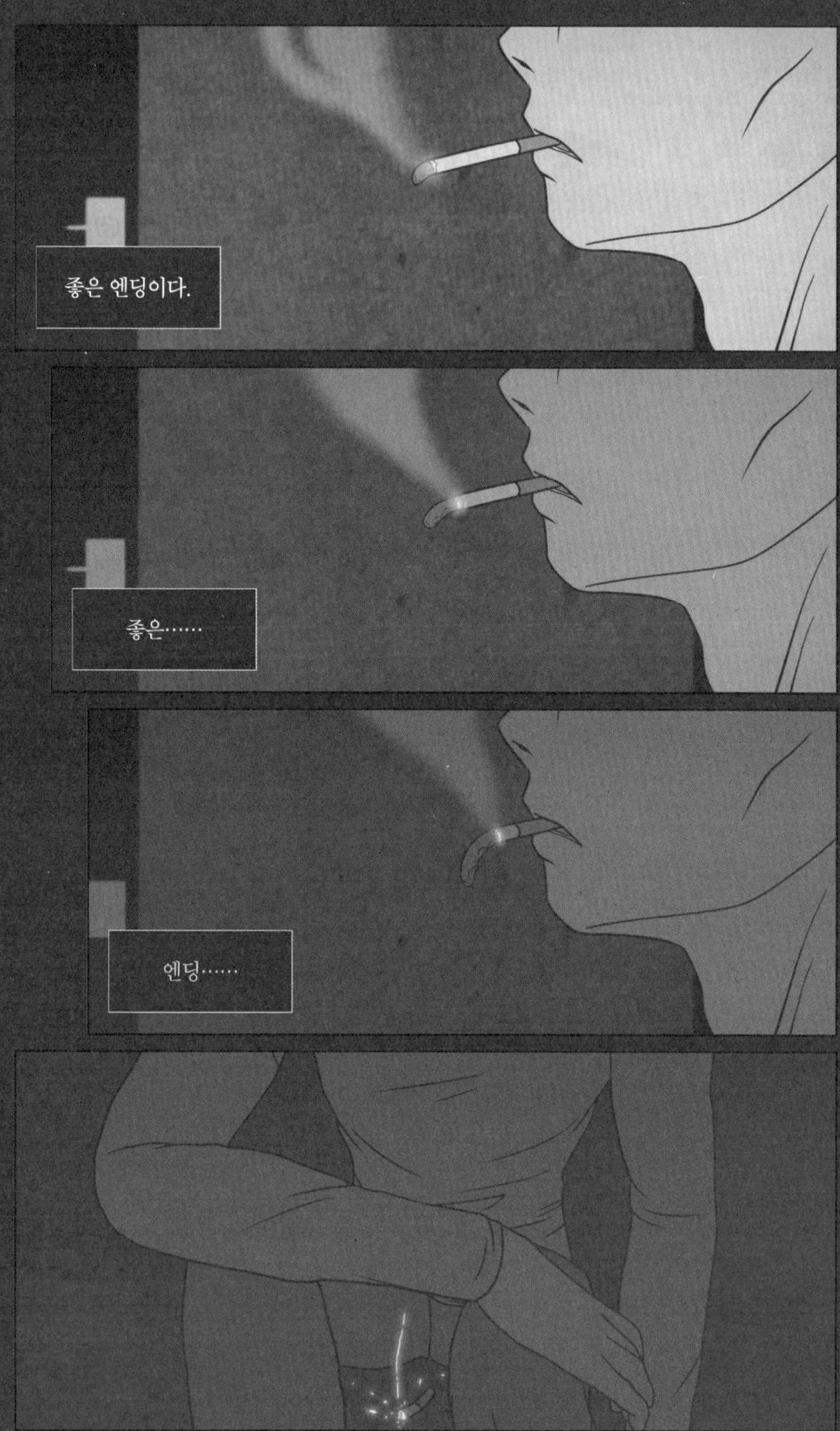
좋은 엔딩이다.
좋은……
엔딩……

8호 님.

아. 잠시 잊고 있었다.
아직 (그나마 멀쩡한)
7호가 남아 있었지.

마지막으로 그녀에게만은
미안하단 말을 전하고 싶다.
우리 중 가장 사회화 되었었고
우리 중 가장 인간적이었으며
우리 중 가장 이타적이었지만

얼굴이 많이 상했네요.
7호 님도……
나도 그 누구도 그녀를
이해하지도 따르지도 못해

이거…드세요 8호 님. 조금뿐이지만……

물. 조금뿐이지만 매우 귀한. 물. 하지만.

저는……여기까지 할게요. 그러니 괜찮습니다……

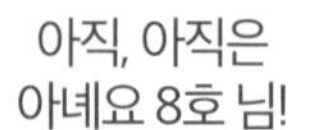

일주일이나 남아
있잖아요! 지금은……
아직은 포기할 때가……

일주일. 그게 무슨 의미가 있는가.
일주일이 아닌 열주일이 남았다 한들

…죄송합니다.

남은 건 수억 원 빚과
망가진 몸뚱아리뿐인데.
그게 대체 무슨 의미가 있단……

안 돼요!

제발! 아직…
포기하지 마세요!
방법을 찾아야 해요!

그래야… 그렇지 않으면…
모두… 모두 다……

간절한 부탁. 아니 그보다는
오히려, 집요한 설득.

왜? 누가 봐도 끝장난 상황인데.
스튜디오 그 어디에도 희망 따윈 안 보이는데.
왜 포기를 않는 거지? 어쩌자는 거지?

제발…
제발……

제발……
제발………

이쯤 되자 조금
위화감이 들기 시작했다.

왜 저러지? 이미 끝난 게임인데.
기회도 활로도 더이상. 남은 건 아무것도 없는데.
저 여자는 대체 내게 뭘 바라길래 저토록 집요하게……

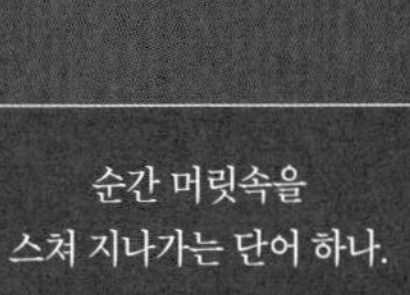
순간 머릿속을
스쳐 지나가는 단어 하나.

FACEMAKER

페이스메이커?
혹시 7호는.

저기…
7호 님……

네?
그녀는.
어쩌면.

당신…
혹시……
우리와는 다른.

머니게임
MONEY GAME

#55

"좀 이상한 전개"

주최 측이랑
무슨 관계가……

…라는 말이 목 끝까지 차올랐지만.

다행히. 삼켰다. 왠지 입 밖으로 내선 안 될 말 같아서.

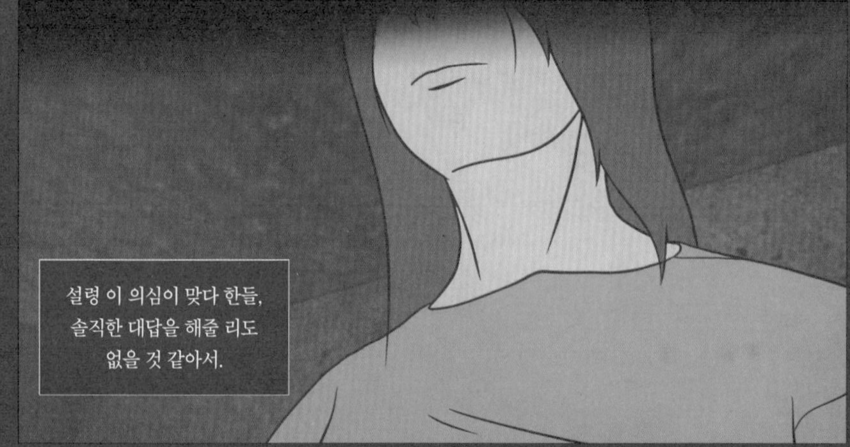

8호 님. 다시 한번
부탁드릴게요…
저…그리고 모두를 위해…
포기하지 말아주세요……
부탁드립니다…
부디……
방법을……

내가 그들이라면 어떻게 했을까.

이 광활한 사유지에

이 거대한 스튜디오를 만들고

44,800,000,000

이 막대한 상금을 투입해 기획한 게임이

예측 불가한 변수로 시작과 동시에
허무하게 끝나버리거나.

게임 쉽네. 첫 날에
다 죽여버리면 되잖아.

혹은 일체의 변수 없이
엔딩까지 허무하게 지나버린다면.

게임 쉽네요.
막날까지 유유자적
합시다요들.

"이거시 리얼 버라이어티의 묘미!"라고.
그저 납득할 수 있을까?

님 그건 좀.

아니면.

참가자들이 급발진하지 않도록
혹은 급정지하지 않도록
모종의 장치를 심어놓고 싶지 않을까?

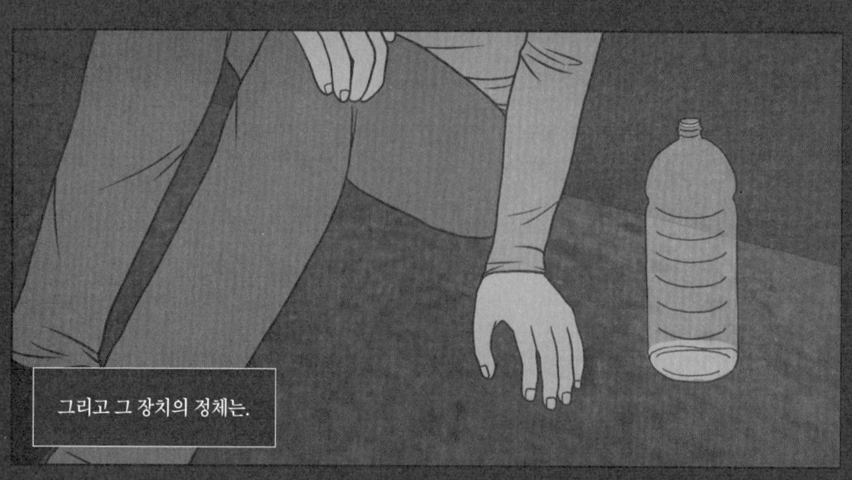

거긴 말 그대로 프라이빗 룸입니다.
허락없이 열면 안됩니다.

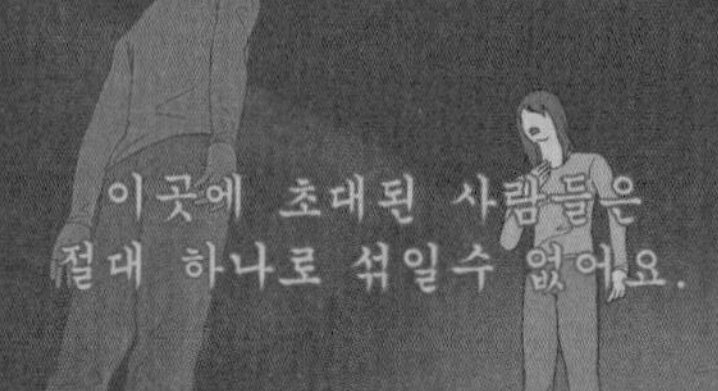

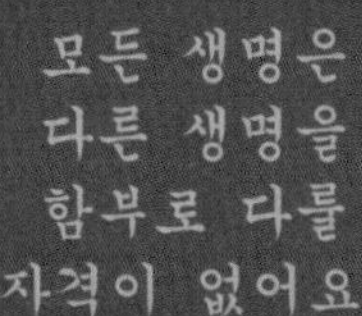

위화감이 느껴지는 사람인 건 확실하다. 그녀를 제외한 다른 참가자들은, 호불호가 갈렸을 뿐 행동의 사유가 납득 불가한 수준은 아니었지만

아니다 그녀는. 살면서 단 한 번도 본 적 없는 타입의 사람이다.
처음부터 지금까지, 언제나 내 상식 밖에 있는 사람이었다.

이 의아함도, 수상함도, 그녀가 주최 측에서 심은 페이스메이커라고 가정한다면,
모든 게 다 설명 가능……

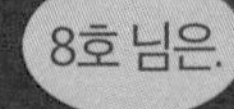

아.

그만.

멈춘다. 사고의 폭주를.
또 저지를 뻔했다. 또 반복할 뻔했다.
근거도 증거도 없는 확신을.

그만……
이 게임을 진행하며
뼈저린 교훈을 얻지 않았던가.

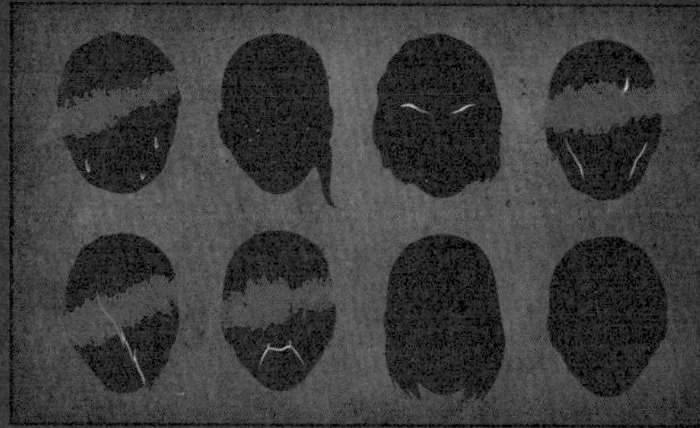
인간은 절대 다른 인간을 확신할 수 없다는 걸.

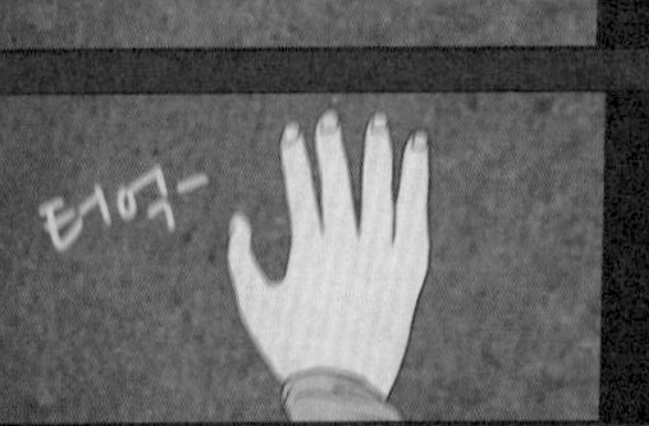

크응ㅇ흐응.

하지만 넋 놓고 있을 수는 없다.
확인해야 한다. 근거와 증거를 모아야 한다.

힘내라! 힘내라!
우리 8호 힘내라!

저 근원 모를 응원과
집착의 이유를 찾아야
다음 한 발을 내디딜 수 있으니.
저기……
계세요?

들어갈게요
7호 님!

비었다. 7호는 외출(?) 중이다.
아마 다른 사람들을 보살피러 간 거겠지.
아.
아직 남아 있었다.
수치로 배웠던 교훈의 흔적.

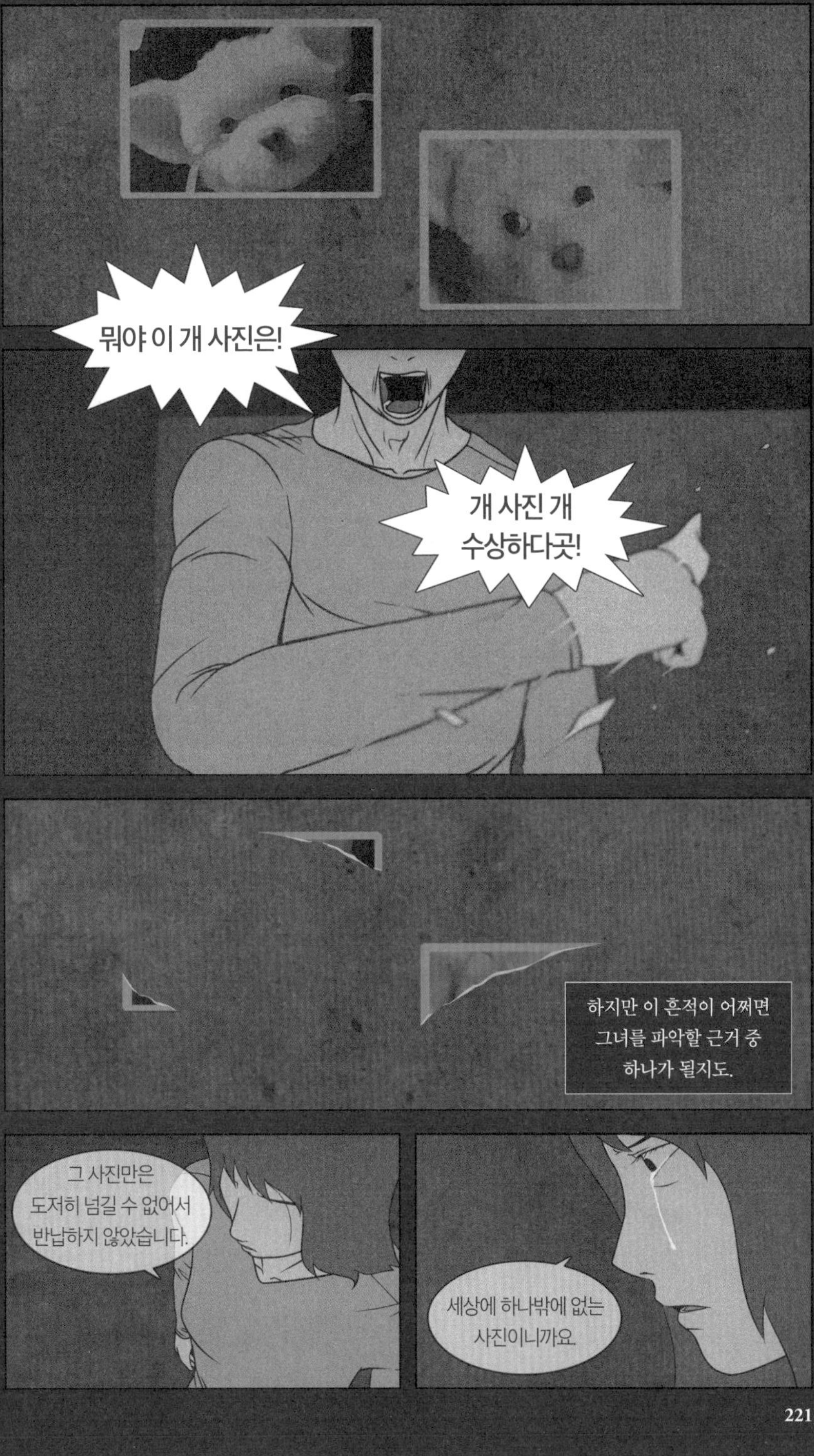

뭐야 이 개 사진은!

개 사진 개
수상하다곳!

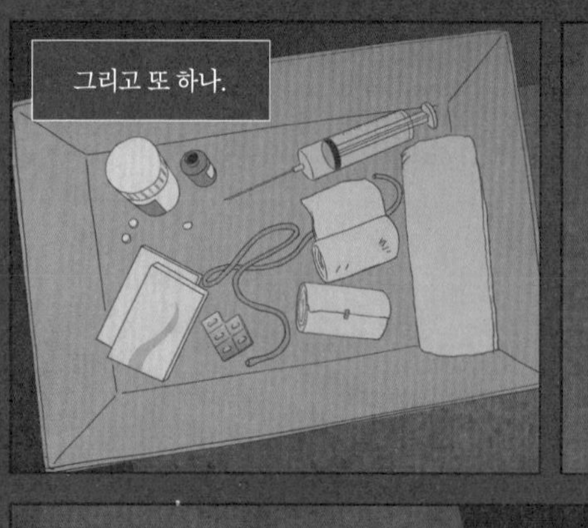
그리고 또 하나.

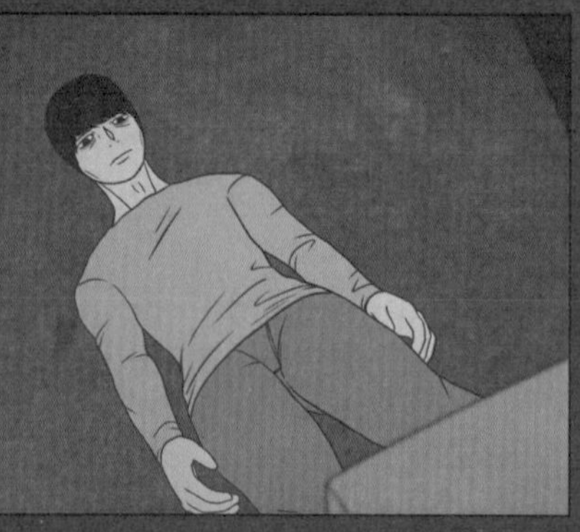

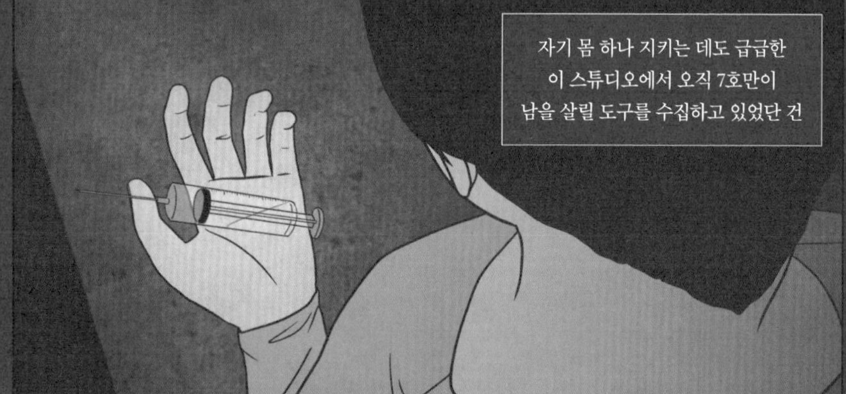
자기 몸 하나 지키는 데도 급급한
이 스튜디오에서 오직 7호만이
남을 살릴 도구를 수집하고 있었단 건

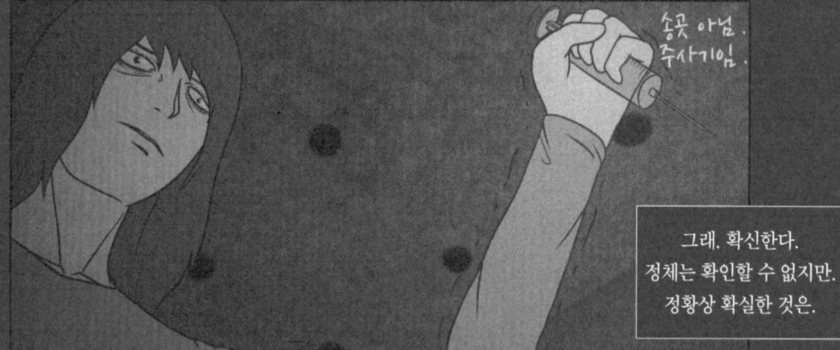
송곳 아님.
주사기임.
그래. 확신한다.
정체는 확인할 수 없지만.
정황상 확실한 것은.

어떤 의미로든 간에.
그녀는 우리와는 '다른' 사람이다.

철컥-

끼이이익-

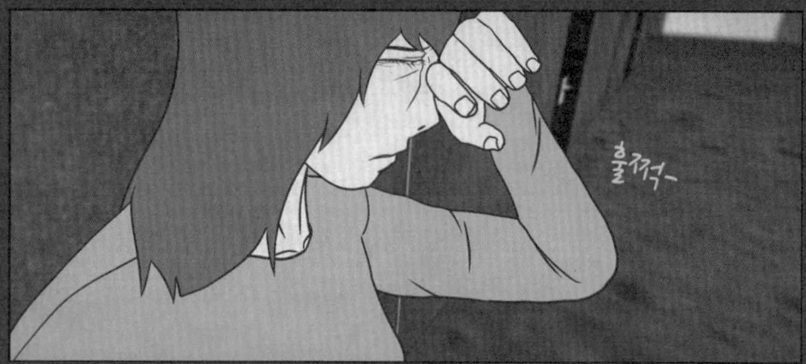
훌쩍-

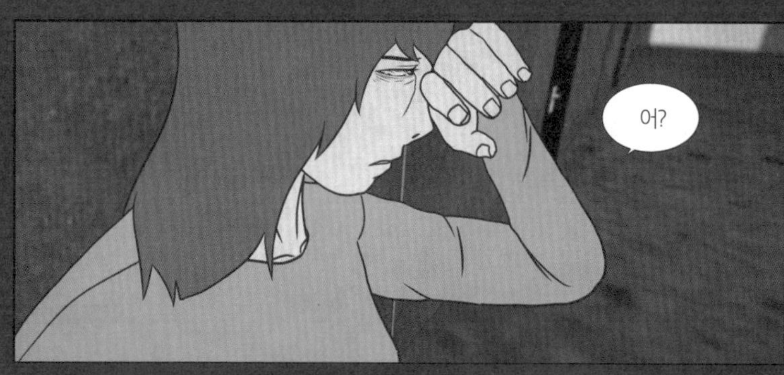
어?

8호 님?

7호 님. 얘기 좀
나눌 수 있을까요?

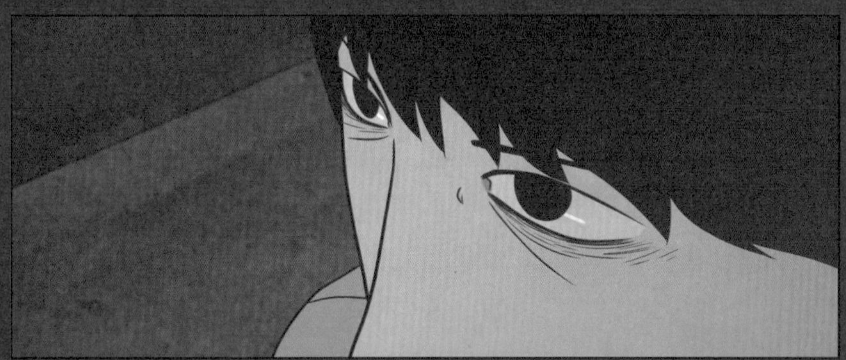

이 사실은 그녀도 잘 알고 있을 터. 그 점이 못내 수상하다.
7호는 대체, 내게 무슨 기대를 걸고 있는 걸까?

하지만 계속 생각 중입니다. 어떻게 해야 좋을지……혹 주최 측이 설치해놓은, 우리가 간과하고 있는
트릭이나, 의도된 연출 같은 게 있는지……
반응을 살핀다.
네? 그런 게… 있을 수 있나요? 분명 리얼 버라이어티 쇼라고…
조금 놀란 듯 기쁜 듯 애매한 기색이 비치긴 하지만 아직 확실치는 않다. 더 직설적으로 질러본다.
네. 처음엔 저도 그렇게 생각하고 있었어요. 하지만……

와 이거 완존
리얼이야!
나 소름 돋았어!
리얼을 표방하는
프로그램이라 해도. 큰 틀을 잡아줄
각본과 연출 정도는 있다는 건,
다 아는 사실이잖아요.

그리고…… 만약 각본과
연출이 존재한다면.

그 각본과 연출을 수행할
'연기자' 또한 있지 않을까요?

……아!
다시 살핀다. 반응과 기색.
그녀의 정체를 가늠할 어떤 미묘한
표정 변화라도 놓치지 않겠……

아아아아……

아아아아아아아~~~~~~

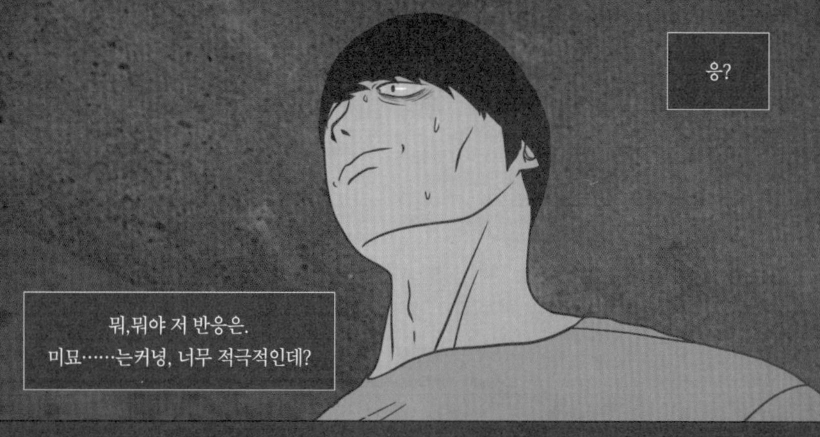
응?
뭐,뭐야 저 반응은.
미묘……는커녕, 너무 적극적인데?

역시… 그래……
그럴 줄 알았어요.

네…네?
뭐가요?

이상하다고 생각
했어요! 늘! 8호 님이!!
내는 아이디어마다
너무나 현실과 동떨어진 게!
위기가 닥쳐도 언제나
소극적인 대처를 보이는 게!

누구의 편에도 서지 않고
기계적 중립만 지키려 하는 게!
언제나 한발 물러서서
관망하기만 하는 8호 님은……
그래요!
참가자가 아닌,
관찰자 같았어요!!!
어……
뭐지.
이 전개는.

저기……
7호 님, 그게……
이쯤 되니 조금
소름이 끼친다.

그랬어…그랬군요.
8호 님. 당신이.

주최 측이 보낸
사람이었군요.

머니게임
MONEY GAME

#56

"나를 다시 뽑아주세요"

8호 님, 당신이……

주최 측
사람이었군요!

에……

예에?!

반짝
반짝
아 그래……
그랬었구나.

왜 저래?
내 입장에선 그녀의 행동
하나하나가 이해불가였지만

왜저러시지?
그녀 입장에선 내 행동 하나하나가
이해불가였을 수도 있겠구나.

저……
그게……
반짝
반짝
반짝
반짝
아, 아니…
저기요……
반짝
반짝
반짝
반짝
반짝
반짝
반짝

죄송합니다 7호 님, 사실은……

오히려, 당신이 주최 측과 내통하고 있지 않나 의심하고 있었다고 했다.

7

8

늘 희생만 하고
배려만 하고
참기만 하고

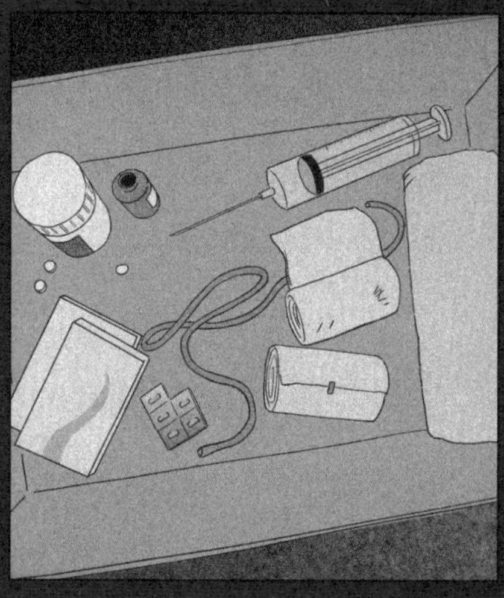
내가 살기에도 급급한 이곳에서
남을 살릴 물건을 사모으고, 심지어 사진

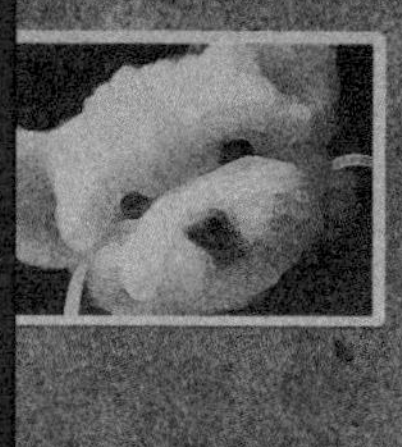

…을 반납하지 않은 일련의 행동들이
하나하나 납득 가지 않았다고 말했다. 그래서
주최 측이 심은 페이스메이커라 의심을……

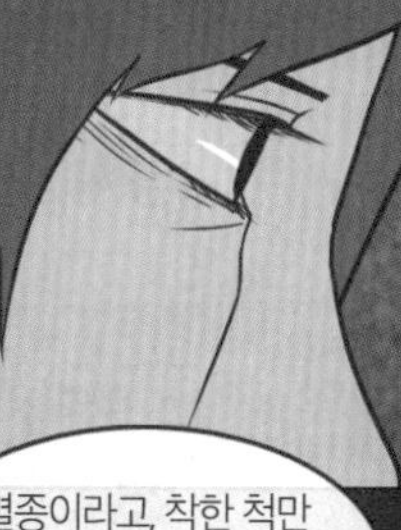
아… 네……
그러…셨군요……
네. 이해해요 8호 님.
그런 말… 평생을
들어왔으니까.

별종이라고, 착한 척만
한다고, 눈치없이 나대서
주변에 피해만 준다고.

하지만 저는 그냥…
옳다고 생각되는
일을 했어요.
그게 옳은 일이라 생각하니,
그렇게 한 것뿐이에요.

그리고 사진 반납을
하지 않은 건.

룰북에 쓰여 있지
않았으니까요. 미반납에
관련한 패널티가……
……그랬구나.

(대충 불피우는 회상씬) 불을 내고

(대충 문 부수는 회상씬) 기물을 파손하고

(대충 싸우는 회상씬) 사람이 다쳐도 죽어도

패널티가 명시돼 있지 않은 행위라면,
아무런 제재가 없었으니.

2줄 요약 : 하지 말란거 빼고 다 해도 됨

결국
아무것도 아니었다.

그녀는 그냥, 그런 사람이었을 뿐이었다.
그저 나와는, 다른 사람이었을 뿐이었다.

5호님이 죽고 잔고가 마이너스가 된 걸 봤을때.

이 상황이 도저히 믿기지 않았어요.

꿈이라고, 거짓이라고, 연출이라고 믿고 싶었어요.

그때 눈에 들어온 게 8호님이었어요.

모두가 죽거나 다친 이 최종 국면에서도

8호님의 상태는 비교적 멀쩡했으니까.

그리고, 말씀드린 대로……

평소 8호님의 행동이 저 또한

납득가지 않았으니까.

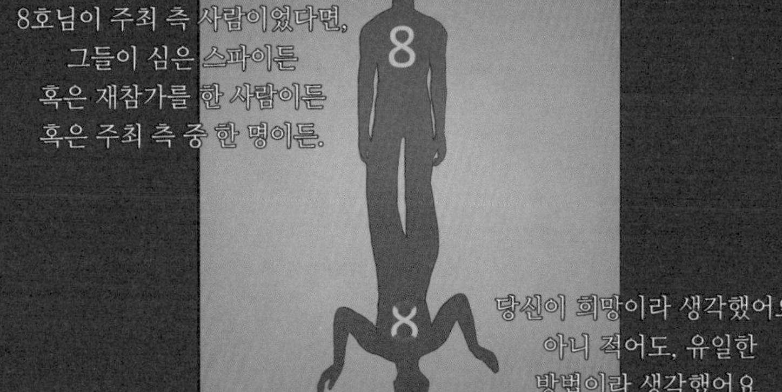

이젠 상금도 남지 않았으니
게임을 더 진행할 이유가 없어졌으니
이쯤에서 게임을 종료해 주거나, 최소한
식음료나 의약품을 제공할지도 모른다는……

우리에겐 이제,

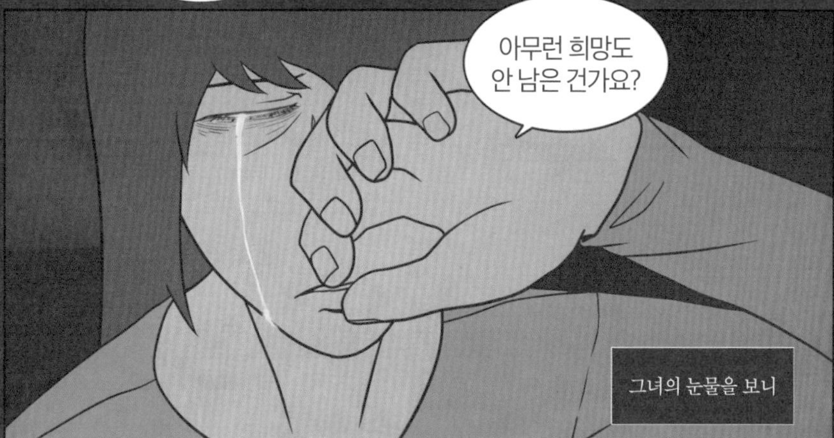

네……
그런 것 같습니다.

하지만 없다.
어제보다
그저께보다
아마 내일은
더.

게임 시작 95일째
잔액은 여전히 -514,209,000원
빚 또한 여전히 -514,209,000/4 원.

숫자도 상황도 아무것도
변하지 않은 와중 하나 변한 게 있다면

어때요? 걸으니 기분이 좀 낫죠?

돈…… 돈? 어디 있어 내 돈?

그녀.
7호가 변했다.

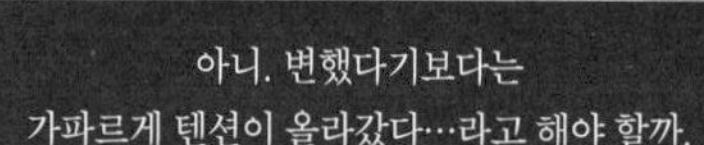

이제 며칠만
있음 부자네요 3호님!
7호는, 그 어느 때보다도 활기차고
심지어, 희망 차 보인다.

아.

8호님!

포도당이요. 다 나눠
드리고 하나 남았어요.

이거 드시고 우리
끝까지 힘내기로 해요.
할 수 있죠 8호 님?

아 네……
고맙습니다.

의떤 심경인지는 알 것 같다.
저 낙관이. 누가봐도 무리 중인
저 기만적인 낙관은.

활로를 찾아 더듬고 맴돌았지만
결국은 다시 이곳. 다시 원점.

돈도 식량도 물도
버튼도 X도 희망도 없는.
여전히 변함없이 싸늘한
이 콘크리트 감옥 안.

하지만 헤매인 요 며칠간의 소득이 전혀 없었던 건 아니다. 물론 '스파이' 설은 틀린 썰로 판명됐지만

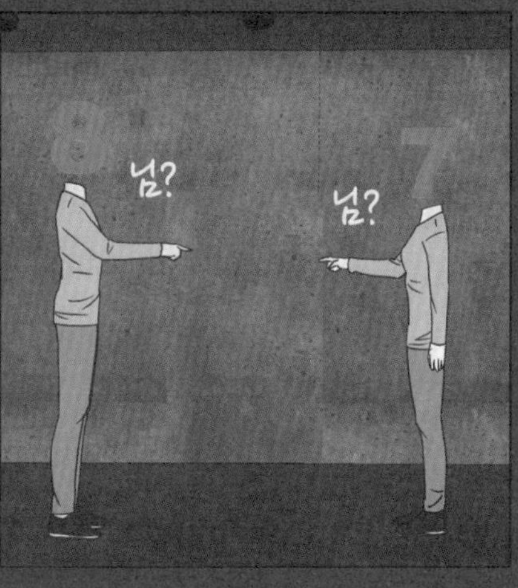

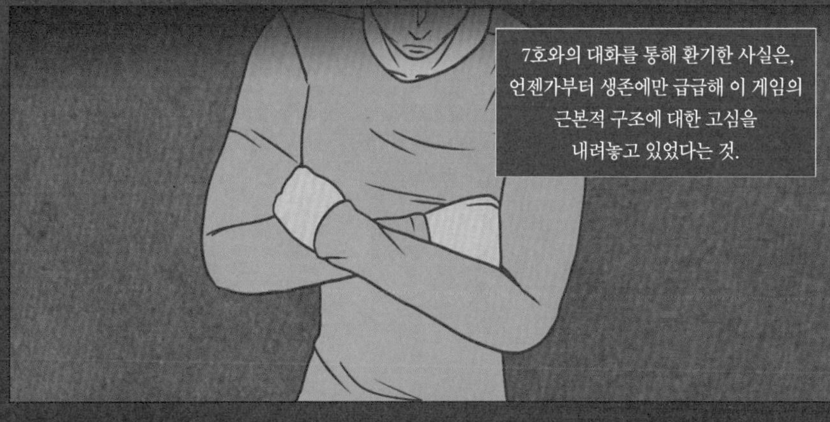

살아남기 바빠 보이는 것만 보고 있었다. 어쩌면 그보다는,
보이지 않는⋯⋯ 아니, 보여주지 않는 것이 더 중요할지도 모른다.

정리해
보자면……

첫 번째. 이 게임의 주최 측, 즉 시청자는
단수가 아닌 다수이다.

< 머니게임 >의 시청자는
다국적의 회원들로
구성되어 있습니다.

두 번째. 시청자가 다국적의 다수이니,
게임 또한 여러 나라에서 진행될 수 있다.

세 번째. 그 여러 나라 중
하필 우리나라가, 하필 이 게임이,
최초의 개최국이자 최초의 게임일 확률은?

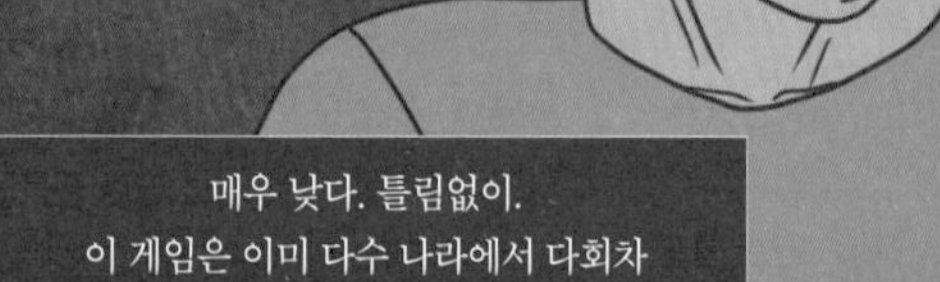

그렇다면
그들이 기획한 게임이
오로지 이

머니게임

만이 아닐 수도 있지 않나?

하아. 맨날
이 게임이야?

돈도 시간도 넘쳐나는데
딴 게임도 슬슬 준비해
보시죠 님들?

내가 그들이라 해도
이런 열망을 갖지 않았을까
아마? 아니. 당연히?

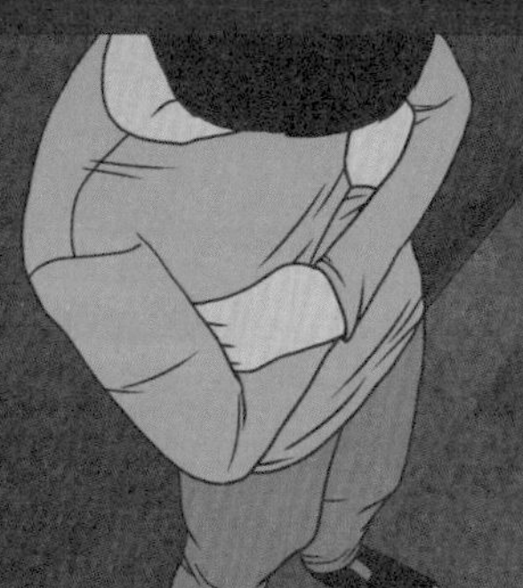

정리해 보자면.
이 게임이 반복 진행돼 왔고
그리하여 다른 게임을 욕망한다면

이 게임은, 자체로도
물론 효용이 있지만

혹시 더 상위 게임, 더 큰 판으로 가는

모종의 선발과정이ㄹ……………………………………………………………………

MORE money game!

44,800,000,000

심 쿵 했다.

잠,깐만.
아직 나,나,나대지마라 심장아
정확치도 않은 정보에 에너지 낭비를……

아냐.

아니지 X발!

나대라!

개나대라 심장아!

상관없다. 뒤가 없으니. 겁날 것도 없다.
망상이라면 그걸로 끝. 뒈지면 그만.
걸 칩이 없으니 잃을 것도 없다. 그러니. 나대라!

간곡히 호소한다.
간절히 설득한다. 그러면.
어쩌면. 또 다시 그때처럼.

또 한번의
계시를!

보여주실 수 있나요.
뭔가 신호를. 사인을.
어떤 형태라도 좋으니.

이대로…
이대로……는!
이대로는, 이대로 끝내는 건, 이게 끝이라기엔!! 제발!!!
제발!! 여러분들도 제가 끝까지 살아남아 발버둥 치길 원하지 않습니까?
알고 있어요! 이딴 돈보다! 우리 목숨 따위보다!
당신들이 더 관심 있는 건!! 아니 유일하게 관심 있는 건!!!!

Dividend rate

줄 수 있습니다 저는!
그 재미를! 드리기 위해
어떻게든 살아남겠습니다!!

1 2 3 4 5 6 7 8

REC

그러니 제발!!

대답을!!!

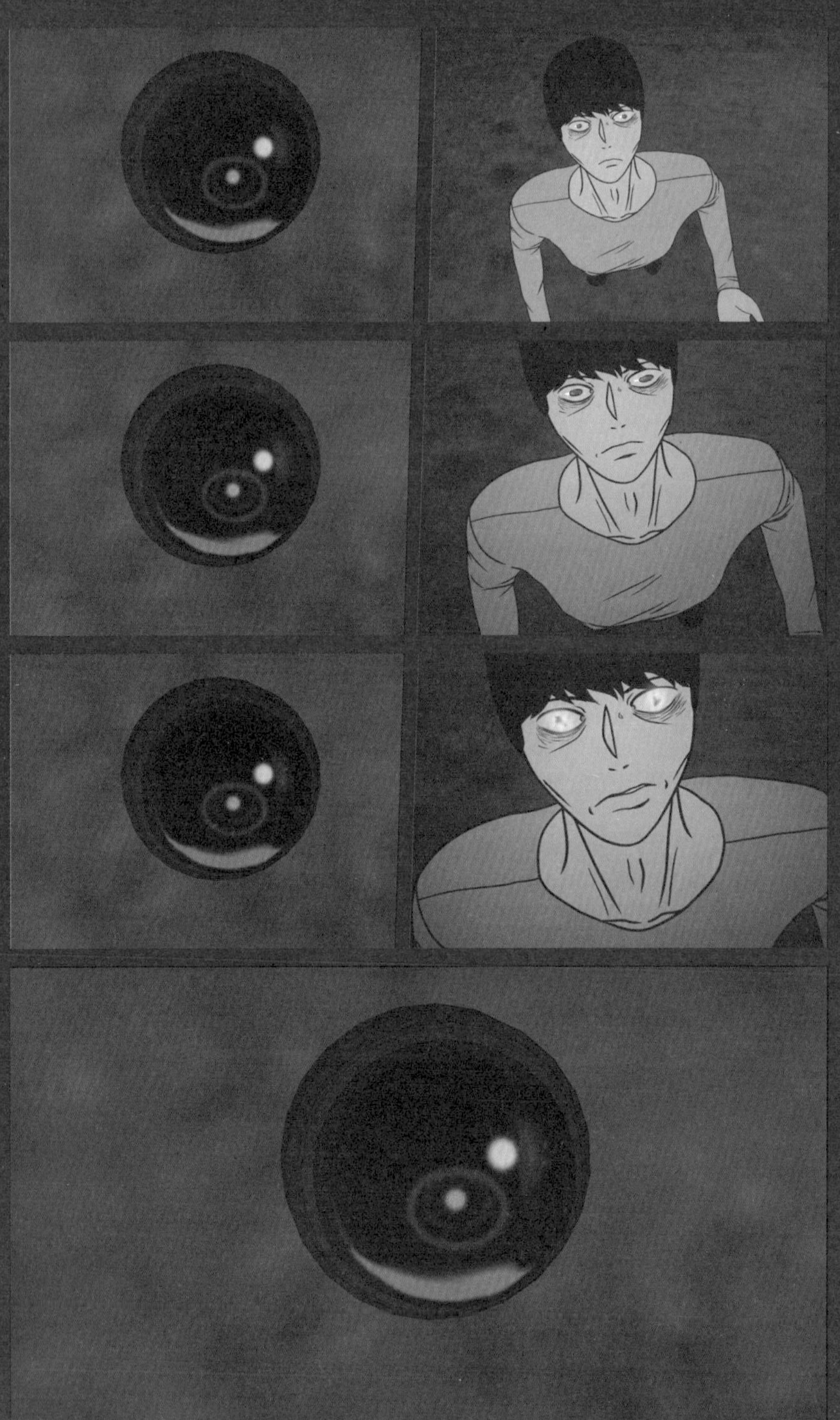

아.

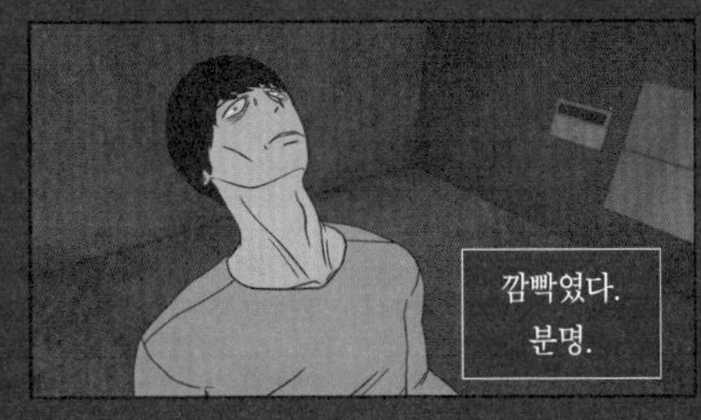

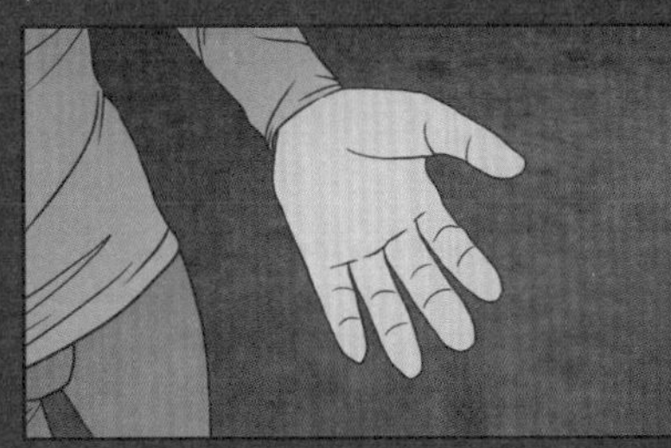

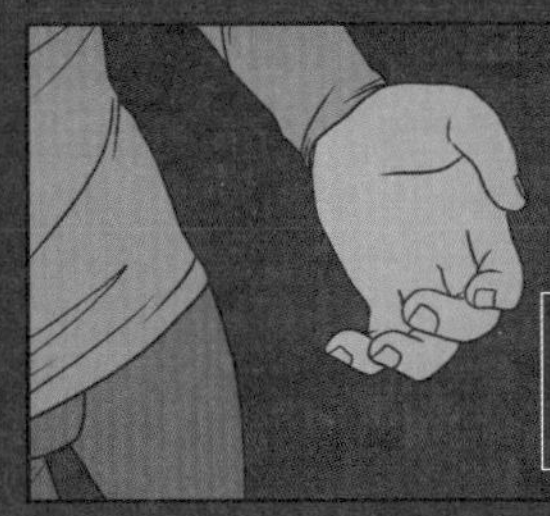

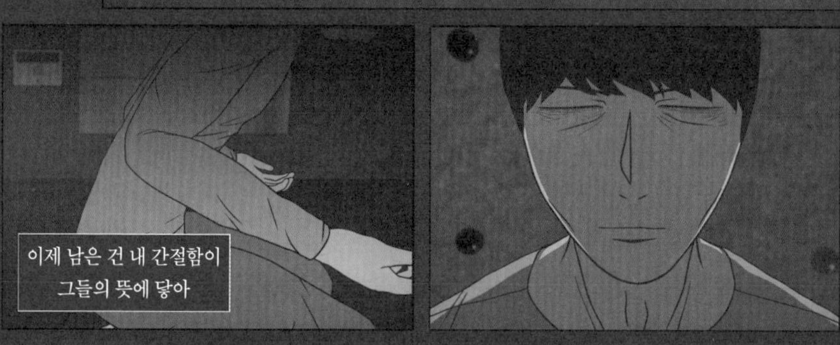

기적을 내려주시기를
기다리는 것뿐.

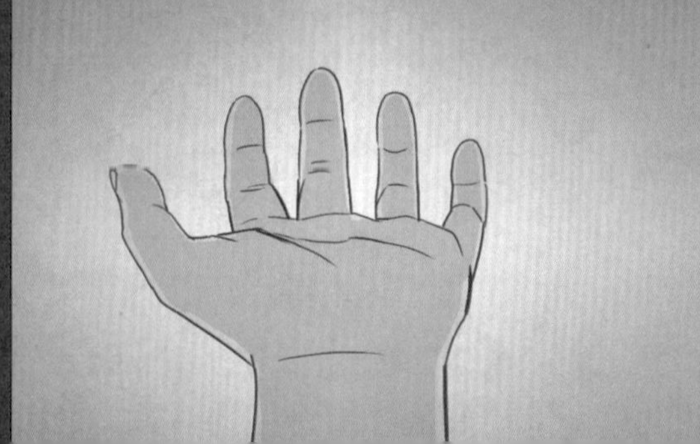

머니게임
MONEY GAME

#57

"7호의 원망"

천천말씀 나눔회 누리지부
NATURE HO
KAYA COFFEE
도와줘서 고마웠다.
말씀지 혼자 돌릴 생각
하니 막막했었는데.
아냐! 안 줘도 돼.
친구끼리 뭘……
받아. 친구니까 더
깔끔하게 정리해야지.
너 돈 필요하잖아.
고마워, 그리고……
알아. 나 챙겨주려고
일부러 부른 거.

조심히 들어가.
몸 잘 챙기고.

응! 연락할게!

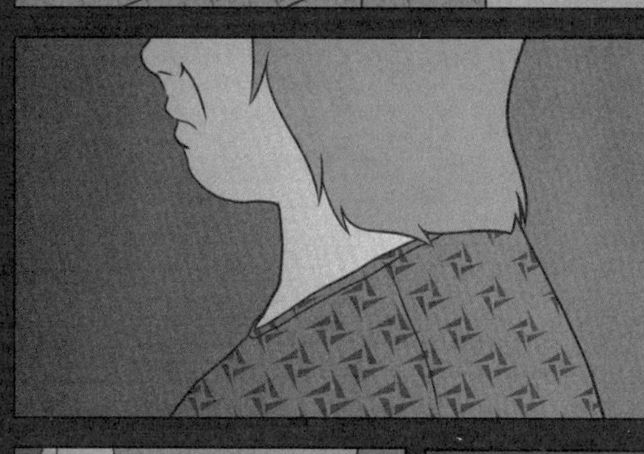

……

온 김에 말씀 잠깐
듣고 갈래? 마음이라도
좀 편해지게.

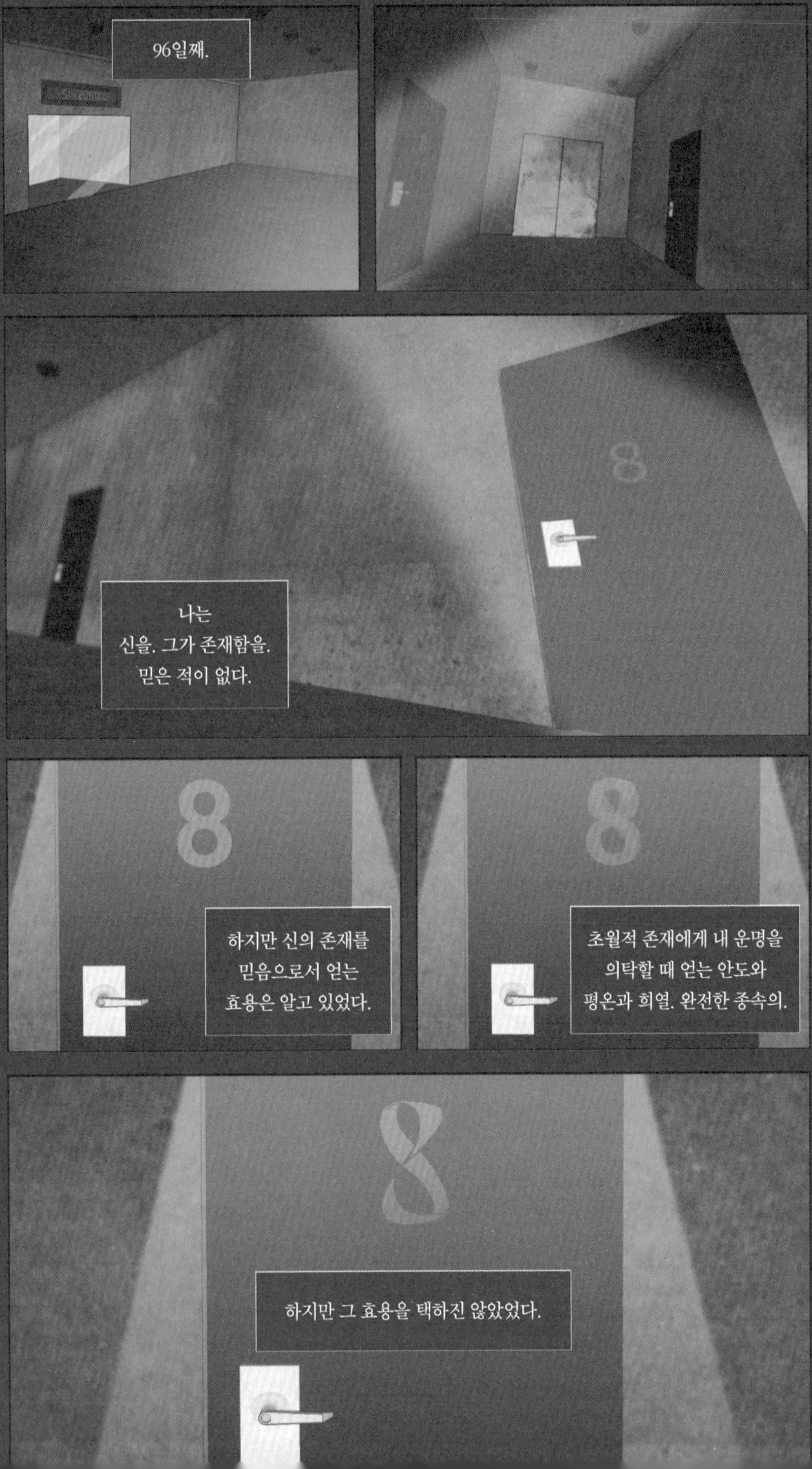

96일째.

나는
신을. 그가 존재함을.
믿은 적이 없다.

하지만 신의 존재를
믿음으로서 얻는
효용은 알고 있었다.

초월적 존재에게 내 운명을
의탁할 때 얻는 안도와
평온과 희열. 완전한 종속의.

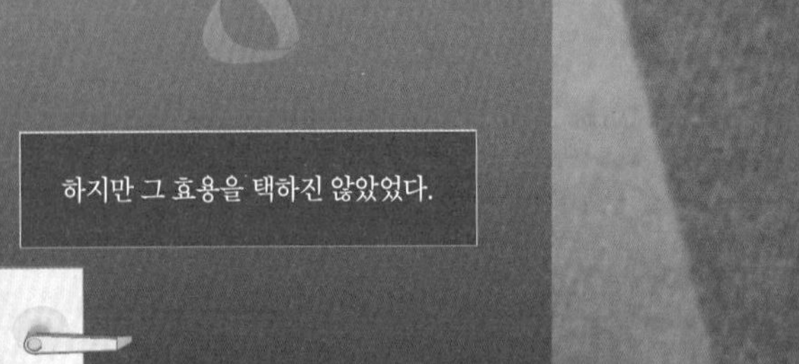

HYDRA CHICKEN
맛있는
목이세개
생리식염수
그 추상적 효용을 얻기 위해 실재의
돈과 시간과 에너지를 지불하는 것이
못내 어리석어 보였기 때문이다.

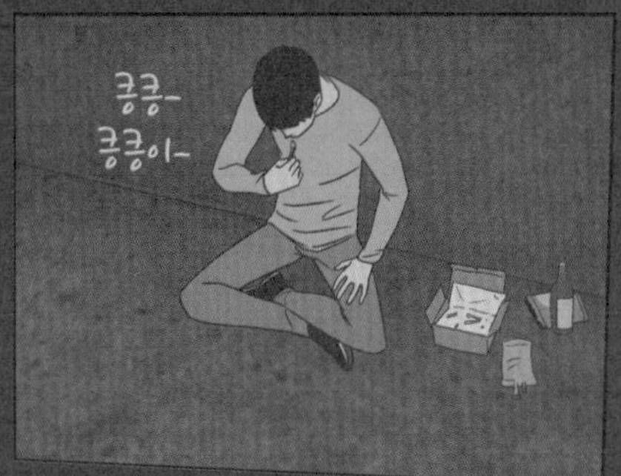
콩콩-
콩콩이-

꼴깍-

까득-

까득-
아득-
아드득-
까득-

그랬다.
아니, 그랬었다.
턱-
턱턱-
그리고 아니었다.
애초에.

내 의지와도 선택과도 상관없이, 시작부터 우리는
신의 권능을 꼭 닮은 존재 아래 있었으니까.

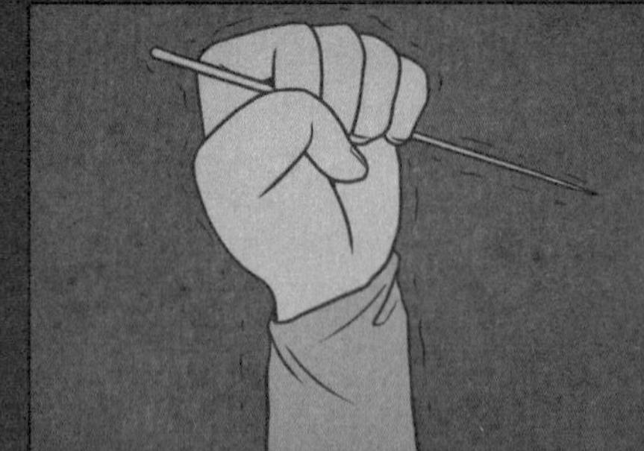

이런 스스럼은 어느새 무뎌져 있었다. 무뎌지다 못해 사라져 있었다.

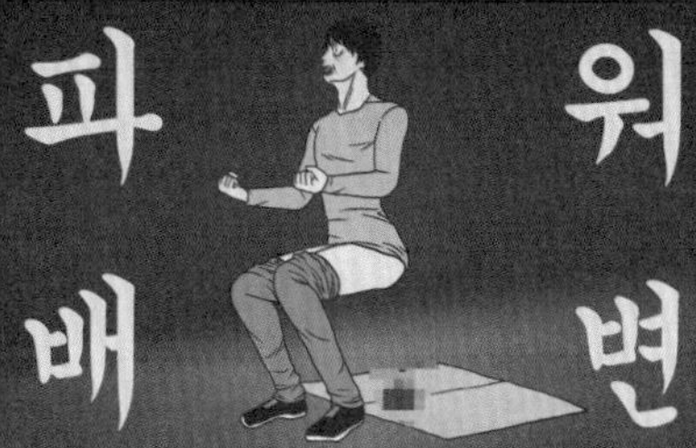

폭풍
타격

사라지다 못해
어느새 인지조차
못하게 되었다.

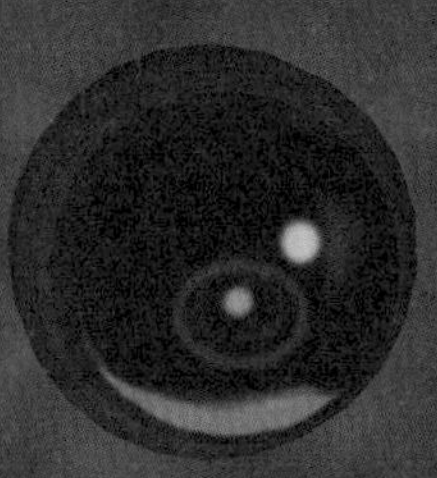

이 모든 걸 인지의 경계 너머에서
내려다보는 존재가 신과 닮은 것이 아니라면,
달리 무엇이라 설명한단 말인가.

생리식염수

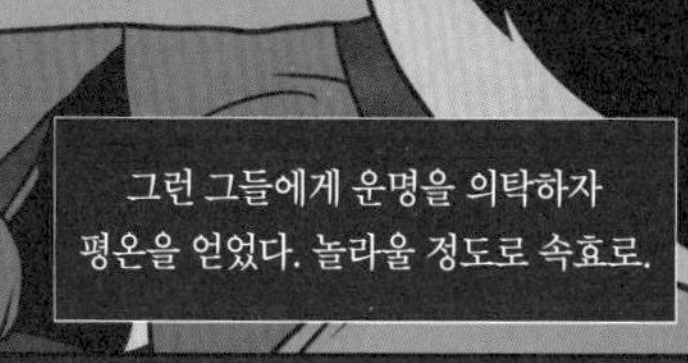

또 다른 삶의 길이 보이기 시작했다.
역설적이게도. 내게 고통을 주었던 존재들이

그 삶의 다리가 되어 주었다.

내가 술을 산 건
알콜이 훌륭한 에너지
공급원이기 때문이지.
내가 과자를 산 건
(부스러기가) 괜찮은
보존식이기 때문이야.
제가 치,치킨을 산 건
뼈에 영양이 푸풍,푸풍,
부하기 때문입니다.
제가 수액을 산 건
강력한 염/수분 공급원
이기 때문입니다.
그리고

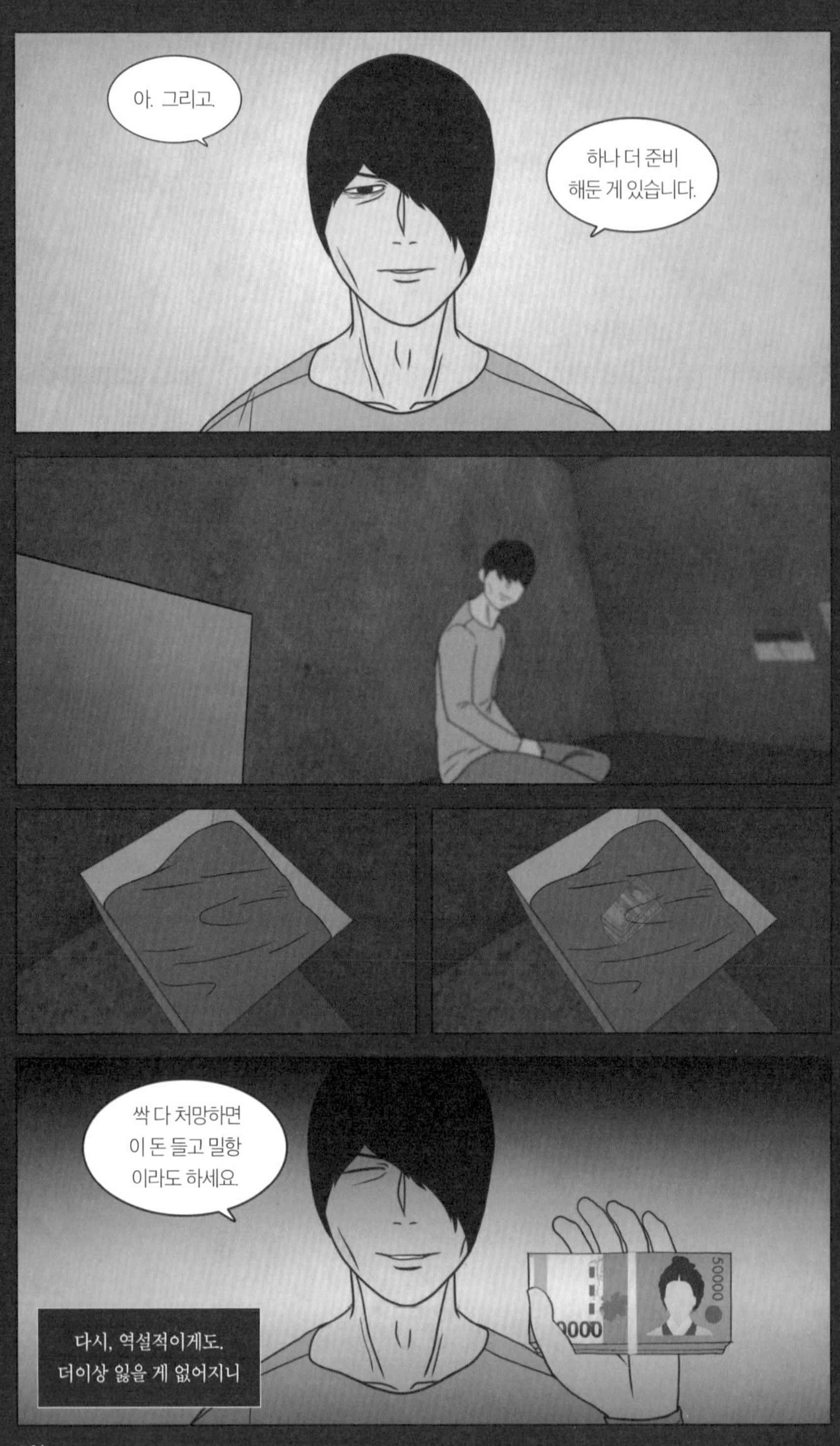
아. 그리고.
하나 더 준비
해둔 게 있습니다.
싹 다 처망하면
이 돈 들고 밀항
이라도 하세요.
다시, 역설적이게도.
더이상 잃을 게 없어지니
50000

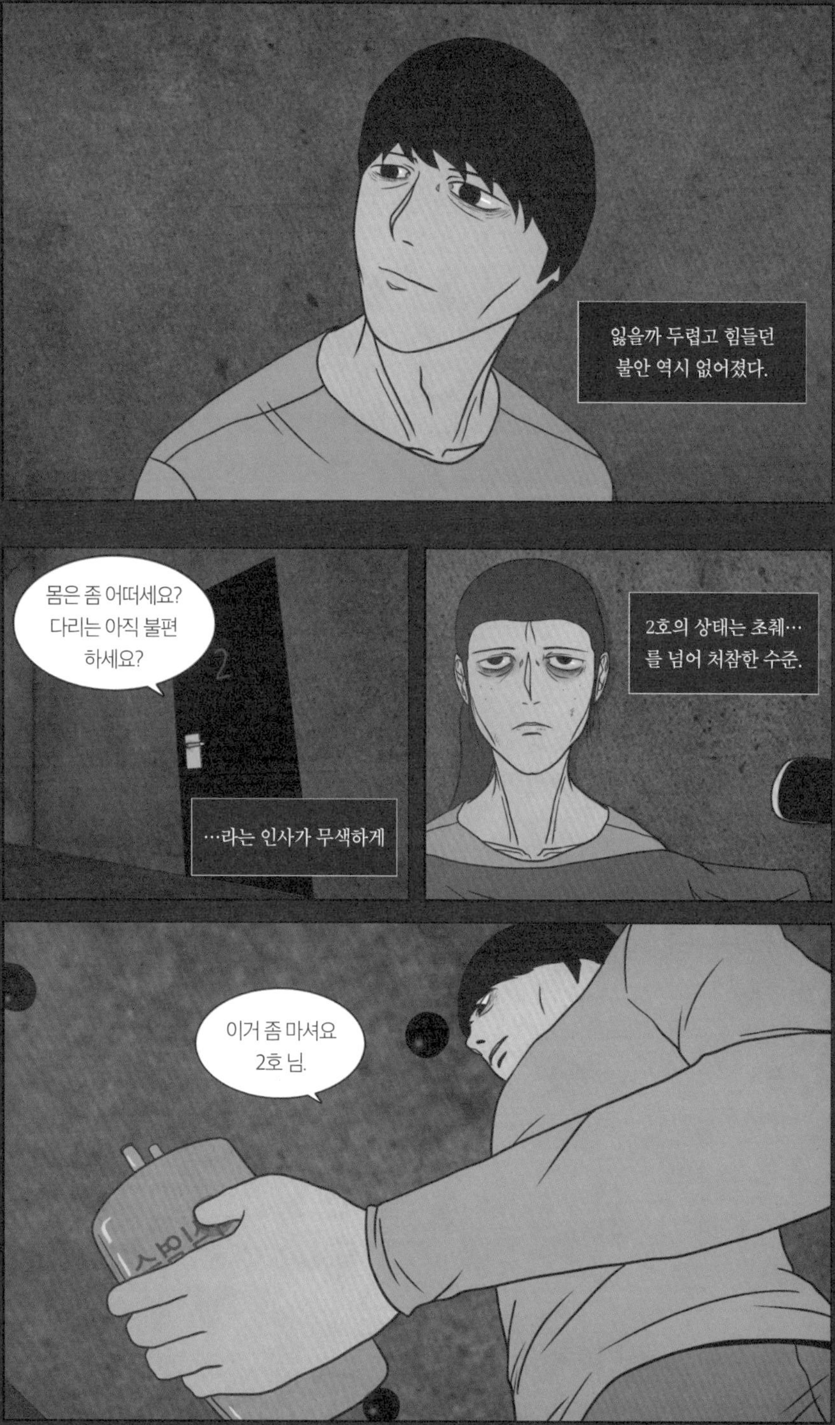

몸은 좀 어떠세요?
다리는 아직 불편
하세요?

…라는 인사가 무색하게

2호의 상태는 초췌…
를 넘어 처참한 수준.

이거 좀 마셔요
2호 님.

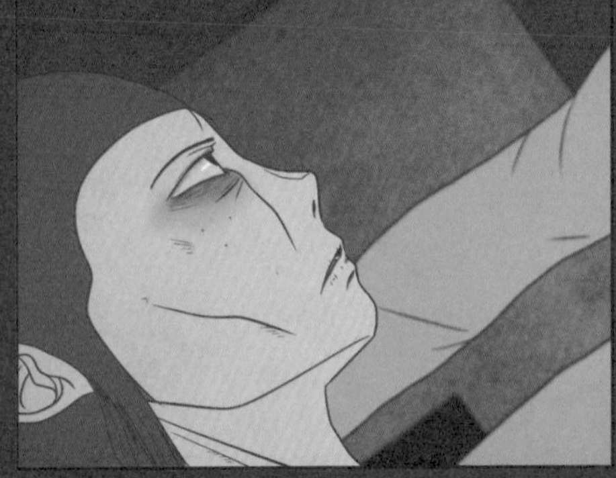

드시고. 어떻게든 버텨줘야 한다. 남은 4일을.

-514,209,000 / 4 = -128,559,000

-514,209,000 / 3 = -171,409,000

한 명 한 명 떠나갈수록 짐은 점점 늘어나니까.

그리고 또한, 사람을 살리는 건
의도야 어찌됐든 옳은 일이니까.

진인사대천명
盡人事待天命

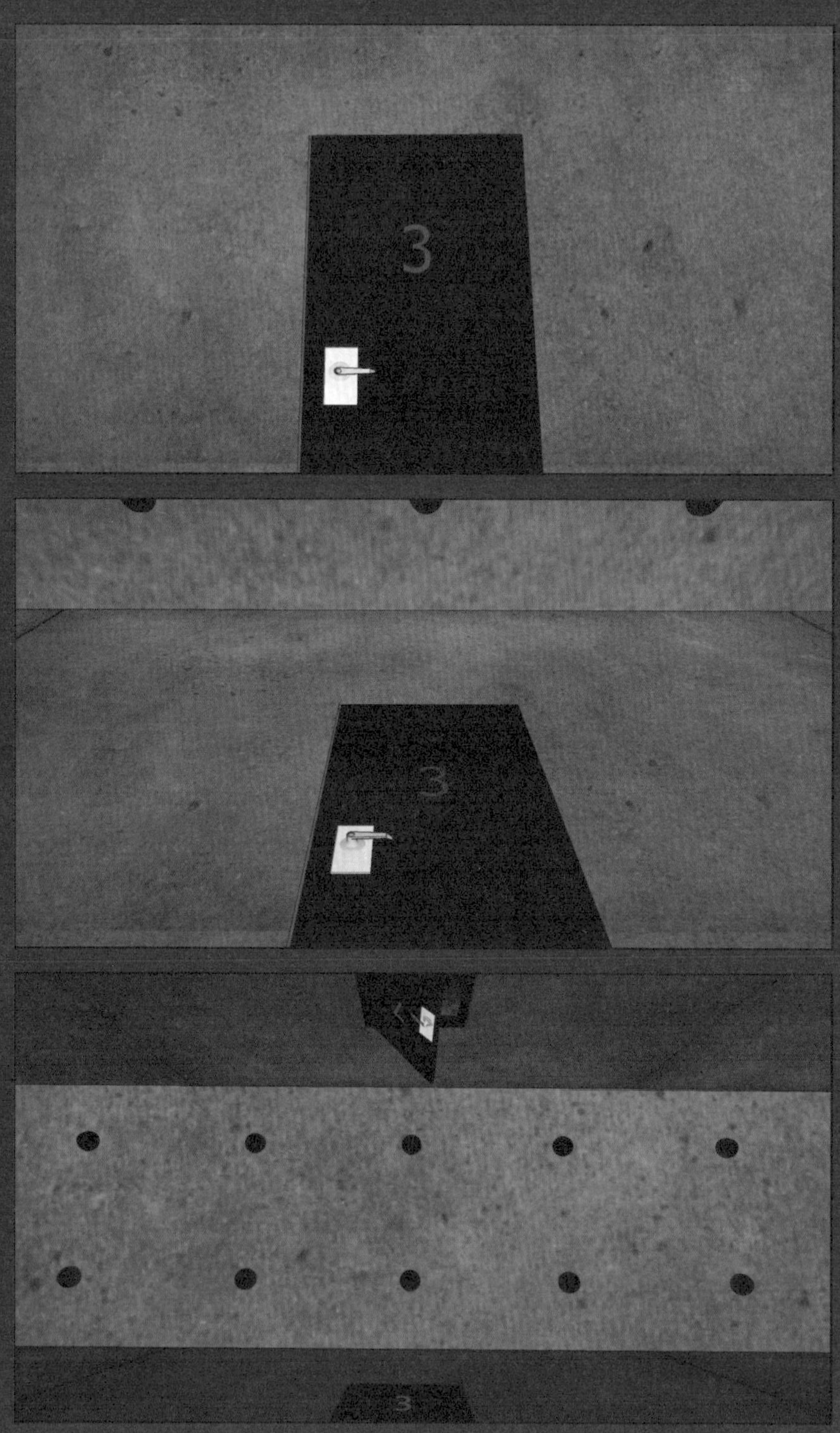
3
3
3

다음 날.

으허어어어어엉

하지만 내 정성과 기도가 무색하게도. 2호는.

허어엉어어어어어어

2

힘내지 못했다.

으허엉.
으허어어어어엉

흐어으어어어어…

2호가 품고 있던 병은.
착실히 그녀를 갉아먹고
마침내 파괴했다.

흐아아아아아아!!!

이미 많은 죽음을
대면했던지라 별달리
동요하진 않았다.

흐어어어엉어엉!!

그저 담담하게.
그저 담담하게.

산 자는, 남은 날을
살아야 하니까.
7호 님……

이제 보내주죠……
계속 그러시다간
7호 님도 탈진을……

저.

봤어요. 8호 님이 사람들 챙기는 거.

네…그렇게 하는 게 옳은 일 같아서……
감사를 표하는 건가? 본인과 같은 결을 보여준 것에 대한.

그게 옳은 일…… 같았다구요?
8호 님은……그렇게 말했었잖아요. 분명. 2호 님이.

죽어버렸으면 좋겠다…라고.

감사가 아니다. 명백한. 원망이다.

흐그극흑-
흑흑-
흐읍-
흐어어어어어
좀 닥쳐 XXX아!!
2호 님…… 병 때문에 약을 계속 먹어야 한대요……
그냥, 혼자 조용히 죽어주면 안 될까?
샀어요… 제가…약……
이제 그냥 좀
죽어줬으면……
그래. 분명. 그랬었다. 하지만.

아, 아니, 그건……
그때… 화가…그래서……
선의로 돌아봤다구요?
아뇨. 알아요 아닌 거.
우리가 죽으면
빚이 늘어나니까
돌본 거 아니었나요?
어떻게 생명인데……
생명을……자신의 손익
으로만 계산하는 거죠?
당신이… 당신이 정말
2호 님을 위했다면.
어째서 끝끝내!
끝까지! 지켜보고만
있었냐구요!!!

제발 돌려줘…이렇게 빌게… 제발……

내가 잘 몰라서… 잘못했어… 응? 부탁할게……

내 저축… 그 돈… 그 돈 없으면 나 더이상… 그러니까 제발……

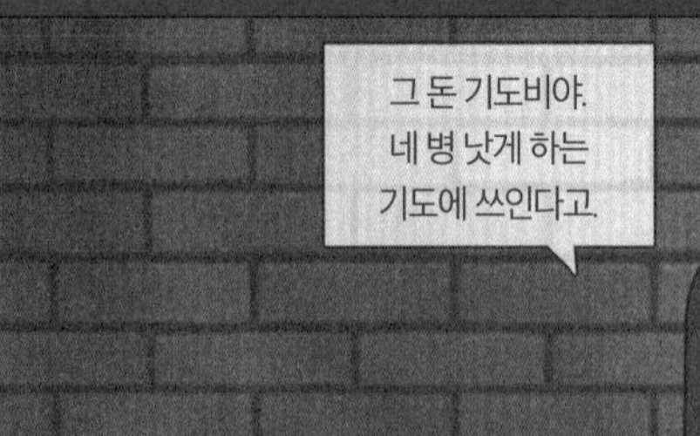

그 돈 기도비야.
네 병 낫게 하는
기도에 쓰인다고.

나 병원비…약값이
없어. 몸이 너무 아파.
제발… 제발……
그래. 그러니까 더 열심히
기도해야 하는 거지.
간절히 구하는 자에게 더
큰 기적이 내리는 거. 몰라?

누나.

이거
누나꺼라는데?
WE
INVITE
YOU

머니게임
MONEY GAME

#58

"살아남았으니 됐다?"

당신이… 당신이 정말
2호 님을 위한다면!

왜 끝끝내! 끝까지!
지켜보고만 있었던 거죠?!

전혀 관심 없잖아요!
이분들의 고통 같은 건!

관심 있는 건 오직
돈! 돈뿐이잖아요!

그게 바로 주최 측이 바라는
거잖아요! 돈에 눈이 멀어
인간성을 버리는 거!

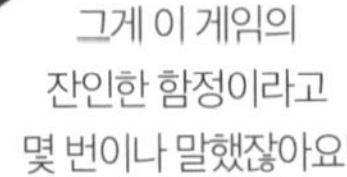
그게 이 게임의
잔인한 함정이라고
몇 번이나 말했잖아요!

뿌드득-

그때와 같은 기분이 든다.
이 여자와 대화를 하면. 늘.

사람이… 사람에게
그러면 안 된다는 건!
8호 님도 알고 있잖아요!

이 여자 앞에 서면, 늘.
발가벗겨진 기분이 든다.

왜 항상 본인
편한 대로만 상황을
해석하시는 거죠?

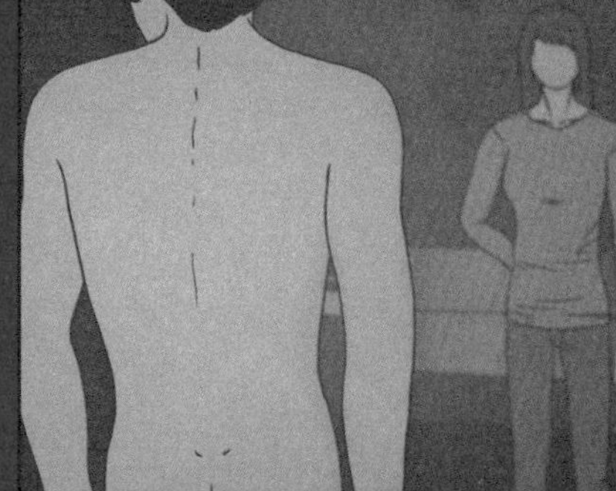

그래. 구구절절 옳은 말. 하지만 더는 끌려다니지 않겠다.
저 옳음은, 현실과 동떨어진 이상론일 뿐이니까.

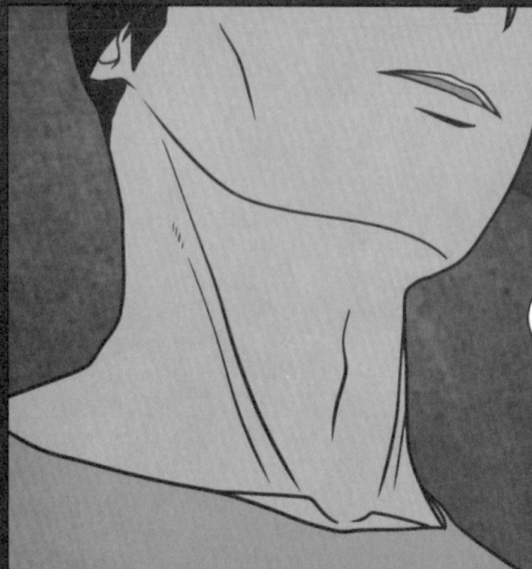
네. 맞는 말입니다.
당신은 늘 맞는
말만 하니까.
그런데요. 7호 님.
일방적인 이상론은, 본인을 도덕적으로
우월한 존재라 설정하고 내려찍는
설득이나, 지탄이나, 혹은 시혜적 계몽은.

그래서 당신은,
그 잘난 이상론으로
뭘 이뤘죠?

네?
그딴 것들은
반론을 원천봉쇄한 일방적 가학
외엔 아무것도 아니다.

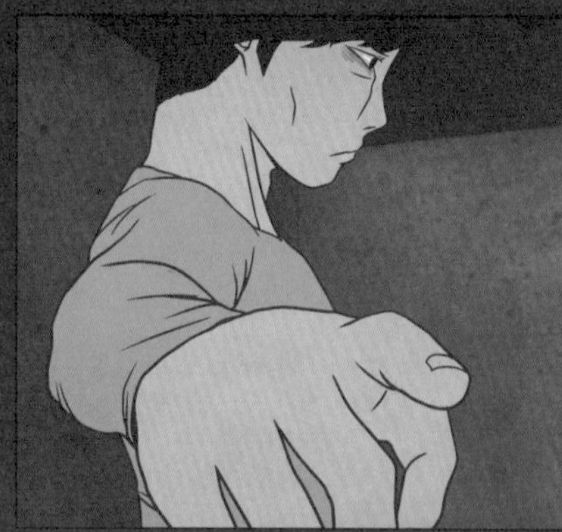

마이너스 5억.

알아요. 7호 님 착한 거.
늘 옳은 선택을 하려
노력한다는 거.

하지만.

결론은 마이너스 5억이라구요.
결과적으론 당신이나 나나
아무것도 해내지 못했다구요.

저도 알아요.
이 게임이 선의로 주최된 게
아니란 것 정도는!

하지만 우리가 선택
했잖아요! 참여를! 강제가
아니라 우리 의지로!

그들은 기회를 줬을
뿐이에요! 우린 그걸
걷어찼고!!

이제와서 나나 저들
탓을 해봤자
달라 지는 건 없다구요!

저는 다시 참가할
겁니다. 기회가 된다면!
다시 기회를 주신다면!

내 맘 편하자고 이리
저리 책임전가할 생각은
조금도 없어요!

어떻게……
그런 말을……

이곳에 얼마나 끔찍한
곳인지 지켜봤으면서……
어떻게 그런……

선택받았다구요
저는! 저들이 계시를
내려줬다구요!!!

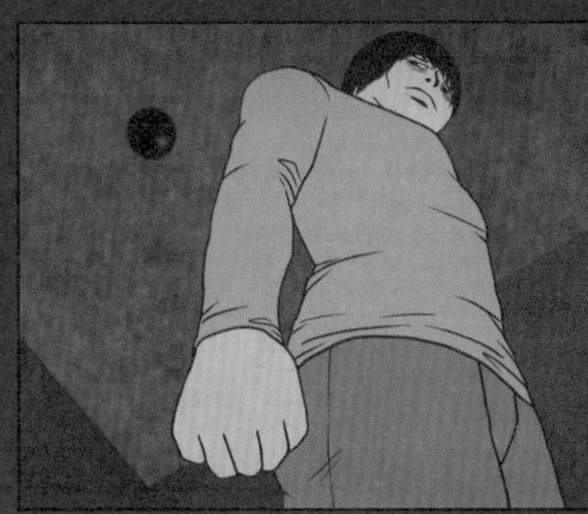

이 분노의 방향은 잘못되었을지도 모른다.
설득되지 않는 타인에게 우리는 흔히,
분노로 보복하는 걸 택하기 마련이니.

그녀와 나는, 비슷한 길을 가고 있다 생각했다.

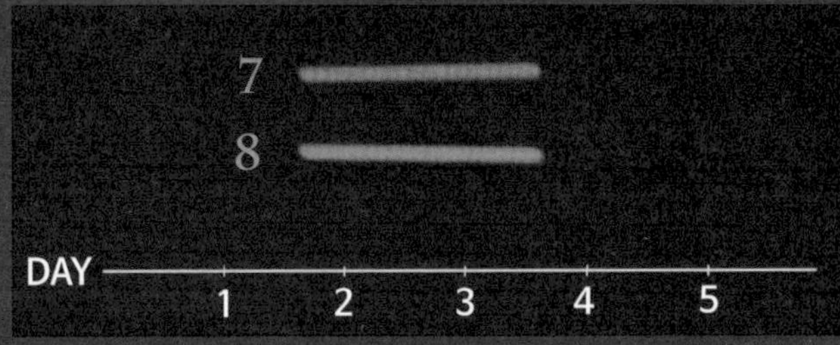

적어도 다른 참가자들보다는 나와 비슷한 사람이라 생각했다. 하지만 97일이라는 긴 시간은,

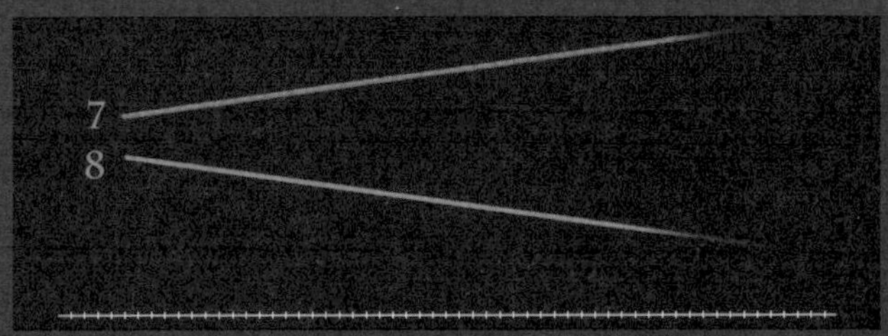

우리가 전혀 다른 사람이란 걸 깨닫는 데 충분한 시간이었다.

죄송합니다.
제가 흥분해서
그만……
죄송합니다.
8호 님……제가……
틀린 건가요?
지금껏 제가 한
일들이……모두…
잘못된 일인 건가요?
아닙니다. 그냥……
달랐던 것뿐이겠죠.
달랐던 거지, 틀린 건
아니라 생각해요.

지금 여기에, 나를 포함해, 맨정신을 유지하고 있는 사람은 없을 테니.

게임 시작 99일째.

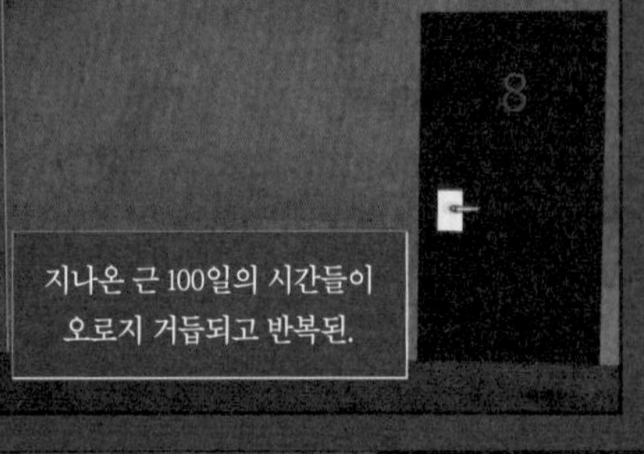

크ㅇㅇㅇㅇ……
스튜디오에서 짭쪼롬……

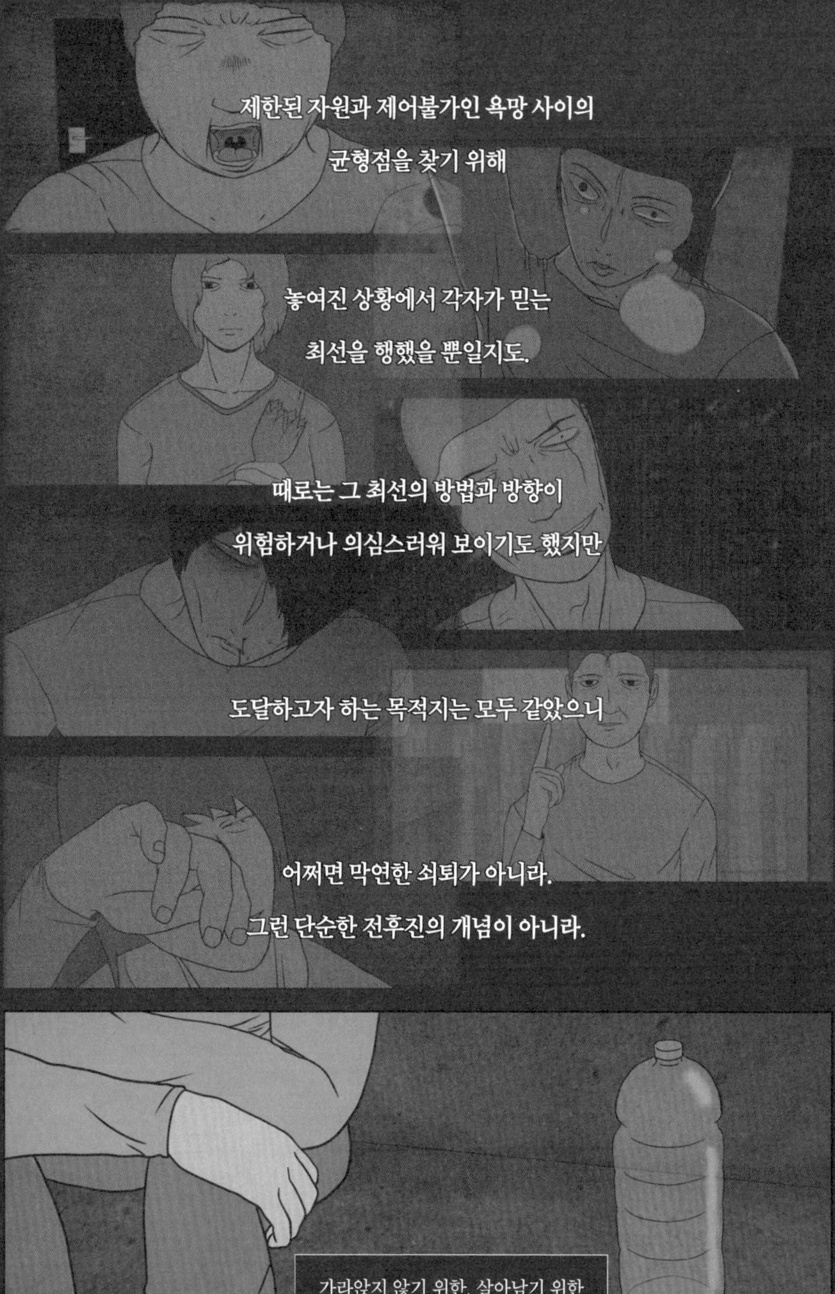

제한된 자원과 제어불가인 욕망 사이의

균형점을 찾기 위해

놓여진 상황에서 각자가 믿는

최선을 행했을 뿐일지도.

때로는 그 최선의 방법과 방향이

위험하거나 의심스러워 보이기도 했지만

도달하고자 하는 목적지는 모두 같았으니

어쩌면 막연한 쇠퇴가 아니라.

그런 단순한 전후진의 개념이 아니라.

가라앉지 않기 위한, 살아남기 위한
처절한 제자리 발버둥이었을 뿐일지도.

마음껏…
즐기셨나요……

식상한 격언.
강한 자가 살아남는 게 아니라
살아남은 자가 강한 것…이란.

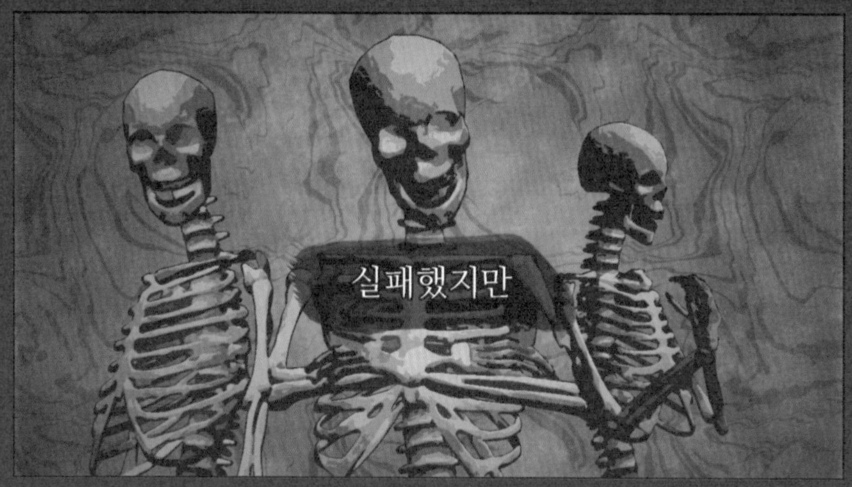

난 이뤄냈다. 침몰하지 않았다. 그거면 족하다. 그게 다음 기회로 가는 최소한의 조건이니까.

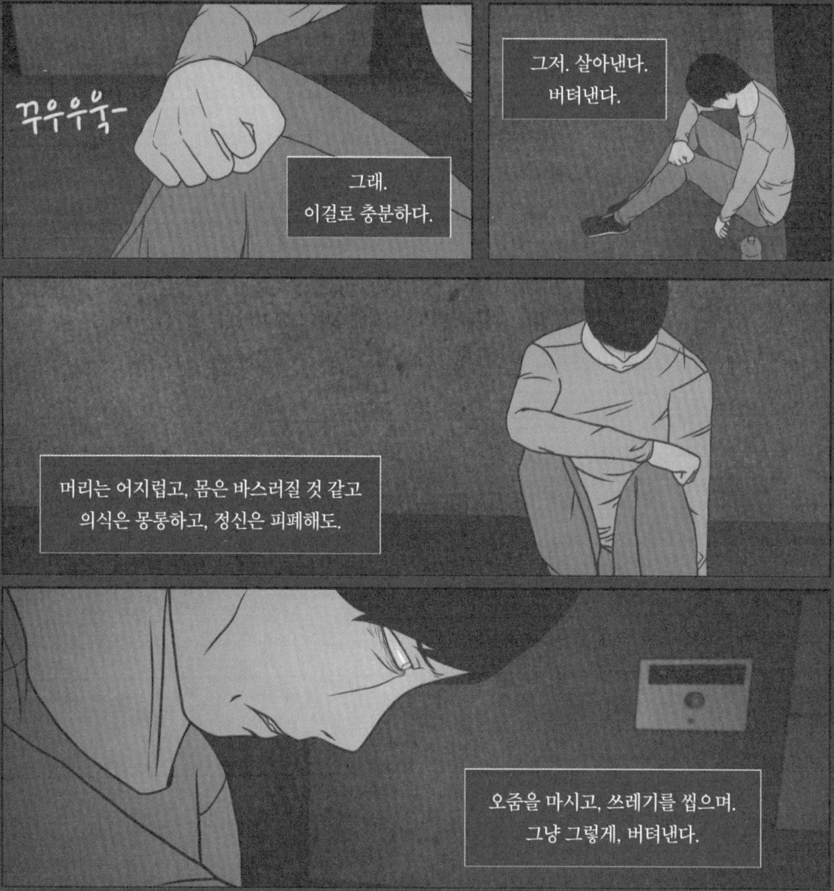

꾸우우욱-

그래.
이걸로 충분하다.

그저. 살아낸다.
버텨낸다.

머리는 어지럽고, 몸은 바스러질 것 같고
의식은 몽롱하고, 정신은 피폐해도.

오줌을 마시고, 쓰레기를 씹으며.
그냥 그렇게, 버텨낸다.

그렇게 살아남았고,
앞으로도 살아남을 것이다.
그냥, 그저, 그렇게……

그냥
그저
그렇게……
궤르륵

?

꾸르궤르릭! 꿰륵!
끄워어어우억!!!
뭐야 저. 거위 모가지
비트는 것 같은 소리는.

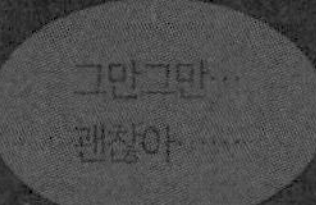

7호? 뭐지? 저건? 뭐 하는 거지? 안아주고 있어? 재우고 있나? 3호를?

꾸웨에엑!!
구어억! 궶! 퀘엑!!!

버둥버둥-

버둥-

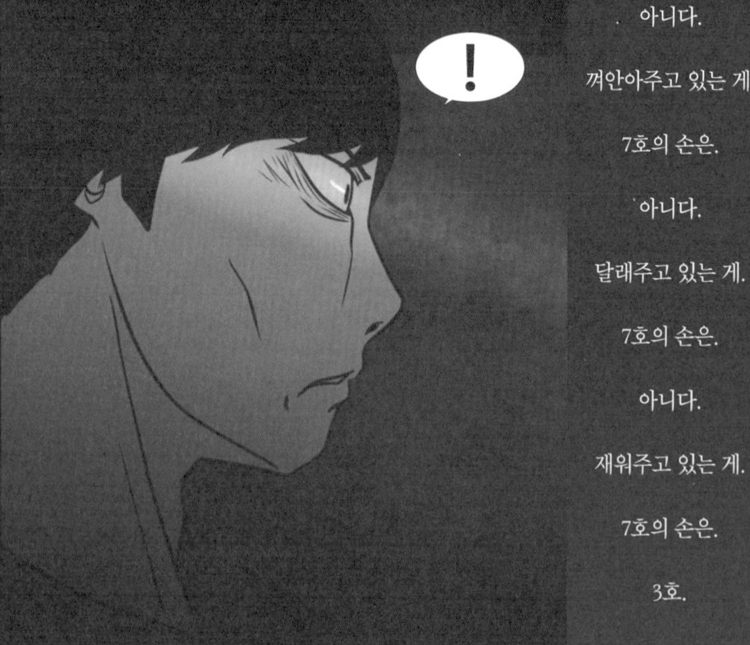

…를.
죽이고 있어?
7… 7호 님…
지, 지금 뭐 하시……
……8호 님?
마침 잘 오셨어요. 저
조금만 도와주시겠어요?
3호 님, 발버둥이
너무 심해서……

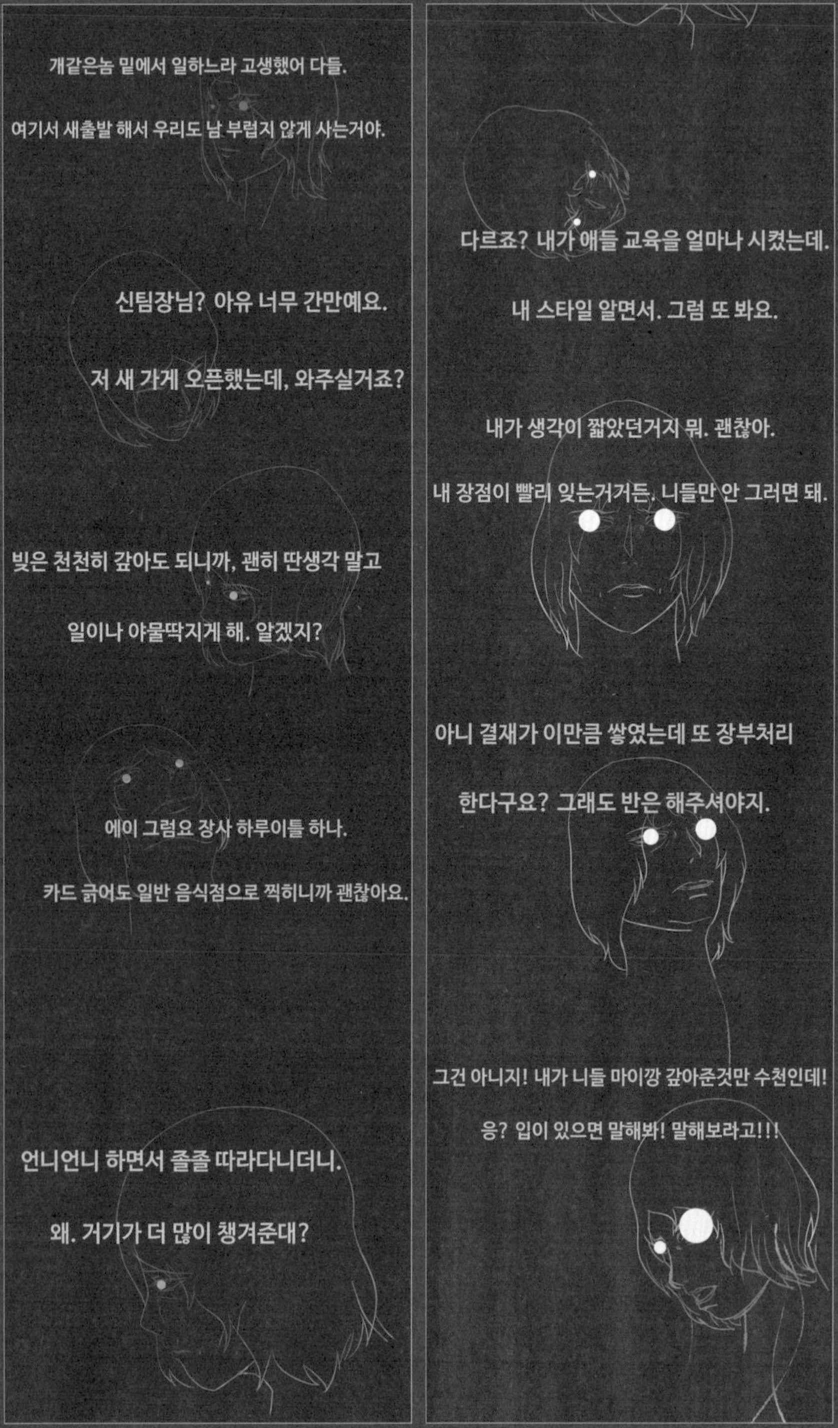

개같은놈 밑에서 일하느라 고생했어 다들.

여기서 새출발 해서 우리도 남 부럽지 않게 사는거야.

신팀장님? 아유 너무 간만예요.

저 새 가게 오픈했는데, 와주실거죠?

빚은 천천히 갚아도 되니까, 괜히 딴생각 말고

일이나 야물딱지게 해. 알겠지?

에이 그럼요 장사 하루이틀 하나.

카드 긁어도 일반 음식점으로 찍히니까 괜찮아요.

언니언니 하면서 졸졸 따라다니더니.

왜. 거기가 더 많이 챙겨준대?

다르죠? 내가 애들 교육을 얼마나 시켰는데.

내 스타일 알면서. 그럼 또 봐요.

내가 생각이 짧았던거지 뭐. 괜찮아.

내 장점이 빨리 잊는거거든. 니들만 안 그러면 돼.

아니 결재가 이만큼 쌓였는데 또 장부처리

한다구요? 그래도 반은 해주셔야지.

그건 아니지! 내가 니들 마이깡 갚아준것만 수천인데!

응? 입이 있으면 말해봐! 말해보라고!!!

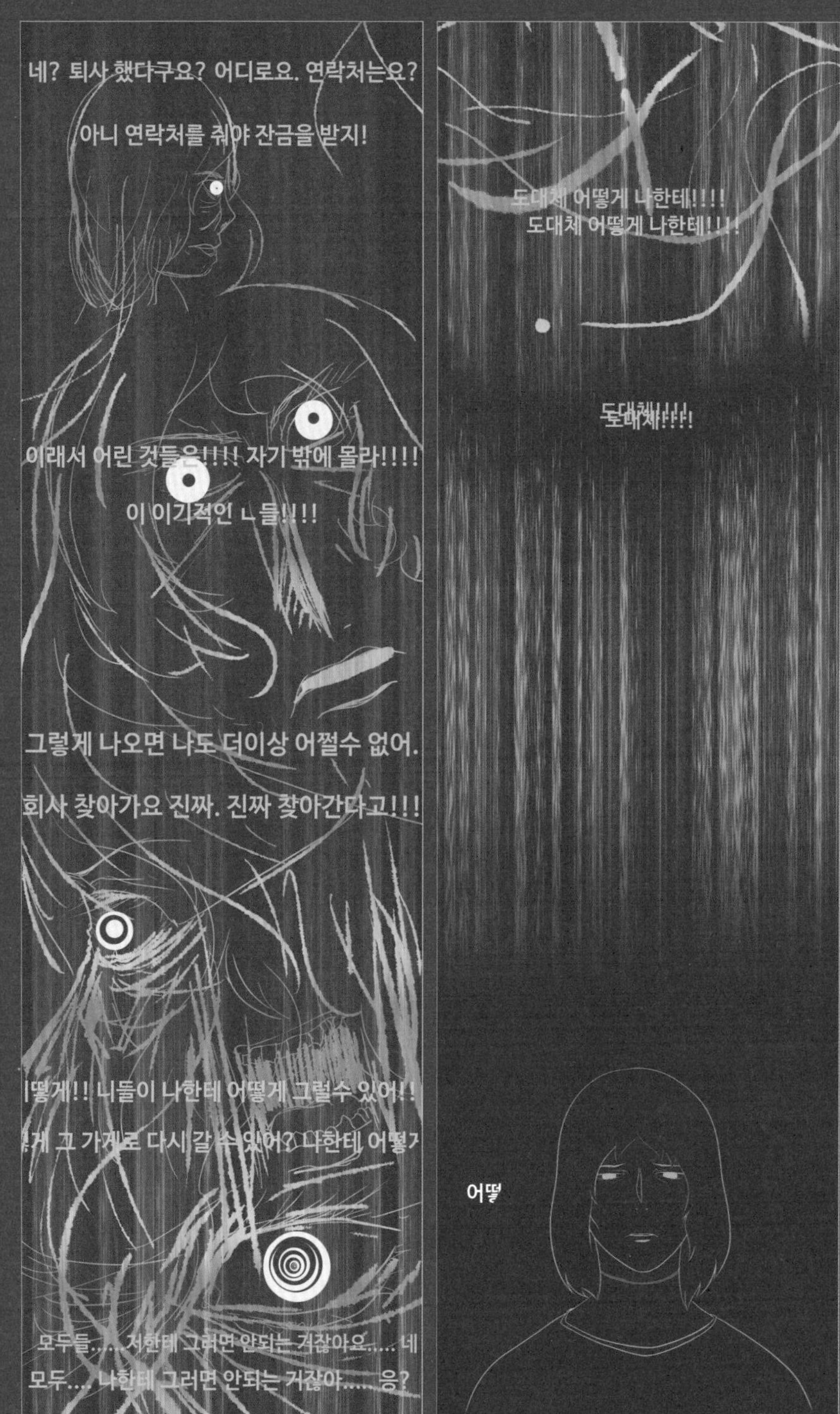
네? 퇴사 했다구요? 어디로요. 연락처는요?
아니 연락처를 줘야 잔금을 받지!
이래서 어린 것들은!!!! 자기 밖에 몰라!!!!
이 이기적인 ㄴ들!!!!
그렇게 나오면 나도 더이상 어쩔수 없어.
회사 찾아가요 진짜. 진짜 찾아간다고!!!
모두들...... 저한테 그러면 안되는 거잖아요..... 네
모두.... 나한테 그러면 안되는 거잖아..... 응?
도대체 어떻게 나한테!!!!
도대체 어떻게 나한테!!!
도대체!!!!
어떻

딸칵-

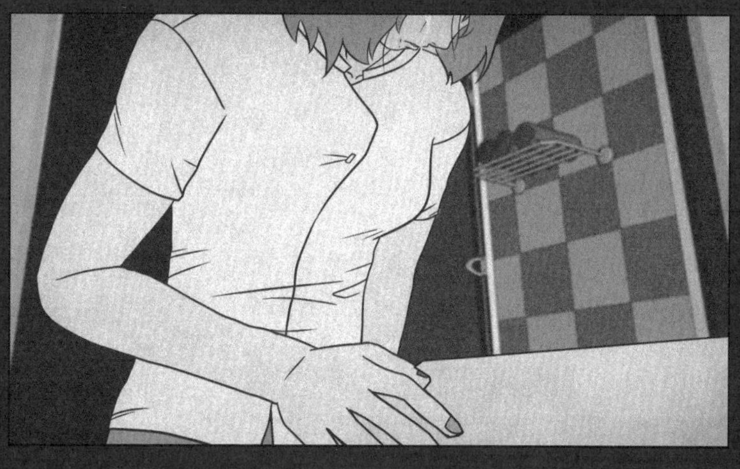

어떻게……

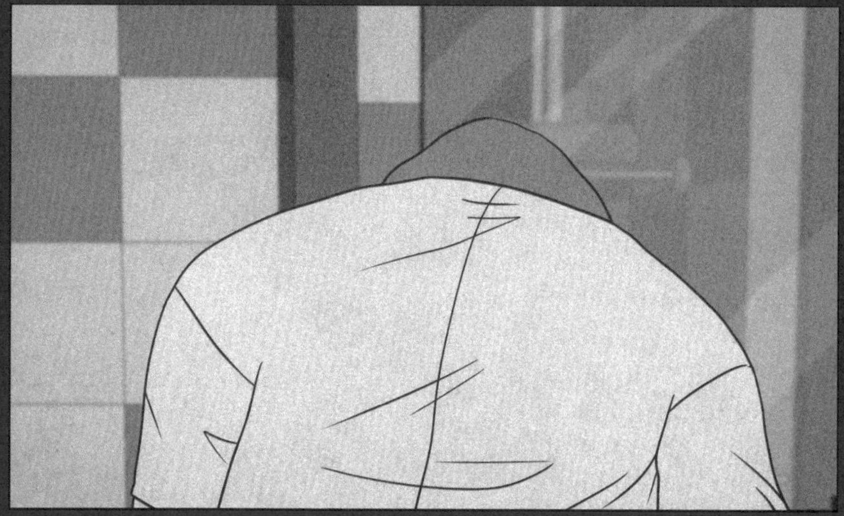

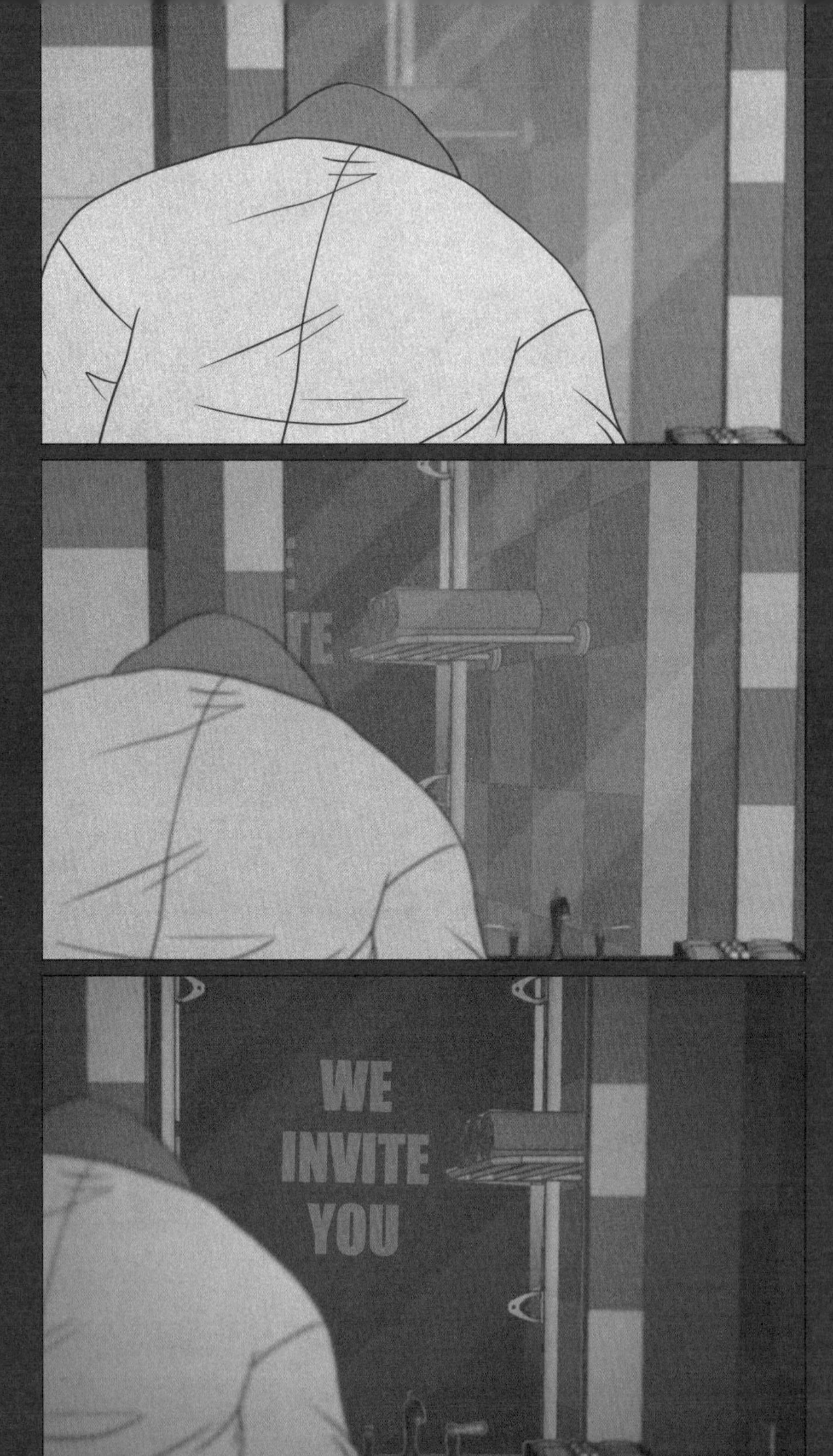
WE
INVITE
YOU

머니게임
MONEY GAME

#59

"어떤 변명"

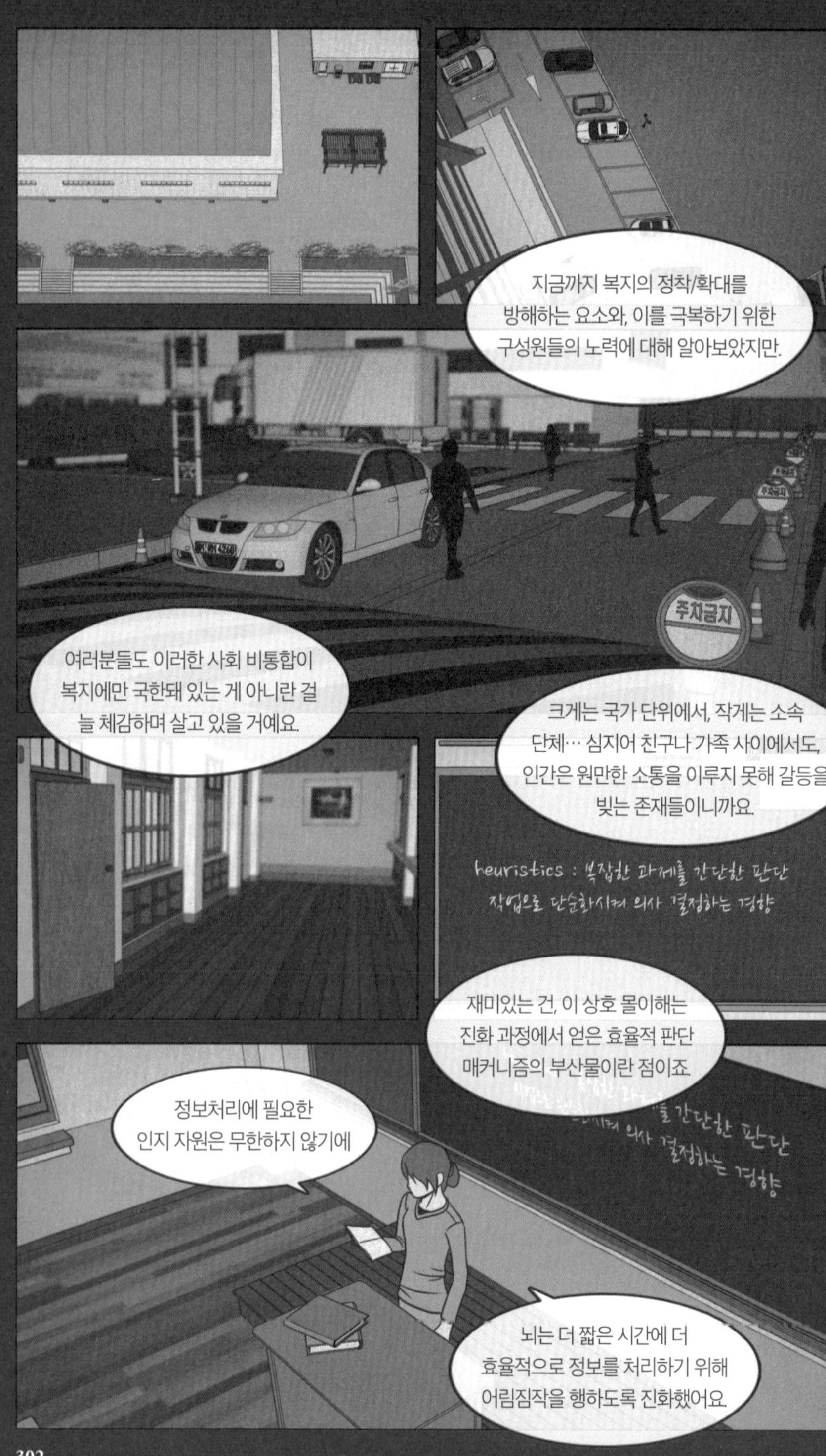
지금까지 복지의 정착/확대를
방해하는 요소와, 이를 극복하기 위한
구성원들의 노력에 대해 알아보았지만.
주차금지
여러분들도 이러한 사회 비통합이
복지에만 국한돼 있는 게 아니란 걸
늘 체감하며 살고 있을 거예요.
크게는 국가 단위에서, 작게는 소속
단체… 심지어 친구나 가족 사이에서도,
인간은 원만한 소통을 이루지 못해 갈등을
빚는 존재들이니까요.
heuristics : 복잡한 과제를 간단한 판단
작업으로 단순화시켜 의사 결정하는 경향
재미있는 건, 이 상호 몰이해는
진화 과정에서 얻은 효율적 판단
매커니즘의 부산물이란 점이죠.
정보처리에 필요한
인지 자원은 무한하지 않기에
뇌는 더 짧은 시간에 더
효율적으로 정보를 처리하기 위해
어림짐작을 행하도록 진화했어요.

이 스킬은 인간 생존에 큰 도움을 주었지만 부작용도 엄연히 존재해요.
대부분 사회에서 극복하지 못한 구성원들 간의 반목과 오해, 혐오와 미움이 그 예들 중 하나겠죠.
휴리스틱을, 진화가 인간에게 준 선물이자 저주라고 하면 너무 거창해 보일지도 모르지만…
살면서 판단의 기로에 섰을 때 본 강의 내용을 한번쯤 되짚어본다면, 더 좋은 선택의 길이 열릴지도 모르겠네요.
그럼, 이번 학기 수업은 이걸로 마치겠습니다
다들, 고생 많으셨어요.

자아자아…… 그래…
착하지…쉬이이잇……

선뜻. 눈앞에서
벌어지고 있는 상황이
이해가 가지 않았다.

…고생 많았어요
3호 님……
뭐야? 왜지?
어째서?
저 사람은 대체 뭐지?

혼란스럽다. 어지럽다.
연기였나? 모든 게?
7호의 진짜 목적은
우리를 제거하는 것이었나?

아니다. 그건. 살인의 기회는 차고 넘쳤었다.
심지어 그냥 뒀으면 죽을 상황에서도
7호는 기어이 살리려 애썼다. 모두. 나도.

다행이에요…
전 8호 님, 죽는 줄 알고……

그럼 뭐지? 7호는
우리와는 다른 룰,
다른 게임을 하고 있었던 건가?

그렇다기엔 너무나 통일성이 없다.
지금까지 지켜본 7호의 행동에선,
어떠한 일관성도 찾을 수가……

이해? 저건 또 무슨 소리야. 이해해줬다고? 내가? 뭘……

!

설마.

지금껏 제가 한 일들이…… 모두……잘못된 일인가요?

아닙니다. 그냥…달랐던 것뿐이라 생각해요. 7호 님은 틀리지 않았어요.

고마워요. 이해해주셔서.

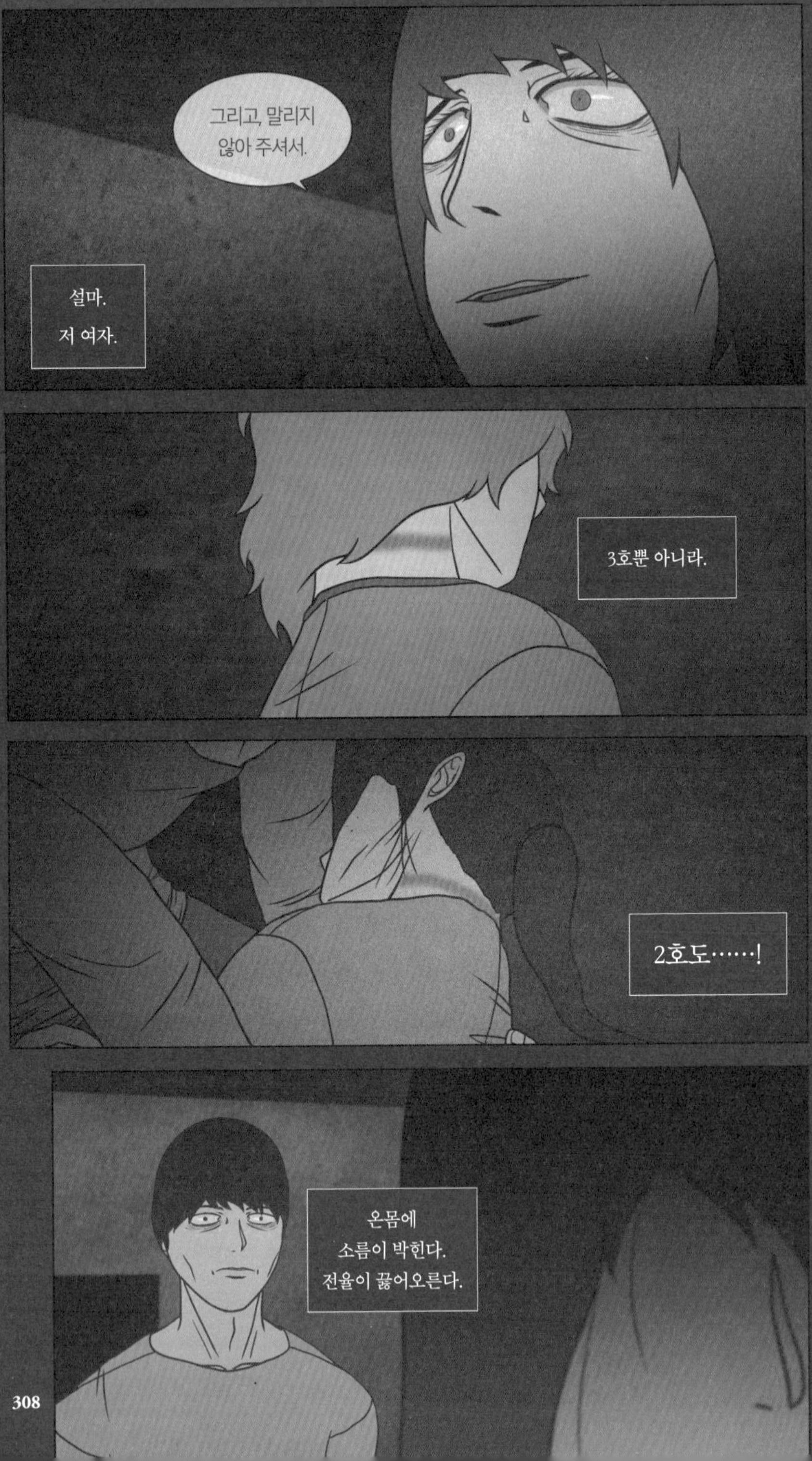

그리고, 말리지 않아 주셔서.

설마.
저 여자.

3호뿐 아니라.

2호도……!

온몸에
소름이 박힌다.
전율이 끓어오른다.

그리고 마침내
이해할 수 있었다.

7호는.
저 사람은.

생명을 대하는 자세가 일반인…… 아니 정상인과는,

편히 쉬세요
3호 님……

전혀
다른 사람이었단 것을.

위화감을 느낀 적이 있었다.
한 번이 아니었다. 여러 번을.

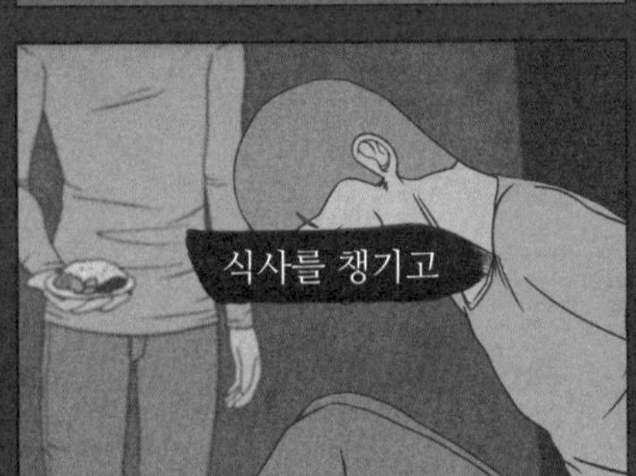

"저 여자. 진짜 개와 사람을 동급으로 취급하는 건가?"
…라는 생각을 한 적이 있었다.

저 '말도 안 되는' 사고를 의심한 적이 있었지만
이내 의심을 거둔 이유는 그야말로 '말도 안 됐기' 때문이다.

그런 사람이 존재할 리 없다는
사고의 당연한 귀결로, 의심을 거두었었다.

하지만 깨달았다. 마침내. 비로소. 하지만 이제서야.

……는.
그렇지 않으면 모두 본인 손으로 죽여야 한다는 절망.

……는.
왜 희망 없는 생명을 안락사 시키지 않느냐는 원망.

……는.

마지막 시간을 좋은 기억들로 채워주려는 자비.

……는.

그녀의 방식으로 살아오며 늘 겪고 또 느꼈을 감상.

……는.

본인이 해왔고 또 해나갈 일에 대한 회한.

그리고.

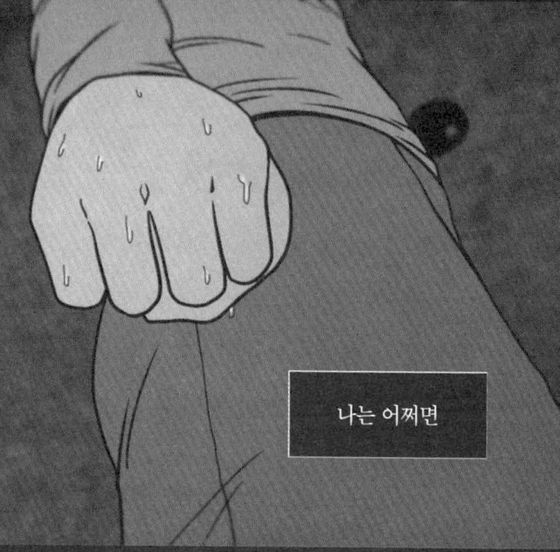

본능적으로 느끼고 있었는지도 모른다.

이상한데?

7호 당신!
수상하다고!

당신이 제일
수상해!!!!

하지만 느꼈을 뿐, 확신하지는 못했다.
왜냐하면. 왜 갈피를 놓쳤느냐 하면.

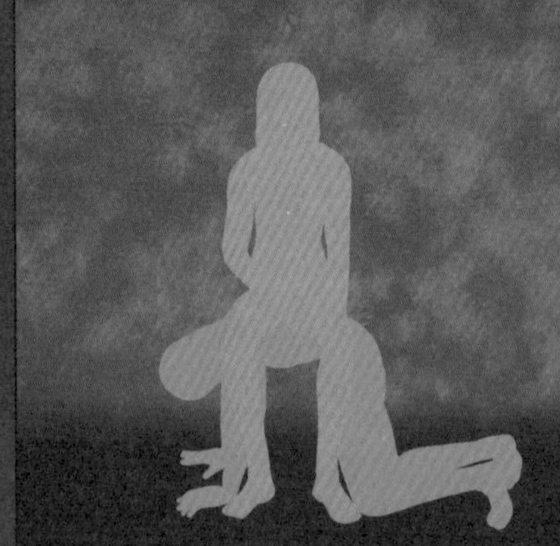

그녀는 자신의 기분에 따라 상대를
취급하는 소인배도 아니었고

자신의 이익만 좇아 상대를
조종하는 사기꾼도 아니었고

자신의 쾌락을 위해 상대를 해하는
사이코패스도 아니었기 때문이다.

그런 분류 가능한 정체가 아니었다.
그녀는, 살면서 단 한 번도 보고 듣지 못한, 전혀 새로운 형태의……

포도당이요. 다 나눠
드리고 하나 남았어요.

이거 드시고 우리
끝까지 힘내기로 해요.
할 수 있죠 8호 님?
그 '마지막 자비'의 리스트에

어?
나 또한 포함돼 있었다는 걸
깨달은 순간

어어??
거대하고 압도적인 공포와
5호가 남기고 간 부상이 덮쳐들어
다리에 힘이 풀렸다.

어……
아…아어……

죽고 싶지 않다 말했다. 그런 걸 원하는 사람은 애초에 없다고 호소했다.

그럼 이제 그만두라 말했다. 왜 이런 짓을 하느냐 호소했다.

하반신이 마비된 2호 님, 미쳐버린 3호 님을 다시 세상으로 내던져 버리라구요?

남아 있는 온 삶이 오로지 고통뿐인 걸 알면서? 그건 너무 이기적인 생각 아닌가요?

나는 아니라 말했다. 삶의 의지가 충만하다 말했다.
재참가의 계시도 받았다 호소했다.

제가 8호 님의 고통을
끝내주길 원하신다면,
카메라를 깜빡여주세요.

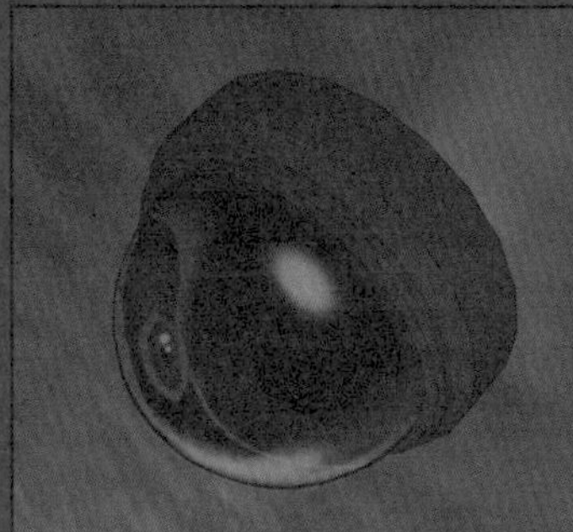

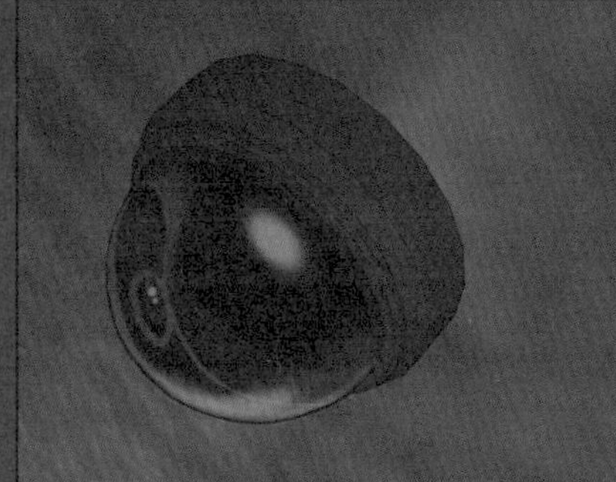

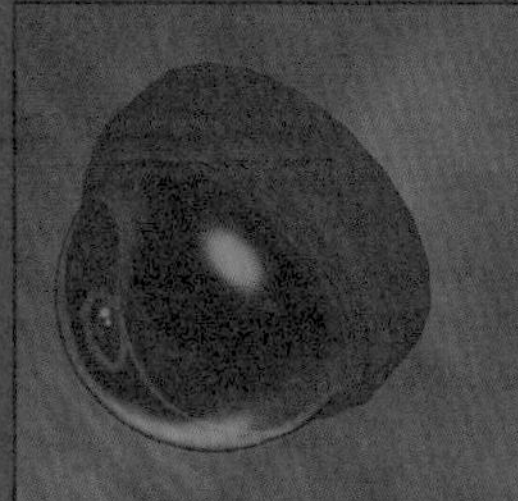

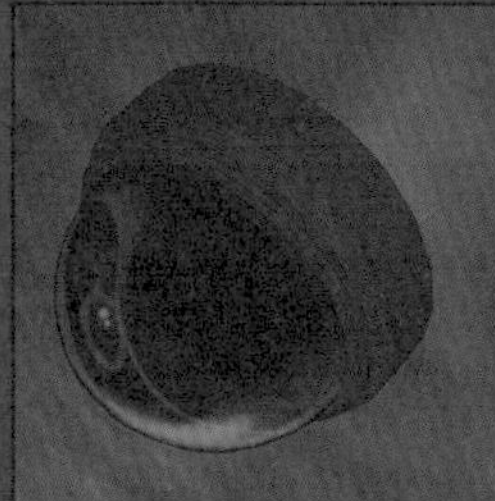

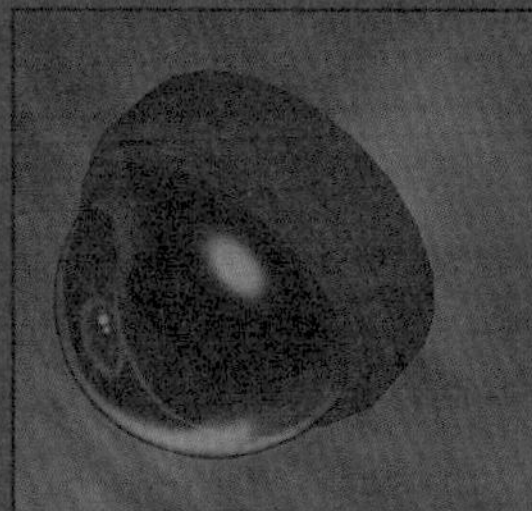

어?
왜지?
어째서?

그게 저들의 뜻이라고? 내가 그렇게 열과 성을 다해 기도했는데? 내 혼을 바쳐 기도하고 간청하고 울고 또 빌고……

이해해요. 8호 님이
이 흉측한 게임의
참가를 결심한 건,
돈이 필요했기
때문이겠죠. 절실했기
때문이었겠죠.
하지만 8호 님 말대로,
우리는 실패했어요. 100일에
걸쳐 농락당했을 뿐이에요.
-514,209,000
그리고 이 또한 8호 님이
말한대로, 남은 건 오직 빚뿐.
희망 따윈… 어디에도 없어요.
알아요. 살고 싶은 거. 많이 봤어요.
강아지들도, 아무리 몸이 상하고
상처가 깊어도 살고 싶어 해요.
최후의 최후까지 나를 믿는,
사랑하는, 그 눈빛을 보면
마음이 찢어져요. 너무나 힘들고
괴로워 미쳐버릴 것 같아요.

하지만……그러니까.
오히려 그렇기에
해야만 해요.
그 고통을.
이 손으로.
내 손으로.
끝내줘야만 해요.
내 고통을 바쳐 타인의
고통을 멈추는 것이야말로
숭고한 희생이니까.

그러니까
8호 님.

제발!!! 8호 님 제발!!!
그만 좀 괴롭혀요 저를!!

어떠한 호소도
어떠한 논리도
통하는 존재가 아니다.

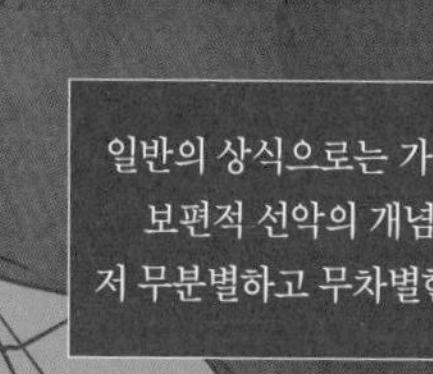

어쩌면, 과거 그 어떤 성인(聖人)보다도
신에 가까운 성정에 도달했을지도……

…라는 생각이 잠시 들었지만.

아니.

아니다.

그건 선의도 정의도
뭣도 아냐.

머니게임
MONEY GAME

#60

"설계된 판 안에서 노는 개미"

무, 물러서요!
안 그러면!
그거 안 버리면!!

안 돼요.
이빨을 드러내면…
그런 개는. 안락사를
시킬 수밖에……

오지 마! 맞기 싫으면
멈추라고!!!

한 발짝.
한 발짝만 더 다가오면.
한 발짝.
한 발짝만 더 내딛으면!!
스으-
파앙-

정조준.
했다고 생각했다.

분명.
내 생각은 그랬다.

하지만. 빗맞았다.
…는 표현을 쓰기에도
무색할 정도로

발사체를 떠난 쇠구슬은
어림없는 탄도를 그리며
사라졌다.

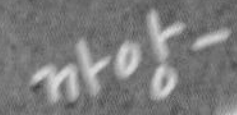

그러니까 착각이었단 거다.
처음부터 정조준 된 적이 없었단 거다.

다친 귀. 안에 망가진 기관…
에서 보낸 잘못된 정보를 수신한 뇌.
…는 그런 착각을 만들어 냈다.

어서
재장전
해야.

하지만.

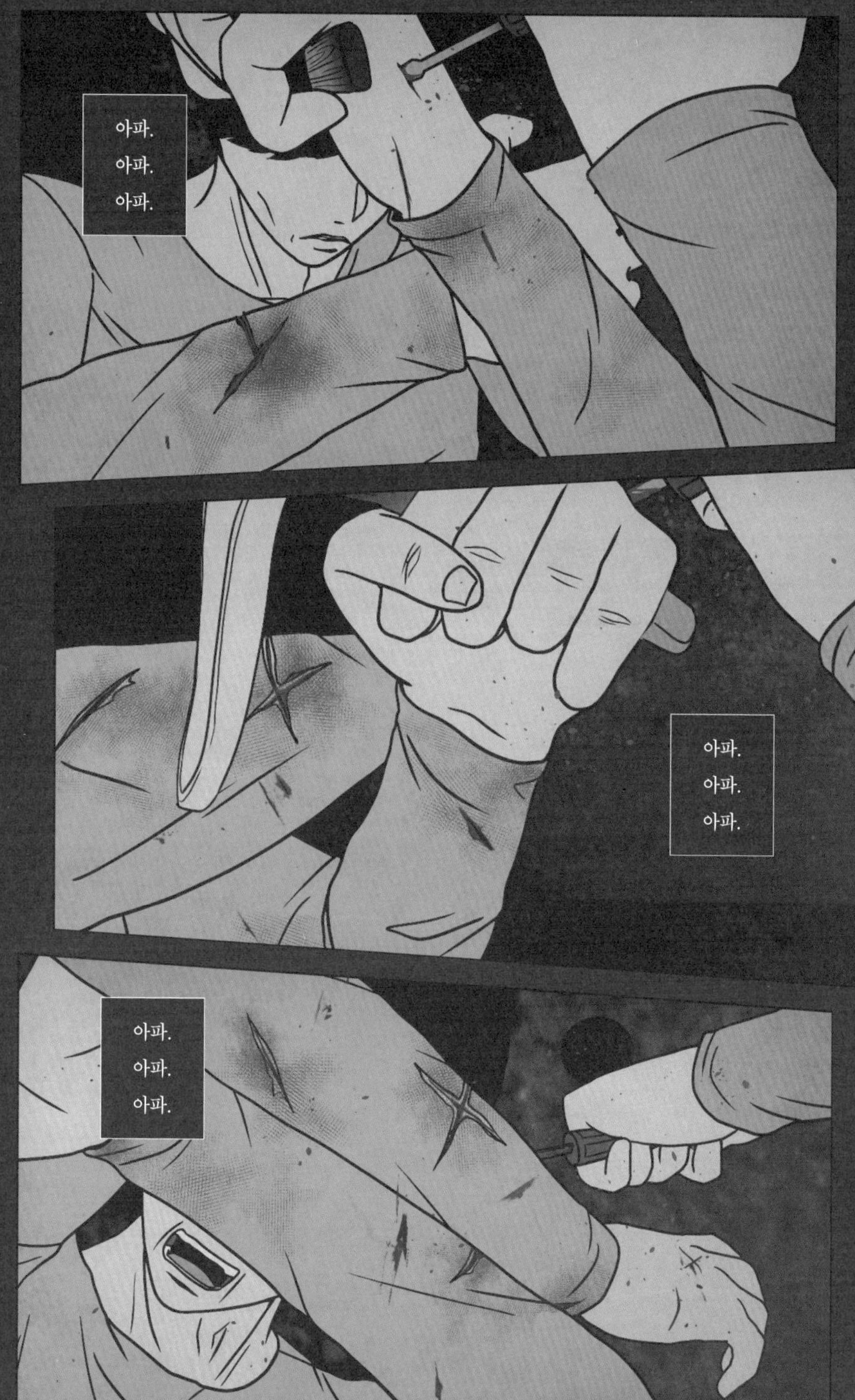
아파.
아파.
아파.
아파.
아파.
아파.
아파.
아파.
아파.

쳐야.

도망쳐야.

3
3
콰앙-
재장전.

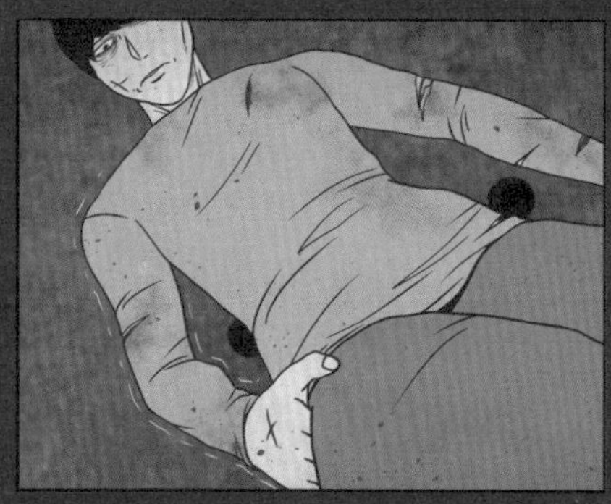

어서.

콰악-

쏟았다.

내 방으로.

도망.
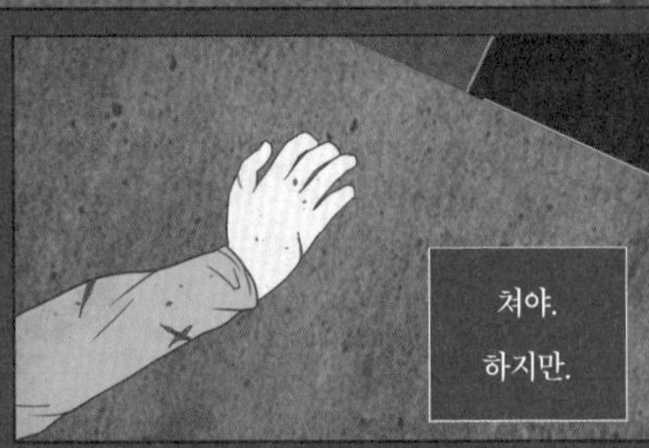
쳐야.
하지만.
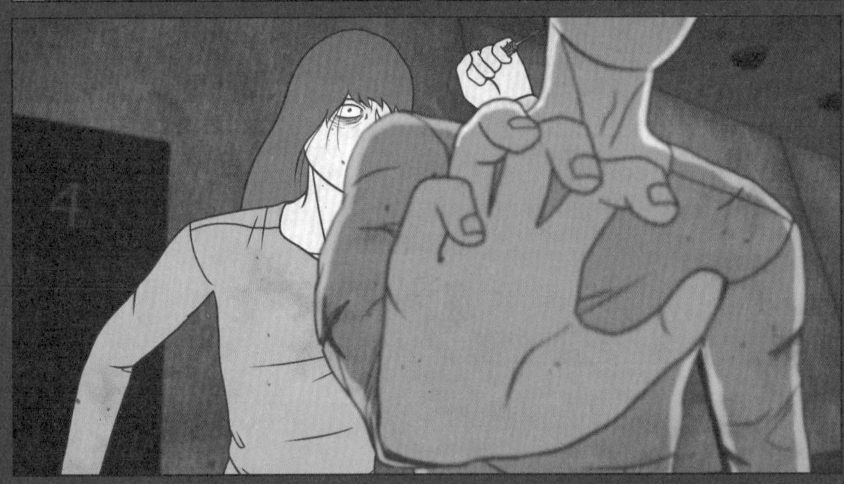

늦었다.

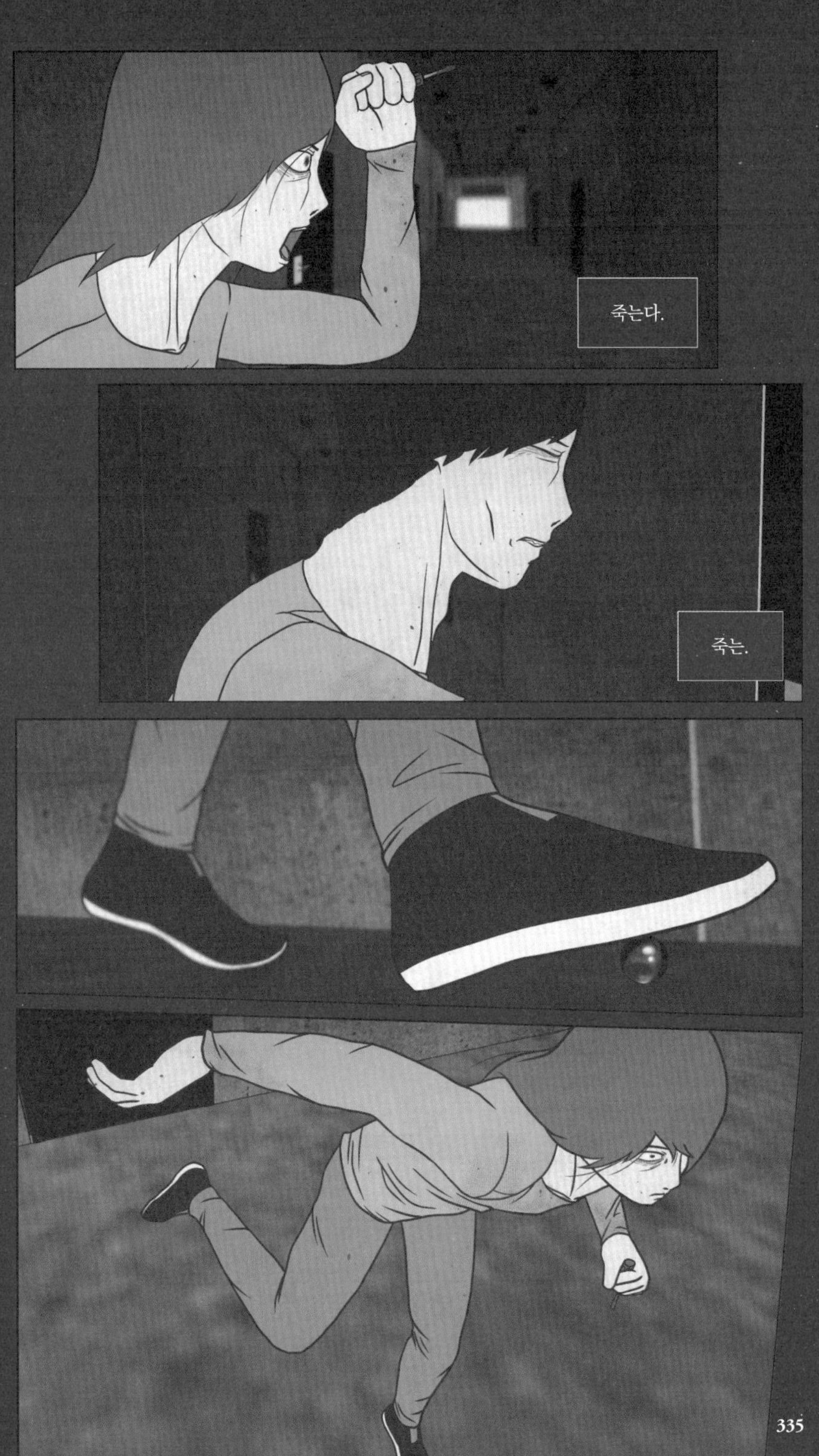
죽는다.
죽는.

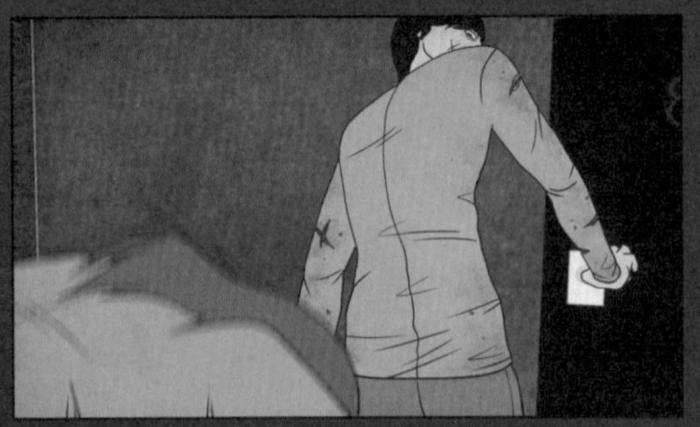

하늘이.
도왔다.
이제.
닫는다.

닫고.
막는다.
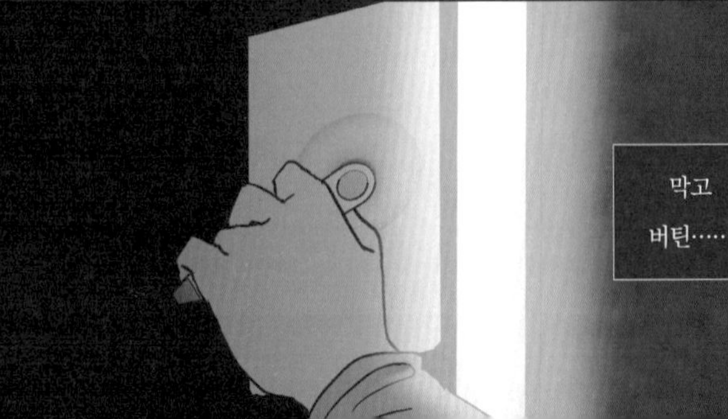
막고
버틴……

턱-

이빨……

이빨!
이빨!
이빨!
이빨!

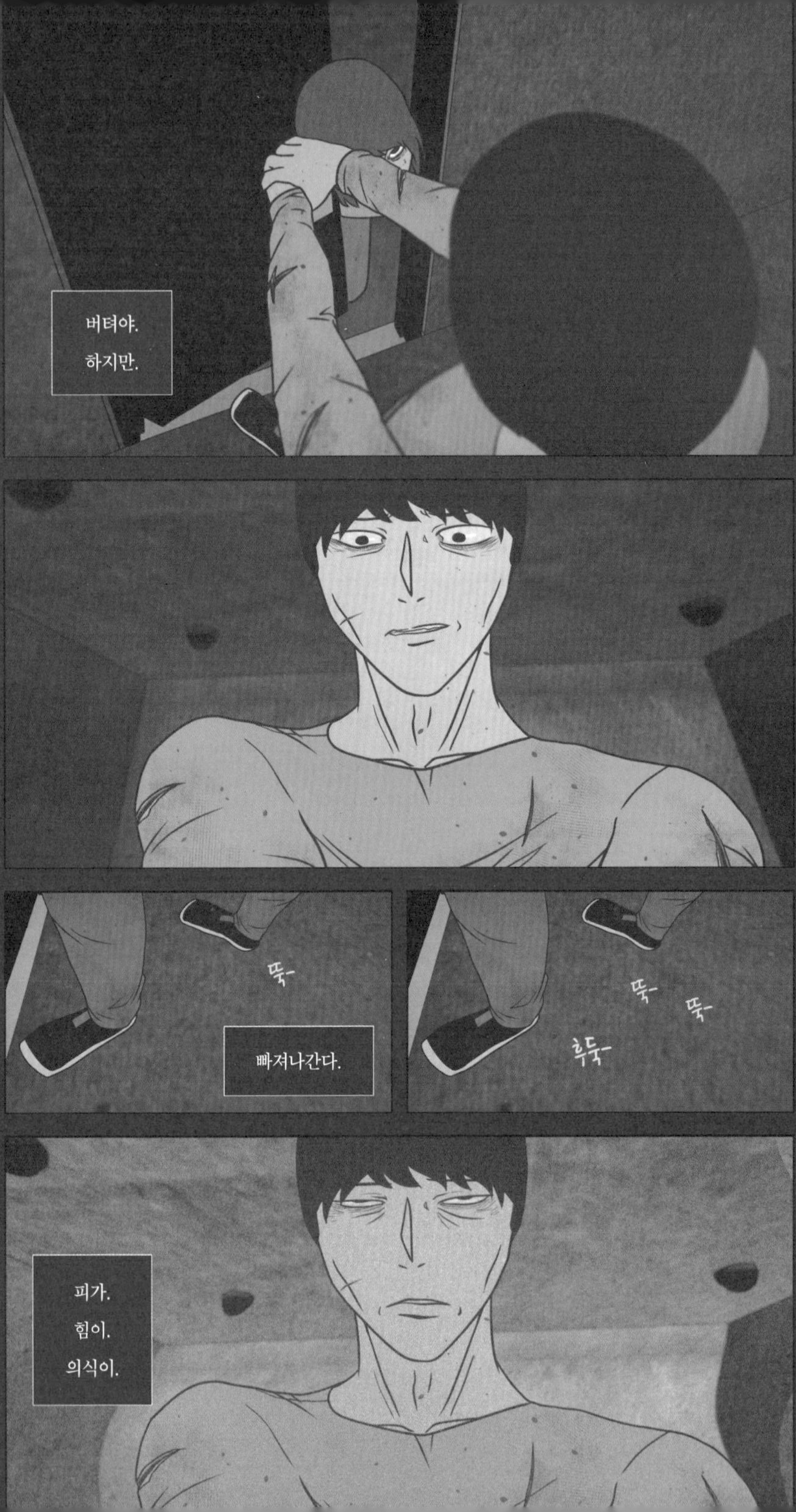

버텨야.
하지만.

뚝-
빠져나간다.

뚝-
뚝-
후둑-

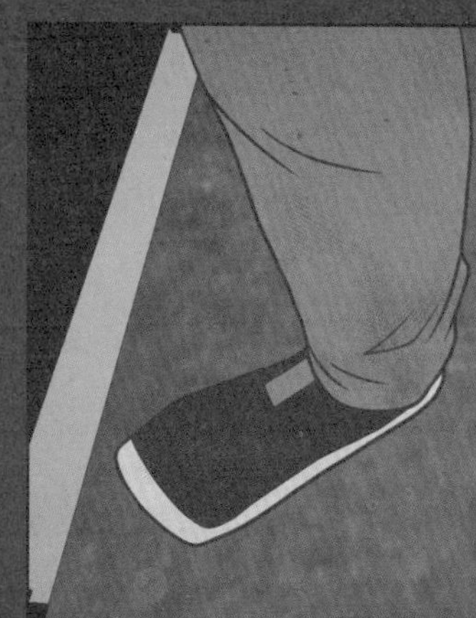

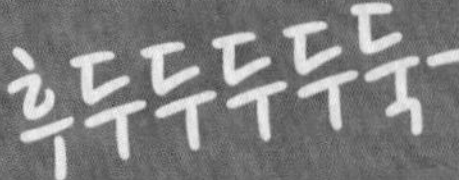
후두두두두둑-

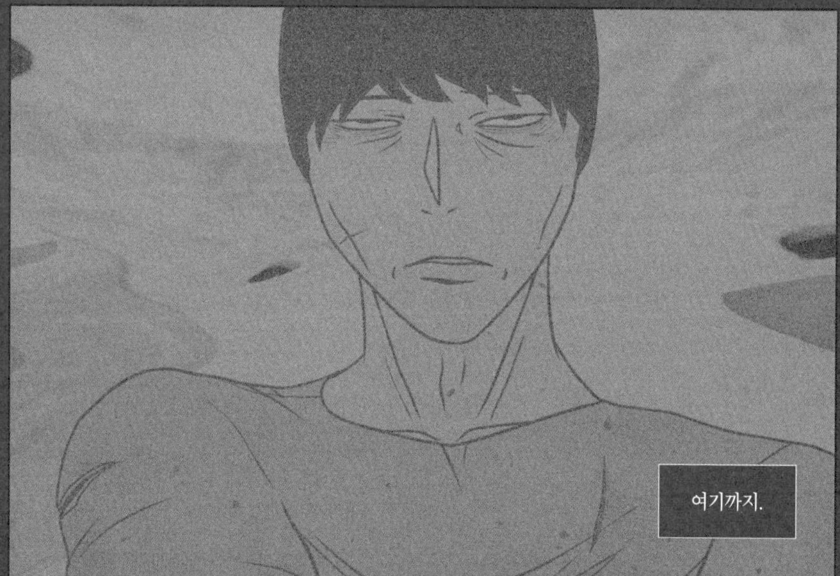
여기까지.

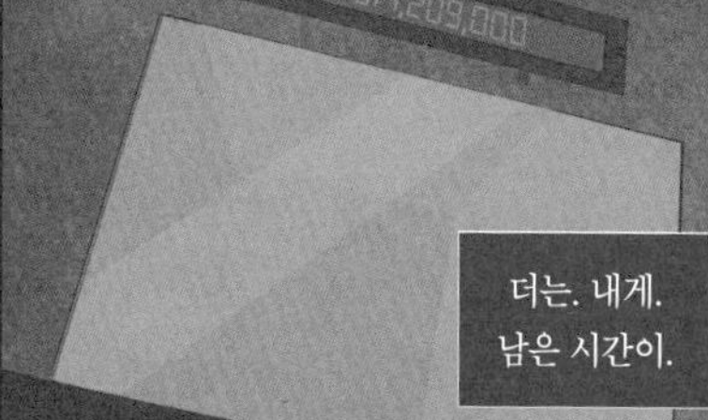
-514,209,000
더는. 내게.
남은 시간이.

시간이……

-514,209,000

-514,209,000

삐리릭-

시간이.
됐다.

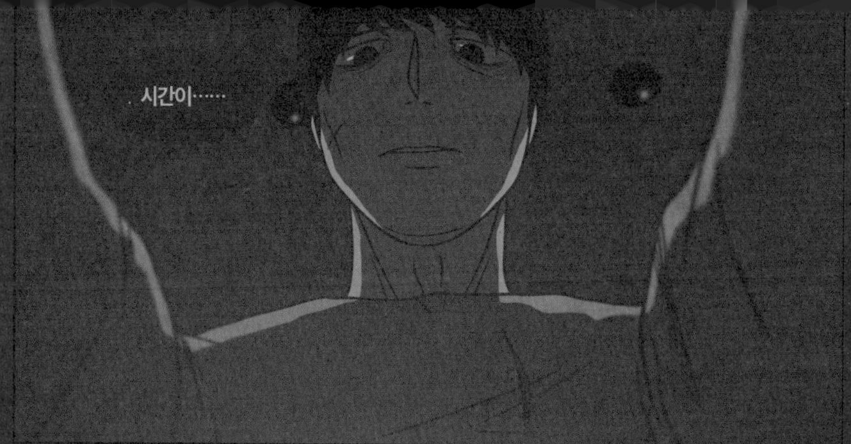

삐리리리릭-

게임 시작 100일째.

모든.

시간이.

끝났다.

세상은 변하지 않았다.

세상은.
여전히 같은 믿음으로 굴러간다.

여전히
수백 개의 점포가 생기고 망하고
수천 개의 구좌가 열리고 닫히고
수만 개의 승무패 사이트가 돌아간다.

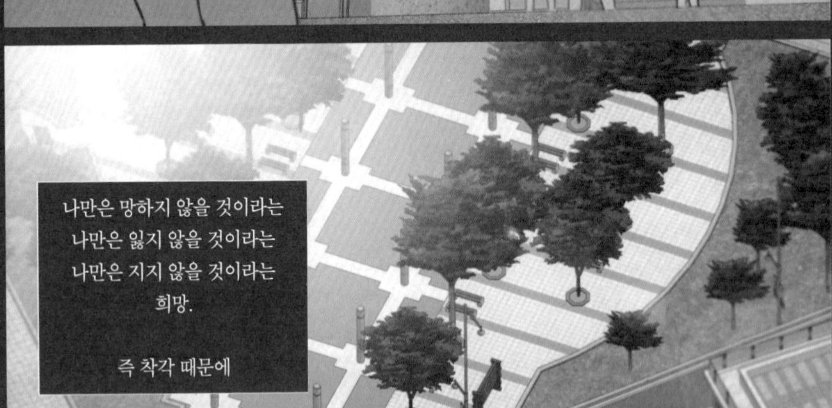

그러니 앞으로도 세상은 착각과
희망을 구분할 수 없도록 설계한
그 '누군가' 들의 바람 그대로.
망하고 잃고 지는 순환을 거듭하겠지.

나 역시 다를 바 없는
그들 중 하나였지만

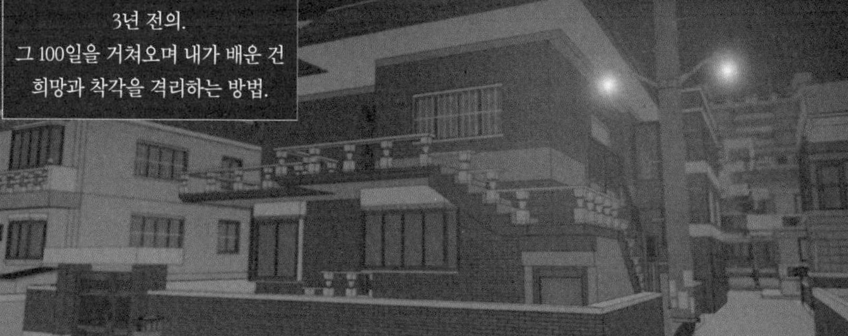
3년 전의.
그 100일을 거쳐오며 내가 배운 건
희망과 착각을 격리하는 방법.

불로소득, 일확천금, 인생역전…
따위에 대한 희망. 아니 착각을 버리니.

내가 할 수 있고 해야 하는 일이
비로소 눈에 들어왔다.

그리고 그 100일은 또한, 진짜 공포와 거짓 공포를 구분하는 방법을 가르쳐 주었다.

원금은 쪼개서 갚을 거야.
근데, 이자는 못 줘.

5억 정도는 그들에겐 푼돈이기 때문인지
아니면 좋은 쇼를 보여준 것에 대한 치하인지 그 후로도 추징이 온 적은 없었다.

7호의 이야기는 우연히 기사로 읽었다.
종종 미디어에 보도되기도 했었던 유명
동물보호소의 운영자가, 실체를 알고 보니
대규모 안락사를 자행해온 것으로 밝혀져 충격!

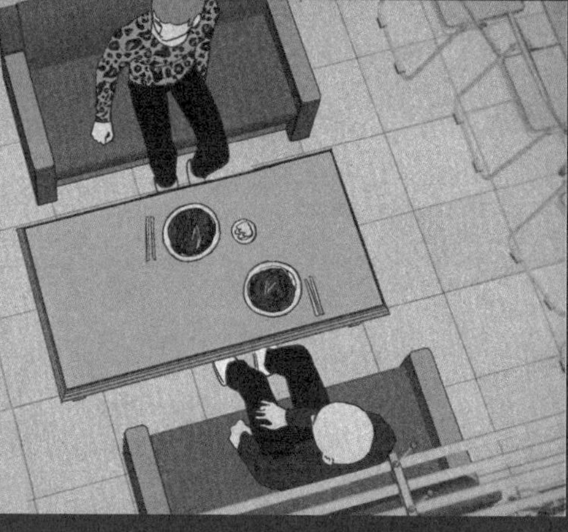

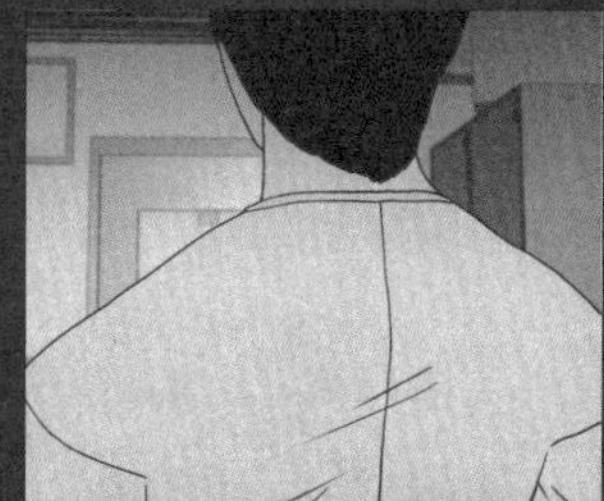

물론 난 그다지 충격을
받지는 않았다.

그들이 알아낸 실체보다
더 깊고 어두운 무언가를
보았기 때문에.

나보다 어린 새X 같은데
주둥아리 단속 좀 하고.

새로운 게임. 재참가의 기회. 더 많은 상금. 따위의 헛된 망상은 애초에 접었다.

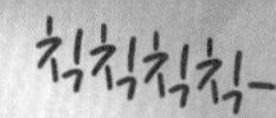

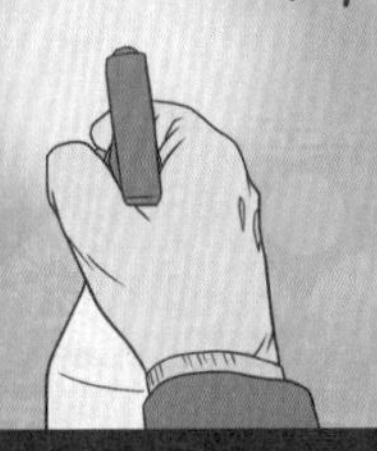

알아버렸으니. 일반의 상식으로는
상상도 가늠도 할 수 없는
힘과 부를 지닌 존재들이 있다는 걸.

그들이 설계한 판 안에서는
제아무리 발버둥쳐봤자.

우리는.
한낱.

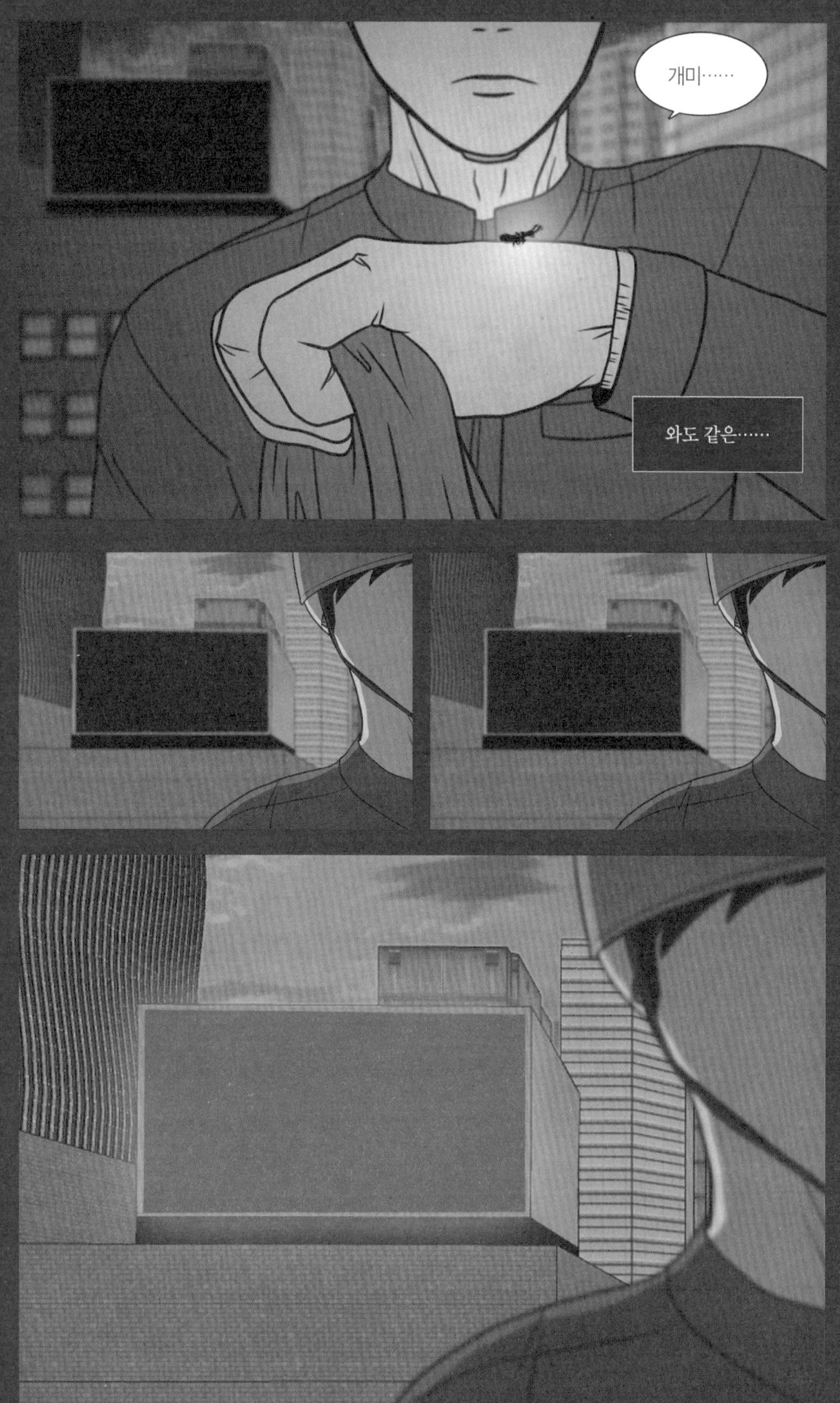
개미……
와도 같은……

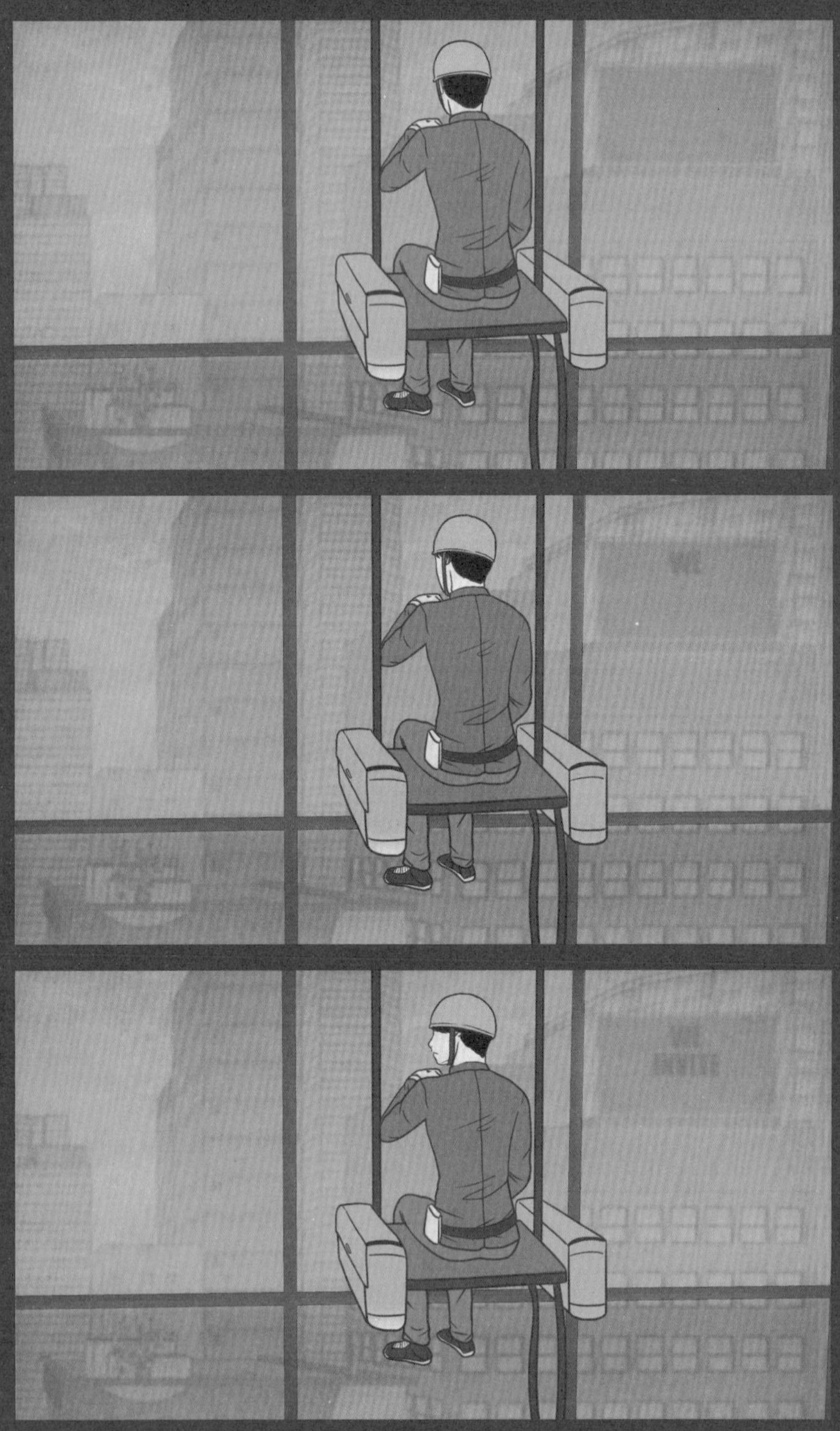

YOU.

머니게임 4

초판 1쇄 발행 2024년 5월 17일

글・그림 | 배진수

펴낸이 | 김윤정
펴낸곳 | 글의온도
출판등록 | 2021년 1월 26일(제2021-000050호)
주소 | 서울시 종로구 삼봉로 81, 442호
전화 | 02-739-8950
팩스 | 02-739-8951
메일 | ondopubl@naver.com
인스타그램 | @ondopubl

Based on NAVER WEBTOON "머니게임"
ISBN 979-11-92005-50-8 (04810)
979-11-92005-46-1 세트 (04810)